Ce pays qui n'aimait pas l'amour

PUBLIÉ POUR LA PREMIÈRE FOIS SOUS LE TITRE :
NO COUNTRY FOR LOVE PAR ABACUS,
UN IMPRINT DE LITTLE BROWN BOOKS

ISTYA / SLATKINE & CIE,
19, RUE SAINT-SÉVERIN
75005 PARIS
CONTACT@ISTYA-SCIE.FR

ISBN 978-2-88944-270-6

Yaroslav Trofimov

Ce pays qui n'aimait pas l'amour

Traduit de l'anglais
par Jean Esch

Istya
& Cie

Pour ma mère Alevtina,
et toutes les mères d'Ukraine

Note de l'auteur

Ce roman est une œuvre de fiction, inspirée de l'histoire vraie de ma famille en Ukraine. J'ai pris soin de dépeindre les faits historiques aussi fidèlement que possible. Toute ressemblance avec des personnes existantes serait purement fortuite.

Prologue

Kiev, mars 1953

Postée devant la fenêtre, Darya regardait la neige tomber en remuant une rondelle de citron dans une tasse de thé à peine infusé. Bien qu'il soit minuit largement passé, elle n'arrivait pas à dormir. Son mari, colonel au ministère de la Sécurité intérieure, n'était toujours pas rentré. Mais cela n'avait rien d'inhabituel.

Dans son lit, Darya avait essayé de lire : un vieux roman à la couverture à moitié déchirée, surchargé par toutes ces lettres superflues de l'orthographe russe prérévolutionnaire, qui décrivait un monde oisif et pittoresque. Son regard ne parvenait pas à se fixer sur les pages ; elle était tourmentée par ces pensées vénéneuses qui la maintenaient éveillée depuis des mois. Tenant la tasse chaude à deux mains, elle appuya son front contre le carreau glacé et réconfortant, en espérant que cela ferait disparaître sa migraine. C'était une nuit sans lune, et les lumières des autres appartements étaient éteintes depuis longtemps. Darya plissa les yeux pour essayer de percer le voile des flocons qui tourbillonnaient au vent.

C'est alors qu'elle aperçut une silhouette familière, corpulente, qui peinait à gravir la rue en pente et à conserver son équilibre sur les pavés glissants de la descente Saint-André. Le colonel négociait les obstacles avec une aisance compte tenu de son degré d'ébriété. Soudain, une autre silhouette familière émergea de l'obscurité. Darya fut prise de vertiges. Chaque nuit, elle imaginait cette scène, avec précision, sans jamais s'autoriser à croire que cela pouvait arriver.

Visiblement surpris, le colonel ouvrit les bras, comme on accueille un vieil ami. Puis il plaqua ses mains sur sa poitrine et s'écroula. Le sang se répandit comme une tache d'encre dans un petit tas de neige fraîche, imbibant son uniforme gris.

Darya n'entendit pas la détonation et ne vit pas l'éclair jaillir du canon car le pistolet était équipé d'un silencieux. Mais elle vit l'arme dans la main du tueur quand il tendit le bras pour tirer une dernière balle dans le crâne du colonel, froidement, comme l'exigeait la procédure. Après quoi, il s'agenouilla quelques secondes, le temps d'inspecter les poches de sa victime, puis s'éloigna d'un pas nonchalant et descendit la rue jusqu'au quartier du Podil, situé au bord du fleuve où vivaient autrefois les Juifs, jusqu'à ce que les Allemands arrivent et les tuent.

En chemin, il ne put s'empêcher de lever les yeux vers la fenêtre de Darya au deuxième étage. Il ne la vit pas reculer vivement et se cacher derrière l'épais rideau de velours rouge.

Le thé, mis à infuser avant que Darya soit veuve, était encore chaud dans la tasse. Elle ferma les rideaux en essayant de ne pas regarder le cadavre de son mari que recouvrait déjà une fine couche de neige fraîche. Elle entra sur la pointe des pieds dans la chambre des enfants, déposa un baiser sur le front de sa fille et de son fils, jalouse de leur sommeil paisible. Puis elle se glissa dans son lit, dont les draps sentaient encore la sueur du colonel, une sueur qui la dégoûtait, elle tenta d'obliger son esprit à plonger dans la torpeur.

Cela ne dura pas longtemps. Le téléphone noir massif, privilège accordé aux membres de la Sécurité intérieure, profession qui donnait également accès à des produits rares tels que des agrumes frais et de l'esturgeon fumé, sonna. Un bruit de crécelle insistant qui vous brisait les tympans. Au bout du fil, il y avait l'ordonnance du colonel.

« Pourrais-je parler à votre mari ? demanda-t-il d'un ton neutre, protocolaire. Il s'agit d'une affaire urgente.

— Je crains qu'il ne soit pas encore rentré. Ne devait-il pas assister à la cérémonie avec vous ?

— Elle s'est achevée il y a un petit moment déjà.

— Oh. Il est arrivé quelque chose ?»

Sa voix monta légèrement dans les aigus, comme on pouvait s'y attendre de la part d'une épouse inquiète de recevoir un appel à cette heure tardive. Le téléphone n'était sans doute pas sur écoute, mais on ne pouvait jamais être sûr de rien.

«Je vous souhaite une bonne nuit. Je suis certain qu'il n'y a aucune raison de s'inquiéter, dit l'aide du même ton neutre. Absolument aucune.»

Première partie

1

Kharkiv, décembre 1930

Debora entra à grands pas dans le salon de coiffure, habitée par une détermination pleine d'impatience, et sortit de son sac de toile usé un précieux magazine américain.

« Je veux la même coupe de cheveux. Aussi courts, annonça-t-elle en montrant dans le magazine une photo de l'actrice Louise Brooks. C'est possible ? »

La coiffeuse, une robuste quadragénaire trop maquillée, se saisit de la publication étrangère et caressa d'un doigt épais le surprenant papier glacé. Elle prit tout son temps pour faire défiler les photos qui représentaient l'invraisemblable opulence de la société américaine, les publicités qui montraient des maîtresses de maison aux joues roses servant d'énormes steaks à leurs maris, des hommes sérieux et réservés.

« Je pourrai le garder ? » demanda-t-elle, en s'attendant à recevoir une réponse négative.

D'où sa surprise quand Debora répondit :

« Oui, bien sûr. En échange, vous me couperez les cheveux gratuitement. À partir d'aujourd'hui, jusqu'à l'année prochaine.

— Jusqu'à l'été », marchanda la coiffeuse. Elle indiqua le fauteuil devant le lavabo. « Asseyez-vous.

— Jusqu'à *la fin* de l'été, répliqua Debora en s'enfonçant dans le fauteuil, fière de ses talents de négociatrice.

— D'accord, d'accord. Mais je ne comprends pas pourquoi vous voulez avoir les cheveux aussi courts, comme un garçon. » La coiffeuse leva sa paire de ciseaux en soupirant. « Quel dommage. »

Un vasistas ouvert laissait entrer le vacarme de la ville industrielle de Kharkiv, nouvelle capitale de la République socialiste soviétique d'Ukraine. Les marteaux piqueurs sur les chantiers, les trains, les klaxons des voitures, les sirènes, la musique à la radio, les cris et les braillements dans les rues animées.

Debora vivait à Kharkiv depuis plus de deux mois maintenant, et l'énergie permanente de cette grande ville la réjouissait encore. L'excitation lui nouait l'estomac chaque fois que son tram dépassait les champs de choux et les maisons blanchies à la chaux pour pénétrer dans le cœur vibrant de la ville. Kharkiv ne ressemblait pas du tout à Uman, son bourg natal, endormi, situé sur les collines verdoyantes qui enveloppaient un parc envahi par la végétation, rempli d'étangs, de cascades et de statues de dieux et de déesses grecs. Kharkiv était la métropole du futur, un endroit où tout changeait devant vos yeux, où chaque jour apportait quelque chose d'inattendu.

Les nouveaux bus qui sillonnaient les larges avenues jouaient des coudes avec les voitures à cheval et parfois une voiture américaine ou allemande. Les trottoirs étaient encombrés d'élégantes personnes âgées qui posaient un regard méprisant sur les gens des campagnes nouvellement arrivés, désorientés par toute cette agitation, qui hésitaient même à traverser la chaussée. Au coin des rues, des vendeurs à la sauvette vantaient leurs marchandises, qui allaient des potions miracles contre les maladies vénériennes aux chaussures partiellement rafistolées. Les façades des cinémas annonçaient les derniers films en énormes lettres scintillantes. De nouvelles constructions poussaient comme des champignons, un peu partout, entourées de grues qui soulevaient des blocs de béton. Au-dessus de tout cela s'élevaient les gratte-ciel futuristes, presque achevés, du Derjprom qui abriterait le gouvernement ukrainien. Leurs lignes droites audacieuses défiaient les ornements pastel de l'architecture prérévolutionnaire.

Et toutes ces librairies ! Contrairement à Uman, celles du Vieux Passage au toit vitré vendaient les dernières parutions, des romans russes et ukrainiens, mais aussi des traductions récentes de l'allemand, du français et de l'américain. Nullement contraintes par les lois capitalistes sur le copyright que l'Union soviétique ne reconnaissait pas, les maisons d'édition expédiaient tous les quinze jours une nouvelle cargaison de ces best-sellers étrangers.

Une heure plus tôt, Debora avait sauté du tram et était passée devant l'imposante cathédrale de la Dormition qui, débarrassée de ses croix et de ses cloches, abritait désormais la société nationale de radiodiffusion ukrainienne, symbole d'une religion obsolète remplacée par le progrès scientifique. Après être entrée dans le passage couvert de style Art nouveau, elle avait marché jusqu'à sa librairie préférée. C'était une cliente fidèle qui achetait deux ou trois romans par mois et, comme toujours, la vendeuse lui avait mis de côté la dernière nouveauté. Un roman au titre alléchant: *Vingt-quatre heures de la vie d'une femme*, dont la couverture s'ornait d'un dessin du casino de Monte-Carlo.

En achetant le mince ouvrage, elle inhala l'odeur de papier et d'encre qui flottait dans la boutique, une odeur dont elle raffolait à présent. Hélas, elle n'avait pas le temps de s'attarder pour feuilleter les autres livres. Pas aujourd'hui. Il ne restait que douze heures avant la fin de l'année. Et il lui faudrait au moins une heure pour regagner son dortoir sur le chantier de l'usine de tracteurs, un des grands projets du plan quinquennal. Après s'être fait couper les cheveux, elle devait se préparer avant la grande fête de ce soir, pour laquelle elle avait réussi à obtenir une invitation, très prisée, grâce à sa récente promotion au sein de la Section politique. La promotion s'accompagnait de certains privilèges pour les personnes prêtes à prendre des initiatives.

Un des ingénieurs américains qui participaient à la construction de l'usine – des êtres mystérieux que Debora apercevait parfois, mais avec lesquels elle n'avait jamais eu l'occasion, ni l'autorisation, de parler – avait oublié un exemplaire légèrement corné de *Vanity Fair*. Une des femmes de ménage, craignant d'être souillée par cette impureté idéologique, avait apporté le magazine à la Section politique, où Debora l'avait aisément intercepté, pour pouvoir l'examiner dans les moindres détails. La coupe au carré de l'actrice américaine qui encadrait son sourire provocant avait quelque chose de libérateur. C'était le visage du futur. Et Debora voulait appartenir au futur. Ne disait-on pas que la vie serait de plus en plus agréable ? Comme le proclamaient les panneaux d'affichage dans toute la ville : l'avenir serait radieux.

« Non, cette coupe de cheveux ne me fera pas ressembler à un garçon, répondit-elle à la coiffeuse. Et quand bien même ?

— C'est vous qui voyez, c'est vous qui voyez. Mais je ne suis pas sûre que votre mère approuve, répliqua la femme. Cela étant, je ne suis pas votre mère.

— En effet », répliqua Debora, peut-être un peu trop sèchement compte tenu de leur différence d'âge.

Tandis que la coiffeuse lui lavait les cheveux et les brossait, au cas où elle aurait des poux, Debora songea à sa mère, justement, et à son père. À sa dernière journée à Uman. Lorsqu'elle était montée avec sa valise en carton à bord d'un train à destination de Kharkiv.

Uman. Elle s'était toujours sentie prise au piège dans le foyer familial, au milieu de tous ces meubles en cuir étouffants. De ces vitrines remplies de vases en cristal et de bibelots qui avaient survécu aux pogroms et à la violence de la guerre civile une dizaine d'années plus tôt. Des épais rideaux qui maintenaient le salon dans une pénombre permanente. Tout chez les Rosenbaum rappelait le passé disparu, une vie balayée par la grande révolution de 1917. Une vie pour laquelle, contrairement à ses parents, Debora n'éprouvait aucune nostalgie.

Le jour où elle leur avait annoncé son intention de rejoindre les volontaires qui construisaient l'usine de tracteurs, après la visite d'un recruteur dans son école, son père, Gersh, avait froncé ses sourcils broussailleux et laissé échapper un soupir chargé de tristesse et de résignation. « Pourquoi ? Qu'a-t-on fait pour que tu veuilles nous quitter ? Maintenant que ton frère est parti, on croyait que toi au moins tu resterais avec nous. Pourquoi es-tu si pressée de t'en aller ?

— N'est-ce pas toi qui m'as répété, durant des années, que je devais élargir mon horizon, ouvrir mon esprit ? » La voix de Debora était montée d'un ton. « Qu'on ne devait pas ressembler à ces gens ? »

Ces gens, dans l'esprit de Gersh Rosenbaum, c'étaient les autres Juifs, différents, qui lui faisaient honte. En dépit des nombreux progrès et des opportunités qu'offrait le mode de vie soviétique, beaucoup de Juifs d'Uman s'accrochaient au monde d'avant. Ils insistaient pour parler yiddish, pour porter des manteaux et des chapeaux noirs anachroniques. Les femmes continuaient à se raser la tête et à mettre des perruques.

« Comment peuvent-ils se comporter comme ça de nos jours, au vingtième siècle ? grommelait-il au cours du dîner. À cause d'eux, on passe pour des barbares. »

Bien que Gersh Rosenbaum lui-même descende d'un célèbre rabbin d'Uman dont la tombe était toujours vénérée par quelques habitants du shtetl, il avait grandi dans la ville de Kiev et préférait se faire appeler par la variante slave de son nom : Grigori. Comme lui, la mère de Debora, Rebecca, une des rares diplômées juives de l'Institut pour les jeunes filles nobles de Kiev, aujourd'hui disparu, ne parlait jamais yiddish à la maison, et pas question d'apprendre cette langue bâtarde à leurs enfants.

« Oubliez toutes ces inepties. Nous ne sommes pas des Juifs de la campagne à l'esprit étroit, nous sommes des intellectuels russes éduqués, leur répétait souvent Gersh, qui pourtant ne lisait jamais autre chose que le journal ou des hebdomadaires illustrés. Nous sommes tous égaux désormais. Il n'y a plus de zone de résidence, plus d'antisémitisme. La révolution a balayé pour toujours toutes ces distinctions, et c'est une bonne chose.»

La révolution de 1917 et la guerre civile qui avait suivi avaient balayé également presque toute la fortune des Rosenbaum. La laiterie située près d'Odessa que Gersh avait fait évoluer pendant le règne du tsar, grâce à un investissement de la famille de Rebecca, leur avait permis de payer une gouvernante française pour leurs enfants et, avant que la guerre mondiale rende les voyages par voie terrestre impossibles, de s'offrir des vacances à Capri ou dans les Alpes suisses chaque année. Mais la laiterie avait été nationalisée par les bolcheviques et la gouvernante avait fui en France depuis longtemps. Rien de tout cela ne devait apparaître dans la nouvelle vie de Gersh. Sur les documents officiels, quand il devait indiquer sa classe sociale, il inscrivait «ouvrier», d'une écriture assurée. Grâce à cette ruse, et à quelques autres, moins innocentes, Gersh Rosenbaum, aux origines prolétariennes désormais impeccables, se débrouillait plutôt bien sous le nouveau régime soviétique. Contrairement à Rebecca, il ne se lamentait jamais sur la vie qu'ils avaient perdue, une vie dont il lui arrivait même, parfois, de douter qu'elle avait existé.

Non pas qu'il croie à l'avenir radieux du communisme ou aux vertus du système soviétique. Gersh croyait simplement qu'il ne fallait pas se plaindre.

Un verre au quart plein, c'était toujours mieux qu'un verre vide, et un verre vide toujours mieux que pas de verre du tout, disait-il à ses enfants.

« Quel besoin as-tu d'aller là-bas ? Crois-tu que ce sera une partie de plaisir de construire cette usine à Kharkiv ? Sais-tu seulement où tu mets les pieds ? » Il avait tenté de faire entendre raison à Debora. « Les opportunités sont beaucoup plus nombreuses ici, avec ta famille. Je connais des gens, on peut s'arranger. Je peux t'ouvrir toutes sortes de portes, ici à Uman. »

Debora ne pouvait l'affirmer, mais elle devinait que son père lui ouvrirait ces portes en profitant de sa position au sein du Commissariat au commerce pour veiller à ce que certaines quantités de céréales, de beurre ou de sucre soient distribuées à quelques bénéficiaires non répertoriés. Ce qui heurtait de plus en plus violemment son sens de la justice, mais pas au point qu'elle s'oppose ouvertement à son père.

« Tu ne comprends pas, papa, avait-elle répondu, exaspérée. Je ne te demande pas d'*arranger* quoi que ce soit. Je veux ouvrir moi-même mes portes ! Toute seule ! Et ce travail à Kharkiv... Tous les meilleurs éléments de la jeunesse vont travailler là-bas, pour réaliser ce miracle, pour montrer que nous pouvons devenir la première puissance industrielle du monde. Comment peux-tu me demander de renoncer à tout ça pour rester ici, à Uman, alors que j'ai l'occasion de bâtir l'histoire de mes propres mains ! Nous avons tellement de chance de vivre cet instant unique, sur lequel des gens écriront des livres dans plusieurs siècles. »

Gersh s'apprêtait à répliquer sur ce point, en inspirant bruyamment pour trouver les mots appropriés, quand Rebecca le devança :

« Tu es une grande idéaliste, ma chérie, et ce n'est pas un défaut. Sache simplement que tu pourras revenir quand tu veux. La porte de cette maison te sera toujours ouverte. Si la vie à Kharkiv est trop dure, il n'y a aucune honte à revenir dans ta famille. Personne ne te le reprochera.

— Ce ne sera pas trop dur. » Debora piaffait d'impatience. « Je saurai me débrouiller. »

À la gare d'Uman, Gersh parvint à contenir ses émotions, en agitant joyeusement la main tandis que le train s'éloignait. Rebecca, en revanche, éclata en sanglots et courut jusqu'au bout du quai. Debora pleura elle aussi, pendant quelques minutes, mais elle oublia tout une demi-heure plus tard quand elle rencontra deux étudiants qui rentraient à Kharkiv et les écouta, fascinée, décrire la vie dans la grande ville.

Olena Tkach, une représentante du syndicat de l'usine de tracteurs de Kharkiv, vint accueillir Debora et une poignée de nouvelles recrues à la gare. Serrant leurs valises contre eux, ils sautèrent à l'arrière d'un camion recouvert d'une bâche goudronnée qui prit la direction du sud-est sur une route de terre creusée d'ornières. Olena, une femme large d'épaules, plus grande que presque tous les nouveaux arrivants, se déplaçait avec l'assurance que confère la force physique. Elle examina d'un œil méprisant les belles chaussures de Debora, dont elle savait déjà qu'elles ne survivraient pas longtemps à la confrontation avec la boue du chantier. Ses dents de devant étaient légèrement de travers : une imperfection qui apparaissait chaque fois qu'elle parlait. Avec ses joues rouges, ses cheveux blonds séparés par une raie centrale, elle évoquait aux yeux de Debora la statue de Vénus installée sous la cascade à Uman, une de ses cachettes préférées quand elle était petite.

« As-tu déjà fait ce genre de travail ? lui demanda Olena.

— Non, mais je suis sûre que je peux y arriver.

— Bien. Quel âge as-tu ?

— Dix-sept ans. Et toi ?

— Vingt et un.

— Elle y arrivera, elle y arrivera. Et si elle n'y arrive pas, elle n'aura pas à manger », commenta une autre recrue, et tout le monde éclata de rire.

Sauf Olena. Qui les foudroya du regard.

« Occupez-vous de vos oignons, vous autres. » Elle se retourna vers Debora. « Il reste une place dans mon dortoir, si tu veux.

— Avec plaisir », répondit Debora, intimidée.

Le dortoir accueillait douze autres femmes, et Debora se vit attribuer un des lits du bas, sous celui d'Olena. Une toile de coton faisant office de paravent offrait un peu d'intimité.

« Bienvenue à la maison, si je puis dire. » Olena lui fit un grand sourire. « Tu peux ranger tes affaires dans ce placard. »

Elle regarda la jeune fille déballer d'abord ses vêtements, puis une pile de livres qu'elle avait l'intention de lire, et peut-être de partager avec ses nouveaux amis.

Olena exprima son étonnement par un sifflement.

« Ouah, tu as transporté ta bibliothèque ! Tu vas lire tout ça ? »

Debora répondit par un sourire timide.

Quand elle eut rangé ses affaires, Olena l'escorta jusqu'à la cantine pour récupérer des cartes de rationnement. Il était presque l'heure du dîner. La plupart des femmes et des hommes rassemblés dans le réfectoire non chauffé étaient beaucoup plus âgés ; leurs visages étaient creusés et tristes, ils mâchaient la bouche ouverte et essuyaient leurs lèvres grasses sur leurs manches. La nourriture était servie sur des plateaux en fer-blanc, avec des fourchettes et des cuillères en bois.

« Tu as de la chance : c'est le jour de la viande. On n'en mange qu'une fois par semaine », expliqua Olena alors qu'elles faisaient la queue pour qu'on remplisse leurs assiettes.

Des morceaux de viande filandreuse se coinçaient entre les dents de Debora, trop gênée pour essayer de les déloger. Contrairement aux deux étudiants qu'elle avait rencontrés dans le train pour Kharkiv, les volontaires de l'usine de tracteurs ne pourraient pas lui offrir les conversations intellectuelles auxquelles elle aspirait. La plupart, constata-t-elle, ne savaient même pas lire ni écrire, alors pas question d'espérer parler cinéma ou littérature. Ils étaient ici pour une seule raison : la cantine du chantier fournissait suffisamment de calories pour leur permettre de survivre à l'hiver qui approchait.

Après le dîner, toutes les lumières du dortoir furent éteintes. Impossible de lire : une chose qu'elle faisait toujours avant de s'endormir. Épuisées par une rude journée de labeur, les femmes s'écroulaient, en ronflant et en toussant bruyamment. Avec un bain chaud une fois par semaine et des fenêtres condamnées à cause du froid, un cocktail de sueur et de flatulences imprégnait l'atmosphère.

Le lendemain matin, après avoir fait la queue aux toilettes, Debora but une tasse de thé tiède, accompagnée d'un morceau de pain dur, et rejoignit son équipe de travail. Si l'usine de tracteurs de Kharkiv, fierté de la puissance industrielle soviétique, était destinée à fabriquer les engins du futur, l'immense chantier de construction ne correspondait pas tout à fait aux descriptions enthousiastes du recruteur qui s'était rendu dans l'école de Debora à Uman. En vérité, se disait-elle, la technologie utilisée n'était guère plus avancée que celle qui avait servi à construire les pyramides en Égypte. Des hommes, réunis par groupes de trois et armés d'énormes marteaux, cassaient des pierres et creusaient de plus en plus profondément dans la terre gelée. Des femmes transportaient les débris dans des brouettes rouillées et les déchargeaient ensuite, avec des pelles, dans des charrettes tirées par des chevaux.

Sa première journée de travail terminée, Debora avait les mains enflées et ensanglantées. Son dos la faisait souffrir. Sans même ôter ses vêtements maculés de boue, elle se laissa tomber sur son lit et se roula en boule, percluse de douleurs. Olena lui jeta un regard méprisant.

« Tu n'es pas du tout faite pour ça, hein ? Avec tes petits doigts fragiles. Je vois bien que tu n'as jamais tenu une pelle.

— Non, reconnut Debora. Mais ne t'en fais pas, ça va aller.

— Je n'en reviens pas. Tes parents ne t'ont jamais demandé de leur donner un coup de main dans le jardin ou dans la maison ? Pour planter des légumes, par exemple ?

— Ma mère me faisait jouer du piano et prendre des cours de dessin.

— Du piano ? ricana Olena. Du piano ? Je ne savais même pas qu'il existait des gens comme toi.

— Je ne joue pas très bien, avoua Debora en rougissant. Je suis beaucoup plus douée pour le dessin.

— Ah oui ? Montre-moi. »

Olena lui tendit un journal et un crayon.

Debora ôta son manteau et se redressa. En quelques coups de crayon, rapides et assurés, elle esquissa un portait d'Olena dans la marge du journal.

« Pas mal !

— Je peignais des affiches et des banderoles pour le lycée », déclara fièrement Debora.

Olena lui tendit un pot de pommade à base de miel.

« Masse tes mains avec ça, tu te sentiras mieux demain. »

Hélas, Debora ne se sentait pas beaucoup mieux le lendemain. Elle avait toussé et éternué toute la nuit. Elle avait de la fièvre et elle grelottait sous la couverture élimée. Pendant presque une semaine, Olena lui fit du thé et lui apporta de la nourriture de la cantine. Quand Debora fut en état de marcher, elles traversèrent avec peine la route jusqu'à l'immeuble de brique d'un étage qui abritait la Section politique du chantier. Olena frappa à la porte du directeur, le camarade Lev Katz.

Petit, maigre et souffrant d'un léger strabisme, le camarade Katz portait un costume à fines rayures deux fois trop grand.

« Quel plaisir de te revoir, ma chère Olenockha », dit-il en l'étreignant.

Debora devait faire un effort pour s'empêcher de regarder les touffes de poils noirs qui sortaient de ses oreilles et de son nez.

« Voici la fille dont je t'ai parlé, l'artiste, dit Olena. Elle est très douée, je peux en témoigner.

— Je crois que nous allons devoir nous en assurer, ma chère, grommela Katz, en faisant signe à Debora de s'asseoir. Nous avons besoin d'aide dans ce département, assurément. Les choses changent si vite. Chaque jour, il y a de nouveaux slogans, de nouvelles campagnes, de nouveaux objectifs. Nous vivons une époque formidable. Commençons par les fondamentaux. »

Il déposa devant la jeune femme une banderole en toile rouge, un pot de peinture blanche, un bocal contenant des pinceaux, et observa attentivement Debora pendant qu'elle se concentrait, en se mordant la lèvre, pour tracer des lettres majuscules qui, un quart d'heure plus tard, formaient une phrase complète : MORT À LA CLIQUE DES TRAÎTRES ET DES CONTRE-RÉVOLUTIONNAIRES BOURGEOIS !

« Rapide et régulier, commenta Katz en examinant le résultat. Très impressionnant, camarade. À partir de maintenant, tu peux laisser ta pelle à d'autres. La révolution a davantage besoin de toi ici. »

Ils passèrent dans la pièce voisine, au centre de laquelle trônait un bureau. Une ampoule nue pendant au plafond. Des rouleaux de tissu rouge et des pots de peinture occupaient la moitié de l'espace. Un canapé en lambeaux était poussé dans un coin.

« Bienvenue dans ton nouveau bureau, déclara Katz. Je me fiche des horaires, jour ou nuit, du moment que le travail est fait à temps. »

Debora ne pouvait détacher son regard du canapé. Elle s'y voyait déjà, allongée en chien de fusil pour lire, une fois son travail terminé. Ce soir-là, elle écrivit sa première lettre à ses parents, en omettant de préciser qu'elle avait été malade. *C'est encore mieux que je l'imaginais. J'adore cet endroit, tous les gens sont très intéressants et j'apprends un tas de choses. Venir à Kharkiv est la meilleure décision de toute ma vie.*

2

Kharkiv, décembre 1930

Vêtue d'une robe à rayures bleu et blanc, suggestive et totalement inadaptée au froid, Debora pénétra bras dessus, bras dessous avec Olena dans le centre culturel de l'usine de tracteurs où avait lieu la fête du réveillon. Son dos dénudé se couvrit de chair de poule, puis s'engourdit totalement, pendant un bref instant. Au moins, il faisait chaud à l'intérieur. La salle était déjà bondée, remplie de musique assourdissante et de rires avinés.

Au plafond pendaient les œuvres de Debora : des slogans peints en majuscules sur de larges bandes de tissu rouge. NOUS NOUS ENGAGEONS AUPRÈS DU CAMARADE STALINE À RÉALISER LE PLAN QUINQUENNAL EN QUATRE ANS, promettait l'un d'eux. À BAS LES IMPÉRIALISTES AMÉRICAINS, LONGUE VIE À LA RÉVOLUTION PROLÉTARIENNE, proclamait un autre. Les banderoles fraîchement peintes qui flottaient au-dessus du sapin décoré reliaient les portraits de Staline, Lénine, Engels et Marx, soulignant l'évolution de la pilosité faciale, de la barbe fournie du philosophe allemand à la moustache impeccablement taillée du Leader bien-aimé de l'humanité progressiste.

Toutefois, personne ou presque n'avait la possibilité de lire ces banderoles ce soir car les lumières étaient éteintes, à l'exception d'un fin rayon qui se reflétait sur la piste de danse.

« Oh, non, je n'y crois pas, ils dansent le two-step ! » Olena, survoltée, essaya d'entraîner Debora au cœur de la mêlée. « Viens, on va leur montrer de quoi on est capables ! »

Debora n'était pas une très bonne danseuse et elle n'avait jamais entendu parler du two-step. Les rares et regrettables fois où elle s'était aventurée sur une piste de danse, elle avait agité les bras et les jambes au hasard, avant de s'apercevoir qu'elle s'était ridiculisée et d'aller se réfugier dans un coin sombre. Elle parvint à se libérer de la main d'Olena.

« Vas-y seule pour commencer. Je te rejoindrai plus tard. »

Après avoir pris un verre de vin blanc pétillant de Crimée, que tout le monde appelait « le champagne soviétique », elle alla s'asseoir sur un canapé, au fond de la salle. La pendule face à elle indiquait qu'il restait plus d'une heure avant minuit. En remplissant son verre de vin, elle aperçut Katz en train de danser avec

Olena, le menton niché entre ses seins. Il lui dit quelque chose tout bas et elle éclata de rire, en rougissant. Centimètre par centimètre, ses doigts osseux descendaient dans le dos de la jeune femme, jusqu'à ce qu'ils agrippent fermement son postérieur. Olena s'esclaffa de nouveau, et en tournoyant sur elle-même, elle accrocha le regard de Debora. Qui rougit et tourna la tête.

À Uman, elle avait mené l'existence d'une jeune fille innocente, à l'exception de quelques baisers furtifs échangés avec des camarades de classe durant sa dernière année de lycée. Et elle n'avait pas l'habitude de boire. Grâce à son long cou délicat et à ses yeux d'un vert intense qui semblaient promettre bien plus qu'elle était prête à offrir, elle avait éveillé l'attention parmi la population masculine de Kharkiv. Jusqu'à présent, la timidité l'avait empêchée de réagir aux avances. Ce soir, décréta-t-elle en finissant son deuxième verre de vin blanc pétillant, ce serait différent.

Debora se demandait si elle devait boire un troisième verre quand un homme se laissa tomber sur le canapé à côté d'elle. Des gouttes de sueur coulaient sur son front et son haleine empestait l'ail et le mauvais alcool. Il essuya son visage avec sa manche, puis, en chancelant légèrement, il se tourna vers elle et la déshabilla du regard de la tête aux pieds. Elle fit semblant de ne rien remarquer quand il se rapprocha en faisant claquer sa langue. « Très chic », commenta-t-il d'une voix pâteuse. Lentement et délibérément, il posa sa paume sur la cuisse de Debora, au niveau de l'ourlet de sa robe. Elle eut un mouvement de recul, mais il accentua la pression de sa main, à lui faire mal. Je vais avoir un bleu, songea-t-elle.

« Tu es nouvelle ici, hein ? Viens danser avec moi. »

Debora tenta de se dégager, mais le type la plaquait contre le canapé.

Le souffle court, elle essaya de repousser la main qui malaxait sa cuisse, mais il se contenta de sourire : il savourait sa force et l'impuissance de sa proie. La salle était plongée dans l'obscurité et au milieu du vacarme de la fête, nul ne semblait leur prêter attention.

« Lâche-moi, s'il te plaît, implora-t-elle. Tu es ivre. Tu devrais aller te coucher.

— Ivre ? protesta-t-il. Moi ? Ivre ? Il en faut plus que ça pour que je sois ivre, ma jolie.

— S'il te plaît ! »

Elle ne vit pas immédiatement l'homme plisser les yeux de douleur.

Un autre homme, grand, en uniforme de l'armée, avait saisi l'avant-bras de son harceleur, avec une force que trahissaient ses jointures blanches. Debora sentit l'étau se desserrer autour de sa cuisse. L'homme en uniforme murmura quelque chose à l'oreille de l'ivrogne. Qui se leva aussitôt, bredouilla des excuses et s'éloigna en essayant de conserver son équilibre.

«Merci, soupira Debora.

— Oh, n'importe qui en aurait fait autant. On ne peut pas laisser les malotrus se comporter de cette façon. Où est passé le savoir-vivre?» Après un bref silence, il se présenta: «Samuel.

— Debora.»

Elle tendit la main. Mais au lieu de la serrer, Samuel posa un genou à terre pour lui faire un baisemain, à l'ancienne. Cela ne lui était encore jamais arrivé.

«Je dois avouer, avec toute la franchise d'un officier, que je suis subjugué par ta beauté enchanteresse, ma chère Debora.»

Elle remarqua ses cheveux noirs gominés et sa fine moustache en guidon de vélo. De toute évidence, il avait passé une heure ou deux devant son miroir. Son regard exprimait à la fois la passion et une certaine suffisance.

«Tu es un séducteur, hein? Tu dis ça à toutes les filles? demanda-t-elle en riant.

— Non, pas à toutes. À toi uniquement.» Il prit sa main dans les siennes. «Veux-tu bien me faire l'honneur de m'accorder cette danse?»

Debora se laissa guider du début à la fin par son cavalier, en s'efforçant de ne pas trébucher et de ne pas se faire honte. Heureusement, Samuel savait s'y prendre, et soudain, tout lui semblait beaucoup plus facile.

«Tu es une excellente danseuse, lui glissa-t-il à l'oreille. Magnifique.»

La bouche de Debora demeura figée par un sourire nerveux tant elle était concentrée pour ne pas écraser les pieds de son cavalier avec ses talons. Il sentait l'eau de Cologne et les effluves de son odeur à la fois épicée et sucrée parvinrent à éclipser les relents de désinfectant industriel et de charbon qui emplissaient la salle.

De retour sur le canapé, Debora apprit que Samuel Groysman était élève officier, comme son frère Yakov, à cette différence près que lui apprenait à piloter des avions et non des navires. Il n'avait pas besoin de préciser qu'il était juif par ailleurs. Chez lui, là-bas à Berdytchi, près de la frontière occidentale de l'Ukraine soviétique, le yiddish avait été sa langue maternelle, et dans les rues, on parlait aussi bien l'ukrainien que le polonais. Par conséquent, il s'exprimait dans un russe fait d'un patchwork d'accents, et sa façon de prononcer les « r », à la yiddish, trahissait ses origines.

Une fois la fête terminée, il la raccompagna. Il insista pour qu'elle enfile son manteau militaire gris et il la tint par le coude sur le chemin verglacé qui conduisait au dortoir. Au moment de la séparation, il déposa un baiser chaste sur sa joue. Debora en éprouva un léger regret. Elle sentit sur sa peau froide le picotement de la moustache.

Le premier dimanche de la nouvelle année, Samuel se présenta au dortoir pour inviter Debora à une représentation du Cirque de Moscou, en tournée.

Elle était gênée par cette visite surprise, mais surtout, elle s'en voulait d'avoir les cheveux en bataille ce matin-là, chose inhabituelle chez elle. Elle passa plus d'une heure dans son bureau à la Section politique, à l'abri des regards indiscrets, à se préparer pour ce rendez-vous en arrangeant son maquillage.

Elle n'était jamais allée au cirque : Uman était une ville trop petite pour accueillir des troupes. Bras dessus, bras dessous, ils franchirent l'entrée majestueuse de l'opéra de Kharkiv, bâti sur le modèle du palais des Tuileries à Paris. Des colonnes néoclassiques étaient surmontées de créatures féminines ailées qui supportaient les balcons. À peine s'étaient-ils assis dans leurs fauteuils de velours rouge que l'orchestre attaqua *L'Internationale*, et un phoque se trémoussa jusqu'au centre de la scène en poussant avez son nez une énorme mappemonde de cuir, sur laquelle la carte de l'Union soviétique était surlignée en rouge vif et frappée des lettres CCCP en cyrillique. Une douzaine de chiens vêtus de tenues à paillettes apparurent en gambadant ; chacun poussait le même ballon, en miniature, qu'il expédiait dans la salle d'un coup de patte.

L'une de ces mini-mappemondes s'envola dans leur direction. Samuel se leva d'un bond pour l'attraper. Il la tendit à Debora.

« À toi de jouer, dit-il en riant. Renvoie-la. »

La jeune femme craignait de ne pas avoir assez de force ou de viser à côté, mais le ballon atterrit au milieu de la scène. Les spectateurs l'applaudirent et elle se rassit en se sentant rougir.

Le phoque et les chiens étant retournés en coulisse, d'autres animaux, plus gros – un éléphant, un dromadaire, un ours – arborant des jupes rose brillant – firent leur entrée en se dandinant sur une valse. Puis vinrent les magiciens, dont Samuel dévoila tous les tours à voix haute, ce qui agaçait leurs voisins.

Après cela, on fit rouler un énorme canon sur scène et une femme en tenue argentée, avec une coupe de cheveux identique à celle de Debora, se mit à chanter, à califourchon sur le fût. Au son d'un roulement de tambour angoissant, tandis qu'on baissait les lumières, la femme fut introduite à l'intérieur du canon et, dans une explosion assourdissante et un nuage de fumée multicolore, elle se trouva projetée vers le plafond constellé de lumières scintillantes.

Debora laissa échapper un petit cri et saisit la main de Samuel. Elle poussa un soupir de soulagement en voyant l'artiste attraper au vol un accessoire en forme de croissant de lune, qui la fit redescendre lentement, tête en bas, pendue par les genoux, sans cesser de chanter.

« Bravo ! Bravo ! » s'exclama Samuel. Debora libéra sa main pour qu'il puisse applaudir à tout rompre, debout. « Quel talent ! » cria-t-il, survolté.

Quelques minutes plus tard, un lion au poil hirsute entra sur scène au galop et s'arrêta net, en rugissant, devant un dompteur moustachu. L'homme, vêtu d'une chemise sans manches à rayures, rugit à son tour, fit claquer son fouet et rouler ses biceps huilés. Intimidé, le lion s'assit et ouvrit sa gueule. Les violons de l'orchestre jouaient crescendo. Lorsque le dompteur introduisit lentement sa tête dans la gueule du fauve, Debora reprit la main de Samuel. Il la serra dans la sienne. Et la garda ainsi jusqu'à la fin du spectacle. Cela semblait tout naturel.

Ils échangèrent leur premier baiser une semaine plus tard. La bouche de Samuel avait le goût amer du tabac et il l'étreignit avec une force qu'elle n'avait encore jamais connue.

Au cours de leur rendez-vous suivant, Debora le laissa glisser sa grosse main à l'intérieur de son chemisier, puis sous sa jupe. Les muscles raidis par la peur, elle eut honte de sentir la moiteur qui se répandait entre ses cuisses. Samuel émit un grognement de satisfaction. Il savait s'y prendre et commença par des gestes doux et lents, avant d'accélérer peu à peu. Debora ferma les yeux, elle avait du mal à respirer et sentait son cœur s'emballer.

« Tu es fou, fou, murmura-t-elle dans son oreille, en priant pour qu'il continue. Fou.

— C'est certain », confirma-t-il avec un grand sourire, en plaquant la main de Debora sur son bas-ventre.

De retour au dortoir, elle raconta à Olena ce qui s'était passé.

« Tu veux dire que tu ne l'avais jamais fait ? s'étonna celle-ci, stupéfaite. Pas même avec ta main ? »

Debora secoua la tête, honteuse.

«Tu ne sais pas ce que tu loupes, dit Olena en riant. Il va falloir que je t'apprenne certaines choses. Quoi qu'il en soit, ton Samuel m'a l'air d'être un homme solide. Et c'est la règle numéro un dans ce monde. Sans un homme, nous ne sommes rien.

— Faux, protesta Debora. C'était vrai dans le temps. Mais de nos jours, la femme est l'égale de l'homme, on a des droits, on existe par nous-mêmes.

— C'est ce qui est écrit dans les manuels scolaires maintenant? ironisa Olena. Sans un homme, on n'est rien. Crois-moi.»

Debora brûlait d'envie de l'interroger au sujet du camarade Katz, mais elle n'osait pas.

Samuel et Debora ne disposant pas d'un logement, leur histoire d'amour s'épanouit principalement dans les recoins sombres de divers espaces publics. Les salles de cinéma étant l'endroit le plus accessible et le moins cher, ils se retrouvaient chaque semaine au cinéma Karl-Marx, une immense salle qui avait besoin d'un bon coup de peinture, et que la plupart des habitants de Kharkiv continuaient d'appeler par son nom d'avant la révolution, celui de ses propriétaires: les Frères Bommer. Là, ils achetaient généralement des graines de tournesol dont ils recrachaient les coques par terre, alors que le rideau se levait, que les lumières s'éteignaient et que débutaient les actualités d'une demi-heure, avant le film.

Les sujets étaient toujours les mêmes. L'agriculture d'hier, inefficace, allait bientôt disparaître, sous l'influence des nouveaux tracteurs qui allaient révolutionner la campagne soviétique, déclamait un narrateur sur une musique martiale. Déjà, dans tout le pays, des paysans découvraient les bienfaits de cette révolution, et s'assemblaient spontanément pour créer des fermes collectives, dans lesquelles des dizaines de petites parcelles non rentables seraient réunies afin de permettre une agriculture moderne, à grande échelle. L'Union soviétique – et particulièrement l'Ukraine soviétique – nourrirait bientôt le monde entier. Seuls quelques rares ennemis, parmi les riches fermiers qui voulaient maintenir leurs voisins dans la pauvreté, s'opposaient à ce progrès inarrêtable. Les images d'actualité montraient un fermier barbu et obèse expulsé de ses terres par un groupe de jeunes gens, hommes et femmes, sveltes. Des armes avaient été découvertes dans une meule de foin. «Ces ennemis de classe ne pourront pas se dresser sur notre chemin, le chemin du progrès, et bientôt ils seront tous éradiqués» ajoutait le commentaire. Dans la salle, comme s'ils s'étaient passé le mot, les spectateurs applaudirent à tout rompre.

La plupart des films projetés n'étaient pas très différents, assurément, des images d'actualité qui les précédaient. Mais Debora et Samuel s'en fichaient. Généralement, ils s'asseyaient au fond de la salle, leurs genoux stratégiquement cachés par le manteau de Samuel, sous lequel leurs mains se livraient à des explorations mutuelles.

Un jour de février, Samuel parvint à la faire entrer en douce sur le terrain d'aviation militaire pour qu'elle assiste à des vols d'entraînement. Debora regarda avec une admiration enfantine Samuel se diriger d'un pas décidé, avec son blouson et ses lunettes d'aviateur, vers le petit biplan, un Tupolev I-4. L'appareil décolla dans un bourdonnement d'insecte et décrivit des cercles au-dessus d'elle, de plus en plus petits. C'était la première fois qu'elle voyait un avion d'aussi près, et elle se rongea les sangs jusqu'à ce que ce point minuscule tout là-haut dans le ciel revienne se poser sur la piste gelée.

«Je suis très fière de toi, dit-elle quand il la rejoignit et elle couvrit son visage de baisers.

— Hé, je pilote un petit avion, c'est tout», répondit-il, faussement modeste.

En fin d'après-midi, quand il fut autorisé à quitter son poste, il sortit de sa poche deux clés attachées par une ficelle et les agita devant Debora.

«J'ai une surprise.

— Quoi donc?

— Suis-moi et tu verras. Interdiction de poser des questions.»

Il tourna au coin de la base aérienne, parcourut deux pâtés de maisons et s'engagea dans la cage d'escalier d'un immeuble sinistre et glacial. Arrivé au premier étage, il ouvrit une porte sur le palier et suivit un couloir jusqu'à une autre porte tout au bout. La clé grinça dans la serrure. À l'intérieur, le lit une place, sur lequel était étendue une couverture en laine grise, laissait juste assez de place pour un tabouret et un petit bureau. Des braises rougeoyaient dans la cheminée. Il faisait bon, ça sentait les oignons, la saumure et le tabac brun.

Après avoir refermé la porte derrière eux, il enlaça Debora, puis plaqua ses mains sur ses seins.

« À qui est cette chambre ? » demanda-t-elle.

Elle savait que Samuel, comme elle, dormait dans un dortoir.

« Disons qu'un ami me la prête. Alors, maintenant, c'est la nôtre. »

Il ajouta des bûches dans l'âtre, et quelques instants plus tard, le feu illumina la pièce, projetant des ombres dansantes sur les murs.

Pour la première fois, ils étaient seuls.

Debout au centre de la chambre, les yeux fermés, Debora laissa Samuel la déshabiller lentement.

« Avec combien de filles tu as déjà fait ça ? »

Il bredouilla une réponse et l'entraîna vers le lit, sans brusquerie, en continuant à la déshabiller. Elle sentit son corps se raidir en songeant à la suite.

Elle avait entendu dire que ça ferait mal quand il entrerait en elle, mais en réalité, ce ne fut pas aussi douloureux, ni aussi agréable, qu'elle l'avait imaginé. Les yeux toujours fermés, elle se mordit la lèvre et songea : c'est fini ?

Samuel avait prévu un chiffon pour leur toilette. Il faisait si chaud dans la chambre à présent qu'ils n'avaient plus besoin de la couverture. Ils s'endormirent sur les draps, collés l'un à l'autre. Les poils de la poitrine de Samuel frottaient contre le dos pâle de Debora. Cette intimité était un luxe qui n'avait pas de prix.

Cependant, ils devaient quitter la chambre au bout d'une heure, avant le retour de son occupant.

«Je t'aime», lui murmura Samuel à l'oreille au moment où ils ressortaient dans la rue sombre et froide.

Il pensait que la politesse exigeait de prononcer ces paroles après avoir fait l'amour avec une femme pour la première fois. Debora répondit par un sourire rêveur.

Le soir même, elle parla enfin de Samuel dans la lettre qu'elle adressa à ses parents. *Maman, papa. Je crois que j'ai trouvé quelqu'un dont je suis réellement amoureuse. Je pense qu'il vous plaira,* écrivit-elle de sa belle écriture scolaire. *Il est très beau et il pilote des aéroplanes.*

C'était la première fois que Sasha Grinenko, l'ami de Samuel, prêtait son lit à quelqu'un. Ce soir-là, troublé par les effluves du parfum de Debora, il ne parvint pas à s'endormir. Il ne cessait d'imaginer ces fesses et ces seins qui avaient été en contact avec ses draps, et il se surprit à avoir une érection.

« Allez, dis-moi qui c'est ? » insista-t-il auprès de Samuel quand celui-ci lui remit son paiement en échange de la chambre : une demi-bouteille de vodka.

« C'est quelqu'un de spécial. »

Il n'en dit pas plus.

Samuel avait pourtant la réputation de se vanter de ses conquêtes, réelles ou imaginaires. Généralement, il avait un faible pour les femmes plus âgées, surtout si elles possédaient un logement (avec une cuisine, de préférence). Sa description clinique des parties les plus intéressantes de l'anatomie féminine lui valait l'admiration de ses camarades élèves officiers, encore puceaux pour la plupart, même si rares étaient ceux qui voulaient l'avouer. Cette fois-ci, cependant, il refusa de donner des détails, même à Sasha. Debora n'était pas comme les autres. À ses yeux de fils de boucher casher, pupille de l'Armée rouge des travailleurs et des paysans depuis l'adolescence, cette jeune femme incarnait un monde différent, dont il ne faisait pas partie, pas encore du moins. Elle citait des vers, de manière tout à fait naturelle, sans chercher à l'impressionner, et au cours de la conversation, elle évoquait des personnages de romans russes dont il connaissait seulement le titre, ou de romans étrangers dont il ignorait même l'existence.

« Oh, allez », le pressa Sasha. De deux ans plus âgé que Samuel, il ne draguait plus les filles. Il avait une fiancée, Larysa, une jeune femme au visage rond, qu'il allait bientôt épouser. « Tu ne peux pas continuer à boire sans rien dire. C'est une fille d'ici ? De Kharkiv ? Comment vous vous êtes rencontrés ?

— En fait, elle vient d'Uman, précisa Samuel. Comme toi.

— Incroyable ! Uman ! Comment elle s'appelle ?

— Je ne peux pas te le dire. »

Et malgré toutes les tentatives de Sasha pour lui tirer les vers du nez, il garda le secret.

Contrairement à Debora et à Samuel, Olena et le camarade Katz ne se montraient jamais ensemble en public. Mais une fois par semaine environ, Olena disparaissait à l'intérieur de l'appartement de Katz et réintégrait le dortoir à l'aube, avant le petit déjeuner.

Un jour, Debora trouva enfin le courage de lui demander : « Qu'est-ce que tu lui trouves ? Il n'est pas trop vieux pour toi ?

— Il est moins vieux qu'il en a l'air. » Olena n'appréciait pas ce genre de questions. « Et puis, il est très gentil, contrairement aux garçons plus jeunes. C'est un homme, un vrai, sérieux. Je crois même que nous allons nous marier.

— Sans rire ? Quand ?

— Je ne sais pas. Mais il en a parlé, alors bientôt peut-être, dit Olena avec un sourire d'exaltation. Qu'est-ce que tu vas devenir ici sans moi, petite idiote ? »

Elle pinça la joue de Debora comme on le fait avec un enfant.

Ce même jour, Debora reçut une lettre de sa mère. L'enveloppe contenait également une photo en noir et blanc de ses parents, retouchée par le célèbre photographe d'Uman, Altman, pour les rajeunir de dix ans et leur faire perdre quelques kilos. Elle la posa à côté de son lit.

« Ils sont très beaux, commenta Olena avec un pincement de jalousie, impressionnée par le collier en forme de serpent et le nœud papillon. Moi, je n'ai plus que ma maman. Mon papa est mort.

— Oh, je suis vraiment désolée.

— C'était il y a longtemps. Mais il me manque aujourd'hui encore. J'aimerais beaucoup avoir un père. »

Debora déplia la lettre et se mit à lire.

Ma chère fille, je suis si heureuse pour toi, si heureuse d'apprendre que tu es amoureuse, écrivait Rebecca. *Mais fais seulement ce que tu as envie de faire et méfie-toi des mauvaises influences. Veille à ce que ce soit toujours toi qui mènes la danse.*

Debora grimaça. Oh, maman. Exaspérée, elle faillit ne pas lire la lettre jusqu'au bout.

Nous aimerions beaucoup venir te voir, malheureusement cela ne sera pas possible avant un certain temps car ton père ne se porte pas très bien. Il est tombé et s'est cassé la jambe. Il en a pour deux mois au moins. Dans l'immédiat, le médecin dit qu'il n'est pas question de le laisser prendre le train.

3

Kharkiv, avril 1931

Dès que les premières fraises de l'année eurent mûri, la mère d'Olena, Zinaida, débarqua à Kharkiv les bras chargés de cadeaux de la campagne. Dans un grand panier d'osier recouvert d'un torchon blanc étaient soigneusement disposés du fromage, des roulés aux graines de pavot, du chou en saumure, une épaisse tranche de *salo* – du lard salé – un pot de crème aigre et – ce que préférait Olena par-dessus tout – des varenikis : des raviolis fourrés aux cerises sures. Malgré sept heures de train, depuis son village, Zinaida ne paraissait pas fatiguée.

« Viens donc manger avec nous, ma fille », dit-elle à Debora, aussitôt après avoir dressé une table improvisée dans la salle d'attente du dortoir.

Contrairement à Debora, qui prenait soin de parler russe avec le bon accent, Olena et sa mère truffaient leurs phrases de mots ukrainiens. Quelques années plus tôt, les autorités avaient commencé à promouvoir l'usage de l'ukrainien littéraire, devenu la langue officielle du gouvernement. Mais dans les villages, peuplés majoritairement d'illettrés, qui parsemaient les steppes de l'est ukrainien, rares étaient les personnes qui maîtrisaient cette langue. Ils parlaient le dialecte sourjyk, dans lequel la grammaire et le vocabulaire des deux langues se mélangeaient, et que tout le monde comprenait, même si cela heurtait les sensibilités des Ukrainiens et des Russes éduqués. Ce même dialecte était parlé de l'autre côté de la frontière dans les régions voisines de la Russie.

Zinaida sortit une miche de pain de seigle, coupa une tranche de *salo*, sur laquelle elle posa une demi-tête d'ail en saumure.

« Mange, ma fille, mange », dit-elle en tendant le tout à Debora.

Les parents de cette dernière, aussi émancipés soient-ils, avaient fixé la limite à la consommation de porc : jamais un morceau de *salo* n'avait franchi la porte des Rosenbaum. Debora n'hésita pas une seconde néanmoins. Elle prit la tranche de pain et de lard et mordit à pleines dents dans le gras luisant. Elle avait tourné le dos aux superstitions vieillottes. Et découvert qu'elle aimait le goût de ce qui était défendu.

Zinaida étant analphabète, c'était un voisin qui lui lisait les lettres de sa fille, et se chargeait de rédiger ses courtes réponses. Mais on ne pouvait pas lui faire entièrement confiance. Ni à lui ni à personne d'autre, d'ailleurs. En quelques phrases débitées à toute allure, Zinaida transmit à sa fille les nouvelles du village qu'elle n'avait pas osé mettre dans ses lettres.

« Apparemment, les récoltes seront très bonnes cette année. Dieu soit loué, la neige est tombée en abondance, et le printemps n'est pas trop froid. Hélas, je ne sais pas quelle quantité on pourra garder pour nous. Ils augmentent sans cesse les quotas. Bientôt, si ça continue, ils dépasseront toute la récolte. » Elle soupira. « On mangera quoi, alors ?

— Je suis sûre qu'il y aura assez pour tout le monde, dit Debora gaiement. On cultive de plus en plus chaque année. Surtout grâce aux tracteurs qu'on va bientôt fabriquer ici même, à Kharkiv. Je suppose que votre ferme collective en recevra quelques-uns. »

Zinaida la regarda comme on regarde une enfant, prit sa main dans la sienne, caressa les doigts sans cals, les ongles manucurés.

« As-tu déjà travaillé dans une ferme, ma fille ?

— Non, pas vraiment.

— Alors, laisse-moi te raconter comment ça se passe dans notre village. Tous les fermiers qui savent cultiver la terre, ceux qui ont des belles maisons et du bétail en bonne santé, on les appelle les ennemis de la révolution à présent. Des koulaks. Et ceux qui ont toujours été trop paresseux pour travailler, c'est eux qui dirigent le comité du kolkhoze. Tu crois qu'un tracteur va changer quelque chose ? Vous autres, dans les villes, vous avez la belle vie. Depuis toujours. Vous ne mourrez pas de faim. Nous, dans les campagnes, on lutte. Tel est notre destin, je suppose. Sous les maîtres polonais, on était des esclaves. Sous les tsars russes, on était des esclaves. Et aujourd'hui, on reste des esclaves. Pauvre Ukraine. Personne au monde n'aime notre pays. Personne. »

C'était un discours hérétique, et Olena comme Debora en prirent conscience immédiatement. Olena grimaça. Sentant la tension qui l'habitait, Debora posa sa main sur son bras.

« Votre fille est ma meilleure amie ici, confia-t-elle à Zinaida.

— Oui, elle me l'a dit. Reprends donc des fraises. » Les mains ridées de Zinaida poussèrent d'autres fruits délicieux vers Debora. « Et que Dieu te protège, ma chérie. »

4

Kharkiv, mai 1931

La fête avait débuté depuis une heure quand Samuel et Debora dénichèrent enfin le bon appartement et poussèrent la porte qui n'était pas verrouillée. L'immeuble sentait encore la peinture fraîche et les jeunes sapins plantés devant n'étaient pas plus hauts que des roseaux. Ils entendaient les échos d'un disque de jazz et le brouhaha des voix avinées, ponctué de ricanements.

Épuisés par la participation obligatoire au défilé du 1er-Mai, chacun de son côté, ils n'avaient pu se retrouver qu'en fin d'après-midi. Debora avait à peine eu le temps d'enfiler la nouvelle robe d'été qu'elle avait cachée derrière le comptoir du salon de coiffure et de troquer ses chaussures de marche contre des escarpins à talons. Samuel, lui, garda son blouson d'aviateur en cuir et ses bottes cirées.

Ils n'avaient jamais mis les pieds à la «Maison Slovo» (qui signifiait «parole»), mais ils en avaient entendu parler. L'immeuble avait été construit exprès pour la nouvelle élite littéraire et théâtrale de la capitale ukrainienne et abritait les esprits les plus en vogue de la ville. Moderne et minimaliste, le bâtiment en forme de C (initiale du mot Slovo en cyrillique) accueillait un terrain de jeux au centre et un solarium sur le toit. De fait, il semblait ne pas appartenir au même univers que le dortoir de l'usine de tracteurs où dormait Debora.

Samuel et elle ne connaissaient aucun écrivain ni aucun acteur, et en entrant dans l'appartement, elle était nerveuse; elle craignait de se ridiculiser. Sasha, l'ami de Samuel, se tenait à l'entrée, un verre de vin à la main. Il les accueillit avec des tapes dans le dos.

«Content que vous ayez pu venir. Tu es Debora, je parie, ajouta-t-il en la regardant droit dans les yeux. Samuel – nous, on l'appelle Syoma – parle beaucoup de toi. Beaucoup.

— Pas trop, j'espère, gloussa-t-elle.

— Non, il raconte à tout le monde que tu es une fille absolument incroyable, rien de plus», plaisanta Sasha.

Aucun des trois n'évoqua le fait que Debora et Samuel passaient une heure ou deux dans le lit de Sasha tous les dimanches après-midi, un geste d'une très grande générosité. D'autant que Sasha n'exigeait même plus de se faire payer en vodka. Après ces étreintes, ils allaient généralement au cinéma où, habités par cette sensation de bien-être qui succède au sexe, ils pouvaient réellement s'intéresser au film.

Cela faisait des mois que Sasha insistait pour rencontrer Debora. Samuel avait fini par lui révéler son nom au mois de mars, mais ce patronyme n'évoquait chez lui aucun souvenir. Uman était une petite ville, certes, mais pas au point que tout le monde se connaisse. D'autant que les Juifs constituaient la moitié de la population, et Rosenbaum était un nom très répandu.

Debora était gênée à l'idée de rencontrer le propriétaire du lit dans lequel elle avait perdu sa virginité, et quelques semaines plus tôt, elle avait catégoriquement refusé quand Samuel lui avait proposé de déjeuner avec Sasha. Mais une invitation à une fête du 1er-Mai à la Maison Slovo, c'était différent. D'abord, c'était en terrain neutre et puis, quand on pensait à toutes les personnes fascinantes qui seraient présentes, comment laisser passer une telle occasion? Elle se demandait si elle rencontrerait un auteur dont elle avait lu le livre.

Avec ses yeux noisette, son imposante carrure et sa mâchoire carrée, Sasha avait quelque chose de vaguement familier, sans qu'elle puisse dire pour autant qu'elle se souvenait de lui. De son côté, Sasha la dévisageait en se demandant où il aurait pu la rencontrer. Elle était beaucoup plus jolie qu'il l'avait supposé. Il ne pouvait s'empêcher d'imaginer son corps gracile dans son lit, ses joues rouges, sa respiration haletante.

Il secoua la tête pour chasser cette image, mais impossible d'ignorer les gouttelettes de sueur au-dessus de son nez, ou le bout de sa langue humide qui glissait sur sa lèvre inférieure.

« Syoma dit que tu viens d'Uman toi aussi. De quel coin ?

— J'habitais sur la colline, près de la rivière. »

Deux minutes leur suffirent pour se découvrir une douzaine de connaissances communes. Une minute plus tard, Debora tapa bruyamment dans ses mains.

« Ton père est prof de maths, non ?

— Affirmatif, dit Sasha. Et ce n'est pas quelqu'un de commode, crois-moi.

— Je sais, dit-elle en riant. Il m'en a fait baver ! »

Une femme aux yeux bleus, engoncée dans une robe en soie trop moulante, se faufila jusqu'à Sasha. Elle tenait deux verres de vin et une grimace d'inquiétude plissait son front.

« Syoma, Debora... permettez-moi de vous présenter ma fiancée, Larysa », dit Sasha en passant du russe à l'ukrainien.

Larysa promena sur Debora un regard glacial, de la tête aux pieds, en s'attardant sur sa robe avec un mépris flagrant. Un sourire forcé retroussa ses lèvres.

« Bienvenue, bienvenue, amusez-vous, dit-elle. Les amis de Sasha sont mes amis. »

Un autre homme avec une énorme tignasse frisée, qui portait deux chaussures de couleurs différentes, prit Larysa par le coude.

« Viens, viens, il faut que tu rencontres Mykola ! » cria-t-il.

Larysa fourra les deux verres dans les mains de Samuel et de Debora, s'excusa d'un haussement d'épaules et disparut dans la foule du salon.

« Venez, avançons. »

Sasha les entraîna dans les profondeurs de l'appartement. Debora n'avait jamais mis les pieds dans un endroit aussi spacieux.

« Un grand merci pour l'invitation, dit-elle en lui emboîtant le pas. Comment tu connais tous ces gens ?

— Oh, c'est grâce à Larysa. Elle connaît plein de gens dans ce milieu. Plein. Elle est étudiante à l'université de Kharkiv. En littérature. Parmi toutes ces personnes que tu vois, beaucoup sont ses profs.

— J'adorerais pouvoir étudier moi aussi, confia Debora d'un air songeur. Quand l'usine de tracteurs sera terminée peut-être.

— En tant que travailleuse volontaire, tu seras acceptée sans problème. Ils ont grand besoin de personnes qui possèdent ce type d'expérience. Surtout si tu es recommandée par la Section politique. »

Plus tôt dans la journée, Samuel avait expliqué à Debora pourquoi tous les intellectuels de Kharkiv voulaient être amis avec la fiancée de Sasha. Le père de celle-ci, Bohdan Skrypka, un homme corpulent qui arborait une épaisse moustache tombante à la

François-Joseph, dirigeait le département culture du parti communiste ukrainien. Les écrivains célèbres, dont certains, en effet, enseignaient à l'université de Kharkiv, avaient besoin d'être dans ses petits papiers pour faire publier leurs livres, recevoir des bourses... et obtenir un appartement ici, dans la Maison Slovo. Cela les aidait à comprendre l'importance de leur nouvelle étudiante, Larysa.

L'hôte de la soirée, le dénommé Mykola, un homme de petite taille au regard pénétrant et aux épais cheveux bouclés, tenait une cigarette dans une main et un verre de vin dans l'autre, ce qui ne l'empêchait pas de faire de grands gestes. Il parlait fort, dans un ukrainien mélodieux et débitait des formules sans doute maintes fois répétées.

«Il faut fuir le plus loin possible de Moscou, Moscou qui nous réduit en esclavage depuis des siècles. Moscou qui a écrasé notre culture, qui a banni notre langue. *Le Petit-russien*, disaient-ils. Assez! Nous sommes l'Ukraine, pas la petite Russie. Kiev a été une grande capitale européenne, avec des cathédrales et des bibliothèques, pendant des siècles et des siècles, alors que Moscou n'était encore qu'un marécage. C'est vers l'Europe que nous devons nous tourner pour trouver l'inspiration et la modernité, déclamait-il. Tout autre choix serait contre-révolutionnaire. Quel est notre but ultime? La révolution prolétarienne mondiale, non? Que tout le monde rejoigne l'Union des républiques socialistes soviétiques.

Une république socialiste soviétique française, une république socialiste soviétique danoise, à l'image de la RSS d'Ukraine. Si le centre de gravité se trouve actuellement à Moscou, ce n'est que temporaire, un simple concours de circonstances. Un jour, il se trouvera à Berlin ou à New York. Et nous devons nous préparer à ce changement, voilà pourquoi nous devons accélérer l'ukrainisation, éradiquer l'héritage tsariste réactionnaire. »

Plusieurs admirateurs, parmi lesquels Larysa, s'étaient rassemblés autour de lui et buvaient ses paroles.

« Comme c'est bien dit, soupira-t-elle. À bas Moscou ! »

Il lui pinça affectueusement le coude. Tout le monde ici savait que le père de Larysa était chargé d'instaurer l'ukrainisation, un plan gouvernemental destiné à remplacer l'usage du russe. Staline poursuivait une politique similaire dans toutes républiques non russes d'URSS.

Debora parlait couramment l'ukrainien. Beaucoup d'habitants d'Uman et tous ceux des villages environnants parlaient l'ukrainien ou le sourjik chez eux. Et bien entendu, dans le contexte de l'ukrainisation, elle avait appris à l'école la véritable langue littéraire. Toutefois, ses parents lui avaient toujours répété que l'ukrainien était la langue des paysans non éduqués, comme le yiddish était celle des Juifs attardés du shtetl. Seule la grande langue russe, avec l'héritage éclairé de Pouchkine, de Dostoïevski et de Tolstoï représentait une porte ouverte sur l'avenir, d'après le père de Debora, qui avait appris quelques poèmes de Pouchkine à l'école, mais n'avait jamais lu Dostoïevski ni Tolstoï.

«Je comprends ce que tu dis, mais tu oublies qu'ici même, à Kharkiv, la plupart des gens parlent russe, fit-elle remarquer à leur hôte. Que veux-tu faire d'eux? C'est une réalité, non? La plupart des gens ne peuvent pas changer de langue, réfléchir et rêver avec d'autres mots, pas vrai?»

Mykola s'attendait à cet argument.

«C'est la grande question. Figure-toi que quand j'étais enfant, je parlais russe également à la maison. Il y a dix ans seulement, la plupart des habitants de Prague ou de Riga parlaient allemand. Mais quand ces villes ont été submergées par l'énergie de la campagne autochtone, la langue a changé: les gens parlaient désormais le tchèque ou le letton. La même chose se produira ici en Ukraine, si nous sommes déterminés à récupérer notre terre. Et si nous tournons véritablement le dos à Moscou.

— Mykola! Mykola!» Une femme dégingandée, vêtue d'une robe noir brillant, aux lèvres peintes d'un rouge écarlate, interrompit l'orateur en tirant sur une fine cigarette au clou de girofle. «Tu devrais éviter de t'exprimer de manière aussi brutale. On ne sait jamais comment les paroles peuvent être interprétées ensuite. Les temps changent.

— Mais c'est la vérité, insista-t-il. C'est pour cela que nous nous battons. Je me suis engagé dans la Tchéka en 1919, et ces mains que tu vois ont tué des ennemis de la révolution. Nul ne peut douter de ma fidélité à la cause.

— J'ai lu ton roman, à l'école ! s'exclama Debora. Celui où tu racontes que tu tues ta mère. »

Elle s'aperçut qu'elle faisait preuve d'un enthousiasme déplacé, compte tenu du sujet. Mykola leva la main, avec l'intention de s'expliquer.

« Non, non, c'est beaucoup plus compliqué que ça... commença-t-il, mais la femme en noir le prit par la taille et l'entraîna.

— Viens danser avec moi, mon chéri, roucoula-t-elle. Tout le monde sera content. »

Un pianiste en smoking attaqua un foxtrot. Des nuages de fumée de cigarette flottaient dans la pièce. Debora avait perdu de vue Samuel. Il avait rencontré deux camarades de l'armée, avec qui il était sorti boire sur le balcon.

Un des invités versa du vin dans son verre.

« Joyeux 1er-Mai, dit-il. Je ne t'ai jamais vue, je crois. »

La trentaine, il portait un costume bien taillé, sur une chemise blanche, avec une cravate noire. Ses cheveux étaient soigneusement coiffés sur le côté.

« Je suis l'amie d'un ami de Larysa, répondit Debora. C'est la première fois que je viens ici. Je suis arrivée à Kharkiv récemment, d'Uman.

— Valerian, se présenta-t-il. J'écris des livres. Tu aimes lire ?

— Oh, oui. Je lis un ou deux romans par mois, parfois plus. Mais pour être honnête, j'ai lu très peu de romans ukrainiens.

— C'est notre fléau. » Une grimace déforma sa bouche, comme s'il souffrait. « Tout le monde pense que nous écrivons uniquement des histoires de bergers et de vachères sous le cerisier du village. C'est ancré dans l'esprit des gens : tout ce qui est nouveau en termes de civilisation et de culture vient forcément de Russie et des Russes.

— Alors, tu t'intéresses à quoi, toi ? demanda Debora.

— J'ai écrit un roman qui parle de la ville. D'ailleurs, il s'appelle *La Ville*. Nos villes, comme Kharkiv ou Kiev, étaient jusqu'à présent des navires russes qui flottaient sur une mer ukrainienne, mais c'est en train de changer. L'eau s'infiltre, si je peux dire. Hélas, peu de gens l'ont lu, ajouta Valerian avec un sourire. Alors, maintenant, je traduis les livres des autres. Diderot, Anatole France, Balzac. Tu savais que Balzac s'était marié ici, en Ukraine ? Pas très loin d'Uman, d'ailleurs.

— Je lis beaucoup de traductions également. Mais des romans plus modernes. Stefan Zweig. Romain Rolland.

— Oh, je vois. Les écrivains à la mode. Tu aimerais écrire toi aussi ?

— Oh, mon Dieu, non ! »

Debora rejeta cette idée en levant les yeux au ciel.

« Pourquoi pas ? Tout le monde écrit.

— Tu te moques de moi, hein ? Que veux-tu que je raconte ? Il ne m'est jamais rien arrivé. »

Valerian lui lança un regard oblique, émerveillé par tant d'innocence.

« Dans ce cas, dit-il, tu as de la chance. Énormément de chance. »

Elle ne savait pas trop quoi répondre à cela.

Heureusement, Sasha mit fin à ce silence gêné en se glissant entre elle et le romancier. Déjà ivre, il n'y alla pas par quatre chemins :

« Allons danser, compatriote ! »

Il la prit par la main et l'entraîna. Debora adressa un sourire contrit à Valerian, mais il n'était pas du genre à se formaliser.

« Va t'amuser, je t'en prie. » Il s'inclina. « C'était un plaisir de faire ta connaissance. »

Sasha conduisit Debora au milieu des danseurs. Il huma son parfum, ce même parfum qui imprégnait sa chambre et ses draps, et il se sentit autorisé à la serrer plus fort contre lui. Ça en devenait douloureux.

Non loin d'eux, Larysa dansait avec un poète aux cheveux longs qui lui parlait à l'oreille. Elle vit Debora et Sasha seulement lorsque ce dernier la frôla. À cet instant, elle fronça les sourcils. Sasha, lui, sembla ne rien remarquer.

Debora se décolla de son torse. Du coin de l'œil, elle avisa Samuel au fond de la pièce, en pleine discussion avec une femme aux jambes interminables, sans doute une étudiante en art dramatique. Profitant de ce qu'il tournait la tête dans sa direction, elle lui fit signe de la rejoindre immédiatement, d'un regard. Il abandonna sa conversation à contrecœur.

« Vous permettez ? » demanda-t-il en se glissant entre les deux danseurs.

Debora se libéra avec soulagement de l'étreinte de Sasha.

Celui-ci, transpirant et fatigué, ne protesta pas. D'un pas tranquille, il se dirigea vers la cuisine pour remplir les verres de tout le monde.

« Ils boivent beaucoup, tous ces intellos », fit remarquer Samuel avec un sourire en coin.

Debora sentit une méchante migraine se propager de ses tempes au reste de sa tête. Elle tira Samuel par la manche.

« Je veux rentrer, dit-elle. Maintenant, s'il te plaît. »

Quand Sasha revint avec les verres de vodka, ils étaient déjà partis.

5

Kharkiv, juillet 1931

Le père de Larysa n'avait pas regardé à la dépense pour le mariage de sa fille. Les lustres de cristal qui scintillaient au plafond se reflétaient dans la longue rangée de bouteilles de vin de Crimée et de Géorgie. L'immense table du buffet, tendue d'une nappe en lin immaculée, disparaissait sous les plats de saumon et d'esturgeon fumés, de saucisses sèches et de champignons en saumure, tout cela disposé autour d'un énorme cochon rôti dont on avait remplacé les yeux par deux fraises bien rouges.

Asha et Larysa trônaient au centre de la salle. Ils se tenaient par la main, leurs visages figés par des sourires fatigués.

Debora et Samuel se virent attribuer une table légèrement en retrait. Sasha leur avait envoyé à la dernière minute une invitation, qu'ils s'étaient fait un plaisir de l'accepter. Debora salua de loin, d'un signe de tête, le père de Sasha, son ancien professeur de mathématiques. L'ayant reconnue, il marcha vers leur table.

« Je me réjouis de voir que mes élèves réussissent dans la capitale, dit-il. Et j'espère que tes parents danseront bientôt à ton mariage à toi aussi ! »

Elle réprima un petit rire gêné. Samuel, lui, fit semblant de ne pas avoir entendu.

« Un véritable festin, commenta-t-il à voix basse en balayant du regard tous ces mets fins. Je ne pensais pas qu'une telle extravagance était encore possible de nos jours. »

La table de Debora et de Samuel se trouvait juste derrière celle des invités d'honneur de Bohdan Skrypka : un nouveau membre du Politburo du parti communiste ukrainien, envoyé de Moscou, et plusieurs fonctionnaires gouvernementaux de moindre importance. Debora fut frappée de voir combien tous ces gens semblaient bien nourris. Leur embonpoint tendait la veste de leur costume. À l'inverse, le membre du Politburo était un homme maigre aux cheveux coupés ras, avec une grande bouche aux lèvres fines qui, quand il parlait, évoquait dans l'esprit de Debora un chien qui montre les dents.

Parmi les invités figurait également tout ce que la ville comptait d'intellectuels de premier plan, qui ne pouvaient refuser l'invitation du camarade Skrypka, quand bien même ils le méprisaient en privé. Debora reconnaissait quelques écrivains qu'elle avait vus à la fête du 1er-Mai, un ou deux chanteurs et une poignée de professeurs de l'académie de Galicie, des personnages d'une autre époque, venus de Lvov, vêtus d'antiques smokings et qui semblaient sortis tout droit d'une caricature dans un magazine satirique.

Bohdan ouvrit les festivités en portant un toast obligatoire au camarade Staline et au parti qui, dit-il, conduisaient l'humanité progressiste vers un avenir radieux. Après quoi, sans transition, il entonna un chant patriotique ukrainien. « Le vaste Dniepr gronde et rugit, clama-t-il de sa voix grave de baryton. Dans l'air mugit un vent rageur. » Les invités reprirent en chœur les paroles familières et le chant retentit d'un bout à l'autre de l'immense salle.

Debora, qui chantait avec tout le monde, remarqua la grimace du membre du Politburo, nouvellement nommé. D'une voix forte, il demanda, en russe, à un de ses sous-fifres de lui traduire les paroles.

« Ces Ukrainiens, il faut toujours qu'ils se mettent à chanter. »

Il sortit de sa poche de poitrine un calepin dans lequel il nota, à l'aide d'un crayon à la mine pointue, les noms de plusieurs invités, en s'attardant sur les écrivains et les artistes.

« C'est une excellente idée. Formidable ! s'exclama Katz quand Debora lui annonça qu'elle envisageait de postuler pour entrer à l'université de Kharkiv.

Tu es la personne idéale pour ça. Tu es originaire d'une famille prolétarienne – ton père était ouvrier, je crois ? – et je connais ta pureté idéologique. Je ne te promets rien, mais je ne vois pas ce qui pourrait t'empêcher de commencer les cours en septembre. »

Debora se sentit rougir.

« Mille mercis. Ça compte énormément pour moi.

— Tu disais que tu t'intéressais à la littérature. Et j'ai remarqué que tu lis énormément. Que ferais-tu avec ce diplôme ?

— J'enseignerais. Pour partager ce que j'aime. Permettre à d'autres de profiter de tout ce que je connais. Expliquer. »

Elle avait essayé avec Samuel, mais parler de littérature ne l'intéressait pas. Les seuls livres qu'il lisait étaient des manuels d'aviation. Si elle avait des enfants, ce serait différent, évidemment. Elle pourrait les façonner, leur ouvrir les yeux pour qu'ils découvrent ce monde immense et magnifique au-delà de leurs tristes existences quotidiennes. Elle les emmènerait en voyage.

« Un choix on ne peut plus opportun, répondit Katz. Et je te conseille de choisir le département de littérature russe plutôt que de littérature ukrainienne. Les quotas d'étudiants en littérature et langue russes augmentent. Nous avons négligé ce domaine pendant trop longtemps. Aujourd'hui, de nouvelles instructions arrivent de Moscou. Et ça facilite énormément les choses. »

Elle transpirait dans sa robe en lin et se demandait par quel miracle Katz n'était pas en train de fondre dans son costume sombre. Une vague de chaleur s'était abattue rageusement sur Kharkiv, et impossible d'échapper aux nuées bourdonnantes de mouches et de moustiques qui proliféraient sur le chantier. Heureusement, l'usine de tracteurs serait bientôt terminée. Déjà, des ingénieurs installaient du matériel importé d'Europe dans les bâtiments de brique et de béton tout neufs soigneusement agencés. Les dortoirs et les réfectoires commençaient à se vider.

« Mais avant cela, tu as encore du pain sur la planche ici, ajouta Katz en posant sa main sur l'épaule nue de Debora. Dans quelques mois, nous organiserons une gigantesque inauguration, dès que les premiers tracteurs sortiront des chaînes de montage. Tout le monde sera présent, des gens de Moscou et de Kharkiv. Un train complet. Et il y aura des banderoles partout. Alors, tu ferais bien de te mettre au travail. » Il fouilla dans son tiroir, d'où il sortit une feuille couverte de slogans. « Tu peux commencer par ceux-là. Ils sont indémodables.

— Très bien, camarade Katz. »

Debora ressortit du bureau d'une démarche bondissante. L'université ! Tout l'après-midi, elle peignit des banderoles, en se trompant parfois car elle pensait à l'avenir, un avenir dans lequel elle apprendrait de nouvelles choses chaque jour. Elle entrerait dans une salle de classe pour se retrouver face à des rangées d'élèves attentifs suspendus à ses lèvres.

À force, ces banderoles rouges étaient tellement incrustées dans son cerveau qu'elle en rêvait la nuit. Dans ses cauchemars, elles s'animaient, elles marchaient sur des jambes semblables à des bâtonnets, renversaient les meubles et poursuivaient les gens dans les rues avec un sourire maléfique. Des lettres blanches jaillissaient de la toile rouge comme des lassos.

Cet après-midi-là, elle perçut les échos étouffés d'une dispute dans le bureau de Katz, sans y prêter attention. Quelle importance ? Bientôt, elle aurait une nouvelle vie. Le soir venu, elle courut jusqu'au dortoir, impatiente d'annoncer la bonne nouvelle à Olena.

Elle était assise sur le lit de Debora, tirée à quatre épingles. Une valise à ses pieds.

Elle se leva et serra Debora dans ses bras, sans un mot.

« Ça ne va pas ? Que se passe-t-il ? C'est quoi, cette valise ? » Debora la bombarda de questions. « Je croyais que tu devais rester jusqu'à l'ouverture de l'usine. » Elle remarqua alors les yeux rougis d'Olena. « Que se passe-t-il ? Tu as pleuré ? »

Toute la semaine Olena s'était levée le matin pour aller vomir aux toilettes. Une intoxication alimentaire sans doute.

« Tu es malade ?

— Je dois partir sur-le-champ. Je vais avoir un enfant et je ne peux pas rester ici plus longtemps, répondit Olena d'un air absent comme si elle parlait de quelqu'un d'autre. Interdiction de rester ici si tu es enceinte. C'est contraire au règlement.

— Enceinte? Comment? De Katz?

— Qui d'autre? Tu crois que je couche avec tout le monde?

— Mais... est-ce qu'il ne devait pas t'épouser? Il ne veut pas de cet enfant?

— J'ai appris aujourd'hui que j'étais enceinte. Je lui ai annoncé la nouvelle il y a quelques heures. Comme une idiote que je suis, je croyais qu'il serait heureux. Je croyais, évidemment, qu'on allait se marier... j'avais déjà commencé à choisir ma robe, dans ma tête. Mais il m'a dit que je me faisais des idées. Que le mariage était une notion bourgeoise, et qu'après la révolution prolétarienne, il croyait à l'amour libre, aux rapports d'égalité entre les hommes et les femmes. Et il m'a sorti cette stupide histoire de verre d'eau.

— De verre d'eau?

— Tu n'as pas lu ce livre? De Kollontaï, je crois... Je ne l'ai pas lu, mais on m'en a parlé. En Union soviétique, une femme libérée devait écarter les cuisses comme si elle buvait un verre d'eau, chaque fois qu'elle a soif, ou que l'homme a soif, ou je ne sais quoi encore, sans inhibitions, sans penser à la morale bourgeoise. Pratique, non?»

Debora se souvint alors d'avoir lu des articles à ce sujet, quelques années plus tôt. Ce genre de comportement n'était plus encouragé, cependant.

« Le salopard, reprit Olena. Pour lui, je n'étais qu'une fille qu'on baise. Il était de ma responsabilité de ne pas tomber enceinte, a-t-il dit, et j'avais manqué à mon devoir. Fort heureusement, grâce à la clinique de l'usine, je pourrais me faire avorter gratuitement et sans risques.

— Tu vas le faire ?

— Hors de question ! Et quand je le lui ai dit, il s'est mis en colère. Il a commencé à dire que ce n'était sûrement pas son enfant, d'abord, que j'étais une traînée et que j'avais intérêt à quitter la ville immédiatement si je ne voulais pas le regretter. Et quand je me suis mise à pleurer, il m'a flanquée dehors. Alors, voilà. Je m'en vais.

— Quel être méprisable. Où vas-tu aller ?

— Dans l'immédiat, je vais retourner dans mon village, chez ma mère. Nous avons une grande maison, un jardin avec des cerisiers et des pêchers. Un bel endroit pour élever un enfant. Finalement, c'est peut-être mieux ainsi. Ma mère m'aidera, tu la connais. Je n'aurais jamais dû venir en ville. C'était stupide de croire que je pourrais trouver ma place, et échapper au destin qui est le mien.

— Peut-on se plaindre à quelqu'un ? Au comité du parti ? Katz ne peut pas s'en tirer comme ça, si ? À notre époque ?

— Bien sûr qu'il le peut, ma chère Debora.

— Tu dois te plaindre à quelqu'un. C'est inacceptable. »

Olena soupira bruyamment.

« Mon père s'est battu pour le camp adverse durant la guerre civile. Il était officier dans le corps des fusiliers ukrainiens, jusqu'à la fin. Il a combattu cette révolution. Et j'ai été assez bête pour l'avouer à Katz. Je lui faisais confiance. Qui prendra la défense de la fille d'un ennemi de classe, face à un secrétaire politique ? »

Debora l'étreignit.

« Tu sais maintenant, Olenochka. Tu as compris la leçon. Tu vas me manquer, chaque jour. Je t'écrirai, souvent, et je viendrai te voir, promit-elle. Tu vas avoir un enfant magnifique. Tu seras heureuse. J'en suis sûre.

— Oui, tu as raison. » Olena sourit. « J'espère que le bébé me ressemblera ! »

Debora l'accompagna jusqu'à la gare de Kharkiv le soir même. Et elle demeura sur le quai, en pleurant, jusqu'à ce que la locomotive s'éloigne dans un sifflement assourdissant.

6

Kharkiv, septembre 1931

Assise sur le perron de son dortoir à l'université, Debora regardait sa montre toutes les minutes. Elle attendait Samuel. Il avait dû s'absenter plusieurs semaines, pour effectuer des manœuvres dans un endroit tenu secret, et elle avait hâte qu'il la serre contre lui, qu'il caresse ses joues en l'embrassant dans le cou. Elle en avait des picotements. Il serait là d'une minute à l'autre.

Il arriva à l'heure, d'un pas décidé comme toujours, mais lorsque Debora se précipita pour le prendre dans ses bras, il se raidit et tourna la tête.

« Qu'y a-t-il ? » Comme il ne répondait pas à ses baisers, elle se recula, inquiète. « Quelque chose ne va pas ? »

Il fuyait son regard.

«J'ai une mauvaise nouvelle. Ils créent une école de pilotage à Kiev et j'ai été muté. Je pars dans deux semaines.

— Deux semaines? C'est tout le temps qui nous reste?» Ses yeux se mouillèrent. «Je ne veux pas que tu partes, mon amour. Je ne veux pas qu'on se sépare.» Elle parlait tout bas, mais les mots se bousculaient. «Et si je partais avec toi? Si on allait à Kiev tous les deux? Je pourrais le faire. Je le ferais pour toi.

— Ça ne tient pas debout, Debora. Tu viens de commencer tes études. Tu ne peux pas tout abandonner comme ça, tu ne peux pas détruire ton avenir. Tu pourrais peut-être finir ton année et partir après. Mais certainement pas maintenant.»

Il essaya d'essuyer les larmes qui coulaient sur les joues de Debora. Elle ne s'attendait pas à ça. D'abord Olena. Et maintenant Samuel. Elle allait se retrouver seule.

«Pourquoi? demanda-t-elle. Pourquoi font-ils ça? Pourquoi faut-il qu'ils t'envoient ailleurs?

— Je ne sais pas, ma chérie. C'est comme ça. Ils nous disent qu'on doit partir, et on part. Nous sommes des soldats, tu le sais, nous ne sommes pas maîtres de notre destin. Mais on a de la chance: Kiev, ce n'est pas si loin. Ils auraient pu m'envoyer en Sibérie. Tu pourras venir me voir souvent.

— Oui, je viendrai, promit-elle. Dès que je peux.»

La veille de son départ, Samuel organisa une petite fête d'adieu dans le vaste et nouvel appartement de Sasha et Larysa, à l'intérieur de la Maison Slovo. Les jeunes mariés possédaient un gramophone et Sasha veilla à ce qu'il y ait suffisamment à manger et à boire pour les invités. Mais pas de sommités de la littérature ou du théâtre cette fois. Uniquement des camarades de l'académie militaire de Samuel, et leurs épouses.

Samuel fumait sur le balcon quand Sasha entra dans la cuisine et posa sa main sur la taille de Debora. Occupée à trancher une saucisse de porc fumée, elle sursauta. Sasha respirait bruyamment et des auréoles de sueur assombrissaient sa chemise bleue sous les aisselles. Il lui prit le couteau, délicatement, le posa et lui caressa la joue.

« Tu es si adorable, Debora. Depuis toujours. Et ton odeur, quel délice. »

Elle voulut se dégager, mais il la retint.

« Maintenant que Samuel va partir, peut-être qu'on pourra se voir plus souvent. »

Un sourire rêveur flotta sur ses lèvres.

« Je ne comprends pas ce que tu veux dire. »

En vérité, elle comprenait très bien, et elle se libéra en se tortillant, au moment où Sasha attirait son visage vers le sien.

« Je crois que tu as trop bu. Arrête. » Elle prit le plateau sur lequel se trouvaient les rondelles de saucisse et le lui tendit. « Tiens, apporte ça aux invités. »

Sasha hocha la tête sans discuter, tel un élève qu'on réprimande. Il prit le plateau et, après une hésitation presque imperceptible, il poussa avec son genou la porte de la cuisine entrouverte.

Larysa se trouvait juste derrière. Depuis combien de temps était-elle là ? Debora l'ignorait. Elle s'écarta pour laisser passer son mari, puis s'approcha du comptoir, si près de Debora qu'elle sentait l'odeur des cornichons dans son haleine.

« Pas d'entourloupes avec mon mari, je te préviens », dit-elle en détachant chaque mot et en regardant Debora droit dans les yeux.

La colère faisait éclater les petits vaisseaux sanguins de ses joues.

« Pourquoi tu me dis ça ? Qu'est-ce que tu insinues ?

— Les filles dans ton genre, je les connais », dit Larysa entre ses dents. Si elle parlait tout bas, son ton n'en était pas moins menaçant. Je connais très bien les filles comme toi.

Debora prit à deux mains un plateau de sandwichs et sortit de la cuisine en coup de vent. Larysa ne bougea pas.

Samuel vint vers elle, une cigarette au bec, col déboutonné. Il passait un bon moment.

« Oh, ma chérie. Je te cherchais. Tout va bien ? »

Il piocha un sandwich. De l'autre main, il attira Debora contre lui.

« Oui, évidemment. Elle déposa un baiser sur son épaule. Tout va bien. Très bien. »

Debora avait convaincu sa camarade de chambre de passer la nuit ailleurs et ils avaient le dortoir pour eux deux jusqu'au départ de Samuel le lendemain matin. Ils firent l'amour avec précipitation, et une sorte de tristesse, et Samuel s'endormit presque aussitôt après, affalé sur le drap, nu. Appuyée sur un coude, Debora le regarda dans la lumière vacillante d'une bougie. Elle fit courir ses doigts délicatement sur son corps, du menton jusqu'au cou, à travers les poils bouclés de son torse, jusqu'au grain de beauté sur son ventre, puis à l'intérieur de sa cuisse et de son mollet, jusqu'aux orteils. Elle dressait mentalement l'inventaire de sa topologie pour se souvenir de lui au cours des semaines et des mois à venir, des mois et des semaines sans lui, et pour pouvoir le faire apparaître à sa guise. Finalement, elle l'embrassa sur le front et essaya de dormir.

Samuel avait ordre de se présenter à huit heures à la gare de Kharkiv. Debora refusa de l'accompagner car elle savait que plus les adieux s'éternisaient, plus la séparation serait douloureuse. Il vit qu'elle faisait un gros effort pour ne pas pleurer et il plaqua son visage contre sa poitrine. Les boutons de cuivre lustrés de son uniforme s'imprimèrent dans sa peau.

« Ne t'inquiète pas, mon amour, ne t'inquiète pas, murmura-t-il à son oreille. On se reverra bientôt. »

Elle se décolla de lui et le poussa vers la porte.

« Allez, file, dit-elle d'un ton presque agressif. C'est toi qui dois t'inquiéter. Ça suffit, file. »

7

Kharkiv, novembre 1931

Debora pensait à Samuel en permanence. Mais le plus dur, c'était la nuit. Dès qu'elle fermait les yeux, elle voyait son visage : flou, tout près, les paupières mi-closes, semblable à l'image qu'elle avait gardée de lui quand il l'embrassait. Dans ses rêves, il lui parlait, il lui murmurait des mots crus à l'oreille, il riait en racontant des blagues qu'elle avait oubliées au matin. Elle se réveillait déçue, en prenant conscience une fois de plus qu'il était parti, et qu'elle ne pourrait pas le voir, ni le toucher. Ni aujourd'hui, ni demain, ni la semaine prochaine, ni même le mois prochain. Elle faisait des plans pour aller le voir à Kiev durant les vacances de janvier car elle ne pouvait pas s'absenter avant. En attendant, le grand moment de sa journée, c'était l'examen du courrier. Au début, Samuel lui écrivait souvent, de sa vilaine écriture truffée de fautes d'orthographe auxquelles elle ne faisait plus attention depuis longtemps. Elle lui répondait par un récit détaillé de sa vie au quotidien, en s'y reprenant généralement à plusieurs fois. Pour chaque lettre qu'elle envoyait chez elle à Uman, elle en envoyait dix à Kiev.

Deux semaines s'étaient écoulées depuis la dernière lettre de Samuel, c'était beaucoup trop. En faisant défiler le courrier déposé dans le dortoir, après ses cours, elle remarqua aussitôt l'écriture familière sur une des enveloppes, qu'elle s'empressa d'ouvrir avec un crayon. La lettre, rédigée sur une feuille lignée arrachée à un carnet, était inhabituellement brève.

Ma chère Debora, écrivait Samuel, *je te chéris dans mon cœur et je pense à toi chaque jour. Hélas, nous vivons trop loin l'un de l'autre et cela risque de durer un moment. Tu dois étudier pour obtenir ton diplôme et moi, je risque d'être envoyé loin d'ici une fois ma formation terminée. Voilà pourquoi je te dis de ne plus m'attendre. Ce serait injuste de te le demander. Tu es jeune, belle, intelligente. Tu ne mérites pas de passer tes plus belles années seule. Je suis sûr que nous nous reverrons un jour. Ton Samuel.*

Elle lut deux fois la lettre avant d'en comprendre la signification. Elle l'ajouta au paquet des autres lettres de Samuel, dans sa valise. Sonnée, elle tenta d'écrire une réponse, rageuse tout d'abord, puis sarcastique et détachée, mais le résultat ne la satisfaisait pas.

De manière presque obsessionnelle, elle se repassait les conversations qu'elle avait eues avec lui ; elle se remémorait ses paroles, ses gestes, ses intonations. Que s'était-il passé ? Quelle erreur avait-elle commise ? À quel moment avait-il décidé de l'abandonner ? Était-ce déjà prévu avant son départ pour Kiev, avait-il déjà l'intention, quelques mois plus tôt, de la quitter ? Elle était incapable de trouver les réponses seules, et trop fière pour en parler à quiconque.

En revanche, elle écrivit une lettre de deux pages à Olena, sans se soucier des tournures de phrase et de son écriture. *« Ne passe pas tes plus belles années seule ! » Je suis sûre qu'il a déjà trouvé une autre fille à baiser à Kiev. Peut-être même plusieurs. Quel connard ! Les hommes sont des porcs. Mais tu le sais déjà, chère Olena.*

Deux semaines plus tard, Debora croisa Sasha en se rendant à la bibliothèque.

« Salut, compatriote ! lui lança-t-il. Ne prends pas de haut ton concitoyen d'Uman. »

Elle ne l'avait pas revu depuis qu'il avait tenté de l'embrasser lors de la fête de départ de Samuel. Ne sachant pas comment réagir, elle eut un moment d'hésitation, puis s'avança vers lui en affichant un sourire qui voulait exprimer une amitié sincère et innocente.

« Tu viens chercher ta femme ? Voilà un bon mari ! »

Debora avait plusieurs fois croisé Larysa dans les couloirs de l'université. Celle-ci cherchait à l'ignorer, et quand cela était impossible, elle s'en tenait à un « bonjour » froid.

« Non, elle est capable de rentrer toute seule à la maison, c'est une grande fille, répondit Sasha. En fait, on m'a confié un nouveau boulot ici. Ça veut dire que je te verrai beaucoup plus souvent. Et je m'en réjouis.

— Oh ! Et c'est quoi, ce nouveau travail ?

— Il est très important de rester vigilant vis-à-vis de la pureté idéologique. D'ailleurs, peut-être que tu aimerais travailler avec nous ? J'ai entendu des compliments à ton sujet, dans la bouche du camarade Katz, là-bas à l'usine de tracteurs.

— Ah, oui, le camarade Katz... Eh bien, bonne chance. Contente de t'avoir revu. Hélas, mes études me prennent tout mon temps. Les examens, ce n'est pas facile, tu sais.

— Oui, dit-il en posant la main sur son épaule. Je voulais juste te dire... Désolé pour toi et Syoma.

— Tu es au courant ? Il te l'a déjà annoncé ?

— Les nouvelles vont vite. Il paraît qu'il sort avec une superbe blonde... ou deux. Les nanas de Kiev, c'est autre chose, à ce qu'il paraît. » Il avait un large sourire. « Tu connais notre Syoma. Il est comme ça. Il aime les filles. »

Debora recula et la main de Sasha glissa de son épaule.

« Il faut que j'y aille, dit-elle. Je suis en retard à ma réunion.

— Oui, oui, bien sûr. Il ne faut rien louper. » Il lui tapota le dos et sa main s'attarda un peu trop longtemps. « À bientôt, j'en suis sûr. »

8

Kharkiv, décembre 1931

À l'université, l'ambiance devint glaciale avec l'arrivée de la neige. Au cours des premières semaines de sa scolarité, Debora avait souvent croisé les professeurs et les écrivains rencontrés lors de la fête du 1er-Mai à la Maison Slovo. Et, l'un après l'autre, les écrivains avaient disparu. Tout d'abord, on ne trouva plus leurs livres à la boutique de l'université, puis à la bibliothèque. Les professeurs cessèrent de dispenser leurs cours et des remplaçants prirent leurs places. Beaucoup d'étudiants n'en avaient cure, et personne ne chercha à savoir ce que devenaient ces enseignants. Contrairement aux anciens universitaires pointilleux, ces jeunes professeurs se montraient plus généreux dans leur notation. En outre, ils ne s'embêtaient pas avec toutes ces expressions grecques et latines incompréhensibles.

Dans l'enceinte de la faculté — et de plus en plus dans les rues de Kharkiv — les banderoles omniprésentes, porteuses de slogans révolutionnaires, n'étaient plus rédigées uniquement en ukrainien. Les nouvelles étaient le plus souvent en russe, et elles insistaient sur la fraternité éternelle entre les deux peuples. Les caractères eux-mêmes avaient retrouvé des motifs slaves plus traditionnels. Dans les librairies du Vieux Passage, les rayonnages avaient subi une purge, le flot de romans traduits s'était tari. Finis les compagnons de route, expliqua le vendeur à Debora. Désormais, il ne restait que d'authentiques écrivains prolétariens qui s'intéressaient à la lutte des classes dans l'occident décadent. Peu de temps avant le Nouvel An, des dizaines d'étudiants et d'enseignants arrivèrent de Russie pour rejoindre le département de langue et littérature russes. Les salles de classe à moitié vides jusqu'alors étaient désormais bondées.

Le matin du 31 décembre, tout le monde au sein de l'université dut assister à la réunion annuelle avec le recteur. Habituellement, le père de Larysa était l'invité d'honneur. Cette année, la réunion fut présidée par le membre du Politburo, l'homme au faciès de chien hargneux, que Debora avait remarqué durant la cérémonie de mariage. En prenant place dans la salle, Debora aperçut Sasha assis parmi les notables sur l'estrade, vêtu d'un beau costume neuf, agrémenté d'une cravate rouge.

Le membre du Politburo se mit à parler dans le micro. Sasha hochait docilement la tête à chacune de ses paroles.

« Camarades, il est temps d'admettre que certaines erreurs ont été commises, des exagérations qui ne tenaient pas compte des véritables intérêts des classes laborieuses de notre grande Mère patrie socialiste. Je parle ici de la politique d'ukrainisation. Des excès ont eu lieu, je le reconnais en toute franchise. Certains éléments ennemis ont tenté d'abuser de cette politique, de planter un coin entre Russes et Ukrainiens, ces deux peuples frères. Heureusement, le Parti était vigilant, et le Parti a décidé de corriger le cap.

— Vive notre Parti, vive le camarade Staline ! » cria Sasha à pleins poumons.

Aussitôt, tout le monde, y compris Debora, se leva pour applaudir, à en avoir mal aux mains. Nul ne voulait être pris en flagrant délit de manque d'enthousiasme.

« Aujourd'hui, reprit le membre du Politburo, nous devons concentrer notre attention sur la grande langue russe, qui est la porte par laquelle tous les peuples d'Union soviétique peuvent avoir accès au meilleur de la culture mondiale, la langue de la révolution, la langue de Lénine, la langue de Staline. Cela signifie que nous vous demandons, à vous qui bientôt enseignerez le russe aux enfants dans les écoles soviétiques, de redoubler d'efforts dans l'acquisition de vos compétences. »

Alors que l'assistance se dispersait après le discours, Debora se retrouva à côté de Larysa.

« Bonne année ! dit-elle. J'espère que tu vas fêter l'année 1932 joyeusement. Ça devrait être une année formidable. »

Larysa paraissait abattue. Elle avait les yeux rougis d'avoir trop pleuré.

« Merci, dit-elle d'une petite voix. Mais je ne suis pas certaine qu'il y ait quelque chose à fêter.

— Comment ça ? Est-ce que tout va bien ? s'inquiéta Debora.

— Oui, évidemment. Tout va très bien. »

Larysa lui tourna le dos et se faufila au milieu de la foule vers la sortie. Sasha partit de son côté, dans une des voitures qui transportaient les dignitaires du parti.

9

Kharkiv, février 1932

« Camarade Rosenbaum, c'est très aimable à vous d'être venue. Nous vous en sommes très reconnaissants », dit le jeune homme en uniforme, presque dans un murmure, en montrant à Debora sa carte de la GPU, la police secrète.

Il avait une épaisse crinière de cheveux d'un noir d'encre, des traits fins et des yeux bleus très clairs plissés derrière ses lunettes.

Debora sentit ses muscles se raidir en regardant la carte. Manifestement, l'enquêteur avait l'habitude de ce genre de réaction.

« N'ayez pas peur, dit-il en lui tapotant le bras. Détendez-vous, camarade Rosenbaum. C'est l'affaire de quelques minutes. Votre Mère patrie soviétique a besoin de votre aide. »

Debora ignorait qu'elle était convoquée par la GPU. On lui avait demandé de se présenter à la Section politique de l'université et elle pensait qu'ils avaient besoin d'elle pour renouveler l'arsenal des banderoles de propagande. Perspective qu'elle redoutait.

Après plusieurs jours de grisaille et de temps lourd, la matinée était ensoleillée et Debora s'était présentée de bonne humeur. Elle venait juste d'obtenir une semaine de congés et des billets de train pour le mois suivant. Elle projetait de rentrer chez elle et, en chemin, de passer voir Olena à Pisky.

« Camarade Rosenbaum, comme vous le savez certainement, nous sommes entourés d'ennemis, à l'extérieur et à l'intérieur. Les contre-révolutionnaires politiques et économiques attendent le moment propice pour frapper. Avez-vous entendu parler du procès ? »

Il faisait la une. Plusieurs intellectuels ukrainiens de Kharkiv avaient avoué avoir comploté contre le système soviétique pour le compte de puissances impérialistes. La Pologne. L'Allemagne. Ou était-ce le Japon ? Debora avait suivi cette affaire dans les journaux et reconnu sur les photos des accusés, malgré leur mauvaise qualité, certains des invités du mariage de Sasha et Larysa.

« Oui. Heureusement que les organes concernés ont pu découvrir et mettre fin à ce complot, pour nous protéger », répondit-elle, comme on l'attendait d'elle. Toutefois, elle ne comprenait pas pourquoi on l'avait convoquée.

« En effet, dit l'agent de la GPU en ôtant ses lunettes pour essuyer soigneusement les verres avec un mouchoir. Mais ce n'est que le début. De vous à moi, camarade Rosenbaum, la situation est beaucoup plus grave. La pourriture du nationalisme bourgeois est bien plus profonde. Nous l'avons laissée se répandre au sein du Parti. Certains fonctionnaires ont utilisé l'ukrainisation comme prétexte pour promouvoir en douce quelque chose de totalement différent, de pernicieux et hostile. Une personne telle que vous, camarade Rosenbaum, comprend certainement de quoi je parle. »

Debora grimaça.

« Les personnes de votre espèce, qui ont tant souffert du nationalisme bourgeois ukrainien, de ses pogroms, sont bien placées pour comprendre de quoi je parle », ajouta l'homme de la GPU.

Debora resta muette.

« Que pouvez-vous me dire sur Bohdan Skrypka ? »

Il sortit une grande chemise et s'apprêta à noter ce qu'elle allait dire.

« Je ne connais pas très bien le camarade Skrypka.

— Suffisamment malgré tout pour assister au mariage de sa fille. »

Constatant qu'elle était sur le point de se ronger les ongles, elle s'empressa d'éloigner sa main de sa bouche.

« Dites-moi quand même tout ce que vous savez sur le citoyen Skrypka. Un détail qui vous semble insignifiant peut se révéler crucial. »

Debora se figea. L'emploi du terme « citoyen » à la place de camarade ne pouvait signifier qu'une chose : il avait été ou allait être arrêté. La peur lui donnait le vertige.

« Je ne crois que nous ne nous sommes jamais parlé. Je connais uniquement sa fille, Larysa. Et Sasha.

— Laissons de côté le camarde Grinenko pour le moment. » L'enquêteur s'était renfrogné. « Dites-moi tout ce que vous savez au sujet de la fille du citoyen Skrypka : Larysa Bohdanovna. »

Debora savait qu'elle avait intérêt à ne rien dire, car le moindre mot pouvait se transformer en poison. Mais elle avait peur et elle ne voulait pas mécontenter cet officier. Alors, elle se mit à parler. Des paroles qui auraient dû être soigneusement pesées s'échappaient de sa bouche avant qu'elle puisse en mesurer les conséquences. Une fois prononcées, elles devenaient des réalités concrètes, des armes aussi palpables qu'une balle ou un poignard.

« Je ne sais rien, en vérité. Simplement, elle me parlait toujours en ukrainien, même quand je lui parlais en russe. Mais ce n'est pas un crime, si ? »

L'agent émit un grognement satisfait et nota quelque chose dans son dossier.

« L'avez-vous entendue dénigrer la Russie fraternelle ? »

Debora repensa à la fête du 1er-Mai dans la Maison Slovo, mais elle ne dit rien.

« Je songe particulièrement à cette soirée à laquelle vous avez assisté, le 1er mai 1931. » L'enquêteur de la GPU consulta ses notes. « Vous avez vaillamment défendu la position du Parti contre les dérives nationalistes, paraît-il. Nous sommes très fiers de votre loyauté.

— Larysa ne disait pas autre chose que les autres, en réalité.

— Certes, certes, mais elle exprimait ces pensées déviantes et nationalistes que d'autres formulaient au même moment, n'est-ce pas ? "À bas Moscou" et ainsi de suite ? »

Debora répondit par un hochement de tête à peine perceptible. Elle avait peur de mentir, et à quoi bon, si la police secrète savait déjà tout ? Rien de ce qu'elle pouvait faire ou dire ne changerait l'issue.

L'enquêteur nota autre chose dans son dossier, avant de poursuivre :

« Avez-vous déjà entendu Larysa dire du mal du Parti, du camarade Staline ou de notre système soviétique ?

— Non, bien sûr que non, répondit aussitôt Debora. Jamais. Je l'aurais signalé immédiatement.

— Oui, évidemment, évidemment, dit-il d'un ton rassurant. Une ennemie fourbe dans son genre est trop maligne pour s'exprimer ouvertement en présence d'une citoyenne soviétique loyale telle que vous, camarade Rosenbaum. Mais je vous le répète : un détail que vous jugez insignifiant peut se révéler très important pour nous. »

Il lui tendit une feuille sur laquelle figurait le compte-rendu de son témoignage.

« Veuillez signer ici, je vous prie. Je constate avec joie que vous êtes digne de l'honneur qui vous est fait d'étudier dans cette université. Je le mentionnerai à qui de droit. »

À cet instant, Debora ne songea même pas qu'elle pouvait refuser de signer. Elle prit le stylo que lui tendait l'agent et griffonna son nom en bas de la feuille, sans lire ce qui était écrit.

Cette nuit-là, elle ne parvint pas à trouver le sommeil. Elle se demandait ce qu'elle avait fait, et tentait de se convaincre, pour se rassurer, que tout cela n'était pas grave. Il s'agissait juste d'une conversation amicale, après tout. Et elle n'avait rien dit qui puisse mettre en danger Larysa ou quelqu'un d'autre. Si ? Et d'abord, pourquoi s'en prendraient-ils à Larysa ? C'était ridicule. Elle aurait aimé pouvoir en discuter avec quelqu'un, mais elle n'avait plus personne à qui se confier. Olena était partie. Samuel était parti. Quant aux autres, elle ne pouvait pas leur faire confiance.

10

Pisky, mars 1932

« Je ne pensais pas que tu viendrais, dit Olena en étreignant Debora sur le quai désert de sa petite gare de province. On est vraiment au milieu de nulle part. Allez, viens, dépêchons-nous avant que la nuit tombe. Il n'y a pas d'éclairage public ici ! Ni tramways. Ni cinémas. Ni rien du tout, en vérité. »

Un vieux cheval tirait péniblement leur charrette à travers champs, dont certains étaient encore couverts de plaques de neige. Elles passèrent devant des maisons au toit de chaume, une église décapitée par le Département de l'athéisme et une plaine inondable coupée en deux par une ligne à haute tension récente qui fournirait bientôt de l'électricité au village. Pisky signifiait « sable », et de fait, il y avait une petite étendue de sable au bord de l'étang où les garçons du coin se baignaient en été et où des villageois optimistes tentaient de pêcher brochets et perches.

À cause de la fonte des neiges, la route était devenue par endroits un fleuve de boue, dans lequel leur charrette s'embourba à plusieurs reprises. Olena, chaussée de bottes en feutre, devait alors descendre pour pousser. Debora voulait aider elle aussi, même si elle portait d'élégantes chaussures de citadines, mais elle renonça quand Olena et le chauffeur, un barbu coiffé d'une casquette noire, lui ordonnèrent de rester assise.

« Si tu descends, tu ne pourras jamais retrouver tes chaussures. »

La grande maison familiale d'Olena évoquait une prospérité passée. Hélas, elle avait dû s'avouer vaincue sous le poids du délabrement. Le toit fuyait. Dehors, l'étable semblait sur le point de s'écrouler : les poutres penchaient dans des directions opposées. Il restait quelques poules, blotties les unes contre les autres, mais il n'y avait plus de vaches ni de cochons. De l'eau gouttait des stalactites de glace au-dessus de la porte. Debora dut avancer en équilibre sur une planche, entre la charrette et la maison, pour ne pas s'embourber.

Zinaida avait entendu la charrette et elle les attendait sur le seuil en tenant au creux de son bras droit le nouveau-né de sa fille, qui pleurait à chaudes larmes en gesticulant.

« Le petit Taras est affamé depuis que tu es partie, dit-elle en chatouillant le ventre du bébé. Maman est revenue. Maman va te donner à manger. »

Olena s'empressa de déboutonner son corsage pour fourrer son mamelon de manière autoritaire dans la bouche du garçon qui se mit à téter bruyamment.

« Je n'ai plus beaucoup de lait, hélas, se lamenta-t-elle. Mais au moins, ça devrait l'occuper un petit moment.

— Comme il est mignon, commenta Debora en caressant les cheveux fins, presque transparents, de l'enfant.

— Heureusement, il ne ressemble pas à son père.

— Ne me parle pas de ce vieux youpin ! pesta Zinaida. Qu'il brûle en enfer ce Judas. Je lui cracherais au visage si je le pouvais. Je lui arracherais les yeux. »

Debora n'avait pas entendu un tel langage depuis longtemps.

« Maman, ça n'a rien à voir avec le fait qu'il soit juif. Debora est de nationalité hébraïque elle aussi, souligna Olena.

— Oh, je suis désolée, ma jolie. Je ne savais pas. » Elle prit la main de Debora entre les siennes. « Ce n'est pas ce que je voulais dire. Je n'ai rien contre vous, les Juifs. Mais j'en veux à ce salopard.

— Je comprends », dit Debora.

Les Juifs, minorité persécutée jadis, occupaient désormais les plus hauts postes du pouvoir. Il y a quelques mois encore, un ancien cordonnier de Kiev nommé Lazare Kaganovich avait dirigé le parti communiste ukrainien des RSS, avant de devenir le numéro trois du régime moscovite. Debora n'allait pas se laisser contrarier par une vieille paysanne pleine de préjugés dépassés. En regardant autour d'elle, elle remarqua les icônes religieuses, des pots en céramique vernissés, un portrait de Chevtchenko, le poète national ukrainien moustachu, et quelques livres, sans doute apportés de Kharkiv par Olena.

« Viens donc partager notre repas, ma fille, dit Zinaida. Tu dois être affamée après ce voyage. Pardonne-nous, mais les temps sont durs. Les commissaires sont venus prendre presque tout notre blé, alors on se nourrit des pommes de terre qu'ils nous ont laissées. Et de ce qu'on trouve dans les bois et qu'on fait sécher pour l'hiver : champignons, baies, noix. Et des pommes. »

Elle sortit du four un grand plat en terre cuite qu'elle posa sur la table. Elle souleva un torchon blanc brodé, dévoilant des patates et des oignons, surmontés de gros morceaux de poulet rôti.

« On a tué un poulet en ton honneur. Un des rares qu'il nous reste. De toute façon, on n'a plus de quoi les nourrir. »

L'odeur de viande rôtie fit frémir les narines d'Olena.

« On n'a pas mangé de viande depuis longtemps, dit-elle. Alors, merci de nous donner l'occasion d'organiser ce festin. »

Si la cantine de l'université de Kharkiv n'était pas aussi bonne que celle de l'usine de tracteurs, les cartes de rationnement de Debora lui permettaient de manger de la viande au moins une fois par semaine, en plus des colis envoyés par son père qui renfermaient du veau en conserve et des sardines en boîte. Ici, dans ce village, elle eut honte soudain en pensant qu'elle ne terminait pas toujours son assiette.

Au cours de ces derniers mois, elle avait remarqué qu'un nombre croissant de paysans, vêtus de haillons, mendiaient de la nourriture dans les rues de la capitale. Mais elle n'avait pas pris conscience de l'ampleur de la pénurie alimentaire en Ukraine, *le grenier de l'Europe* comme on l'appelait. Dans les reportages des actualités cinématographiques, les villageois paraissaient au contraire plus prospères de jour en jour, grâce à la meilleure gestion des fermes collectives et aux nouvelles technologies. Sur l'écran, ces fermiers qui conduisaient des tracteurs annonçaient des récoltes record.

« Allez-y, servez-vous. Je n'ai pas très faim, mentit-elle.

— Tu sais ce qu'on dit ici ? Il ne faut jamais refuser de la nourriture. » Zinaida prit un pilon à la peau luisante de gras et le déposa dans l'assiette de Debora. « Mange, ma fille. Mange pendant qu'on le peut encore.

— J'ai eu du mal à me réhabituer à la vie au village, confia Olena. Je ne pensais pas que ce serait aussi difficile. J'ai changé, et le village aussi.

— Changé comment ?

— Nous ne sommes plus maîtres chez nous. Les commissaires et les soldats vont et viennent à leur guise et prennent tout ce qu'ils veulent. Avant, on possédait notre stock de blé. Fini. On avait des cochons et des vaches. Fini. Dieu soit loué, il nous reste nos poules, pour le moment. Les hommes du village, ils nous les prennent eux aussi. Des dizaines ont été qualifiés de *kurkuls* et déportés. On ne parle plus à nos voisins. Tout le monde a peur. Et quand la neige aura fondu, je ne sais pas ce qu'on sèmera dans nos champs. Ils nous ont même pris le grain qu'on avait mis de côté. Le kolkhoze dit qu'ils enverront bientôt des approvisionnements, mais va savoir ?

— Les enfants sont censés avoir de meilleures conditions de vie que leurs parents, soupira Zinaida. C'est ainsi que devrait fonctionner le monde. Et regarde-moi tout ça... Qu'avons-nous fait pour infliger cette malédiction à nos enfants ? À notre pays ? Que Dieu nous protège. »

Debora aperçut sur le bord de la fenêtre une photo un peu décolorée montrant un couple souriant. Elle s'en approcha. Une Zinaida plus jeune, aux épais cheveux noirs tressés, posait à côté d'un homme arborant une moustache en guidon de vélo. Il portait de grandes bottes noires et un uniforme, différent de celui de l'Armée rouge. Debora remarqua sur la toque en fourrure le blason ukrainien représentant un trident, désormais interdit.

« C'est ton père ? demanda-t-elle à Olena en prenant la photo.

— Il commandait un détachement de fantassins dans l'armée ukrainienne. Il a combattu les Rouges durant la guerre civile et il a été tué en 1919. Il n'avait même pas trente ans. À dire vrai, ils n'avaient guère de chances contre les Rouges, ni de véritable armée.

— Oui, l'Armée rouge est forte et invincible. »

Debora répétait machinalement les paroles qu'elle avait apprises depuis l'enfance.

« On a vu arriver les Rouges. Ils ont tué le prêtre et violé les religieuses. Ensuite, il y a eu les Blancs, et ils ont pendu les Juifs. Et puis, on a eu les Verts... comment tu les appelles ? Les anarchistes. Ils ont pillé et violé eux aussi. Et de nouveau les Rouges. Seuls les Allemands, quand ils sont venus ici, n'ont volé ni tué personne. Les Allemands étaient des gens bien, dit Zinaida. Tous les autres savaient juste tuer, tuer, tuer. À croire qu'ils aimaient l'odeur du sang. Durant ces guerres, les meilleurs finissent dans la tombe. Seuls les lâches survivent. »

Elle embrassa la photo de son mari et prit le temps de la regarder avant de la reposer.

« Ce n'était pas un lâche, dit-elle. Et parfois, je le regrette.

— Maman... »

Olena caressa la main de sa mère.

« Il n'y aura plus de guerre dans ce pays, affirma Debora pour tenter d'égayer l'atmosphère. Nous pouvons tous dormir en paix désormais.

— Amen. »

Zinaida fit son signe de croix.

Olena sourit et confia son fils à Debora. Très prudemment, elle prit le petit garçon dans ses bras. Cela lui parut tout naturel. Le bébé accepta cette étreinte sans s'interroger et s'endormit contre sa poitrine. Jusqu'à cet instant, jamais elle n'avait envisagé d'avoir un enfant.

« Tu lui plais, dit Olena en riant. Généralement, il n'aime pas les étrangers, mais tu lui plais. Ça veut dire que tu es quelqu'un de bien. »

Debora se sentait si détendue, si bien accueillie sous le toit d'Olena qu'elle avait oublié la GPU et Larysa. Cette dernière remarque, toutefois, provoqua en elle une douleur cinglante.

« Quelqu'un de bien ? répéta-t-elle. Tu le penses vraiment ?

— Tu es la personne la plus honnête que je connaisse. Celle en qui j'ai le plus confiance.

— Si tu le dis. »

Debora se mordit la lèvre.

Pour s'essayer aux tâches qui incombent à une mère, elle donna son bain à Taras, apprit à changer sa couche et écouta Olena lui chanter une berceuse folklorique qui, chaque soir, endormait des millions d'enfants effrayés.

« Mon bébé, mon bébé, ne dors pas au bord du lit, sinon le loup gris viendra te mordre. »

Quand Zinaida se fut endormie à son tour, à côté de Taras (ses puissants ronflements se faisaient entendre par-dessus la cloison), Olena et Debora se glissèrent sous une épaisse couverture de laine près de la cheminée. Les dernières braises projetaient des ombres dansantes sur les murs blanchis à la chaux.

« C'est triste que ce soit terminé entre Samuel et toi, dit Olena. Vous formiez un beau couple. Et vous auriez fait un beau bébé. Tu penses toujours à lui ?

— Oui, avoua Debora. Je sais que je ne devrais pas. Je sais que je devrais fréquenter d'autres hommes, mais aucun ne m'intéresse. Je me dis que je finirai par m'habituer.

— J'en suis sûre. Tu trouveras quelqu'un que tu aimes, avec qui tu auras un enfant, et tu seras heureuse. » Olena caressa ses cheveux.

« Le cœur a besoin de temps pour guérir. As-tu répondu à sa lettre ?

— Non. Que pourrais-je lui dire ? Je refuse de ramper devant lui, je refuse de le supplier pour qu'il change d'avis. J'ai ma fierté.

— La fierté. » Olena fit rouler ce mot dans sa bouche. « La fierté est un luxe. »

Le froid s'installait dans la maison. Olena se rapprocha de Debora sous la couverture. Sa peau sentait le lait et la lavande ; sa chaleur attirait Debora comme un aimant.

« Je suis si heureuse que tu sois là », dit Olena en posant sa tête sur la poitrine de son amie. Le bout de son index traça un cercle autour de son téton, aussitôt dressé, et glissa sur ses côtes. « Cela fait bien longtemps que je n'ai pas pris quelqu'un dans mes bras, murmura-t-elle. C'est bon. Très bon.»

Surprise, Debora tourna son regard vers les yeux mi-clos d'Olena.

«Oui, très bon, répondit-elle dans un murmure.

— Tu es si jolie et tellement différente des gens d'ici. On dirait une créature venue d'une autre planète. Une extraterrestre.»

Elle se rapprocha et embrassa Debora sur la bouche, en forçant le barrage de ses lèvres avec sa langue. Après quelques secondes, elle s'écarta, gênée.

«Désolée. J'avais oublié ce que ça faisait. J'espère que tu n'es pas fâchée.

— Non. Mais dormons maintenant. Je dois me lever tôt pour prendre mon train, répondit Debora tendrement, et elle se tourna de l'autre côté.

— Oui, tu as raison, dormons», approuva Olen, à contrecœur.

Elle se colla dans son dos et la serra contre elle jusqu'au petit matin. Sa respiration régulière caressait la nuque de Debora.

Tout le monde était debout avant l'aube. Pas le temps de traîner à cause du train. Olena conduisit Debora à la gare et la serra fort dans ses bras avant qu'elle descende de la charrette. Aucune des deux n'évoqua leur baiser.

Les deux policiers en faction sur le quai vérifièrent les papiers d'identité de Debora et remarquèrent qu'elle possédait un statut important dans la capitale.

Ils voulurent savoir ce qu'elle était venue faire dans ce village. Elle leur dit la vérité, et après avoir noté le nom d'Olena dans son carnet, le plus gradé des deux policiers la laissa monter à bord du train.

D'autres passagers, remarqua-t-elle, avaient été refoulés.

11

Uman, mars 1932

Le train mit presque toute la journée à traverser tant bien que mal les bois de bouleaux et de sapins dans les plaines en jachère du centre de l'Ukraine. Pour tuer le temps, Debora lut un journal abandonné par un voyageur, en buvant de l'eau chaude fournie par le contrôleur.

Comment souvent, la une du quotidien traitait de la découverte d'un nouveau complot impérialiste infâme contre la Mère patrie soviétique. Debora s'apprêtait à passer directement aux pages mode et cinéma, mais une grande photo attira son attention.

Parmi les visages des traîtres condamnés apparaissait celui, très reconnaissable, de Larysa, la fille de Bohdan Skrypka. Ce dernier, précisait l'article, avait choisi de finir comme un lâche en se tirant une balle dans la tête, dans son bureau de la tour Derzhprom, plutôt que d'affronter la colère légitime du peuple soviétique. Debora fut prise de nausées. Elle reposa le journal. Puis regarda de nouveau la photo. Plusieurs autres visages lui paraissent familiers : sans doute des écrivains qu'elle avait rencontrés dans la Maison Slovo. Sasha, lui, ne figurait pas sur la photo, et son nom n'était pas mentionné. Larysa, remarqua-t-elle, était présentée sous son nom de jeune fille.

Elle blêmit en lisant l'article, à tel point qu'une vieille femme assise en face d'elle posa sa main sur son genou.

« Ça ne va pas, ma fille ? On dirait que vous avez mal. »

En effet, une vive douleur lui vrillait l'estomac ; elle reflua après quelques minutes.

« Tout va bien », répondit-elle, trop sèchement.

Debora avait appris à masquer ses sentiments, la plupart du temps.

Elle fourra le journal dans son sac à main et se rendit aux toilettes à l'extrémité du wagon. Après avoir verrouillé la porte, elle s'aspergea le visage d'eau glacée et contempla son reflet chancelant dans le miroir ébréché. « Est-ce le visage d'une meurtrière ? se demanda-t-elle à voix basse en giflant sa joue droite. Tu ne pouvais pas tenir ta langue ? Qu'est-ce que tu as fait, pauvre idiote ? » Elle ferma les yeux un instant et les rouvrit pour relire le journal. « Pardonne-moi, Larysa, murmura-t-elle. Je ne l'ai pas fait exprès. Je te le jure. »

Quelqu'un tambourina à la porte.

« Hé, princesse, il n'y a pas que vous qui avez envie de pisser ! On arrive à Uman dans une demi-heure ! » cria le contrôleur.

Ses parents l'attendaient sur le quai. Ils tentaient de l'apercevoir à travers les vitres des wagons du train qui entrait en gare. Son frère, Yakov, était là également : quelle surprise ! Debora prit une grande inspiration et s'efforça de chasser Larysa de ses pensées.

« Hé, regardez-moi cette gravure de mode ! » s'exclama Yakov en la broyant entre ses bras.

Elle lui pinça la joue.

« Et toi ? Tu es devenu un vrai colosse !

— Vous avez grandi l'un et l'autre », ajouta leur père.

Yakov était en permission. Tous les Rosenbaum se trouvaient réunis pour la première fois depuis un an et demi. Ils étaient tous assis autour d'une table de fête, Gersh posait sur ses deux enfants un regard chargé de fierté. Yakov, sanglé dans son impeccable uniforme de la marine qui soulignait ses larges épaules, serait bientôt officier. Et Debora, une adulte à présent, qui avait su faire sa place dans la grande ville.

À l'image de nombreuses femmes qui avaient connu des années de vaches maigres, Rebecca exprimait tout son amour par une abondance de nourriture. Elle avait passé plusieurs jours à préparer ce dîner. Elle avait mélangé du hareng haché, de l'oignon émincé et des œufs durs pour faire un *forshmak* salé. De la mayonnaise, des pommes de terre, des saucisses et des petits pois avaient servi à confectionner une salade Olivier : une spécialité gastronomique française dans l'esprit de la plupart des Ukrainiens, connue partout ailleurs sous le nom de « salade russe ». Au centre de la table était posée une salade de betteraves rouge sang aux noix. Il y avait également de la carpe en gelée, des petits légumes marinés et une tourte au chou et à l'œuf fumante, que Rebecca avait fait cuire dans la nuit. Sans oublier, bien sûr, une grande quantité de vodka ukrainienne avec du miel et des piments.

Gersh occupait un poste suffisamment élevé au sein de la section locale du Commissariat au commerce pour ne pas s'inquiéter de son garde-manger. Mais, il savait que les récoltes de l'année précédente avaient été mauvaises, et qu'une grande partie avait été expédiée immédiatement à l'étranger, en échange de devises avec lesquelles l'Union soviétique pourrait acheter du matériel industriel et fabriquer chars, bateaux, avions et tracteurs. Malgré cela, les objectifs pour l'année prochaine, transmis de Moscou, étaient encore plus ambitieux.

« Je redoute ce qui va se passer, confia Gersch après le premier plat. Dans les grandes villes, tout ira bien, mais dans les villages, l'année qui vient sera dure. Même ici, à Uman, peut-être. »

Une de ses connaissances lui avait proposé un poste à Kiev, la ville dans laquelle Rebecca et lui avaient vécu une jeunesse heureuse, avant la révolution et les guerres.

« C'est une chance, une occasion rare », dit-il.

Yakov approuva aussitôt cette idée, avec enthousiasme.

« On serait tous réunis comme avant. Et toi aussi, dit-il à Debora. Tu pourrais venir vivre avec nous. »

À cet instant, assise dans le salon à la décoration surchargée de cette maison qu'elle avait désespérément voulu fuir, Debora comprit combien sa famille lui manquait. En restant ici à Uman, elle serait morte d'ennui, évidemment. Mais Kiev... Kiev était une plus grande ville encore que Kharkiv. Kiev était la mère de toutes les villes, lui avaient enseigné ses professeurs.

« Je suis sûre que tu pourrais entrer à l'université de Kiev, avec tes bons résultats et le reste, dit sa mère. Ce serait encore mieux que Kharkiv. Et puis, ça te rapprocherait de ton petit ami. C'est quoi son nom, déjà ?

— Samuel, maman. »

Elle n'avait toujours pas annoncé à ses parents que cette histoire était terminée. Et le moment semblait mal choisi pour exhiber ses blessures.

Gersh resservit de la vodka à tout le monde, même à sa femme qui ne buvait pas habituellement.

« *L'chaim* ! » Il leva son verre. « À la famille. La famille est ce qu'il y a de plus important, surtout en ces temps difficiles. De nos jours, on ne peut plus faire confiance à qui que ce soit, mais une chose est sûre : on peut toujours avoir confiance dans les siens. Je ferais tout pour vous, n'importe quoi.

— N'importe quoi ? répéta Debora. Même si c'est illégal ? »

Elle avait posé cette question d'un ton agressif, malgré elle, mais son père répondit sans aucune hésitation :

« Illégal ? Des choses qui étaient légales sont devenues illégales, et inversement. C'est comme ça depuis mon enfance. Dans un sens et dans l'autre. Mais la famille, ça ne bouge pas. Et c'est tout ce qui compte pour moi. »

Plus tard ce soir-là, Debora demanda à son père s'il avait entendu des rumeurs à propos de Sasha Grinenko, le fils de son ancien professeur de mathématiques.

« Ah, Sasha, dit-il en fronçant les sourcils. J'ai croisé ses parents dans la rue, il y a quelque temps. Nous nous sommes salués, mais ils n'étaient pas très chaleureux. Je leur ai demandé des nouvelles de Sasha et ils m'ont répondu que tout allait bien. Il occupe un gros poste à présent au sein du Parti.

— Il travaille pour la GPU ? »

Elle avait presque hurlé cette question. La brutalité de sa réaction surprit son père.

« Et pourquoi pas ? »

Elle lui montra le journal trouvé dans le train.

« Cette femme, dit-elle en montrant, sur la photo prise dans la salle de tribunal, une Larysa au visage décharné et sombre, c'était son épouse. Je la connaissais. Je suppose qu'ils ont divorcé.

— "La condamnation est la méthode de défense sociale suprême", lut son père, obligé de plisser les yeux. Ça veut dire qu'elle a été fusillée. »

Debora se raidit et s'emporta :

« Qui est cet homme qui travaille pour ceux qui ont exécuté sa femme ?

— Chut ! fit son père en haussant la voix lui aussi. Avant de juger un homme, il faut avoir marché avec ses chaussures.

— Ne me dis pas de me taire. Il y a des choses qui ne se font pas. Nous ne sommes pas du bétail, nous sommes des êtres humains. On a toujours le choix.

— Facile à dire pour toi. »

Gersh remarqua la grimace de douleur de sa femme. En revanche, il ne vit pas sa fille enfouir son visage dans ses mains et refouler ses larmes.

« Le monde extérieur a changé, et tu le sais, poursuivit son père. Le passé que nous avons connu quand nous étions jeunes n'existe plus. Désormais, les gens sont prêts à tout pour survivre. Et quand on les traite comme du bétail, ils oublient qu'ils sont des êtres humains et se comportent comme du bétail : ils meuglent, ils broutent de l'herbe, du moment qu'ils peuvent vivre un jour de plus, et ils marchent gentiment jusqu'à l'abattoir, parce qu'ils sont habitués à faire ce qu'on leur demande. »

Debora secouait la tête.

« Tu te trompes. Totalement. »

Yakov refusait d'entendre un tel discours.

« Papa ! Pourquoi es-tu si pessimiste ? Tu vis cloîtré ici, dans ce petit village d'Uman, où rien n'a vraiment changé, sans avoir conscience de toutes les choses formidables qui se passent ailleurs. Les usines, l'éducation, le sport, le progrès. L'aviation ! Jadis, les gens vivaient comme des animaux, maintenant ils sont libres. Certes, il y a des problèmes, et certaines choses ne sont pas comme elles devraient être. Il y a des imperfections. Mais ce sont des crises d'adolescence, rien de plus.

— Écoute-moi, mon fils. As-tu déjà mis les pieds dans une des fermes collectives de la région ?

— Non.

— Je le sais bien. C'était une question de pure forme, comme on dit. Eh bien, moi, j'y vais souvent quand il faut mener des vaches à l'abattoir. Et tu sais quoi ? Ces vaches que je regarde brouter sont persuadées d'être libres. Et même quand on les fait monter dans les camions, elles en sont toujours persuadées. Une seconde avant de mourir, elles croient encore qu'elles sont libres.

— Comment tu sais ce que pensent les vaches ? » demanda Debora, et Yakov éclata de rire.

Cette nuit-là, dans son lit d'enfant, Debora ne put s'empêcher de penser à Sasha, à Larysa et à cette conversation de dix minutes avec l'agent de la GPU. Une conversation sans conséquences, si ça se trouve.

Sasha avait peut-être déjà dénoncé sa femme, et son témoignage n'était qu'une adjonction bureaucratique de dernière minute sans importance. Et elle n'avait aucune raison de culpabiliser. Par pitié, supplia-t-elle avant de s'endormir, sans s'adresser à quelqu'un en particulier, faites que ce ne soit pas ma faute.

Au matin, les Rosenbaum descendirent la colline à pied, jusqu'au parc Sofiivka, créé en 1796 par le comte Stanislav Potocki pour faire plaisir à son épouse, Sofia. Ce magnat polonais, immensément riche, avait possédé jadis la majeure partie d'Uman et de la campagne environnante. « Tu te prends pour le comte Potocki ? » C'était ainsi que Rebecca sermonnait ses enfants quand ils réclamaient une chose qu'elle jugeait extravagante.

Le comte Potocki était mort depuis longtemps, évidemment, et le parc avait été rebaptisé *Jardin de la Troisième internationale*. « J'aime ce nouveau nom, dit Rebecca. Quand je pense que pendant des années, on l'a appelé du nom de cette vipère ! » Debora, comme toutes les personnes natives d'Uman, connaissait bien cette histoire. Sofia, une courtisane grecque de Constantinople, s'était introduite dans la noblesse européenne en réussissant à épouser le vieux comte Potocki. Dont elle avait brisé le cœur en entretenant éhontément une liaison avec le fils de celui-ci, âgé de vingt-deux ans. Au vu et au su des domestiques.

« Trahison, trahison. Rien de nouveau, dit Gersh. Mais remercions le destin grâce auquel nous profitons à présent de ce magnifique parc. Dommage qu'il fasse trop froid pour une promenade en barque. Quelqu'un veut se réchauffer ? »

Il sortit sa flasque en argent, gravée d'un dessin représentant la chaîne des Alpes enneigée. Souvenir précieux de sa lune de miel avec Rebecca en Suisse, au cours de leur vie antérieure, présoviétique.

« Moi », dit Debora.

Elle porta la flasque à sa bouche et sentit la chaleur de l'alcool couler dans sa gorge.

« Je ne savais pas que tu t'étais mise à boire, commenta sa mère sans chercher à masquer sa désapprobation. C'est inconvenant. »

Le lendemain matin, quand Gersh partit au travail, Debora accompagna sa mère au marché d'Uman. Les étals étaient peu fournis, et chaque fois que Rebecca demandait les prix, elle émettait un petit grognement horrifié.

« Qui peut encore s'offrir ça ? »

En marchant dans ces rues familières, devant ces maisons de brique d'un étage qui se dégradaient lentement après des années de négligence, Debora sentait combien elle était devenue étrangère à cette ville. À Kharkiv, elle avait perdu l'habitude de croiser des Juifs orthodoxes, si nombreux ici, reconnaissables à leurs manteaux et à leurs grands chapeaux ridicules.

Avec ses cheveux blonds, ses yeux verts et son accent, on la prenait souvent pour une Russe ou une Ukrainienne non juive.

En chemin, l'épouse d'un commerçant, une femme corpulente affublée d'un poireau sur le nez, salua Rebecca en yiddish. Des mots que Debora ne comprenait pas. « Tu as tellement grandi que j'ai failli ne pas te reconnaître », ajouta-t-elle en russe. C'était une lointaine parente qu'ils voyaient seulement lors des mariages et des enterrements.

« Ces gens sont tellement différents, ne put s'empêcher de commenter Debora quand elle se retrouva seule avec sa mère. Dieu merci, vous ne leur ressemblez pas.

— Aux yeux de certaines personnes, répondit Rebecca, tu seras toujours comme eux. »

Ne voulant pas la contredire, Debora laissa le silence flotter dans l'air.

Ce soir-là, elle étreignit son père et dit :

« Tiens-moi au courant pour Kiev. Peut-être que je vous rejoindrai là-bas.

— C'est pour nous ou pour ce garçon, ce Samuel ? demanda-t-il, aux anges.

— Pour toi, idiot. » Elle déposa un baiser sur sa joue. « Et pour maman. Je vous aime tous les deux. »

En se couchant, elle se demanda pour quelle raison elle ne défendait plus jalousement sa liberté et envisageait soudain de retourner vivre avec ses parents.

Malgré la rupture, était-ce la présence de Samuel à Kiev qui l'attirait là-bas, inconsciemment, comme un aimant ? Kiev... Kiev...

Cette nuit-là, elle rêva de Samuel, une fois encore. Ils se promenaient au bord de l'eau, main dans la main, et regardaient un feu d'artifice. Puis le rêve devint flou, confus, et soudain, une Larysa ensanglantée apparut, dans une robe en lambeaux, les pieds nus maculés de boue. Elle répétait une seule et même phrase, d'une voix mal assurée, hébétée, que Debora ne comprit pas tout d'abord. Puis elle parvint à déchiffrer les mots : « ...la méthode de défense sociale suprême », répétait Larysa, inlassablement, ponctuant chaque phrase d'un petit ricanement. « Suprême. »

Sasha se cachait à proximité, derrière un arbre, vêtu d'un blouson de cuir noir, pantalon déboutonné. Il souriait et faisait des gestes obscènes, comme si sa femme n'était pas là. De fait, quand Debora reporta son attention sur Larysa, elle avait disparu. Ne restait sur le sol que quelques gouttes de sang. « Qu'est-ce que tu lui as fait, Debora ? » demanda Samuel, d'une voix d'airain, soudain menaçante.

12

Kharkiv, janvier 1933

À Pisky, la vie suivait son cours, écrivait Olena de manière énigmatique dans une de ses nombreuses lettres à Debora. *Tu te souviens de la situation quand tu es venue ? Et de ce que maman t'a dit ? Nous ne pensons plus qu'à ça, en permanence.* Il y avait bien d'autres choses à dire – Debora le savait –, mais pas question d'en parler dans une lettre qui passerait entre les mains d'un censeur en chemin.

Et si tu venais me voir à Kharkiv pour le Nouvel An ? Tu pourrais confier Taras à ta mère ? On irait au cinéma. Ou au théâtre ? répondit Debora en septembre. Elle glissa dans l'enveloppe une photo d'elle, la plus récente, sur laquelle elle portait un grand chapeau et une robe à fleurs.

J'adorerais venir te voir, répondit Olena. *Je regarde ta photo toute la journée et je m'imagine de retour à*

Kharkiv. Hélas, c'est devenu compliqué. Il y a de nouvelles lois et les habitants du village doivent posséder un passeport désormais pour se rendre dans les grandes villes. J'essaie d'en obtenir un, mais ça prendra du temps.

Debora lui écrivit de nouveau en décembre. *Dans ce cas, il sera peut-être plus facile pour moi de venir te rendre visite. Plutôt vers le printemps. J'ai hâte de voir combien Taras a grandi. Que veux-tu que j'apporte ?*

Olena répondit : *Il se peut que tu aies du mal à arriver jusqu'ici. La situation dégénère. Je ne sais même pas comment la décrire. Les gens mangent des noyaux d'abricot, des chiens morts, des feuilles de maïs. J'espère que ça va mieux en ville. Si tu as des vivres, apporte-les, mais sois prudente. Il vaut peut-être mieux éviter de courir ce risque. Je pense à toi tout le temps. Ton amie pour toujours, très affectueusement, Olena.*

Cette lettre, décachetée à la vapeur par le censeur du bureau de poste de Kharkiv, n'arriva jamais jusqu'à Debora. Dans la précédente, Olena avait joint une photo de son fils, qui posait d'un air sévère devant l'objectif. Il paraissait très maigre. Debora le dévisagea longuement, en essayant de trouver une ressemblance avec Katz. Parfois, elle lui sautait aux yeux. À d'autres moments, elle ne décelait aucune similitude.

Elle continuait à recevoir chaque semaine des lettres de ses parents, remplies de questions sur sa vie, sur Samuel. Lassée de tous ces mensonges, elle écrivit finalement : *J'ai décidé de mettre fin à cette relation. Il est trop loin, trop accaparé par ses obligations. Ça ne pouvait pas marcher, de toute façon. Ce n'est pas grave. Je trouverai un autre homme, un homme mieux.*

J'espère que tu sais ce que tu fais, répondit Rebecca. *Je n'aime pas quand tu prends des décisions irréfléchies.*

Debora ne répondit pas.

Tandis que les températures chutaient à l'approche du mois de février (appelé « liuty » en ukrainien, ce qui voulait dire « féroce »), Debora commença à remarquer des choses insolites le matin, sur le chemin qui la menait du dortoir aux salles de cours. Des groupes d'employés municipaux ratissaient les fossés et les passages sous les ponts dans l'obscurité qui précède l'aube. De temps à autre, ils en retiraient des cadavres décharnés et rigides, enveloppés de vêtements croûtés par la neige.

Un matin, elle trouva le courage de demander :

« Que s'est-il passé ? Qui sont ces gens ? »

L'employé municipal, qui flottait lui aussi dans son bleu de travail, observa cette jeune femme bien habillée et décida de dire la vérité.

« Des paysans, expliqua-t-il en allumant une cigarette. Ils viennent en ville en pensant qu'ils vont trouver à manger, mais il n'y a rien, et ils meurent gelés. Tous les matins, on est obligés de les transporter ailleurs. L'armée et la police surveillent les routes, ils arrêtent les trains, et malgré ça, tous ces gens continuent à arriver, encore et encore. Je ne sais pas comment.

— Je ne comprends pas. Pourquoi meurent-ils ? Ne me dites pas qu'il n'y a rien à manger dans cette ville, de nos jours. »

L'employé municipal la jaugea.

« Vous êtes étudiante à l'université ? »

Debora hocha la tête.

« Les personnes comme vous n'ont pas la même vie que ces gens-là. Vous faites partie de ceux qui survivent. Profitez-en. »

Elle aurait voulu poser d'autres questions, mais l'homme écrasa sa cigarette et alla rejoindre ses collègues. Alors qu'ils lançaient à l'arrière du camion le cadavre congelé d'une femme, un autre corps, minuscule et squelettique, s'échappa des replis de son manteau. Il tomba dans la neige et roula vers le caniveau. « Ah, non. Encore un bébé », pesta l'homme, obligé de se baisser pour le ramasser. Il remonta dans la cabine et le camion repartit.

Ébranlée, Debora continua à marcher vers l'université, au milieu de l'agitation matinale d'une ville qui se réveillait pour affronter une nouvelle journée, une ville dont les habitants, même s'ils n'avaient pas toujours le ventre plein, ne mouraient pas de faim.

Quelques jours plus tard, Debora et une poignée d'autres étudiants furent convoqués dans le bureau du doyen.

« Vous avez été choisis pour une mission cruciale, leur annonça-t-il. Une délégation de travailleurs représentant le prolétariat des nations capitalistes est en visite dans la capitale de l'Ukraine soviétique et ils vont venir ici. Nous allons organiser une fête en leur honneur, avec un bal et un spectacle. Vous avez été choisis pour y assister. Mais vous devrez rester sur vos gardes. Nous ne savons pas si tous ces individus sont réellement ce qu'ils prétendent être. Certains sont peut-être des loups déguisés en agneaux, si vous voyez ce que je veux dire. »

Les étudiants répondirent par un éclat de rire collectif.

« Il se peut qu'ils essaient de vous donner des cadeaux, de la nourriture, ou même de l'argent, des devises étrangères. Vous devez refuser, évidemment, poursuivit le doyen. Nous sommes l'espoir du prolétariat du monde entier, et à ce titre nous devons servir d'exemple. Nous n'avons pas besoin de cadeaux et nous ne nous humilierons pas en les acceptant. C'est bien compris ? »

Les étrangers arrivèrent trois jours plus tard. Ils étaient une douzaine. Comme tous ses camarades étudiants, Debora avait revêtu sa plus belle tenue. Pour l'occasion, l'université avait dressé un buffet comme elle n'en avait pas vu depuis le mariage de Larysa et de Sasha. Néanmoins, ils avaient reçu ordre de ne pas toucher à la nourriture tant que les étrangers n'avaient pas rempli leurs assiettes, et interdiction de se resservir.

Les invités formaient un groupe disparate. Il y avait parmi eux deux vieilles Anglaises membres du Labour Party, qui ne cessaient de pousser des Oooh ! et des Aaah ! en voyant les danseurs de hopak réaliser des bonds prodigieux. « Les réactionnaires de chez nous répandent tant de mensonges à propos de votre merveilleux pays, dit l'une d'elles. Si seulement les gens pouvaient voir la vérité. »

Un Italien, animateur communiste, se laissa moins facilement berner. Tout cela lui rappelait un peu trop son propre régime. Et parce qu'il savait comment fonctionne ce genre d'État, il prenait soin de ne rien dire, se contentant de vider des verres d'alcool l'un après l'autre.

Un Américain dégingandé, aux lèvres fines et sensuelles, aux yeux gonflés et au crâne dégarni, était arrivé avec le groupe. Il marchait à l'aide de béquilles et parlait un russe correct d'un ton doux, presque sirupeux.

Il se présenta :

« Je m'appelle Walter et je travaille pour le *New York Times*. » Il s'assit à côté de Debora, en face du doyen. Son assiette était remplie de saucisses, de kacha au sarrasin et de légumes en saumure. « Tout ça est absolument délicieux. »

Il se lécha les babines.

« Ici, en Ukraine, nous mangeons tous les jours aussi bien. C'est une chose normale, s'empressa de répondre le doyen.

— Oui, oui, je sais. Le grenier de l'Europe.» Walter sourit. «Mais peut-être avez-vous entendu dire que certains de vos adversaires répandent des rumeurs sur les mauvaises récoltes et la pénurie alimentaire qui frappent votre pays. Très récemment, un journaliste britannique mal intentionné a publié un article sur de prétendues famines dans les villages autour de Kharkiv. À vrai dire, cela ne correspond absolument pas à ce que j'ai pu voir jusqu'à présent. Il n'y a aucune famine, manifestement, mais peut-être quelques pénuries ici et là?»

Il se tourna vers Debora qui se sentit obligée de réagir.

«Des pénuries alimentaires?» répéta-t-elle. Elle sourit et montra le buffet. «Vous plaisantez, je suppose? Les prolétaires des pays capitalistes ne peuvent qu'envier ce que nous mangeons ici, en Ukraine soviétique.

— Je vois ça. De toute évidence, toutes ces histoires de famine sont terriblement exagérées, pour ne pas dire totalement fausses, dit Walter. Malveillantes.

— Vous devriez essayer le cochon de lait, il est succulent», suggéra le doyen, qui n'était pas concerné par l'interdiction de se resservir.

«J'y vais de ce pas», répondit le journaliste en se levant.

Debora proposa de l'aider, mais il déclina son offre d'un geste.

«Je peux me débrouiller tout seul, merci bien.

— Bonne réponse, commenta le doyen dès que l'Américain fut hors de portée de voix. Je vous félicite pour votre excellent savoir-faire politique. »

Plus tard dans la soirée, quand on eut baissé les lumières, tandis que les visiteurs dansaient avec les étudiants, Walter s'affala sur sa chaise, un verre à la main. Se sentant obligée de lui tenir compagnie, Debora vint s'asseoir sur la chaise voisine.

«J'ai beaucoup entendu parler des femmes ukrainiennes et de leur beauté», murmura-t-il, les yeux brillants de satisfaction. Il posa la main sur le genou de Debora et en remontant lentement le long de sa cuisse. «Quel endroit merveilleux.»

Sans se départir de son sourire, elle se leva.

«J'ai été très honorée de vous rencontrer», dit-elle avant de prendre congé.

Walter ne dit pas un mot. Elle ne le revit plus jamais.

Les étrangers repartis, les étudiants engloutirent les restes du buffet. Puis ce fut au tour du personnel de récupérer et d'emporter ce qui se trouvait dans les assiettes des invités. Pelures d'orange. Os. Vestiges de crème fouettée.

13

Pisky, février 1933

Coiffés de leurs bonnets pointus ornés d'une étoile rouge, des soldats patrouillaient dans la gare de Kharkiv. Le soleil faisait briller les baïonnettes au bout de leurs fusils. Ils échangèrent des regards amusés en voyant arriver Debora avec une valise dans une main, et dans l'autre un énorme chien en peluche rose aux oreilles tombantes. Le chien était un cadeau pour Taras et elle avait passé l'après-midi à le choisir dans le grand magasin de la ville.

Dans sa poche intérieure de manteau se trouvaient ses documents de transfert pour Kiev, récemment tamponnés. Le village d'Olena étant situé plus ou moins sur le trajet, elle avait organisé son voyage de façon à passer une nuit à Pisky. Voilà bien longtemps qu'elle n'avait pas reçu une lettre de son amie et elle s'inquiétait.

Elle s'assit sur un banc à côté d'une table occupée par le chef de gare. Un train constitué de wagons à bestiaux passa à toute allure, sans s'arrêter. Debora eut quand même le temps d'entr'apercevoir des gens à l'intérieur, bien trop nombreux pour voyager confortablement. Un homme urinait par la porte, sans aucune pudeur. Derrière lui, un autre émit un rire de dément.

« Qui sont ces gens ? demanda-t-elle.

— Des *kurkuls*. Des saboteurs. Des profiteurs, répondit le chef de gare sans lever la tête. Ils vont vers l'est. Tous les jours, des trains comme celui-ci vont vers l'est et perturbent la circulation. Du coup, le vôtre aura une demi-heure de retard. Toutes nos excuses, camarade.

— Ce n'est pas grave, je peux attendre. »

Une fois à bord, Debora s'assit près de la fenêtre pour regarder le paysage. C'était bizarre. Autrefois, dans toutes les gares de campagne, des paysannes vendaient sur les quais des légumes en saumure, du lard, des œufs durs et des gâteaux au fromage. Désormais, plus personne ne s'approchait du train. Les quais grouillaient de soldats, toutefois presque aucun passager ne montait ou ne descendait. Les rares villageois qu'elle apercevait avaient les traits tirés et le regard triste. Et puis, il y avait l'odeur, une puanteur inhabituelle qu'elle ne reconnaissait pas.

Elle atteignit Pisky en fin d'après-midi. Bien qu'elle n'ait reçu aucune réponse à son télégramme, elle espérait qu'Olena serait là pour l'accueillir.

Mais le quai était désert, à l'exception d'une douzaine de soldats indifférents. Leur rôle était d'empêcher les gens de partir, pas d'arriver. Debora laissa sa valise à la gare et, serrant le chien en peluche dans ses bras, elle fit quelques pas sur la route enneigée, à la recherche d'un villageois qui pourrait l'emmener dans sa charrette. Pourvu qu'elle se souvienne du chemin.

Hélas, il n'y avait ni villageois ni charrette. Les rues étaient désertes. Seule l'ancienne église semblait habitée, à en juger par le mince filet de fumée qui s'échappait de la cheminée. Il devait faire chaud à l'intérieur, songea Debora. Elle marcha dans cette direction, en prenant soin de ne pas glisser sur la glace.

Lorsqu'elle poussa la porte, l'odeur infecte de diarrhée et de pourriture la frappa de plein fouet. Un petit homme chauve était assis à l'entrée, derrière un bureau de bois éraflé.

« Bonjour, j'arrive de Kharkiv, dit Debora.

— Vous êtes de la commission d'inspection ? » demanda l'homme.

Il regardait le gros chien rose d'un air stupéfait.

« Je viens de l'université, répondit-elle avec assurance.

— Ah. »

L'homme fit claquer sa langue. Les citadines venaient rarement à Pisky. On l'avait informé que des gens importants devaient arriver de Kharkiv cette semaine. Il ignorait si cette jeune femme était l'une d'elles, mais il décida de se montrer serviable, au cas où.

« Que puis-je faire pour vous, camarade ?
— Je viens voir la famille Tkach. »
Un son strident venu des profondeurs de l'église couvrit leur conversation. Il y eut des coups frappés et un nouveau gémissement, sur un ton différent.
« C'est quoi, ça ? demanda Debora, effarée.
— Ce pour quoi vous êtes venue. Tkach.
— Je ne comprends pas.
— Tkach ?
— Oui...
— Suivez-moi. »
L'homme se leva. Debora le suivit dans ce qui avait été le presbytère. Un soldat assis sur un tabouret s'ennuyait à mourir. Derrière lui, Debora découvrit quatre femmes enchaînées à un banc. La plus jeune avait la tête couverte d'un châle. Son visage était boursouflé, ses lèvres fendues, ses yeux fermés.
Debora laissa échapper un hoquet de stupeur.
L'homme montra la femme du doigt.
« Tkach. »
Sentant la présence de Debora, Olena ouvrit ses yeux vitreux. C'étaient les yeux d'une inconnue. Un grand sourire élargit lentement sa bouche, dévoilant les mêmes dents légèrement de travers, devenues menaçantes. Elle jaugea Debora, examina le chien en peluche et partit d'un grand éclat de rire enroué.
« Toi ! Toi ! brailla-t-elle. Tu es venue finalement. Tu es venue. Avec un cadeau, un véritable cadeau de la grande ville ! Acheté au grand magasin central ? »

Elle tenta de se lever et de s'approcher pour serrer Debora dans ses bras, mais le soldat se leva d'un bond et lui asséna un coup dans le ventre avec la crosse de son fusil.

« Arrière, chienne meurtrière. »

Il cracha sur le sol.

Olena chancela, tomba et se recroquevilla sur le sol, en gémissant de douleur. Les autres femmes s'esclaffèrent, ravies.

« C'est qui, cette poulette belle à croquer ? » s'écria l'une d'elles en reluquant Debora.

Une autre tira sur la chaîne d'Olena.

Debora se retourna vers le soldat.

« Pourquoi vous la frappez ? »

Ce fut la seule chose qu'elle trouva à dire. D'une voix si faible que c'était comme si elle n'avait pas parlé.

Le soldat s'adressa au petit homme chauve en foudroyant la visiteuse du regard.

« C'est qui, celle-là ? Elle n'a rien à faire ici. Flanque-la dehors. Immédiatement.

— Elle dit qu'elle fait partie de la commission envoyée par Kharkiv.

— Je viens de Kharkiv, en effet », plaida Debora.

Profitant de cette distraction, Olena se releva avec une énergie inattendue et cracha au visage du soldat. Il la frappa de nouveau, plus fort, et elle retomba sur le sol.

« Tu peux continuer à me frapper, je m'en fiche. Je ne suis plus une personne. Plus rien ne peut me détruire. Je ne sens plus la douleur. Personne ne peut me faire de mal. »

Le petit homme chauve prit Debora par le coude.

« Ne restons pas là, camarade, murmura-t-il. Évitons de faire des histoires. »

Debora le suivit docilement vers l'entrée de l'église.

« Que se passe-t-il ici ? demanda-t-elle, la peluche toujours dans les mains, seule tache de couleur dans ce décor sombre. Qu'a-t-elle fait ?

— Vous parlez de Tkach ? Vous ne savez pas ? Elle a fait de la soupe. De la soupe ! Avec son fils. »

Debora ne comprenait pas.

« Quelle soupe ?

— De la soupe, quoi. Tout d'abord, elle a découpé sa mère en petits morceaux pour les nourrir, son fils et elle. Mais il n'y avait pas grand-chose à manger. À part les organes qui restaient bien juteux : le cœur, le foie. Et puis, une fois la mère terminée, elle a étouffé son fils et elle en a fait une soupe. Il s'appelait Taras. Un adorable petit garçon. »

Debora dut s'appuyer contre le mur.

« C'est le quatrième cas en quelques semaines. Du coup, les gens ne laissent plus sortir leurs enfants. Pas moi, en tout cas », ajouta l'homme. Contrairement aux villageois ordinaires, il pouvait compter sur les rations officielles en raison de son travail. Elles étaient misérables, mais en y ajoutant des escargots et des poissons pleins d'arêtes pêchés dans l'étang, cela devrait suffire pour lui permettre de traverser l'hiver.

« Le comble, reprit-il, maintenant qu'elles ont été arrêtées, et en attendant les trains qui les conduiront en prison, c'est qu'on va leur donner à manger. Et elles auront droit à plus de pain que nous. Où est la justice dans tout ça ?

— C'est arrivé quand ?

— Oh, il y a une semaine environ. Ils les gardent jusqu'à l'arrivée de la commission. » Il marqua un temps d'arrêt. « Vous ne faites pas partie de la commission, hein ?

— Non, pas vraiment, avoua Debora.

— Je vous conseille de ne pas rester ici. Sautez dans le premier train. » Il paraissait affolé tout à coup. « Oui, mieux vaut ne pas traîner dans le coin. On risque d'avoir des ennuis tous les deux. »

La peur plissait ses yeux. Sans doute craignait-il d'être privé de ses rations.

Debora hocha la tête. Un autre cri bestial transperça l'air.

Elle regagna la gare d'un pas traînant, sous un ciel dégagé, dans la chaude lumière du crépuscule qui colorait la neige en orange et en rose. Tout semblait si tranquille, agréable. Son esprit vagabond raviva le souvenir de cette dernière soirée avec Olena, de ce baiser, du goût de ses lèvres. Elle se souvenait d'avoir donné son bain à Taras, de sa peau si douce, de ses cheveux de bébé. Et Zinaida, qui la comblait de délicieuses gâteries. La réalité était tellement absurde, tellement invraisemblable, qu'elle refusait d'y croire. Cette créature enchaînée, mi-femme, mi-animal, ça ne pouvait pas être Olena, son Olena. Si ?

Le chien en peluche qu'elle tenait toujours dans les bras paraissait si ridicule soudain, inutile. Pourquoi n'était-elle pas venue plus tôt, beaucoup plus tôt, avec un tas de provisions qu'elle pouvait se procurer, ou les colis que lui envoyait son père ? Les signes étaient omniprésents pourtant, elle connaissait depuis des semaines l'existence de cette famine, elle avait vu les cadavres décharnés et gelés dans les rues de Kharkiv. Comment avait-elle pu ne pas prendre conscience de la situation, ne pas voler au secours d'Olena, pour sauver Taras, pour sauver la vieille femme ? Pourquoi n'avait-elle pas été plus attentive, accaparée par sa petite vie égoïste ? Pourquoi ne s'était-elle pas inquiétée en ne recevant pas de lettre d'Olena ? Pourquoi ?

Un homme vêtu d'une veste de cuir, un pistolet à la ceinture, interrompit ses pensées. Il interdisait l'accès à la gare.

« Vous n'êtes pas d'ici, hein ? »

Il ne posait pas une question, il énonçait un verdict. La peluche qu'elle serrait contre elle la trahissait.

« Non. Je crois que je me suis trompée d'arrêt. Je dois me rendre à Kiev. »

Elle lui montra la notification de sa mutation à l'université de Kiev et son autorisation de changement d'adresse.

L'homme examina attentivement les deux documents. Une fille de la ville. Des papiers en ordre. Il était trop occupé pour s'embêter avec ça, de toute façon.

« Oui, vous vous êtes complètement trompée de station. Le prochain train pour Kiev passe dans deux heures. Vous pouvez attendre à la cafétéria, mais je doute qu'ils aient autre chose que de l'eau chaude à vous proposer. En revanche, je vous déconseille de quitter la gare. On ne sait jamais ce qui peut se passer ici le soir. Je dis ça pour votre sécurité. »

Debora suivit son conseil. Elle envoya un télégramme à ses parents, et deux heures plus tard, elle était allongée dans une couchette à bord du train pour Kiev.

Au petit matin, le train approcha du Dniepr aux reflets scintillants. Le soleil s'était déjà levé. L'immense étendue de neige et de glace, sur la toile de fond bleue du ciel, aveugla Debora quand elle regarda à travers la vitre embuée. Droit devant, sur l'autre rive du fleuve, le dôme doré du monastère de Kiev Lavra toisait la colline boisée qui abritait un labyrinthe de grottes remplies de momies de saints orthodoxes.

Quand, après avoir traversé le Dniepr, le train s'arrêta dans un sifflement assourdissant, Debora voulut abandonner le chien rose. Mais la contrôleuse lui courut après en agitant la peluche.

« Mademoiselle, vous oubliez quelque chose.

— Ce n'est pas à moi, répondit sèchement Debora.

— Bien sûr que si, insista la femme, d'un air soupçonneux, en palpant l'animal pour vérifier qu'aucune marchandise prohibée n'était cachée à l'intérieur.

— Gardez-la. Je n'en veux pas. »

La femme repartit en secouant la tête. Comment pouvait-on jeter une aussi belle peluche ?

Gersh et Rebecca, venus attendre leur fille sur le quai, avaient assisté à la scène. Bien que perplexes, ils ne firent aucun commentaire. Après les embrassades, Gersh prit la valise. Debora s'efforça de se comporter normalement, répondant à des questions si insignifiantes qu'elle avait du mal à se concentrer sur les réponses. Mais elle renonça très vite à donner le change quand, en entrant dans l'appartement de ses parents, elle découvrit le festin qui l'attendait.

« Je ne peux rien manger, je suis désolée », dit-elle, prise de vertiges. Elle alla dans sa chambre et se glissa dans son lit, habillée. « Pardonnez-moi, je ne me sens pas très bien. »

Rebecca la rejoignit.

« Que se passe-t-il, ma chérie ? Tu n'es pas toi-même. »

Debora, qui avait réussi à retenir ses larmes jusqu'à présent, éclata en sanglots dans les bras de sa mère.

« Qu'est-ce qui nous arrive ? Que se passe-t-il ? Que sommes-nous devenus ? Sais-tu qu'il y a des gens, là dehors, des honnêtes gens, qui se transforment en cannibales ? Ils *mangent* d'autres gens. Et personne ne dit rien, on n'en parle même pas. Comment est-ce possible ? »

Rebecca avait entendu dire que des choses affreuses se produisaient dans les villages, mais elle avait choisi de ne pas y prêter attention. Il n'était jamais bon d'en savoir trop. Elle écouta sa fille lui parler d'Olena, de son enfant décédé, de la puanteur de la mort qui continuait à brûler ses narines.

« Les temps sont durs, dit-elle en lui caressant les cheveux. Très durs. Et dans ces moments-là, nous devons essayer de survivre et d'être forts. Dieu soit loué, tu es là, avec nous. Grâce à ton père qui nous a permis de déménager à Kiev. Ensemble, nous surmonterons cette épreuve, avec l'aide de Dieu.

— J'aurais dû m'en douter. J'aurais dû aller voir Olena plus tôt, avec de la nourriture, plutôt qu'une peluche grotesque. J'aurais pu les sauver, sanglota Debora. J'aurais pu.

— Non, personne ne pouvait les sauver. Personne. Nous nous battons contre l'histoire. Et l'histoire est un animal sauvage assoiffé de sang. Il s'en prend à ce pays une fois de plus, il détruit tout pour tout changer. Tu ne dois pas te trouver sur son chemin, tu ne peux pas l'arrêter. Tu peux juste espérer l'éviter au moment où il se déchaîne et se fraye un chemin à coups de griffe. Espérer qu'il ne te voie pas. Et qu'il broie quelqu'un d'autre. Tu peux juste essayer de te rendre invisible. Pour survivre.

— C’est un monde terrible, dit Debora. Comment en est-on arrivés là ?

— Je l’ignore, répondit sa mère. Mais entre animaux, ça s’est toujours passé comme ça. Peut-être que nous avons eu tort de croire que les humains étaient différents. »

Deuxième partie

14

Kiev, avril 1933

Le printemps débarqua à l'improviste à Kiev, et toute la ville se précipita pour l'embrasser comme un enfant disparu. Tandis que les stalactites commençaient à se détacher des toits, provoquant parfois de sérieuses blessures chez des passants distraits, la boue envahit les rues et des filets d'eau sale descendirent des collines. Les maîtresses de maison ouvrirent des fenêtres calfeutrées durant tout l'hiver et un air frais s'engouffra dans la touffeur des appartements. Des employés municipaux charriaient dans des brouettes des amas de neige grise et de glace pour qu'ils aillent fondre et mourir lentement loin des regards. L'un après l'autre, les bourgeons firent leur apparition sur les marronniers qui surplombaient les boulevards de la ville, prémices de l'éclosion de ces fleurs qui, l'été venu, tapisseraient les chaussées de pétales roses et blancs.

La fin de l'hiver signifiait également la fin de la famine. Un peu avant le mois de mai, la terre produisit à nouveau de quoi se nourrir : choux, oignons et fraises mûrissaient dans les champs. Le matin, Debora ne voyait plus d'employés de la voirie ramasser des cadavres de paysans. La routine de sa vie d'étudiante l'aidait à chasser ses idées noires. Peu à peu, mais de manière inéluctable, elle en vint à oublier Olena et Larysa, et sa vie d'avant à Kharkiv. Néanmoins, quand elle voyait passer un avion dans le ciel, elle ne pouvait s'empêcher de penser à Samuel, ne serait-ce qu'un court instant. Parfois, il lui semblait l'apercevoir dans la foule, parmi des hommes qui partaient assister à un match de foot, à la sortie d'un cinéma ou dans le tram. Hélas, il s'agissait toujours de quelqu'un d'autre. Elle connaissait son adresse – s'il n'avait pas déménagé –, mais elle était trop fière pour lui rendre visite.

En ce dimanche après-midi, elle prit le tram pour aller se promener rue Khreshchatyk, la principale artère de la ville. Le soleil caressait sa joue à travers les vitres. Elle n'avait pas de projet en tête. C'était la première journée de printemps véritablement douce, idéale pour flâner et faire du lèche-vitrines. Le tram était presque vide. Un homme aux bottes maculées de boue monta à bord en jurant et, ignorant toutes les places libres, se dirigea aussitôt vers Debora d'une démarche titubante. Il lui agrippa l'épaule en se laissant tomber sur le siège voisin.

« Ça va ce matin, ma belle ? Comment tu t'appelles ? »

Debora lui jeta un regard glacial.

« Ce n'est plus le matin depuis longtemps. »

L'ivrogne essaya de lui toucher la cuisse, mais elle saisit son poignet et reposa sa main moite sur son genou.

« J'ai l'impression que vous avez encore trop bu, mon vieux. Que va dire votre femme ? »

Le regard de l'homme trahissait sa confusion.

« Tu connais Masha ? C'est toi la fille qui travaille avec elle ? »

Debora se leva pour lui laisser sa place.

« Prenez vos aises. Je ne dirai rien à Masha. »

Elle conclut par un clin d'œil.

« Un problème ? » Une voix puissante et autoritaire retentit derrière elle. « On t'importune, camarade ? »

C'était une voix familière.

« Non, camarade, tout va bien », répondit-elle en tournant la tête.

Samuel était encore plus beau que dans son souvenir. Il avait mûri. Son visage était taillé à la serpe, son regard plus assuré, sa moustache plus fournie et impeccablement taillée. Le carré rouge d'un lieutenant de l'armée de l'air ornait le col de son uniforme.

« Toi ? dit-elle dans un souffle. C'est toi ?

— Chère camarade, je suis subjugué par ton extrême beauté », déclara-t-il, comme s'il avait répété cette conversation durant des années.

Désorientée, Debora oscillait entre la colère et la joie. Finalement, elle lui rendit son sourire.

« Tu dis ça à toutes les filles, camarade ?

— Non, pas à toutes. À toi uniquement, répondit-il avec un sourire jusqu'aux oreilles. Camarade. »

Il l'étreignit et déposa un baiser sur sa joue. Il sentait l'après-rasage et l'odeur d'un passé réconfortant et simple. Ils allèrent s'asseoir au fond du tram.

« J'ignorais que tu étais à Kiev. Pourquoi tu ne m'as pas écrit ? Figure-toi que je t'ai cherchée à Kharkiv. Tu es de passage ? Pour combien de temps ? »

Elle aurait voulu se montrer froide et blessante, mais s'aperçut qu'elle en était incapable.

« Je peux t'offrir une glace ? Une place de cinéma ? Pour *Le Cirque* ? Tu l'as vu ? »

Les affiches de cette comédie étaient placardées dans toute la ville. Les comédiens portaient des combinaisons blanches et brillantes et des casques ailés. La célèbre actrice Lyubov Orlova avait été transformée en sosie de Marlene Dietrich.

« Non, pas encore. Il paraît que c'est très bien.

— Si on y allait ?

— Là, maintenant ?

— Oui, évidemment ! » Il écarta les bras. « C'est le moment idéal. J'annule tous mes rendez-vous importants pour me mettre à ton service, camarade. »

Le rendez-vous important en question, c'était un rencard avec une secrétaire au rire idiot qui l'attendrait en vain tout l'après-midi.

Debora fit mine de réfléchir, alors qu'en réalité, elle les imaginait déjà tous les deux assis au fond d'une salle de cinéma. Samuel l'arracha à son siège et ils sautèrent du tram à l'arrêt le plus proche du cinéma Spartak dans la rue Khreshchatyk. La prochaine séance débutant dans une demi-heure seulement, il acheta deux boules de glace. Un luxe. Et l'écouta raconter, sommairement, son installation à Kiev. Il n'évoqua pas leur rupture, et Debora non plus. Néanmoins, il prit soin de glisser qu'il ne fréquentait personne d'autre.

«Je mène une existence de moine ces temps-ci. Et toi?

— Pas facile de trouver des hommes intéressants.

— Je peux me montrer très intéressant.»

Elle ne voulait pas l'encourager. Toutefois, elle ne put réprimer un sourire.

«Peut-être trop à mon goût.»

Il consulta sa montre.

«C'est l'heure», dit-il en se levant.

En entrant dans l'obscurité fraîche et bienvenue du Spartak, Samuel se dirigea d'emblée vers la dernière rangée. Debora trouva naturel de le suivre: c'était une habitude bien rodée. Le film débuta. Dans la scène d'ouverture, le personnage interprété par Orlova, une acrobate traquée par une foule hargneuse dans une ville imaginaire des États-Unis, Sunnyville, fuyait en serrant dans ses bras un enfant noir. Samuel émit quelques claquements de langue approbateurs devant les prouesses des animaux et des artistes du cirque de Moscou. Debora, qui n'avait jamais vu une personne à la peau noire, ne put retenir ses larmes lorsque la pauvre Américaine exilée trouva refuge, et l'amour, en Union soviétique. Après que le bébé fut passé de bras en bras pour entendre des berceuses dans plusieurs langues, dont le yiddish, le directeur du cirque le tint à bout de bras et déclara: «Dans notre pays, nous aimons tous les enfants, noirs ou blancs, rouges ou bleus, et même roses avec des rayures ou gris avec des points verts!»

À cet instant, la main de Debora était déjà nichée dans celle de Samuel. Sans qu'elle sache comment.

Quatre jours plus tard, elle fredonnait encore le thème musical du film, accrocheur: «*Mon pays est immense, rempli de forêts, de champs et de rivières. Je ne connais aucun autre pays où on puisse respirer aussi librement qu'ici.*»

Ils retournèrent au cinéma le dimanche suivant. Samuel l'embrassa dès le générique. Elle s'était juré de ne pas le laisser faire, mais sa belle détermination s'envola lorsqu'il promena sa langue avide et inquisitrice sur ses lèvres. Elle était furieuse contre elle-même, et malgré cela, elle se laissa faire, encore et encore.

En sortant du cinéma, ils allèrent se promener dans le parc. Debora se sentit enfin autorisée à évoquer son voyage à Pisky. La famine en Ukraine était un sujet interdit, elle le savait. Mais après ces baisers, elle estimait qu'elle pouvait faire confiance à Samuel. Vous ne pouviez pas cacher éternellement vos sentiments.

Il l'écouta attentivement pendant qu'elle décrivait la situation dans les moindres détails, ce qu'elle n'avait pas fait avec ses parents. Il ne fut pas surpris.

«J'ai entendu parler de ces choses-là. On nous a envoyés dans des villages nous aussi, pour confisquer des céréales. On n'a trouvé que des cadavres. Et on a passé notre temps à creuser des tombes. Mieux vaut ne plus penser à tout ça. La famine est terminée. C'est du passé. On n'y peut rien.

— Comment puis-je oublier Olena ?

— Il le faut. Si on veut aller de l'avant, il faut savoir tirer un trait. Comme j'ai tiré un trait sur Sasha après ce qu'il a fait à Larysa. Dans le temps, on était amis, mais c'est fini.

— Sasha ? Qu'a-t-il fait ? » demanda Debora d'une voix tremblante.

Que savait-il ?

« Tu n'es pas au courant ? Il a témoigné contre elle, il l'a reniée, pour gravir les échelons au sein du Parti. Il s'est offert un nouveau poste avec le sang de Larysa. » Il cracha par terre avec dégoût. « Sale vermine. »

Debora pressa son coude.

« C'est horrible. »

Je ne pourrai jamais lui avouer ce que j'ai fait, songea-t-elle. Jamais.

Elle se pencha vers lui pour un long baiser, chargé de culpabilité.

« Je remercie le destin, dit-elle. Le destin qui nous a réunis de nouveau.

— Oui. C'est une chance. »

Quelques jours plus tard, au petit déjeuner, Rebecca demanda à sa fille, de but en blanc :

« Tu as quelque chose à me dire, ma chérie ?

— Pourquoi ?

— Tu tournes comme un lion en cage. Tu ne tiens pas en place et tu passes des heures devant le miroir, avec un grand sourire idiot que je n'ai pas vu sur ton visage depuis longtemps. Qu'y a-t-il ? Tu fréquentes quelqu'un ?

— Tu es une vraie Sherlock Holmes, maman, répondit Debora en riant. Oui. Je revois Samuel. Nous nous sommes rencontrés par hasard.

— Il t'a pardonnée, alors que tu l'as largué l'année dernière ? »

Elle avait oublié qu'elle n'avait jamais avoué la vérité à ses parents.

« Oui, maman. Il est très large d'esprit.

— Ça prouve qu'il tient à toi, conclut Rebecca. C'est du sérieux ?

— Je ne sais pas. Peut-être.

— Peut-être... Eh bien, peut-être que tu devrais nous présenter ce monsieur. »

L'immeuble de la rue Shevchenko dans lequel ils habitaient avait été construit avant la révolution, à une autre époque, quand les classes aisées de Kiev passaient leurs vacances à Montreux, quand les mécènes fondaient des bibliothèques et des musées, quand les femmes essayaient de s'impressionner mutuellement à l'opéra en arborant les dernières créations de la mode parisienne. Chaque appartement possédait cinq ou six chambres, plus une petite pièce, ou deux, pour les domestiques. À présent, dans les grandes villes d'Ukraine soviétique, personne, à l'exception de quelques privilégiés installés au sommet du pouvoir, ne pouvait s'offrir le luxe d'occuper seul un tel appartement.

Le père de Debora, homme relativement important, mais très éloigné des hautes sphères, s'était vu attribuer généreusement trois chambres, dont une qu'il avait transformée en salon, où Yakov dormait parfois, sur le canapé. Une autre était désormais réservée exclusivement à Debora. C'était la première fois depuis l'enfance qu'elle jouissait d'une telle intimité. En revanche, ils devaient partager la cuisine et les toilettes avec les autres occupants de l'appartement. Par conséquent, Gersh et Rebecca entreposaient les importants stocks de nourriture de la famille dans un placard du salon fermé à clé. Étant donné que chaque famille payait l'électricité séparément, il y avait trois ampoules dans les toilettes, commandées par des interrupteurs différents.

La propriétaire de l'appartement, connue sous le nom de Pani Helga, était une femme aux cheveux gris, toute ratatinée, issue de la noblesse allemande, qui avait été assez bête pour rester à Kiev quand elle pouvait encore rejoindre ses fils et petits-fils installés à Königsberg. Elle sortait rarement de sa chambre, située au bout du couloir, et semblait se nourrir uniquement de biscuits et de thé. L'autre famille se composait d'un modeste rédacteur en chef au quotidien *Visti*, un dénommé Ostap Boyko, de ses deux garçons qui se chamaillaient en permanence, et de son épouse enceinte, Halyna, qui s'était habituée à disposer de la cuisine comme bon lui semblait. L'homme qui occupait précédemment les pièces attribuées aux Rosenbaum, un célèbre sculpteur, avait été arrêté et envoyé dans les camps en tant que «nationaliste bourgeois», à cause d'une longue lettre envoyée à la GPU par les Boyko, dans laquelle ils rapportaient en détail ses conversations au cours desquelles il dénigrait le peuple russe frère, et ses penchants, plus déviants encore, qui le poussaient à séduire de jeunes et innocents modèles, des deux sexes, issus des milieux prolétariens.

Les Boyko, qui occupaient une seule pièce et considéraient cela comme une injustice flagrante et douloureuse, espéraient qu'une des pièces au moins du sculpteur, sinon les trois, leur serait attribuée. Hélas, leurs efforts ne furent pas récompensés, et ils enragèrent de voir les Rosenbaum s'y installer à leur place. En outre, le fait que Rebecca s'approprie une partie de la cuisine fut perçu comme un affront cinglant. Enfin, l'arrivée de Debora avait douché leurs derniers espoirs. Toutefois, ils se montraient chaleureux et polis. On ne sait jamais.

Samuel frappa à la porte de l'appartement du boulevard Shevchenko quinze jours plus tard, vêtu de son uniforme impeccablement repassé, avec des fleurs et une bouteille d'eau-de-vie. Il abreuva de compliments toutes les personnes présentes, y compris Pani Helga et Halyna, qui regardaient le jeune officier avec un mélange de méfiance et de désir. Visiblement impressionné par l'environnement dans lequel vivaient les Rosenbaum, Samuel examina les moulures sophistiquées au plafond, les fenêtres en ogive et le tapis Boukhara apporté d'Uman. Il s'assit prudemment au bord du canapé en cuir, comme pour l'essayer. C'était le genre de logement auquel pourrait prétendre le jeune lieutenant seulement lorsqu'il aurait gravi tous les échelons jusqu'au grade de colonel, si cela arrivait un jour.

Rebecca avait cuisiné tout l'après-midi et le dîner, composé de diverses entrées, d'agneau rôti et de beignets de fromage, dépassait largement, en qualité et en quantité, ce à quoi Samuel était habitué au mess de la caserne. Il complimenta plusieurs fois Rebecca sur sa coiffure et discuta des affaires du monde avec Gersh, dont il approuva toutes les opinions. Ce dénommé Hitler qui venait d'accéder au pouvoir en Allemagne représentait une aberration temporaire, expliqua le père de Debora. Il était allé en Allemagne autrefois et se targuait de bien connaître ce pays. Les Allemands étaient des gens civilisés.

« En effet, approuva Samuel. Jamais le prolétariat allemand ne soutiendra cet idiot. »

Seul Yakov ne partageait pas cet avis.

«Je pense que vous vous bercez d'illusions tous les deux. La guerre approche, et ce sera terrible.

— Allons ! rétorqua Samuel. Tu n'as pas vu les nouveaux chars et les nouveaux avions que l'on construit de nos jours ? Personne ne peut nous battre. L'Armée rouge est invincible. On écrabouillera tout le monde. »

Il se renversa contre le dossier de sa chaise, satisfait, et après quelques petits verres de vodka supplémentaires, il évoqua le plaisir de piloter un avion.

« Vous êtes tout là-haut, dans le ciel, totalement libre. Plus fort que la nature. Plus rien n'est inaccessible.

— Je n'ose même pas y penser, dit Rebecca, admirative. Vous n'avez pas peur de vous écraser au sol ?

— Maman ! s'exclama Debora. Il ne va pas s'écraser, voyons. »

Après le repas, pendant que Rebecca faisait la vaisselle, Gersh confia à son épouse qu'il appréciait ce jeune homme.

« Il semble sérieux. C'est un garçon brillant.

— Je ne sais pas. Il me semble un peu trop désireux de plaire. C'est un garçon habile.

— Personne ne sera jamais assez bien à tes yeux, dit son mari en riant.

— C'est vrai. »

Les magnolias et les lilas étaient en pleine floraison ; des pétales tombaient déjà dans l'herbe grasse et embaumaient l'air, quand Samuel retrouva Debora dans le jardin botanique de Kiev, derrière le bâtiment de l'université peint en rouge. Tout autour, des plantes exotiques exubérantes rattrapaient le temps perdu durant leur hibernation. Soudain, Samuel s'arrêta à la hauteur d'un très vieux chêne, dans un coin reculé du parc, s'inclina de manière théâtrale et mit un genou à terre.

« C'est ce que je pense ? » demanda Debora, les yeux écarquillés.

Elle ne s'y attendait pas. Du moins, pas si vite.

« Tu es trop intelligente, impossible de te surprendre.

— Eh bien ?

— Debora Rosenbaum, voulez-vous devenir ma femme et vivre éternellement heureuse avec moi ?

— C'est précipité...

— Pourquoi attendre ? Pourquoi remettre ça à plus tard ? » Samuel lui ouvrit ses bras. « Si cela doit se faire, que ça se fasse.

— Qu'est-ce qui me prouve que tu ne m'abandonneras pas une seconde fois ?

— N'aie pas peur. » Il prit un ton solennel. « Quoi qu'il arrive, je serai toujours là pour toi. Et si par malheur nous sommes séparés, je reviendrai toujours auprès de toi. Tu seras obligée de me chasser à coups de fourche. Tu ne pourras pas te débarrasser de moi. Je te le promets.

— À coups de fourche ? »

Elle éclata de rire et l'embrassa.

Elle aurait voulu se faire désirer, retarder sa réponse, mais elle ne put réprimer le sourire qui éclairait son visage et trahissait son immense joie.

« Marions-nous, dit-elle. Pour l'éternité. »

15

Kiev, septembre 1933

Pour fêter leur mariage, ils louèrent un petit bateau à vapeur et convièrent seulement quelques dizaines d'invités, essentiellement des amis étudiants de Debora et des copains de l'armée de l'air de Samuel. Ils ne pensèrent même pas à convier Sasha, ni aucune des personnes qu'ils avaient connues à Kharkiv. Ils préféraient laisser leur passé derrière eux et l'oublier.

La cérémonie, totalement laïque évidemment, fut célébrée par un employé municipal, et non un rabbin. Avant qu'elle commence, Rebecca tendit à sa fille un collier fait de maillons en or, en forme de serpents, constellés de rubis, de saphirs et d'émeraudes.

« Ma mère me l'a donné le jour où je me suis mariée, et je te le donne à mon tour, le jour de ton mariage. Elle l'avait fait faire à Venise, durant sa lune de miel. Si Dieu le veut, tu le transmettras à ton enfant. »

Samuel approuva d'un petit claquement de langue.

« Tu ressembles à une véritable princesse avec ce collier, mon amour. Une princesse vénitienne. »

Aux anges, Debora les étreignit tous les deux.

Un orchestre se mit à jouer, donnant le signal des réjouissances. Quand tout le monde fut ivre, les amis de Samuel soulevèrent les chaises sur lesquelles étaient assis les jeunes mariés, les hissèrent sur leurs épaules et dansèrent. Tâche difficile sur un bateau au sol mouvant, mais c'étaient des soldats et ils avaient des jambes et des dos puissants. Les musiciens n'eurent pas besoin d'encouragements pour enchaîner les mélodies yiddish les plus entraînantes.

Samuel emménagea dans la chambre de Debora le lendemain matin en transportant dans l'escalier un carton qui contenait toutes ses affaires. Les voisins n'appréciaient pas son arrivée. « Bientôt ils auront des enfants, et il n'y aura plus de place pour les autres, murmura Halyna à l'oreille de son mari.

— Il y a déjà la queue aux toilettes tous les matins, grommela celui-ci. C'est horrible. Terriblement injuste. »

Souffrant de constipation, il n'aimait pas se presser.

Mais Debora et Samuel n'auraient pas d'enfant immédiatement. Elle voulait d'abord finir ses études pour pouvoir enseigner. Lui partait souvent en mission d'entraînement, dont certaines l'envoyaient jusqu'en Sibérie, à la frontière chinoise. Debora éprouvait un léger sentiment de culpabilité quand elle le voyait rentrer de ces missions, avec parfois de petits cadeaux provenant de villes lointaines. Qu'avait-elle fait pour mériter pareil bonheur ?

Comme tout le monde, elle avait conscience des drames qui se déroulaient chaque jour, de ces voitures noires qui s'arrêtaient devant un immeuble au cœur de la nuit pour arrêter une nouvelle fournée d'ennemis de l'État. Les journaux regorgeaient d'histoires de saboteurs et d'agents étrangers démasqués, puis exécutés. De lointaines connaissances disparaissaient sans prévenir, les disparitions n'étaient jamais évoquées en public. L'entourage immédiat de Debora semblait à l'abri, à l'intérieur d'un cocon magique. De fait, leurs conditions de vie s'amélioraient. Les récoltes avaient été abondantes et on avait supprimé le système de rationnement. Les mets gastronomiques réapparurent aux menus des restaurants. Kiev, qui avait retrouvé son statut de capitale de l'Ukraine, bourdonnait d'une vie nouvelle, grâce aux théâtres, aux bibliothèques et aux musées transférés de Kharkiv.

Les vies privées pouvaient se dissocier de la marche de l'histoire, pour un temps du moins. Il était possible de jouir d'un bonheur intime au beau milieu d'une tragédie nationale. Néanmoins, il n'était pas facile de faire taire ses peurs.

«Je m'inquiète parfois, confia Debora à Samuel, après qu'ils avaient fait l'amour. Il y a tellement de misère autour de nous. Combien de temps pourrons-nous rester protégés? Combien de temps pourrons-nous nager dans le bonheur? Chaque jour, j'ai peur que tout s'arrête, comme ça, *pof*!

— Ne sois pas bête. Tout ira bien désormais. Tu finiras même par te lasser de notre bonheur, tu verras, répondit-il et il se colla dans son dos pour déposer de petits baisers sur sa nuque, frottant sa moustache contre sa peau.

— Oui, le bonheur est ennuyeux, dit-elle en riant. Toutes les familles heureuses se ressemblent, mais chaque famille malheureuse l'est à sa façon», ajouta-t-elle en citant la première phrase d'*Anna Karénine.*

Samuel n'avait pas lu ce livre. Mais allongé dans ce lit, étendu sur le dos comme un chat bien nourri, il songeait qu'il était heureux effectivement. Était-il amoureux? Oui, pensait-il. Voilà ce qu'on ressent quand on aime.

«Tu m'apportes de la joie», dit-il.

Samuel avait d'autres raisons d'être satisfait. Il avait pris du galon, comme l'indiquaient les deux insignes de lieutenant sur son uniforme, et il pilotait désormais les nouveaux avions de chasse I-15. C'était une époque formidable pour les pilotes: les faucons de Staline, comme on les surnommait aux actualités. Tout le monde admirait ces hommes qui avaient sauvé l'équipage naufragé du *Tcheliouskine* en se posant sur les glaces polaires de l'Arctique. Les spectateurs des salles de cinéma demeuraient bouche bée en regardant Tchalov, l'as de l'aviation, piloter son appareil à l'envers. Debora craignait parfois que Samuel devienne trop sûr de lui, trop imprudent.

Son frère, moins bien loti, jalousait la chance de Samuel. À cause de sa vue qui se dégradait, Yakov risquait de se retrouver dans un bureau du district militaire de Kiev, au lieu d'être affecté sur le nouveau navire de guerre de ses rêves. Une perspective déprimante, surtout depuis qu'il avait appris qu'il serait sans doute muté au service des approvisionnements, suivant ainsi les traces de son père. Gersh, lui, se sentait secrètement soulagé.

Samuel tenta de remonter le moral de Yakov.

« Ne t'en fais pas, s'il y a la guerre, on sera tous sur le front avec un fusil à la main. À nous la gloire ! »

La carrière d'enseignante de Debora ne débuta pas comme elle l'avait espéré. Elle avait souvent imaginé ce jour où elle entrerait dans une salle de classe pour la première fois. Ce jour où elle lirait à voix haute les contes de Gogol : des histoires de diables cachés qui feraient rire les enfants, les aventures des jeunes filles noyées et les compteurs des âmes mortes. Ce jour où elle écouterait ses élèves réciter les poèmes de Lermontov, ce jeune officier romantique qui avait accompli tant de choses avant de mourir à vingt-six ans, et dont la fine moustache lui rappelait celle de Samuel.

Si elle acquérait suffisamment de confiance en elle, peut-être pourrait-elle leur faire découvrir, en dehors du programme, quelques vers d'Anna Akhmatova ou de Marina Tsvetaeva sur l'amour tragique; des vers tirés de livres publiés avant les nouveaux décrets sur le réalisme socialiste, et qu'elle connaissait par cœur.

Hélas, il n'y avait aucune place pour la littérature hors programme dans le collège où elle fit ses débuts en septembre 1936. La bibliothèque venait d'être purgée de tous les ouvrages idéologiquement impurs. Le directeur adjoint qui l'accueillit, un homme grand et maigre nommé Roman, lui donna un conseil, formulé avec soin: «Avant de faire ou de dire quoi que ce soit en classe, chère Debora, demandez-vous s'il n'y a pas un risque de malentendu. De mauvaise interprétation. Inutile d'improviser, tenons-nous-en aux instructions, au mot près.»

La première œuvre littéraire qu'elle dut enseigner évoquait Pavlik Morozov, le nouveau héros du pays, dont la statue venait d'être dévoilée sur la place Rouge à Moscou. Le garçon de douze ans, un modèle que devaient suivre tous les enfants soviétiques, avait courageusement dénoncé aux autorités son propre père, coupable d'avoir fait des réserves de céréales et conspiré avec des éléments antirévolutionnaires. Raison pour laquelle, à en croire la version officielle, Pavlik avait été sauvagement assassiné dans les bois par son grand-père.

« Après avoir perdu un tel combattant dans nos rangs, nos enfants seront habités par la haine envers ses meurtriers, fit-elle réciter à ses élèves. Il n'existe pas pour eux de meilleur exemple que Pavlik, le valeureux pionnier. »

Elle ne fut pas surprise de lire dans les devoirs de ses élèves de douze ans qu'eux aussi dénonceraient leurs proches s'ils participaient à un complot contre-révolutionnaire. Elle corrigea ces copies avec un sentiment de dégoût, mais bien évidemment, elle fut contrainte de donner la meilleure note à ceux qui se montraient les plus zélés. C'était la règle, et qui était-elle pour passer outre ?

En décembre, elle se leva un matin en ayant des vertiges et eut juste le temps de se précipiter dans la salle de bains pour vomir. Idem le lendemain. Sa mère la regarda d'un air entendu, avec dans le regard une lueur inhabituelle.

« Tu devrais aller chez le médecin. »

C'était un accident – Debora et Samuel avaient pris leurs précautions –, mais ils s'en réjouissaient. De toute manière, ils n'avaient guère le choix. L'avortement, gratuit et très répandu autrefois, était interdit à présent : Staline souhaitait reconstituer sa population décimée.

Quelques jours plus tard, Samuel reçut de nouveaux ordres. Il était muté sur la base aérienne de Jytomir, à l'ouest, près de la frontière. C'était une promotion. Heureusement, ce n'était pas trop loin et il pourrait revenir le week-end. En revanche, les conditions d'hébergement seraient rudimentaires au début, expliqua-t-il à Debora. Tant que le bébé n'était pas né, il valait mieux qu'elle reste à Kiev avec ses parents. Quand elle aurait fini son année scolaire – sa première année d'enseignement –, elle le rejoindrait à Jytomir. Maintenant qu'il allait devenir lieutenant-chef, ce serait plus facile pour elle d'obtenir une mutation. Apparemment, il y avait de nombreux postes disponibles dans ce secteur scolaire.

Quelques semaines plus tard, alors que Rebecca achetait de la choucroute et des légumes en saumure au marché de Bessarabka, en marchandant avec de robustes fermières qui exposaient leur marchandise sur des plaques de granite noir, elle remarqua deux visages familiers à un stand voisin. Le père de Sasha, l'ancien professeur de mathématiques d'Uman, se déplaçait lentement à l'aide d'une canne. Les cheveux de sa femme avaient des reflets violets et elle était enveloppée dans un coûteux manteau de fourrure. Si le père semblait agacé, la mère était ravie de revoir Rebecca.

« Ah, on se croirait revenus à Uman, dit-elle en riant. Combien de fois on s'est rencontrées au marché, là-bas ! Comment vont les enfants ? »

Rebecca évoqua brièvement le mariage et les succès universitaires de Debora. Mais par superstition, elle ne parla pas de la grossesse de sa fille. De même, elle essaya d'en dire le moins possible sur Yakov.

« Et Sasha, comment va-t-il ? » demanda-t-elle d'un ton léger.

Le père fronça les sourcils. La mère, qui semblait ne pas avoir remarqué son air désapprobateur, se fit un plaisir de répondre :

« On peut dire que la chance lui a souri. Il est devenu quelqu'un d'important. De très important. Nous habitons dans un grand appartement, à Pechersk. Il possède même une voiture maintenant. Nous sommes tellement heureux pour lui ! Au 15, rue Engels. Appartement 6. Il faut venir prendre le thé un jour. Je ferai un gâteau aux cerises. Dites à Gersh, à Debora, à Samuel et à Yakov de venir également. Je suis sûre que Sasha serait heureux de les voir tous. »

Son mari commençait à s'impatienter.

« Il faut y aller, dit-il.

— J'ai été ravie de vous revoir. On ne manquera pas de vous rendre visite », dit Rebecca.

C'étaient des paroles en l'air.

16

Kiev, février 1937

« Je pars en Espagne, murmura Samuel à l'oreille de Debora, au cours d'un de ses nombreux week-ends de permission.

— En Espagne ? Pour faire la guerre ? » demanda-t-elle, affolée.

Techniquement parlant, des pilotes soviétiques participaient déjà à la guerre civile espagnole, en tant que volontaires. Son unité embarquerait probablement à Odessa, avant le mois d'avril, expliqua-t-il, cachée avec les avions dans les entrailles d'un cargo soviétique à destination de Valence.

« C'est seulement pour six mois. Je serai de retour avant la naissance du bébé. Et on sera payés en devises, de quoi assurer notre avenir. C'est beaucoup d'argent. Et il n'y a aucun danger, mentit-il, face au silence de Rebecca. On va juste apprendre à nos camarades espagnols à piloter et à entretenir leurs appareils. Je serai loin de la ligne de front. En retrait.

— Oui, je sais. Mais j'ai un mauvais pressentiment. Tu es vraiment obligé de partir?

— Ne t'inquiète pas, tout se passera bien. Et je reviendrai vite.» Il la serra dans ses bras et tapota son ventre rond. «Tu verras.

— Je préférerais que tu ne partes pas. Nous n'avons pas besoin de cet argent.

— Il n'y a pas que l'argent.

— Je sais, soupira-t-elle. Je sais.

— Ne dis rien à personne, surtout. C'est secret.»

Après dîner, dans le salon, en présence de la famille de Debora, Samuel ne put s'empêcher, toutefois, de parler de la guerre civile espagnole. Après tout, le combat des républicains assiégés occupait les actualités. Affalé dans un fauteuil, un verre à la main, il débattait avec Gersh et Yakov. Pendant que Debora et Rebecca débarrassaient les couverts et faisaient la vaisselle. La porte entre la cuisine et le salon était restée ouverte.

La république ne pouvait pas être vaincue, en aucun cas, déclarait Samuel. Maintenant que des volontaires du monde entier arrivaient pour empêcher la chute de Madrid, le conflit allait tourner au désavantage de Franco et de ses alliés fascistes.

«Je sais de quoi je parle, dit-il pour en imposer. Croyez-moi.»

Gersh, qui avait lu dans les journaux soviétiques les comptes-rendus en provenance d'Espagne, était moins optimiste.

«Je n'en suis pas sûr, dit-il. Apparemment, les trotskistes restent très puissants là-bas, surtout en Catalogne. Tout ça ne peut rien donner de bon. Ils vont former une cinquième colonne à coup sûr.»

Gersh détestait profondément Trotski. Au moins, Staline respectait quelques institutions élémentaires, comme la famille et le mariage. Gersh n'avait pas oublié la manière dont Trotski avait vitupéré contre le noyau familial. Quels mots avait-il employés déjà? «Une institution archaïque, stagnante et étouffante, à l'intérieur de laquelle la travailleuse est réduite en esclavage de l'enfance à la mort.»

Yakov soutenait son père.

«À cause de leur bêtise, Trotski et les siens vont livrer la république aux fascistes», dit-il.

Samuel vida son verre d'un trait et haussa la voix.

«Je suis d'accord pour dire que Trotski est un salopard, mais un salopard rudement intelligent. Soyons honnêtes: c'est lui, et non pas Staline, qui a conduit l'Armée rouge vers toutes ses victoires après la révolution. Il carrément *créé* l'Armée rouge, bordel! On le sait tous. C'est même lui qui a dessiné les chapeaux qu'on porte encore. Alors, oui, un salopard, peut-être, mais ce n'est pas un idiot.»

Yakov intervint:

«Tu devrais surveiller tes paroles.»

Samuel chassa cette remarque d'un geste méprisant.

« Oh, allons, je n'ai rien à cacher ici. Tout le monde sait que Trotski est un génie. »

Il n'avait pas remarqué que Boyko, le voisin journaliste, venait de rentrer. En entendant prononcer le nom de Trotski, celui-ci prit tout son temps pour ôter ses bottes dans le vestibule, sans faire de bruit, tout près de la porte du salon restée ouverte. Après avoir écouté une grande partie de la conversation, il avait hâte d'en faire profiter sa femme.

Il passa discrètement devant le salon pour se faufiler dans ses appartements, et répéta à l'oreille de Halyna tout ce qu'il venait d'entendre. Elle l'écouta attentivement, puis se leva, ouvrit un tiroir et lui tendit une feuille de papier lignée.

« Écris, ordonna-t-elle. Qu'est-ce que tu attends ? C'est ton métier, non ? Alors, écris. »

17

Kiev, mai 1937

Que Samuel ne fasse pas partie du premier groupe de pilotes envoyés en Espagne fut le seul signe, tout d'abord, que quelque chose clochait. « Ne t'en fais pas, tu partiras avec la prochaine fournée », lui dit le commandant de la base d'un ton désinvolte.

Puis le printemps arriva, et avec lui d'étranges choses.

Le 1er mai, les dirigeants de la République socialiste soviétique d'Ukraine se rassemblèrent sur une estrade construite pour l'occasion, sous des banderoles rédigées dans toutes les principales langues d'Europe, qui claquaient au vent. Ils venaient assister au défilé militaire en l'honneur de la Journée de solidarité avec l'internationale prolétarienne. Le commandant du district militaire de Kiev, le général Yakir, fils d'un pharmacien juif ayant fait ses études en Suisse, dominait les autres notables, tout sourire ; il admirait les troupes dont les baïonnettes fraîchement astiquées brillaient au soleil, sans se douter de rien.

Penchée à sa fenêtre, Debora regardait les véhicules blindés et les voitures surmontées de mitrailleuses remonter le boulevard, suivis par des colonnes de soldats et enfin les cadets de la marine dans leurs uniformes blancs. Il fallait toute une section pour tenir la banderole de la taille d'un immeuble qui proclamait : *Enviez-moi, je suis citoyen de l'URSS !* Au-dessus du défilé volaient des dizaines de biplans. L'un d'eux, piloté par Samuel, croyait savoir Debora.

Il était convenu que celui-ci les rejoigne en début d'après-midi, une fois la parade terminée, quand les avions se seraient posés sur l'aéroport militaire de Kiev. Il avait annoncé à Debora qu'il pourrait rester jusqu'au lendemain, aussi avait-elle passé les trois derniers jours à préparer un repas de Premier-Mai raffiné.

Mais Samuel ne vint pas dans l'après-midi.

Il ne vint pas le soir non plus.

Cela pouvait s'expliquer par un tas de raisons banales, car un pilote de l'armée de l'air n'était jamais maître de son emploi du temps. Malgré cela, Debora ne pouvait s'empêcher de s'inquiéter. Ils retardèrent le dîner de sept heures à huit heures, puis de huit heures à neuf heures. Quand enfin ils passèrent à table, en silence, elle ne cessa de jeter des coups d'œil à sa montre, en priant pour que retentisse un coup de sonnette.

Qui arriva enfin. À quatre heures du matin. Et quand Gersh alla ouvrir, il se retrouva face à trois soldats en uniforme portant les insignes du NKVD, le Commissariat du peuple aux affaires intérieures, nouvel acronyme des services de sécurité tant redoutés. Deux d'entre eux tenaient un fusil à baïonnette. L'officier supérieur, les yeux rougis par trop de nuits sans sommeil, écarta Gersh d'un geste et entra d'un pas décidé dans l'appartement.

«Voici le mandat qui nous autorise à fouiller la chambre du citoyen Groysman. C'est laquelle?»

Gersh mit du temps à réagir. Réveillé par ce vacarme, Boyko glissa la tête hors de sa chambre, vêtu d'un T-shirt sans manches. En voyant les hommes du NKVD, il s'empressa de reculer.

«Enfin, murmura-t-il à l'oreille de sa femme. Mais mieux vaut ne pas s'en mêler.»

Pendant ce temps, l'officier du NKVD s'impatientait.

«Alors, où est sa chambre? On n'a pas toute la nuit.»

Debora s'était réveillée elle aussi. Elle sortit dans le couloir, en se tenant le ventre.

«Que se passe-t-il? Que faites-vous ici? demanda-t-elle.

— Tout d'abord, c'est moi qui pose les questions. Deuxièmement, veuillez vous écarter pour nous laisser faire votre travail.»

Il fit signe aux deux autres soldats d'entrer dans la chambre. Ils s'activèrent aussitôt, examinant les livres et ouvrant tous les tiroirs. Pétrifiée, Debora les regarda fouiller dans ses sous-vêtements et soulever les lattes du parquet à la recherche de compartiments secrets.

« Mon mari n'a pas beaucoup d'affaires ici, dit-elle. Elles sont à Jytomir. Il a des ennuis ?

— Des ennuis ? » L'officier soupira. Il en avait vraiment marre de ces missions. C'était sa troisième épouse cette nuit, et elles posaient toutes les mêmes questions idiotes. Mais cette jeune femme était de loin la plus mignonne. « Des ennuis ? On ne serait pas ici sinon. »

Les soldats dénichèrent quelques-unes des lettres de Samuel, toutes parfaitement banales, même à la lumière cruelle du recul, et les déposèrent dans un carton, avec quelques vieux livres.

« Il n'y a rien d'autre ici », déclara l'un d'eux.

Gersh tenta d'intervenir :

« Il s'agit d'une dramatique erreur. Samuel n'a rien fait de mal, c'est impossible. » Il se tourna vers sa fille. « Ne t'inquiète pas, ma chérie. On va vite régler ça. »

L'officier alluma sa pipe. Un sourire narquois déforma ses lèvres.

« Les erreurs, ça n'existe pas. Le Parti ne commet pas d'erreurs. »

Il signa un reçu pour les lettres et les livres confisqués et annonça à Debora qu'elle serait convoquée au cours des prochains jours. Au moment où il tournait les talons, elle se précipita vers lui.

« Vous ne pouvez pas partir comme ça, sans me dire de quoi on accuse mon mari. Où est-il ?

— Je ne peux pas ?» Il la foudroya du regard. « Vous croyez vraiment que vous pouvez me dire ce que j'ai le droit de faire ou pas ?»

Quand les hommes du NKVD furent repartis, en prenant soin de claquer la porte, Debora se laissa tomber sur une chaise dans le couloir. Gersh, en pyjama, s'assit en face d'elle, par terre, tandis que Rebecca, ne sachant pas quoi faire, allait préparer du thé dans la cuisine.

Halyna sortit de sa chambre et contempla cette scène sans cacher sa déception. Elle avait espéré que les soldats emmèneraient toute la famille Rosenbaum, ou au moins Rebecca. Mais ils n'avaient pas même pas fouillé la chambre de Gersh où, elle le savait, il cachait des conserves et on ne sait quoi d'autre.

Pani Helga était réveillée elle aussi. À petits pas traînants, elle s'approcha de Debora et la serra dans ses bras osseux.

« Ne pleure pas, mon enfant, dit-elle avec son fort accent allemand. Tout finira par s'arranger. »

Personne ne contacta Debora. Au sein de l'unité de Samuel, personne ne répondit à ses télégrammes. Et quand elle téléphona, du bureau de poste, elle n'eut droit qu'à de vagues réponses sur un ton bourru. Trois jours après la descente nocturne du NKVD, elle prépara un gros baluchon de nourriture et de vêtements, et se rendit à Jytomir avec Rebecca. On aurait pu croire que le train s'arrêtait dans le moindre village. En arrivant, ils louèrent une carriole qui cahotait sur la route creusée d'ornières.

La base aérienne de Samuel était située en pleine campagne, où les tournesols commençaient seulement à lever la tête, chargés de bourgeons sur le point d'éclore. On apercevait des avions de chasse et des bombardiers sur la piste, au-delà des barbelés. La sentinelle, un conscrit du Kirghizistan, refusa catégoriquement de les laisser entrer, et même de contacter ses supérieurs.

« Interdit, ne cessait-il de répéter. Autorisation écrite obligatoire. Pas d'autorisation, interdiction d'entrer.

— Regardez-moi. Je suis enceinte. Et je cherche mon mari », argumenta Debora en mettant son ventre en avant.

Mais le Kirghize ne se laissa pas fléchir, si bien qu'elle se demanda s'il comprenait ce qu'elle disait.

Abattues, la mère et la fille regagnèrent la carriole.

« Vous aussi ? dit le conducteur dans un long soupir. Ils ont emmené votre mari, hein ?

— Comment le savez-vous ?

— Vous n'êtes pas la première que je conduis ici cette semaine. Ils ne laissent entrer personne, dit-il en grattant sa barbe hirsute. Mais vous êtes la première à être enceinte. C'est triste. Très triste. »

Le conducteur avait l'âge d'être son père. Il ôta sa casquette, l'épousseta et la remit. Des oiseaux gazouillaient. Une abeille bourdonnait au-dessus de la voiture. Le cheval urina devant eux, puis se figea, comme s'il dormait.

« Que va-t-on faire ? demanda Debora.

— Je sais où ils l'ont emmené, dit l'homme. Vous voulez que je vous y conduise ?

— Oui, s'il vous plaît. Ce serait très aimable de votre part. »

Il fouetta son cheval, qui repartit vers la ville, sans grand enthousiasme. Arrivé à la gare, l'homme tourna à droite en direction d'un ensemble de bâtiments en brique décolorés qui dataient de l'époque tsariste, entourés de murs surmontés de fil barbelé.

« C'est là. » Il montra la prison. « De nos jours, toutes les cellules sont pleines de détenus. »

Une longue queue de femmes, dont beaucoup tenaient à la main des sacs et des ballots, s'était formée à l'extérieur. Un gardien qui semblait s'ennuyer ferme était assis à l'entrée, derrière une grille. Alors que Debora et Rebecca tentaient de s'en approcher, une des femmes qui se trouvaient à proximité, une paysanne coiffée d'un foulard, leur lança : « Où vous allez comme ça, *mesdames* ? (utilisant un terme devenu une insulte depuis la révolution). On attend depuis l'aube. Et vous croyez que vous pouvez passer devant tout le monde ? Vous croyez être les seules à souffrir ? Honte sur vous. »

Debora voulut s'excuser, mais sa mère l'entraîna vers l'arrière de la queue.

« C'est ici qu'il faut attendre ? demanda-t-elle à une femme âgée, dont le baluchon, remarqua-t-elle, contenait plusieurs livres.

— Il est trop tard. Vous feriez mieux de revenir demain... ils notent les noms le matin, expliqua la femme, serviable. Quand vous arriverez à la grille, vous pourrez remettre aux gardiens les vivres, les vêtements, tout ce que vous apportez. Si votre proche est à l'intérieur, ils les prendront. Sinon, ils vous les rendront. C'est tout ce qu'on peut faire, en vérité.

— Qui est prisonnier ? demanda Rebecca. Votre fils ? Votre mari ? »

La femme, chaleureuse et amicale jusqu'à présent, adopta une attitude hostile soudain.

« Qu'est-ce que ça peut vous faire ? Pourquoi cette question ? »

Une autre femme la tira par la manche. Vêtue d'un corsage brodé, un foulard noir sur la tête, elle s'exprimait tout bas, mais d'une voix ferme, avec un accent provincial chantant.

« Il ne faut pas poser ce genre de questions. Tout le monde ici pense que son homme a été incarcéré par erreur. Ils sont tous innocents.

— Mon mari est réellement innocent », déclara Debora.

La femme ricana.

« Qu'est-ce que je disais ? Innocent. Évidemment. Reviens demain matin, ma jolie, et que Dieu te protège.

— Merci, dit Rebecca. Que Dieu vous protège vous aussi.

— Dieu, Dieu. Encore et toujours Dieu, marmonna Debora une fois qu'elles se furent éloignées. Dieu n'aide pas les gens comme nous.

— Trop tard pour aujourd'hui? demanda le conducteur. Vous cherchez un endroit où loger. J'ai une chambre en trop, ça ne vous coûtera pas très cher.»

Au dîner, Debora et Rebecca mangèrent le pain et le fromage qu'elles avaient apportés de Kiev et se couchèrent tôt. Levées avant l'aube, elles retournèrent à la prison et prirent place dans la file d'attente au milieu de ces femmes murées dans une tragédie personnelle qu'elles n'osaient pas partager. Leur tour arriva enfin, vers la fin de l'après-midi. Alors qu'elles approchaient de l'ouverture dans la grille, Rebecca murmura des prières en hébreu. Debora tendit ses documents et une feuille de papier sur laquelle figuraient le nom et la date de naissance de Samuel.

Elle retint son souffle pendant que l'employé feuilletait son registre. Finalement, il leva la tête et, sans un mot, il ouvrit le guichet à travers lequel Debora devait faire passer son colis. Quel soulagement. C'était la première certitude qui lui était offerte depuis l'arrestation de son mari: elle savait à présent où il se trouvait, et qu'il était vivant.

Pendant qu'elle se débattait avec le colis, un officier frappa à la porte de la loge. Il apportait plusieurs feuilles dactylographiées. L'employé les posa sur son bureau, se gratta la tête et se rassit. Il agita le stylo qu'il tenait à la main et cria à Debora :

« Hé, femme ! Il va falloir reprendre tout ça. Ton mari n'est plus ici. »

Prise de vertiges, elle se pencha par l'ouverture.

« Comment ça, il n'est plus là ? Où est-il ? Que s'est-il passé ?

— Tout ce que je sais, c'est qu'il était là, et qu'il n'y est plus. Arrête de me faire perdre mon temps. Allez, du balai. Suivante ! »

La femme qui attendait derrière elles venait de très loin, à en juger par cette odeur de corps mal lavé qui imprégnait les trains effectuant de longs trajets. Elle écarta Debora. Les yeux gonflés d'avoir trop pleuré, elle laissa tomber son baluchon à ses pieds et, d'une main tremblante, elle glissa ses documents par l'ouverture du guichet.

« Allons-nous-en. »

Rebecca prit sa fille par le bras et l'entraîna vers la voiture à cheval, sans brusquerie.

Elles regagnèrent Kiev en silence. Dans le ventre de Debora, le bébé s'agitait, lui arrachant des grimaces à chaque coup de pied.

18

Kiev, août 1937

Pasha avala sa toute première bouffée d'air et vint au monde en poussant un cri de désespoir dans le service de maternité du nouvel hôpital de Kiev, un peu avant minuit. Debora, repoussant la douleur, déposa le bébé, si petit, si vulnérable, sur sa poitrine. Il remua ses doigts minuscules, en ronronnant ; son cerveau devait encore s'adapter à cette surcharge sensorielle. Ressemblait-il à Samuel ? Elle le dévisagea, à la recherche de traits familiers. Fripé et chauve, son fils évoquait une créature extraterrestre, conclut-elle.

Elle n'avait toujours aucune information concernant son mari. Les infirmières de l'hôpital avaient pris Yakov, venu avec des fleurs, pour le père de Pasha. Sans que personne ne songe à les détromper.

La nouvelle de l'arrestation de Samuel était arrivée jusqu'à l'école où enseignait Debora, et quand Roman était venu la féliciter la jeune maman, il était également porteur d'un triste message : elle ne pourrait pas retrouver son poste d'institutrice à la rentrée de septembre.

« Vous comprenez, j'en suis sûr, que c'est indépendant de notre volonté, dit-il en se massant le nez nerveusement. C'est ainsi. Le côté positif, c'est que vous aurez plus de temps pour vous occuper de votre fils. »

Debora ne s'attendait pas à ça. Après avoir espéré des nouvelles de Samuel pendant tout l'été, elle avait hâte de reprendre le travail, pour oublier momentanément ses ennuis et s'occuper.

Il y avait de bonnes raisons de s'inquiéter. Quelques jours seulement après le défilé du 1er-Mai, le général Yakir avait été arrêté, ainsi que d'autres hauts gradés dans tout le pays. Accusés de comploter avec Hitler et Trotski afin de nuire à la Mère patrie socialiste, ils avaient tous été exécutés avant la mi-juin, à l'approbation générale. La plupart de ces « traîtres » portaient des noms juifs ou polonais. Depuis, les rumeurs les plus folles circulaient, et au bout d'un moment, Debora décida de ne plus penser à Samuel tant qu'elle ne disposerait pas d'informations fiables. Les tentatives de Gersh pour obtenir des renseignements par le biais de ses relations n'avaient rien donné. Tout le monde était d'accord pour dire que Yakov ne devait pas poser de questions, afin de ne pas attirer l'attention sur les liens entre sa famille et un prisonnier politique.

Nul ne soupçonnait Boyko. Chaque fois qu'était évoquée l'arrestation de Samuel dans l'appartement, il rassurait ses voisins en affirmant qu'il s'agissait certainement d'une erreur absurde et regrettable qui serait bientôt corrigée.

Trois semaines après la naissance de Pasha, Debora put enfin remettre sa plus belle robe, un modèle noir et blanc qui peinait toutefois à contenir sa poitrine. Après avoir examiné ses courbes devant le miroir et relevé ses cheveux, elle prit le tram jusqu'à la rue Engels. En ce dimanche après-midi, c'était l'heure de la sieste après un déjeuner copieux, pour ceux qui appartenaient à l'élite de Kiev du moins.

L'idée de contacter Sasha venait de Rebecca.

«Ils ont été amis. Ça ne coûte rien de demander. Qu'est-ce qu'on risque?» avait-elle dit.

Gersh, lui, était fermement opposé à ce plan.

«Cette vermine n'a même pas aidé sa femme. Pourquoi aiderait-il notre Samuel? Ça ne peut qu'aggraver les choses. Il n'était même pas invité à votre mariage, tu as oublié?

— Non, je n'ai pas oublié. Mais j'essaierai quand même, répondit Debora. Au moins, je pourrai me dire que j'ai tout essayé.» Elle mit fin à toute discussion en levant la main. «C'est moi l'épouse. C'est moi la mère. C'est moi qui décide.»

Contrairement à ce qu'elle avait supposé, Sasha n'était pas chez lui. Une jeune femme vint lui ouvrir la porte. Après avoir jaugé Debora de la tête aux pieds, elle la regarda droit dans les yeux et demanda, d'une voix grasseyante :

« Qui êtes-vous ? Qu'est-ce que vous nous voulez ? »

Debora entendait les pleurs d'un enfant. La femme avait les yeux rougis, par les larmes ou le manque de sommeil.

« Bonjour. Je m'appelle Debora. Je viens voir Sasha Grinenko. Je suis l'épouse de son vieil ami. Puis-je entrer ?

— L'épouse », répéta la femme d'un ton ironique.

Elle ne bougea pas, mais dans le couloir sombre derrière elle, Debora vit son ancien professeur de mathématiques avancer d'un pas traînant. Il sourit lorsqu'il la reconnut.

« Ah, regardez qui est là ! Entre donc. Annochka, salue notre invitée. Une vieille amie de Sasha à Uman. Qu'est-ce qui t'amène par ici ? »

La femme s'écarta pour laisser entrer Debora.

« Mon mari n'est pas là, dit-elle froidement. Et je ne sais pas quand il va rentrer. Comme toujours.

— Entre, Debora, et viens prendre le thé avec nous, insista le père de Sasha. Comment vont tes parents ? Et ta famille ? Sasha sera ravi d'avoir de tes nouvelles. »

Annochka verrouilla la porte et, sans un mot, prit la direction d'une des chambres. Les pleurs du bébé redoublèrent. On entendit un bruit de gifle, suivi d'un silence, avant que les braillements reprennent, avec une puissance animale.

«Je ne peux pas, je ne peux pas !» s'écria Annochka.

La mère de Sasha sortit d'une autre pièce, encore à moitié endormie, et alla trouver le bébé invisible.

« Allons, calme-toi, Annochka. Laisse-moi faire », implora-t-elle, sans remarquer la présence de Debora.

Le père de Sasha grimaça un sourire contrit et fit signe à Debora de le suivre dans le salon.

« Ah, les enfants. Ce n'est pas facile. Pardon pour ce vacarme. Annochka a du mal à s'habituer, et Sasha n'est pas souvent là, soupira-t-il. Trop de travail, beaucoup trop de travail ces temps-ci. »

Ils s'installèrent dans des fauteuils rembourrés ornés de dentelle dorée. Debora admira le piano blanc, un coffre japonais peint et les tapis persans moelleux. Tout cela ayant appartenu aux véritables propriétaires de l'appartement.

« L'enfant d'Annochka n'est pas très bien portant. Anomalies congénitales. C'est notre croix. Mais tout le monde a un fardeau à supporter.

— Oh, je suis désolée.

— Tu en as, toi ?

— Quoi donc ?

— Des enfants, pardi.

— En fait, oui. Un nouveau-né. Pasha.

— Tes parents et ton mari sont très fiers, je parie. Il est en bonne santé ?

— Oui, merci. En parlant de mon mari... c'est justement de lui que je voulais parler avec Sasha. » Elle leva les yeux. « Il a disparu depuis le mois de mai. Nous sommes allées le voir sur la base aérienne à Jytomir, mais il n'y est plus. J'espérais que Sasha pourrait m'aider...

— Comment ça "disparu"?» Le visage de l'ancien professeur se ferma. Son sourire s'évanouit. Il se redressa dans son fauteuil. Sourcils froncés, il fixa son regard sur Debora. «Tu veux dire qu'il a été arrêté?

— Oui.

— Arrêté par... le Parti?

— Oui, répéta Debora en esquissant un sourire timide. Je ne sais pas où ni pourquoi. Et j'espérais que...

— Comment oses-tu?» s'emporta le père de Sasha en se levant brusquement. Elle fut surprise par la violence de sa réaction. «Comment oses-tu venir ici en apportant ce *poison* avec toi? Comment oses-tu?» Il se jeta sur elle, la saisit par le coude et l'obligea à se lever. «Fiche le camp et ne t'avise pas de revenir. On a suffisamment de problèmes. Tu ne vois donc pas la souffrance qui règne dans cette maison?»

Debora libéra son bras.

«Pas la peine de hurler et de me brutaliser. Je m'en vais. Mais vous devez informer Sasha que je suis venue réclamer son aide. Ce n'est pas à vous de décider. Il doit savoir.

— Dehors! tonna le vieil homme en la poussant vers la porte. Dehors!

— Il faut le prévenir! Il le faut!» cria-t-elle, juste avant que la porte se referme sur elle.

Elle descendit l'escalier, le souffle coupé, alors que les vagissements du bébé continuaient à résonner dans ses oreilles. Dehors, sous le soleil éclatant, elle fut prise de vertiges et dut s'appuyer contre le mur. Elle refoula ses larmes.

« Je suis forte. Je suis forte. Je suis forte », se répéta-t-elle à voix basse dans le tramway qui la ramenait chez elle.

Ses seins lui faisaient mal. Il était temps de nourrir Sasha.

Trois jours plus tard, au beau milieu de la nuit, une M-1 conduite intérieure noire, la nouvelle voiture soviétique inspirée de la Ford Model 40, s'arrêta sous les fenêtres de l'appartement des Rosenbaum. Les voitures étaient rares à Kiev à cette époque, et ce modèle élégant était particulièrement prisé par les dignitaires du Parti. Alerté par le bruit du moteur, Halyna jeta un coup d'œil dehors.

« Réveille-toi, glissa-t-elle à l'oreille de son mari. Le Corbeau noir est là. Le NKVD vient peut-être les chercher enfin. »

À sa grande déception, seul le chauffeur descendit de voiture et monta l'escalier. S'il s'agissait d'une descente de police ou d'une arrestation, ils viendraient à plusieurs, elle le savait.

Le chauffeur, un jeune soldat en uniforme, sonna chez les Rosenbaum. Debora était réveillée elle aussi – Pasha venait de téter – et c'est elle qui alla ouvrir la porte.

« Camarade Debora ? demanda le soldat.

— Oui.

— Suivez-moi, je vous prie. »

Rebecca et Gersh sortirent dans le couloir, en pyjama.

« Que se passe-t-il ? s'enquit Gersh. C'est une arrestation ?

— Pas d'affolement, répondit le soldat. Regardez, je ne suis même pas armé. Je vous demande juste de descendre un instant. »

Debora enfila un manteau par-dessus sa chemise de nuit et descendit l'escalier. Le soldat lui ouvrit la portière arrière pour qu'elle se glisse à l'intérieur de la M-1 et la referma. Il demeura dehors. Adossé à la porte de l'immeuble, il alluma une cigarette.

Penchés à leurs fenêtres respectives, les Rosenbaum et les Boyko scrutaient la rue. Tout cela était fort inhabituel.

Affalé sur la banquette arrière, Sacha empestait l'alcool. Malgré la pénombre qui masquait partiellement son visage, Debora remarqua combien il avait vieilli depuis la dernière fois qu'elle l'avait vu. Sa beauté s'était fanée. Sa calvitie envahissante l'avait obligé à se raser le crâne. Il avait des poches sous les yeux et les quintes de toux d'un gros fumeur.

« Ça fait longtemps, dit-elle. J'en conclus que ton père t'a transmis le message. Désolée d'avoir débarqué comme ça à ton domicile.

— Mon domicile, ricana-t-il. Mon domicile est un putain d'enfer. »

Il l'attira contre lui et huma le parfum de ses cheveux.

« Tu sens bon. Ah, cette délicieuse odeur. Je m'en souviens. »

Debora tenta de se dégager, mais il la tenait fermement. Il la renifla de nouveau.

« Sasha, dit-elle d'une toute petite voix. Peux-tu m'aider ? Sais-tu ce qui se passe avec Samuel ?

— Est-ce que tu m'appréciais ? demanda-t-il, rêveur. Là-bas, à Kharkiv, est-ce que tu m'appréciais ?

— Bien sûr.

— C'est mon métier de savoir quand les gens mentent, figure-toi. Et je vois bien que tu mens. Tu sais quel est mon métier, hein ? C'est pour cette raison que tu voulais me voir. L'unique raison.

— Samuel est ton ami. Je sais que tu ne lui veux pas de mal. »

Elle employait délibérément le présent.

Sasha éclata de rire.

« Ha ha ! Du mal ? Non, évidemment. Mon ami. Maintenant qu'il a des ennuis, on est les meilleurs amis au monde... »

Il attira le visage de Debora vers le sien et la regarda droit dans les yeux.

« Debora, ma très chère amie, sais-tu ce qui est arrivé à Larysa, ma femme, qui allait être la mère de mon enfant ? Un enfant normal et non pas un monstre.

— Oui. Je l'ai lu dans le journal.

— Oh, le journal... Tu l'as lu dans le journal. Ils précisaient qu'elle était enceinte ?

— Non. »

Elle eut un mouvement de recul.

« Et tu veux que je te dise autre chose, ma très chère amie Debora ? Pour mon métier, je lis beaucoup. Beaucoup de dossiers. Des dossiers d'interrogatoires. Des dossiers d'arrestations. Des dossiers de dénonciations. » Il marqua une pause. « Je ne pensais pas y voir ta signature. Quand ils m'ont apporté ton témoignage et m'ont montré le dossier, je n'avais pas le choix. Peut-on contredire un témoin aussi impartial et idéologiquement pur que la camarade Debora Rosenbaum ? m'ont-ils demandé. Que pouvais-je répondre ? Évidemment, j'ai dit que ton témoignage était authentique. Que je n'avais pas remarqué le serpent venimeux sous mon propre toit. Et que je serais le premier à l'éliminer.

— Ce n'est pas ma faute, répondit Debora, calmement, en s'obligeant à y croire. Je n'y suis pour rien.

— J'ai dû tuer Larysa de mes propres mains. De cette main que tu vois là, devant toi. » Il imita un pistolet avec son pouce et son index. « Une balle derrière le crâne. Un tout petit trou. Entre ses tresses. *Pof*, terminé. Elle avait les yeux bandés. Mais je suis sûr qu'elle savait que c'était moi. Elle le sentait. »

Debora recula et croisa les bras.

« C'est pour ça que tu as fait arrêter mon Samuel ? demanda-t-elle d'un ton de défi. C'est ça, ton but ?

Tu veux que je le perde comme tu as perdu Larysa? Avec tes fonctions, tu es bien placé pour savoir que je ne suis pas responsable. Ils voulaient s'en prendre à son père, d'une manière ou d'une autre, parce qu'ils souhaitaient mettre fin à l'ukrainisation, et ils avaient décidé de s'en prendre à sa fille également. D'autant plus qu'il leur avait échappé en se suicidant. Jamais ils ne l'auraient laissée en paix.»

Elle se souvint qu'elle devait adopter une attitude apaisante, alors elle prit la main de Sasha.

«Je n'y suis pour rien, répéta-t-elle. Et toi non plus, Sasha. On ne pouvait rien faire, ni l'un ni l'autre, pour sauver Larysa.

— Oui, tu as peut-être raison, admit-il en hochant la tête. C'est ce que je me dis chaque matin. Mais ça fait du bien de pouvoir le dire à quelqu'un d'autre aussi. Mon père est très en colère que tu sois venue pour me voir. Toutes mes excuses s'il t'a maltraitée. Il a peur qu'un de ces soirs, je ne rentre pas à la maison moi non plus. Il m'a mis en garde: ne tente rien pour sauver Samuel.

— Pourtant, tu es là.

— Oui, je suis là. Mais je ne peux pas faire grand-chose. L'histoire avance et certaines personnes se trouvent sur le chemin. C'est ainsi. C'était le cas de Larysa. C'est le cas de Samuel maintenant.»

Le chauffeur qui attendait dehors écrasa sa cigarette et se mit à faire les cent pas. Sasha baissa sa vitre.

«Fumes-en une autre, on n'a pas terminé.»

Il remonta sa vitre.

« Sais-tu ce qu'il est devenu au moins ? demanda Debora. Où est-il ? Est-il toujours vivant ?

— Tu veux vraiment le savoir ? »

Il posa la main sur elle de nouveau. Son manteau glissa sur ses épaules et il remarqua les ornements en dentelle de sa nuisette rose. Le froid faisait pointer ses mamelons à travers le tissu transparent. Les yeux fermés, Sasha promena le dos de sa main sur sa poitrine.

Debora sentit tous ses muscles se contracter face à cette intrusion. Elle s'obligea à se détendre. Elle prit la main de Sasha et la retourna pour qu'elle englobe son sein. Elle était froide.

« Oui, je veux savoir.

— Montre-le-moi, si tu as vraiment envie de savoir. »

Il défit sa ceinture, déboutonna son pantalon d'uniforme et plaqua la bouche de Debora sur son sexe. Les yeux fermés, elle écarta les lèvres pour l'avaler pendant qu'il émettait des grognements. Elle s'efforçait de ne rien sentir, de fixer son esprit sur une chose lointaine, un paysage imaginaire : un ciel sans nuage, des arbres fruitiers, des champs de blé bien mûr que survolent des libellules.

Sasha jouit rapidement. Il essuya le sperme avec le bas de la nuisette, puis sortit de sa poche intérieure une flasque de vodka, qu'il porta à sa bouche avant de la tendre à Debora. Elle but une gorgée, puis une seconde, pour faire passer le goût.

« Tu suces comme une vraie pute, dit-il. Je m'en suis toujours douté.

— Parle-moi de mon mari maintenant. »

Elle se redressa sur la banquette.

« Je me suis renseigné discrètement. Il est vivant et tout près, ici même, à Kiev. Ils continuent d'enquêter sur lui, dit-il en boutonnant son pantalon. Ils étaient très occupés avec Yakir et les hauts gradés, alors ils n'ont pas encore eu le temps de s'intéresser aux officiers subalternes dans son genre. Mais ils vont bientôt le transférer à Moscou, avec d'autres.

— Tu peux intervenir ?

— Personne ne peut rien pour lui.

— Quand doit-il partir ? Exactement ?

— Quelle importance ?

— Il n'a jamais vu son fils. Donne-moi juste le jour et l'heure. Pasha a le droit de voir son père au moins une fois. Tu ne peux pas nous priver de ça. »

Sasha réfléchit.

« Je verrai ce que je peux faire. »

De nouveau, il baissa sa vitre et siffla le soldat. Celui-ci s'avança avec raideur pour ouvrir la portière à Debora, en faisant mine de ne pas remarquer ses cheveux ébouriffés.

« Merci », murmura-t-elle.

De retour dans l'appartement, elle prit une longue douche, puis s'enferma dans sa chambre.

Il se mit à pleuvoir, des éclairs illuminaient les nuages. Samuel, où es-tu ? se demanda-t-elle en contemplant la silhouette des toits de Kiev dans la nuit. Il était tout près, il respirait le même air, il entendait le même orage. Elle essayait de ne pas repenser à ce qu'elle avait fait avec Sasha. C'était un acte qui ne possédait aucune signification émotionnelle, comme panser une blessure. Un geste que ferait une infirmière.

L'image de Larysa, en revanche, la hanta toute la nuit. Sasha avait-il dit la vérité ? La faiblesse dont elle avait fait preuve devant l'enquêteur avait-elle réellement déclenché la réaction en chaîne ayant conduit à la mort de Larysa ? Ou bien imitait-il les autres fonctionnaires du Parti qui aimaient mentir, manipuler et jouer avec vos émotions pour vous affaiblir ? Culpabilisait-il à tel point qu'il avait besoin de partager ce fardeau en faisant d'elle sa complice ? Elle ne possédait pas les réponses, mais elle décida de ne plus se torturer à cause de Larysa. Sasha avait pressé lui-même la détente. Elle ne pouvait concevoir de tuer son mari, quelles que soient les circonstances.

L'aide de camp de Sasha revint dix jours plus tard, sans la voiture. Sur le seuil de l'appartement, il remit une enveloppe vierge à Debora. Elle contenait une feuille arrachée à un carnet ligné. Sur laquelle était écrit simplement : jeudi 6 h 15. Voie 13.

Le jeudi matin, Debora se fit accompagner de sa mère, au cas où il lui arriverait quelque chose à la gare. Elle s'était lavé les cheveux et maquillée, et elle avait ciré ses chaussures en cuir noir. Pasha ressemblait à une poupée dans son costume marin, avec sa chemise blanche amidonnée et son nœud papillon. Il était nerveux.

Elles arrivèrent à la gare de Kiev à quatre heures du matin. La police interdisait déjà l'accès à la voie 13. Debora et Rebecca parvinrent à se placer entre le cordon et le passage qui permettait de sortir de la gare. Elles s'assirent par terre, contre le mur, et attendirent. Debora avait pris l'habitude d'attendre à présent ; elle mettait ses sens en sourdine et laissait passer les heures interminables, l'une après l'autre. En Union soviétique, il fallait savoir attendre.

Le train qui attendait à la voie 13 n'était pas constitué des habituels wagons à bestiaux bourrés de prisonniers comme ceux qu'elle avait vus passer autrefois. C'était un train de compartiments normaux, à cette différence près que les fenêtres étaient condamnées par des planches de bois brut.

Un peu après 5 h 30, une vive agitation se produisit. Deux camions s'étaient arrêtés devant la gare et plusieurs soldats, fusils en bandoulière, se précipitèrent à l'intérieur. L'un d'eux brailla : « Un seul faux pas et je tire ! » Les prisonniers entrèrent à leur tour, en file indienne.

Debora se leva d'un bond en prenant Pasha dans ses bras. Désorienté, l'enfant se mit à pleurer et à gigoter. Elle scruta le hall à la recherche d'une silhouette familière, d'une démarche qu'elle était certaine de reconnaître instantanément.

«Tu le vois ? demanda sa mère. Tu es sûre qu'il est là ?»

Debora ne répondit pas. Dressée sur la pointe des pieds, elle plissait les yeux.

«Je le vois ! s'exclama-t-elle soudain. Samuel !»

La plupart des détenus, le visage marqué, marchaient dos voûté, de cette démarche traînante des hommes qui ont perdu tout espoir. Mais pas Samuel. Il gardait la tête haute et il était toujours aussi beau, même si on avait rasé sa moustache conformément au règlement. Le regard vif et curieux, il regardait tout autour de lui, savourant ce bref épisode de vie après plusieurs mois passés dans des cellules et des salles d'interrogatoire sans fenêtre.

«Samuel !»

Ses yeux s'écarquillèrent quand il aperçut Debora qui tenait l'enfant dans ses bras. Elle sentit alors un ressort se détendre en elle. Tenant leur fils à bout de bras, elle s'élança.

«Pasha, dis bonjour à ton père. Regarde, c'est ton papa.» L'enfant ne comprenait pas ce qui se passait. «Samuel, ton fils s'appelle Pasha. On t'aime. Il faut rentrer à la maison. Tu entends ? Reviens à la maison ! cria-t-elle. Reviens ! On t'attend !»

Les gardes levèrent les canons de leurs armes.

Samuel s'adressa à eux de sa voix puissante et autoritaire.

«Repos ! Repos ! Tout va bien !»

Il s'arrêta brièvement, la tête tournée vers Debora, pour enregistrer la scène, graver chaque détail dans sa mémoire. Pasha qui pleurait dans les bras de sa mère. Les cheveux ébouriffés, la posture bien droite, elle avait retrouvé des forces. Le nœud papillon du petit garçon, ridicule et risible, dans cette gare immense qui empestait la sueur et la peur. Les pleurs stridents de son fils qui couvraient les cliquetis des fusils et les pas lourds, résignés, des prisonniers.

« Pasha, c'est un très beau nom. Pasha, Debora... Ne m'oubliez pas. Pensez à moi. Je reviendrai. Je rentrerai à la maison, je vous le promets ! » leur cria-t-il au milieu du vacarme.

Un des soldats arma son fusil, prêt à tirer. Un autre s'avança et asséna un coup de crosse dans le dos de Samuel. Celui-ci tituba, mais resta debout.

« Avance, ordonna le soldat entre ses dents. Avance si tu veux rester en vie.

— N'oublie pas ! cria Samuel en pressant le pas. Et veille à ce que Pasha n'oublie pas, lui non plus. »

Ce furent les derniers mots de son mari qu'entendit Debora avant qu'il disparaisse au coin du quai.

« Je te le promets, mon amour ! répondit-elle. Je te le promets ! »

Un officier de la police des chemins de fer s'approcha d'elle, furieux

« Espèce de folle. Rentre chez toi, femme, avant qu'on te fasse monter dans le train toi aussi. »

Rebecca intervint :

« Désolée, camarade officier. Nous allons rentrer chez nous. Viens, ma fille, partons. »

Elle poussa délicatement Debora vers la sortie. Et prit dans ses bras Pasha, qui se calma aussitôt.

Un mois s'écoula sans aucune nouvelle. Jusqu'au jour où le postier apporta une enveloppe à l'aspect officiel. Dans son impatience à l'ouvrir, Debora déchira la feuille glissée à l'intérieur. Elle portait le tampon du NKVD et contenait une information précieuse.

Nous vous informons que le citoyen Samuel Groysman a été reconnu coupable d'activités contre-révolutionnaires, pouvait-on lire dans le deuxième paragraphe. *Par conséquent, il a été condamné à dix ans d'emprisonnement dans une colonie pénitentiaire, avec interdiction d'entretenir une correspondance et de recevoir des colis.*

Debora, qui avait redouté une condamnation à mort, poussa un soupir de soulagement. Elle prit Pasha dans ses bras pour lui montrer la lettre.

« Quand tu auras onze ans, tu reverras ton papa, lui dit-elle. Ça va passer vite. »

Cependant, son père était perplexe. Après le dîner, il lut et relut la lettre, en secouant la tête.

« C'est une nouvelle forme de condamnation. Je n'en ai jamais entendu parler, glissa-t-il à sa femme dès que Debora se fut éloignée. Pourquoi refuser les colis ? Pourquoi veulent-ils nourrir eux-mêmes les prisonniers au lieu d'accepter les vivres envoyés par les familles ? Ça n'a aucun sens. »

Debora rédigea plusieurs lettres pour faire appel de ce jugement, et un an plus tard, elle reçut un courrier qui confirmait la peine. Les premiers temps, elle écrivit également des lettres à son mari, dans lesquelles elle lui parlait de sa vie et de ses problèmes insignifiants, au cas où il aurait quand même la possibilité de les lire un jour. Mais après quelques mois, il n'y eut plus assez de place dans son tiroir pour les ranger, alors elle cessa d'écrire. Samuel était loin, et elle n'y pouvait rien.

La nuit, dans le noir le plus complet, derrière les rideaux, elle fermait les yeux de toutes ses forces et essayait de faire apparaître son visage. « Je n'oublierai pas, je te le promets, murmura-t-elle. Je te le promets. » Mais après une année de plus sans Samuel, elle s'aperçut qu'elle ne pouvait plus se le représenter, même après avoir contemplé pendant des heures ses photos. Le véritable Samuel s'estompait. Désormais, en fermant les yeux, elle ne voyait plus qu'une image cartonnée en noir et blanc et sentait la culpabilité la ronger.

Troisième partie

19

Kiev, juin 1941

En se réveillant en ce dimanche matin, Debora songea à tous ces problèmes terre à terre caractéristiques de l'existence en temps de paix. Sa prise de bec avec le gérant d'un service chargé de distribuer les allumettes, dans le cadre de son dernier emploi en date, où elle devait affronter de longues heures d'ennui depuis qu'elle avait été chassée de son poste d'enseignante. Le goûter qu'elle devait préparer pour Pasha, devenu un garçonnet de trois ans très bavard. La fête d'anniversaire qu'elle souhaitait organiser pour son père le mois prochain.

Il était prévu que Yakov se joigne à eux pour le petit déjeuner. La journée promettait d'être excitante : l'équipe de football chère aux cœurs de tous les habitants de Kiev, le Dynamo, affrontait son principal rival moscovite dans le stade flambant neuf de la ville.

Gersh avait réussi à se procurer deux billets, pour lui et pour son fils.

Assis autour de la table, ils patientaient en buvant du thé, sans toucher au petit déjeuner. Une heure s'écoula. Toujours pas de Yakov.

Debora regarda par la fenêtre, espérant l'apercevoir sur le boulevard Shevchenko. Il régnait une agitation inhabituelle à cette heure, constata-t-elle. Des véhicules militaires passaient à toute allure, dans les deux sens. Vers dix heures, ils décidèrent de commencer à manger. Pendant que Rebecca découpait le cake aux graines de pavot qu'elle avait confectionné, ils entendirent des avions vrombir dans le ciel. Debora ne reconnaissait pas leur silhouette, et il y en avait des dizaines.

L'hypothèse d'une guerre ne l'effleura pas, même lorsque ces avions furent accueillis par le *tac-tac-tac-tac* des batteries antiaériennes. Si c'était la guerre, ces avions auraient déjà été abattus. Or, ils semblaient voler en toute liberté. Encore des exercices, se dit-elle.

Cela faisait presque deux ans que l'Union soviétique avait renforcé (et largement étendu) ses frontières en signant un pacte de non-agression avec l'Allemagne nazie. Après avoir envahi la Pologne par l'est pendant que l'armée polonaise, sous-armée, essayait de contenir l'avancée allemande à l'ouest, l'Union soviétique avait intégré des terres à majorité ukrainienne et biélorusse à la Pologne. Avant d'annexer une partie de la Roumanie et d'engloutir les États baltes indépendants, ainsi qu'un gros morceau de la Finlande.

Il n'y avait pas si longtemps, les troupes soviétiques et nazies avaient défilé victorieusement côte à côte à Brest, l'ancienne ville polonaise qui marquait à présent la nouvelle frontière entre les deux mondes.

Cette nouvelle frontière se situait loin, très loin, de Kiev, voilà pourquoi l'idée que ces avions puissent être des bombardiers ennemis paraissait si extravagante. Ces derniers jours encore, les journaux soviétiques regorgeaient d'articles sur la situation florissante du commerce et de la coopération avec Berlin, allant jusqu'à reproduire mot pour mot les déclarations de Hitler. La guerre mondiale était mentionnée uniquement dans les pages intérieures, par le biais de dépêches que Debora ne prenait pas la peine de lire et qui décrivaient sommairement l'avancée des troupes britanniques et australiennes en direction de lieux exotiques tels que Beyrouth et Damas.

Depuis presque deux ans maintenant, la propagande soviétique crachait sa bile sur les capitalistes bellicistes à Londres et à Paris. La politique de Hitler vis-à-vis des Juifs, si elle n'était pas soutenue, était poliment mise de côté. Sans doute parce qu'il restait peu de Juifs aux postes de pouvoir en Union soviétique après les dernières purges. Juste avant de signer le pacte avec l'Allemagne, Staline avait limogé son ministre des Affaires étrangères polyglotte, le vétéran Litvinov, pour le remplacer par Viatcheslav Molotov, le bureaucrate moustachu qui ne répugnait pas à serrer la main de Hitler.

Son thé à la main, Debora regardait les avions passer au-dessus de sa tête. Le grand verre était glissé dans un porte-tasse sculpté dans un alliage à base de nickel, une invention des chemins de fer russes. L'anse lui permettait de boire un thé très chaud sans se brûler les doigts.

Hélas, elle se brûla quand même lorsqu'une puissante déflagration secoua tout leur immeuble, faisant tomber des livres des étagères. Une autre bombe suivit, puis encore une autre, et Debora vit des flammes s'élever au-dessus de la gare, au pied de la colline. Les hurlements des ambulances vinrent s'ajouter à la cacophonie des explosions et des tirs de DCA, et persistèrent après les bombardements, lorsque les pilotes, à court d'obus, repartirent vers l'ouest.

« Qu'est-ce qui se passe ? » Pani Helga manifestement inquiète frappait à la porte du salon des Rosenbaum. Vingt ans plus tôt, elle avait été témoin des affrontements de rue à l'époque où Kiev était convoitée par les Rouges, les Blancs, les Allemands et trois gouvernements ukrainiens différents. Elle savait reconnaître le bruit des explosions. « Aucun doute, c'est la guerre.

— Franchement, je ne sais pas, dit Gersh, qui voulait continuer à espérer. C'est peut-être une sorte d'exercice ? Ou un accident ? »

Pasha, qui ne pouvait se rendre compte de la gravité de la situation, mais exalté par l'agitation inhabituelle qui régnait dans l'appartement, se mit à courir d'une pièce à l'autre, les bras écartés pour symboliser les ailes d'un avion.

« Boum ! criait-il. Bzzzzz... Boum ! C'est mon papa qui vole dans le ciel. »

Une photo de Samuel prise juste après l'obtention du grade de lieutenant, en blouson et lunettes d'aviateur, devant son avion, était restée posée sur le bureau de Debora, dans son cadre. Pasha était encore trop jeune pour entendre parler des prisons et des camps. Il croyait que son père était parti très loin pour accomplir une mission importante. Un véritable faucon de Staline. Habitué à son absence, il posait rarement des questions.

Le plus jeune des fils Boyko, singeant Pasha, imita à son tour un bombardier, en limitant toutefois son vol aux parties communes.

« Arrête ça, imbécile ! lui cria son grand frère en lui donnant une gifle.

— Où est Yakov ? demanda Rebecca, inquiète à présent. Pourquoi n'est-il pas là ? »

Les Boyko adultes avaient déjà envahi la cuisine et eux aussi avaient un avis à donner.

« Il s'agit très certainement d'un accident, d'une provocation, dit Ostap. Les Allemands ne sont pas assez bêtes pour oser nous attaquer. Ils seraient décimés en moins de deux. Ce serait la fin du système impérialiste. Ils le savent bien. »

Tous avaient vu le film à succès *Si demain la guerre*, sorti juste avant l'alliance surprise de Staline avec

Hitler, dans lequel figuraient de véritables images des manœuvres imposantes des blindés, des avions et de la cavalerie soviétiques. Après une invasion malencontreuse des Allemands, arborant sur leurs uniformes une variante à trois branches du svastika, il avait fallu à l'Armée rouge quelques jours seulement pour détruire les malheureux envahisseurs. Des unités soviétiques portant des masques à gaz traversaient courageusement les nuages neurotoxiques pour reprendre les positions allemandes, et bientôt, la révolution communiste se répandait dans toute l'Europe.

Gersh avait vu la manière dont l'armée allemande avait opéré en Ukraine deux décennies plus tôt, grâce à la qualité de leur approvisionnement et à leurs officiers disciplinés. Si les nazis actuels de la Wehrmacht leur ressemblaient, la victoire serait difficile, pensait-il. Mais il ne voulait pas discuter avec les Boyko, pas d'un sujet aussi sensible. Il préférait se concentrer sur des questions pratiques.

« Bientôt, il n'y aura plus rien à manger. C'est ce qui arrive généralement », glissa-t-il à Rebecca, et il commença à lacer ses chaussures.

Son épouse resta à la maison avec Pasha, pendant que Gersh et sa fille, munis de sacs de courses, se rendaient au marché de Bessarabka. Les boutiques d'alimentation gérées par l'État étaient déjà fermées. Ils s'étonnèrent de voir des rangées de policiers chasser du marché des villageoises avec leurs sacs de fruits et légumes. Un bus passa à toute allure, mais Debora eut le temps d'entr'apercevoir à l'intérieur des hommes et des femmes ensanglantés, et une infirmière qui tentait de soigner une personne blessée.

En tout début d'après-midi, des haut-parleurs installés à un grand carrefour s'animèrent en crachotant. Les gens se rassemblèrent, par petits groupes. Debora et son père se joignirent à eux. « Staline ! Staline va parler ! » s'enthousiasma quelqu'un près d'eux. Mais au lieu de la voix gutturale à l'accent géorgien de Staline, ce fut la voix monocorde et traînante du ministre des Affaires étrangères, Molotov, qui se fit entendre.

« L'Allemagne, annonça-t-il aux millions de citoyens rassemblés dans tout le pays, a violé le pacte de non-agression en bombardant à quatre heures du matin Jytomir, Kiev, Kaunas, Sébastopol et d'autres villes soviétiques, tuant ou blessant des centaines de personnes. » Pendant plusieurs minutes, il expliqua que Moscou avait respecté ses obligations, que cette attaque était totalement injustifiée, et que l'Union soviétique n'était pas l'ennemie du peuple allemand. C'est seulement à la fin de son discours qu'il déclara que les forces soviétiques avaient reçu ordre de riposter, en prédisant à Hitler la même défaite que l'empereur Napoléon, en Russie, au siècle précédent.

« Napoléon ? grommela Gersh, mais seule Debora put l'entendre. Ils parlent de Napoléon ? Napoléon a réussi à arriver jusqu'à Moscou et à incendier la ville.

— Garde ça pour toi, s'il te plaît», lui glissa sa fille.

Ils n'eurent pas l'occasion de s'attarder car une sirène annonçant un bombardement aérien poussa son long mugissement strident, et les batteries de DCA ouvrirent le feu de nouveau. Les gens ne couraient pas : ils ne savaient pas encore qu'ils devaient avoir peur. Mais Gersh prit Debora par le coude et la poussa à l'intérieur de l'immeuble le plus proche.

Les déflagrations indiquaient que les bombes se rapprochaient.

«Ils visent certainement la centrale électrique», dit Gersh.

En effet, l'unique ampoule nue qui éclairait la cage d'escalier tremblota plusieurs fois, puis s'éteignit.

Yakov arriva à l'appartement sur les coups de trois heures du matin. Il faisait inhabituellement chaud ce jour-là, et sa chemise était maculée de taches de transpiration. Derrière ses lunettes en cul de bouteille, ses yeux étaient enflammés, et il n'avait pas une minute à perdre. Il était chargé d'organiser son unité depuis que les premières bombes étaient tombées ce matin.

«On va être déployés sur le front cet après-midi. Le train part à cinq heures. Je n'ai que quelques minutes pour vous faire mes adieux.»

Rebecca se leva, hébétée.

« Le front ? Avec ton astigmatisme et ta myopie ? Il y a forcément une erreur : ils ne peuvent pas t'envoyer sur le front. N'ont-ils pas dit, il y a deux ans, que tu ne savais même pas tirer ?

— Ne t'inquiète pas, maman. Je ne manquerai pas ma cible. Tu verras. Tout sera terminé dans une semaine ou deux, et je rentrerai à la maison. Ils n'ont aucune chance contre nous. »

Rebecca fourra dans son sac une conserve de viande, de la confiture et du pain.

« Voilà de quoi tenir plusieurs jours. Dès qu'ils t'auront accordé une permission, reviens vite. »

Gersh lui tendit sa flasque en argent qui venait de Suisse et la remplit de vodka.

« Surtout, ne la perds pas et ne la raye pas, dit-il en étreignant maladroitement son fils. Je tiens à la récupérer. Pleine. Remplie de schnaps allemand. »

Impatient de repartir, Yakov jeta un coup d'œil à sa montre, mais Rebecca l'avait pris dans ses bras et refusait de le lâcher.

« Tu es sûr que ce sera bientôt fini ? demanda-t-elle.

— Bien sûr. Prends bien soin de tout le monde. »

Yakov embrassa rapidement sa sœur, ajusta ses lunettes et dévala l'escalier.

« Je vous écrirai bientôt, promis ! » cria-t-il en débouchant dans la rue.

Rebecca se laissa tomber sur le canapé.

« Tout ça est si soudain, soupira-t-elle. J'ai la tête qui tourne.

— Maman, s'il te plaît, cesse de t'inquiéter. Tout va s'arranger», dit Debora pour tenter de la rassurer, mais son ton faussement enjoué contrastait avec son agitation intérieure.

Alors que le soir tombait et que les Rosenbaum allumaient les bougies, le gardien sonna à la porte. Il leur tendit l'ordre de mobilisation imprimé dans l'après-midi : tous les hommes de moins de cinquante ans devaient se présenter au commissariat militaire. Gersh était trop âgé. Ostap Boyko était le seul occupant de l'appartement concerné par cet ordre.

«Vous allez partir pour le front dès ce soir vous aussi ?» lui demanda Gersh.

Boyko marmonna quelques paroles confuses.

«Je verrai bien demain matin quels ordres je reçois au journal. Il se peut que nous autres ayons également un rôle à jouer ici, vous savez. Travailleurs essentiels !»

Halyna était terrorisé. Elle mit un foulard sur sa tête et se dirigea vers la porte.

«Je vais prier à l'église», annonça-t-elle.

Hier encore, ce n'était pas une chose qu'elle aurait avouée en public, mais désormais, tout le monde s'en fichait.

Rebecca pria elle aussi, dans l'intimité de sa chambre.

20

Kiev, Juillet 1941

Dans la cour de l'immeuble de Debora, les enfants avaient pris l'habitude de jouer avec des éclats d'obus tombés du ciel. Pasha lui-même possédait un petit morceau de métal déchiqueté, donné par le fils aîné de Boyko. Les raids aériens allemands se poursuivaient quotidiennement, indifférents aux batteries de DCA impuissantes de Kiev, ou ce qu'il en restait.

Dans les usines d'armement, les ouvriers n'avaient pas été autorisés à quitter les chaînes pour aller s'abriter. Il en avait résulté des centaines de morts, jusqu'à ce que la production cesse totalement, dans une usine après l'autre.

Des femmes munies de simples pelles entreprirent de transformer chaque espace non pavé, dans le centre de Kiev, en abris antiaériens de fortune, protégés par des empilements de sacs remplis de terre. Debora et

Halyna se joignirent à une équipe qui œuvrait près de leur immeuble, sur le terre-plein central du boulevard Shevchenko.

Le ciel était d'un bleu douloureux, le soleil brûlait la peau et, contre toute attente, des hordes de mouches minuscules envahirent la ville. Elles cherchaient à s'introduire dans les nez et les yeux. Les prières de Halyna furent exaucées : au lieu d'être enrôlé dans l'armée, Ostap demeura à Kiev. « Le stylo est plus puissant que l'épée, comme on dit. Le journal doit continuer à paraître, et je suis indispensable », déclara-t-il, en feignant de le regretter.

Staline ne réapparut que dix jours après le début de l'invasion. Il s'adressa à la nation dans un message radiophonique qui séduisait par sa familiarité et commençait ainsi : « Frères et sœurs ». Il reconnaissait que les Allemands continuaient à progresser vers l'est. Cette guerre était désormais « une question de vie ou de mort » pour toute la nation soviétique. Ceux qui répandaient des rumeurs et la panique devaient être détruits avec une sévérité particulière.

Mais la panique avait eu le temps de se répandre, alimentée par les soldats blessés, aux regards morts, que des camions boueux débarquaient dans les hôpitaux de Kiev, et qui annonçaient défaite après défaite. Le fait que les autorités aient obligé les gens à remettre leurs postes de radio, afin qu'ils ne puissent pas entendre les émissions de l'ennemi, n'arrangeait rien. Gersh avait dû apporter leur coûteux poste de radio au comité militaire le plus proche, et faire des heures de queue pour obtenir un reçu.

Un dimanche, deux semaines après le début de la guerre, Debora et sa mère allèrent se promener en ville, en prenant soin de ne pas tomber dans les tranchées. Il flottait une odeur de fumée : le NKVD et d'autres agences gouvernementales brûlaient leurs archives, et des cheminées jaillissaient des morceaux de papier carbonisés, que le vent éparpillait dans tout Kiev. Dans le sous-sol de l'Institut des jeunes filles de bonne famille, depuis longtemps transformé en prison, s'entassaient les corps des détenus exécutés par le NKVD, nuit et jour. Du fait du chaos de la logistique en temps de guerre, les cadavres des ennemis de l'État ne pouvaient plus être enterrés secrètement, et une odeur douceâtre de décomposition commençait à s'échapper de ce bâtiment et à se répandre dans les rues. Tout le monde connaissait cette odeur, tout le monde savait ce qu'elle signifiait.

La cathédrale Sainte-Sophie et son clocher surmonté d'un dôme doré baroque étaient entourés d'échafaudages. Sur lesquels des hommes munis de pinceaux et de pots de peinture s'affairaient en équilibre précaire.

« C'est le moment qu'ils choisissent pour repeindre les églises ? s'étonna Debora, en passant devant l'édifice.

— Uniquement les coupoles, camarade, répondit un des ouvriers. On les peint en rouge, de la même couleur que les toits, pour que les Allemands ne puissent pas s'en servir comme repères pendant les bombardements. »

Une longue file de camions s'étendait devant le quartier général du NKVD, et Rebecca vit à l'arrière de l'un d'eux un piano blanc et un coffre japonais familiers. Comme elle l'avait deviné, les parents de Sasha étaient assis sur des valises juste à côté, sous la bâche, avec Annochka et l'enfant malade. Qui semblait dormir. Sasha en personne, en uniforme du NKVD et bottes en cuir noir poussiéreuses, feuilletait une liasse de documents à l'extérieur du camion. Apercevant Debora, il s'interrompit, surpris, et rangea les papiers dans sa besace.

« Que se passe-t-il ? lui demanda-t-elle. Vous quittez la ville ? Vous partez *tous* ? »

Sasha se pencha vers elle pour dire tout bas :

« Écoute-moi bien, Debora. Pars pendant que tu le peux. Maintenant. Les gens comme toi ne peuvent plus attendre.

— Les gens comme moi ?

— Tu m'as compris. Prends ton enfant, ta mère, ton père et sauve-toi. »

Sur ce, il sauta à bord de la cabine du camion et ordonna au chauffeur de démarrer en donnant un coup de poing sur le tableau de bord. Le camion s'éloigna dans un rugissement. À l'arrière, le piano bascula et heurta le coffre. Les cordes tintaient à chaque nid-de-poule.

« Si ces gens quittent la ville, c'est qu'ils savent une chose que nous ignorons, dit Rebecca à sa fille. Nous devrions partir nous aussi. »

Gersh émit un grognement de mépris lorsque Debora lui rapporta cette conversation, ce soir-là. Il était fermement opposé à l'idée de quitter Kiev. Les Allemands étaient loin, disait-il. Jamais ils n'arriveraient jusqu'ici. Qui les laisserait s'emparer de la capitale de l'Ukraine soviétique ? Et même si cela arrivait, qu'avaient-ils à craindre ? « Les Allemands sont des gens civilisés, je les connais, ne cessait-il de répéter. Et puis, nous ne sommes pas le NKVD. Ils n'ont rien à nous reprocher. » Il se souvenait d'avoir visité Berlin et Munich avant la révolution ; il se souvenait de l'arrivée des soldats allemands en Ukraine en 1918. « Ce sont eux qui ont mis fin aux pogroms et rétabli l'ordre. Il y avait de nombreux Juifs parmi eux. Et tous respectaient les Juifs car ils pouvaient discuter avec nous. L'allemand, ça ressemble beaucoup au yiddish, vous savez.

— Je ne parle pas yiddish, répondit Debora. Et de toute façon, les Allemands de ce temps-là ne sont pas les Allemands d'aujourd'hui. De même que les Russes de ce temps-là ne sont pas ceux qu'on connaît.

— C'est ce qu'on lit dans les journaux, mais qui nous dit que c'est vrai ? répondit Gersh, calmement. Tu l'as bien vu : tout ce qu'ils nous racontent sur la guerre, ce sont des mensonges. Toute cette ville repose sur des mensonges. »

Debora ne pouvait pas lui donner tort sur ce point.

Le lendemain matin, au service de distribution des allumettes, le directeur ne vint pas travailler. Il s'avéra que le maigre fond de trésorerie avait disparu lui aussi. Il y eut trois nouveaux raids aériens sur la ville. En plus des bombes, les Allemands larguaient à présent des tracts. Ils se déversèrent tels des flocons de neige sur le jardin botanique et Debora, faisant mine de raccrocher son bas, se baissa pour en ramasser un. Conserver de la propagande ennemie était illégal et dangereux, mais elle voulait savoir ce que disaient les Allemands.

Sur le tract sommaire, imprimé sur un papier de mauvaise qualité, des dessins en rouge et noir montraient un soldat de l'Armée rouge qui tuait un officier au long nez, avant de se rendre aux Allemands. *Pétez-lui la gueule ! Détruisez le youpin et le commissaire*, disait la légende. *Votre situation est désespérée.*

Debora cacha le tract dans son sac, et dès qu'elle fut rentrée à la maison, elle le montra à son père. Derrière les portes closes.

« Regarde comme ils sont civilisés, tes Allemands, murmura-t-elle. "Détruisez le youpin." Sasha avait raison. Nous devons quitter Kiev au plus vite. Demain si possible.

— Nous pourrions aller chez notre cousine à Moscou, suggéra Rebecca. Je suis sûre qu'elle nous accueillerait. »

Gersh examina le tract, et après avoir lu les petits caractères en allemand, il frotta une allumette pour y mettre le feu.

« Demain, vous partirez tous les trois, décréta-t-il. Je vous conduirai à la gare. Faites vos valises.

— Et toi ? demanda Rebecca.

— Le temps de tout régler, et je vous rejoins très vite. Ne vous inquiétez pas. J'irai acheter les billets de train dès demain à la première heure. »

Le lendemain, le chaos régnait à la gare. Une partie avait été endommagée par les bombardements aériens et l'odeur âcre de brûlé flottant encore dans l'air se mêlait aux relents de sueur des milliers d'hommes et de femmes paniqués qui essayaient de monter à bord d'un train avant que les ponts au-dessus du Dniepr ne soient détruits.

Gersh ne put même pas approcher du bâtiment à cause de bagarres ayant éclaté une rue plus loin. Des hommes corpulents et bien portants se frayaient un chemin au milieu de la foule, piétinant femmes et enfants ; ils jetaient des billets de banque aux agents de sécurité, juste pour accéder au guichet. Les agents prenaient l'argent et en laissaient passer certains, mais cela ne servait à rien. Le guichet était fermé et il ne rouvrirait pas.

Deux jours plus tôt seulement, le dimanche, on pouvait encore acheter facilement des billets, au prix normal. Hier, lundi, des revendeurs à la sauvette en proposaient pour dix fois plus chers. Aujourd'hui, mardi, même eux n'avaient plus rien à vendre. Un employé des chemins de fer, manifestement exaspéré, annonça dans les haut-parleurs que tous les billets avaient été annulés, provoquant une réaction d'incrédulité dans la foule. Le gouvernement mettait en place une évacuation officielle, ajouta-t-il. C'était l'unique moyen de quitter la ville. Mais certains refusaient de se disperser, ils voulaient croire qu'il était encore possible de soudoyer quelqu'un pour monter dans un train. Finalement, de guerre lasse, même les plus optimistes renoncèrent et rentrèrent chez eux.

Le visage sombre, Gersh annonça la nouvelle à sa famille.

« Une évacuation officielle ? dit Rebecca. Ça veut dire que la situation est grave.

— On va s'inscrire sur la liste. Je connais du monde », assura-t-il.

En temps normal, il possédait une certaine influence, en effet. Mais nous n'étions plus en temps normal.

Le facteur continuait à distribuer le courrier pour l'instant et Rebecca espérait encore recevoir une carte postale de Yakov.

« Pourquoi n'écrit-il pas ? Il avait promis d'écrire dès qu'il serait arrivé », se lamenta-t-elle en découvrant la boîte à lettres vide, une fois de plus.

Le service de distribution des allumettes étant fermé, Debora se porta volontaire dans le centre médical de fortune installé dans l'école voisine. Ce n'était pas un véritable hôpital de campagne, juste un endroit où les blessés légers pouvaient se reposer avant d'être envoyés plus à l'est pour y être soignés, et où des infirmières bénévoles ne pouvaient apporter qu'une aide rudimentaire. Les salles de classe empestaient la chair en décomposition, la diarrhée et l'urine. Des essaims de mouches se posaient sur les plaies ouvertes, et les soldats, en état de choc et fiévreux, n'avaient pas la force de les chasser.

La tâche de Debora consistait à servir la nourriture, sur de grands plateaux qu'elle apportait dans les salles de classe où les blessés gisaient sur des journaux et un peu de paille. Rares étaient ceux qui voulaient parler de la guerre. Mais quel que soit leur état, tous ou presque parvenaient à se procurer un peu de tord-boyaux local et ils puaient l'alcool dès le début de l'après-midi. Le troisième jour, Debora vit un des soldats, un jeune Ukrainien de l'est, avec une moustache naissante et un œil ensanglanté, bandé, sortir une flasque de sa poche et boire une longue gorgée après son maigre repas. Elle reconnut aussitôt cette flasque en argent grâce au dessin de montagne suisse et à cette inscription: *Grüezi aus Luzern.*

Elle l'arracha violemment des mains du soldat. La flasque était affreusement rayée et de la crasse s'était incrustée dans les entailles, mais impossible de se tromper.

«Où avez-vous trouvé cette flasque?» demanda-t-elle, le cœur battant.

Le soldat semblait n'avoir même pas vingt ans et il était intimidé.

«Je... je l'ai trouvée, bredouilla-t-il. C'est un trophée. Je l'ai prise à un Allemand mort.

— Où ? Quel Allemand mort ?»

Elle hurlait presque.

«En vérité, madame l'infirmière, je ne sais pas si c'était un Allemand, avoua-t-il. Désolé. On nous a envoyés au combat avec juste des fusils et des bouteilles de liquide inflammable, contre les chars allemands. Qu'est-ce qu'on pouvait faire ? Quand les chars ont ouvert le feu, c'est devenu une boucherie. La terre, les hommes, les armes... tout explosait, se mélangeait en l'air, puis les plus gros morceaux retombaient en premier, pendant que la poussière s'élevait. J'ai encore les oreilles qui bourdonnent.

... Toute notre unité a été balayée. Je voulais fuir, mais les hommes du NKVD, postés à l'arrière, mitraillaient tous ceux qui essayaient de décamper, jusqu'à ce qu'ils se fassent bombarder et tuer eux aussi. Les chars ont franchi le pont. Plus tard, pendant la nuit, j'ai rampé vers nos lignes, ou ce qu'il en restait. Je suis tombé dans un trou, un cratère d'obus, rempli de cadavres, comme partout ailleurs, ou de morceaux de cadavres. Il y avait ce bras, sectionné au coude, et cette main qui serrait cette flasque. J'avais faim et soif, alors je l'ai prise. Elle contenait de la vodka. Au matin, j'ai retrouvé nos lignes, et me voilà ici.

— Pourquoi avez-vous dit que vous l'aviez pris à un Allemand mort ?

— Je ne sais pas, madame l'infirmière. Peut-être que c'était un Allemand. Je n'ai vu que cette main. Et cette inscription, ce n'est pas dans notre langue. C'est de l'allemand, non ?

— Oui. C'est de l'allemand. »

Debora lui rendit la flasque. La garder l'aurait obligée à s'avouer une chose qu'elle refusait obstinément de croire.

« Oui, vous l'avez certainement prise à un soldat allemand. C'est sûr. Gardez-la. »

Le lendemain matin, Rebecca retourna voir s'il y avait du courrier dans la boîte, et une fois de plus, elle était vide.

« Pourquoi est-il si paresseux ? Qu'est-ce que ça lui coûte d'écrire quelques lignes pour faire plaisir à sa mère ? se lamenta-t-elle.

— Je suis sûre que Yakov n'a pas une minute à lui, maman, dit Debora. Il fait la guerre. Il n'a pas le temps d'envoyer des cartes postales. »

Par une fenêtre ouverte, elle entendit Pasha gémir. Il faisait trop chaud à l'intérieur et il jouait dans la cour avec les fils Boyko et d'autres enfants de l'immeuble, dont le nombre diminuait rapidement. Elle s'empressa de descendre. Il avait la morve au nez et en voulant essuyer ses larmes, il en étala partout.

« Qu'est-ce qui se passe, mon trésor ?

— C'est quoi un youpin, maman ? »

Elle accusa le coup.

« Un youpin ? Pourquoi tu me demandes ça ? C'est un très vilain mot.

— Les garçons là-bas, ils veulent pas jouer avec moi. Ils arrêtent pas de dire que je suis un youpin et que les Allemands vont bientôt venir tuer tous les Juifs.

— Oh. »

Pasha se remit à pleurer.

« Je veux pas être un youpin, maman ! Je veux pas être un youpin.

— Calme-toi, dit-elle d'un ton sévère. Et arrête de dire des bêtises. Tu n'es pas un youpin. Tu es un Soviétique. Dis-le à tout le monde. »

Elle le prit par la main et le ramena dans l'appartement.

« Je suis pas un youpin, répéta-t-il, rassuré. Je suis pas un youpin. Je suis un Soviétique. »

Tout le monde parlait de l'évacuation à présent et, les uns après les autres, tous les employés des institutions de Kiev embarquaient à bord de camions ou de péniches pour traverser le Dniepr, puis de longs convois ferroviaires les emmenaient vers l'est. Les studios de cinéma partirent s'installer à Achgabat dans le désert du Turkménistan, près de la frontière iranienne. L'Académie d'Ukraine, l'opéra, les peintres et les écrivains proches du régime furent envoyés à

Oufa dans la lointaine république de Bachkirie, dans les contreforts de l'Oural. Les usines, notamment celles utiles pour l'armée, furent elles aussi déménagées vers l'est.

Gersh parvint à faire inscrire sa famille sur la liste des personnes à évacuer, ce qui lui coûta la majeure partie des vivres qu'il stockait dans l'appartement, ainsi que quelques couverts en argent. C'était une opération bien réglée à présent. Les femmes et les enfants partaient en premier. Les hommes devaient attendre leur tour.

Les Allemands continuaient à se rapprocher. La nuit, l'écho des tirs d'artillerie à la périphérie ouest de la ville atteignait le centre de Kiev ; le bourdonnement était parfois noyé par le vrombissement des avions ennemis et les salves de batteries antiaériennes.

Les Boyko, eux, ne paraissaient pas impatients de partir. Ostap, qui continuait à écrire des éditoriaux – non signés – en première page, dans lesquels il comparait Kiev à une citadelle imprenable, une noix dure si dure qu'elle briserait les dents pourries des nazis, se montrait inhabituellement empressé auprès de Pani Helga, qui refusait désormais de quitter l'appartement. Il frappait sans cesse à sa porte pour lui apporter du thé et des friandises, qu'elle acceptait d'un air indifférent.

« Pas question d'aller où que ce soit, disait-elle. Je suis trop vieille pour fuir. Si Dieu décide que mon heure a sonné, je veux mourir dignement, chez moi. »

À la fin du mois de juillet, Gersh rentra à la maison, après le déjeuner, en agitant un paquet d'autorisations.

« Faites vos valises. Vous partez ce soir », annonça-t-il à sa femme et à sa fille.

Elles n'avaient pas vraiment défait leurs bagages depuis leur départ manqué, mais elles rangèrent dans leurs sacs à main les documents soigneusement emballés. Rebecca avait caché ses bijoux les plus précieux à l'intérieur d'un ours en peluche.

« Le centre d'évacuation m'indiquera où vous avez été conduites, mais au cas où nous serions séparés, dès que vous serez arrivées, préviens ta cousine à Moscou, dit Gersh à sa femme.

— Comment Yakov fera-t-il pour nous retrouver ? demanda-t-elle. Et Samuel ? Je sais bien qu'il a été condamné à dix ans de prison, sans avoir le droit de communiquer, mais c'est la guerre, la situation a changé. Il y a forcément des exceptions.

— Tu devrais envoyer ta nouvelle adresse à l'unité de Yakov également, suggéra Gersh en s'efforçant de prendre un air enjoué. Simple précaution car si ça se trouve, vous allez tous revenir bientôt. Difficile d'imaginer qu'on puisse abandonner Kiev.

— Oui, tu as raison. » Rebecca balaya le salon du regard. « Quand tu viendras nous rejoindre, pense bien à verrouiller toutes les portes à double tour et à bien fermer les fenêtres. S'il pleut, il ne faut pas que ça rentre à l'intérieur. Et n'oublie pas d'enfiler les housses sur les meubles. Mets des boules de naphtaline dans les armoires, il ne faudrait pas que les mites mangent tous les vêtements. »

Debora se leva et passa en revue tous ces meubles étouffants qu'elle avait hâte de fuir quand elle vivait à Uman, les faux tableaux sur les murs, les épais rideaux rouges. Son cœur se serra. Elle ne voulait pas partir.

À dix-sept heures, ils s'assirent tous les trois autour de la table pour un ultime moment de recueillement. Gersh pianotait sur la nappe en lin immaculée, le regard vague. Il aida les deux femmes à descendre leurs valises et ils marchèrent jusqu'au centre d'évacuation du jardin botanique. Les tramways ne circulaient plus et tous les chevaux avaient été réquisitionnés pour le front.

Le centre d'évacuation n'acceptait que les femmes et les enfants. Les hommes n'étaient pas autorisés à franchir la clôture de fils barbelés dressée à l'entrée. Gersh étreignit maladroitement sa femme, sa fille et son petit-fils et, sans un mot, les regarda se laisser conduire vers des tentes dressées dans un champ jonché de pétales de magnolia fanés.

« Votre tour viendra dans un jour ou deux, mais vous devez vous tenir prêts si jamais on vous appelle », dit à Debora une femme d'un certain âge, responsable des admissions, et elle lui remit un petit carnet de coupons à échanger contre du pain. « Pour l'eau chaude, c'est là-bas. Vous pouvez en prendre tant que vous voulez du moment que vous avez votre tasse. »

La seule tasse qu'ils avaient apportée était la coupe en argent qui servait à recueillir le vin du shabbat, et que Rebecca avait héritée de sa grand-mère. Ils devraient se la partager.

En l'absence de lits, tout le monde dormait sur son baluchon ou sur son sac, ou dans l'herbe. Les nuits étaient glaciales, mais la principale préoccupation de Rebecca, c'était de ne pas attraper de puces, et le typhus dont elles étaient porteuses. La majeure partie des autres réfugiés n'étaient pas de Kiev et ils avaient déjà marché des jours, voire des semaines, pour échapper à l'avancée des troupes allemandes.

Pasha se fit rapidement un copain de son âge, et pendant que les deux enfants jouaient à la guerre, comme tous les autres enfants en cette période, Debora discuta avec la mère du garçon. Malgré son jeune âge, ses cheveux blonds grisonnaient déjà et des rides encadraient sa bouche. Elle n'avait pas pu se laver ni se changer depuis une semaine, et si Debora était à présent insensible à sa propre odeur, la puanteur l'obligea à se pincer le nez, par réflexe. Cette femme originaire de Kharkiv vivait dans l'ouest de l'Ukraine récemment annexé.

« Mon mari est officier dans l'armée et il fait la guerre quelque part par là, dit-elle en esquissant un geste en direction de l'ouest. Toutes les femmes d'officiers ont reçu ordre de quitter la ville très tôt car les Allemands allaient bientôt arriver et ils seraient sans pitié avec nous et nos enfants. Mais le train nous a emmenés jusqu'à Jytomyr seulement. Ils pensaient qu'on y serait à l'abri. Et quand les Allemands se sont rapprochés de Jytomir, on a dû fuir de nouveau. Sauf que cette fois, il n'y avait plus de train, ni chevaux ni voitures. On a marché pendant quatre jours. Au bout d'un moment, je n'avais plus la force de porter ma valise, et je l'ai lâchée sur la route. On a essayé de marchander avec les paysans, pour avoir quelque chose à manger, mais ils n'étaient pas du tout accueillants. Encore moins quand je leur ai avoué que j'étais la femme d'un officier. Ils ne voulaient pas de nos roubles. L'un d'eux a éclaté de rire et répondu que je pouvais me torcher le cul avec. Ils attendent l'arrivée des Allemands, et ils ne s'en cachent même pas. »

Elle s'interrompit, puis reprit :

« On sait tous ce qui s'est passé dans ces villages, il y a neuf ans. Mon mari en vient. Ses cousins sont morts à cause de la famine pendant qu'il était à l'école militaire. Pas étonnant qu'ils nous haïssent. »

Debora l'avait écoutée sans intervenir.

« Mon mari est officier aussi, dit-elle. Il est pilote. »

La nuit fut difficile, et Rebecca était trop gênée pour utiliser les toilettes, en réalité une tranchée à ciel ouvert creusée dans le parc. Debora, qui s'était débarrassée de toutes ses inhibitions sur le chantier de l'usine de tracteurs, s'amusait de cette pudeur excessive.

« Ne sois donc pas timide, maman. Personne ne te regarde. Là où on va, il n'y aura pas de bidets. Alors, commence à t'habituer. »

Au matin, l'épouse de l'officier et d'autres femmes, ainsi que des enfants, furent appelées à l'entrée du camp, où on les fit monter à bord d'un camion bâché. Debora, Rebecca et Pasha durent encore patienter. Alors que tous les trois erraient dans le camp, désœuvrés, Pasha poussa soudain un grand cri et se précipita vers la clôture. Debora voulut lui ordonner de s'arrêter, mais elle vit son père faire signe à l'enfant. Il avait réussi à se procurer deux sucettes, qu'il fit passer à travers le grillage.

« J'attends ici depuis une heure, mais ils n'ont pas voulu t'appeler. Alors j'espérais que tu finirais par me voir, mon petit Pasha. Et tu m'as vu ! »

Gersh n'aimait pas la solitude, et maintenant qu'il revoyait sa famille, il souriait comme un gamin.

Il passa la main à travers le grillage pour pincer la joue de son petit-fils.

« Je t'apporterai quelque chose quand on se retrouvera tous, dit-il. J'ai une nouvelle canne à pêche, avec un moulinet. On attrapera un poisson gros comme ça. » Il écarta les bras. « Si gros que tu ne pourras même pas le tenir. »

Pasha réclamait une canne à pêche depuis le printemps. Son regard s'illumina.

« De quelle couleur ? demanda-t-il.

— Tu verras. Bientôt.

— On a reçu une lettre de Yakov ? demanda Debora.

— Non. Je crois que le courrier n'est plus distribué. Tout est fermé. »

Ils bavardèrent dans la chaleur estivale, jusqu'à ce que l'administratrice du camp fasse retentir la cloche et égrène une nouvelle liste de noms dans un mégaphone.

Debora sursauta en entendant les leurs.

« C'est à nous !

— Allez-y, les pressa Gersh. Ne loupez pas votre tour.

— On se reverra très vite. »

Rebecca toucha le visage de son mari à travers les mailles du grillage, elle fit courir ses doigts sur ses sourcils broussailleux.

« Bien sûr. Je vous rejoindrai dans quelques jours. Tu verras, tu n'auras même pas le temps de te languir de moi. »

Alors que les deux femmes récupéraient leurs bagages et s'empressaient de prendre place dans la queue avec Pasha, il essuya une larme qu'elles n'avaient pas vue.

« J'espère qu'il n'oubliera pas de fermer toutes les portes à clé. Et de couvrir le canapé et les chaises, dit Rebecca à sa fille. Il a souvent la tête ailleurs ces temps-ci.

— Il n'oubliera pas, maman. Cesse donc de t'inquiéter. »

L'une et l'autre ne pouvaient s'empêcher de s'inquiéter, cependant, mais pas à cause des meubles.

Par un accord tacite, elles s'abstenaient d'évoquer leurs véritables peurs. Tout le monde savait désormais que la guerre serait longue et meurtrière.

Ils quittèrent le jardin botanique à bord d'un camion bâché qui zigzagua à travers la ville, descendit la colline et contourna les pièges antichars jusqu'aux berges du Dniepr. Des cratères aussi gros que des voitures fumaient à proximité du pont, que les Allemands n'avaient pas encore réussi à détruire. Toutefois, il était encombré de véhicules militaires, de chars, de pièces d'artillerie tirées par des chevaux, de camions camouflés avec des branches et de la boue.

Les civils n'étant pas prioritaires, ils étaient transportés sur la rive opposée par voie fluviale. Une fois à bord de l'embarcation, Debora constata qu'il s'agissait du même genre de bateau de plaisance que celui sur lequel elle s'était mariée, peut-être *le même*. Jonché à présent de détritus laissés par les réfugiés qui s'y étaient entassés au cours de ces derniers jours. Un des bords était criblé d'éclats d'obus, dangereusement proches, de la ligne de flottaison.

« Tu te souviens, maman ? demanda Debora, alors que le bateau glissait à la surface de l'eau qui coulait au ralenti. Tu te souviens comme on avait dansé ? »

Les yeux de Rebecca se mouillèrent de larmes. Elle attira sa fille contre elle.

« Nous serons heureux de nouveau, ma chérie. Malgré tous ces gens, nous serons heureux comme avant. »

Il leur fallut encore attendre plusieurs heures sur la rive opposée, le temps de vérifier et revérifier les listes et les documents. Dans la soirée, Debora, Rebecca et Pasha atteignirent enfin la gare de Darnitsya, où on les fit monter dans un train.

« Où on va ? demanda Debora à un employé du chemin de fer sur le quai.

— Directement à Stalingrad, dit l'homme.

— On va au bord de la Volga, dit Rebecca à Pasha. Les Allemands n'arriveront jamais jusque-là.

— C'est quoi, la Volga ?

— Un très grand fleuve. Encore plus grand que le Dniepr.

— On va prendre un autre bateau ?

— Non, répondit Rebecca en riant. Plus besoin de prendre des bateaux. »

Ils voyagèrent à bord d'un de ces mêmes wagons à bestiaux aménagés dans lesquels elle avait vu le NKVD transporter des prisonniers quand elle avait rendu visite à Olena à Pisky. Un trou percé dans le sol faisait office de latrines. Trois niveaux de couchettes avaient été fixés sur les côtés. L'unique fenêtre était grillagée. Mais contrairement aux convois du NKVD, les portes n'étaient pas cadenassées de l'extérieur.

Lorsque le train s'ébranla, Pasha s'endormit sur les genoux de sa grand-mère. Debora entrouvrit la porte pour laisser entrer l'air frais et regarda défiler la campagne au clair de lune. Quelques mois plus tôt seulement, ce wagon avait servi à déporter les familles des « ennemis de classe ». Elle remarqua que quelqu'un avait gravé dans le bois, à côté de la porte, avec une cuillère ou un clou, en ukrainien : *Nous reviendrons. Gloire à l'Ukraine !*

Très loin, à l'horizon, des éclairs illuminaient le ciel. Étaient-ce des explosions ou des coups de tonnerre ? se demandait-elle. Elle ignorait que les chars de la deuxième Panzerdivision étaient en train d'achever leur manœuvre en tenaille et effectueraient bientôt la liaison avec la première Panzerdivision, à l'est de Kiev, prenant ainsi ses habitants dans une nasse, en même temps que la gigantesque Armée rouge, censée défendre la ville, serait anéantie.

21

Stalingrad, août 1941

La première chose que vit Debora en arrivant à la gare de Stalingrad fut le long alignement de chars T-34 tout juste sortis des chaînes de montage. La peinture sur le blindage était à peine sèche, sans une égratignure, et ces machines de mort ressemblaient, à ses yeux, à d'énormes jouets clinquants. Ces chars avaient été assemblés dans l'immense usine de tracteurs, conçue par les Américains, de Stalingrad, ancêtre de celle qu'elle avait aidé à construire à Kharkiv. En temps de guerre, les tracteurs ne constituaient plus une priorité.

Le train avait mis trois jours à venir de Kiev. Ils avaient dû s'arrêter fréquemment pour laisser passer des convois chargés de pièces d'artillerie, de munitions, de carburant, et d'hommes aux visages fermés, nerveux, qui roulaient dans la direction opposée, vers le front.

À la gare, la police conduisit les passagers dans une salle surpeuplée où ils durent attendre d'être contrôlés par des fonctionnaires locaux, au milieu d'une cacophonie de pleurs d'enfants, d'éternuements et de quinte de toux, que couvrait le fracas des trains. Au bout de deux heures, Debora put enfin se présenter devant un homme d'un certain âge, au visage fatigué, coiffé d'un képi gras.

Il passa en revue ses différents documents jusqu'à ce qu'il tombe sur son diplôme universitaire.

« Littérature russe, hein ? J'en déduis que tu sais lire. Tu sais taper à la machine aussi ?

— Bien sûr. Je suis excellente même », mentit-elle sans ciller.

L'homme regarda Rebecca et Pasha.

« Ma mère et mon fils », dit Debora.

— Et ton mari, il est où ?

— Mon mari est un officier qui se bat pour la Mère patrie soviétique. »

Pas question d'avouer qu'elle était l'épouse d'un ennemi du peuple. D'autant plus que désormais, en pleine guerre, personne n'aimait découvrir la vérité.

« Très bien. Dans ce cas, je sais exactement où je dois t'envoyer. » Il écrivit quelques lignes sur un morceau de papier, souffla sur son tampon encreur, tamponna le document et griffonna une signature illisible. « Bienvenue dans l'Armée rouge, camarade Rosenbaum. Montre ça dehors, là où sont les camions, et ils te conduiront là où tu dois aller. »

Le camion les conduisit au camp de la 13e brigade de sapeurs-miniers, nouvellement créée, où Debora serait employée comme dactylo, au sein de l'administration. Ce poste s'accompagnait d'une chambre, dans laquelle ils pourraient vivre tous les trois, et d'un carnet de tickets de rationnement.

« Maman, pas un mot sur l'endroit où se trouve réellement Samuel, murmura-t-elle à l'oreille de sa mère dès qu'elles se retrouvèrent seules. Compris ? »

Elles ôtèrent la poussière et les toiles d'araignée et tentèrent d'écraser les nombreux cafards. Impossible, en revanche, de se débarrasser de l'odeur de moisi qui assaillait leurs narines.

« C'est petit, mais on sera bien », dit-elle à Pasha, une fois le ménage terminé.

Le garçon n'était pas emballé.

« Quand c'est qu'on rentre à la maison ? gémit-il. J'aime pas ici. Je veux rentrer chez nous. On peut rentrer demain ? »

Bien que Stalingrad soit beaucoup plus petite – et beaucoup plus récente –, les berges du fleuve évoquaient Kiev aux yeux de Debora. La ville, large de quelques rues à peine, serpentait sur des dizaines de kilomètres le long d'un coude de la Volga, ponctuée d'une succession de zones industrielles, où s'élevaient d'immenses cheminées. Des barres d'immeubles blancs, fonctionnels, se dressaient sur les collines de la rive ouest du large fleuve au débit lent, et dominaient les îles d'un vert profond au milieu. Des îles au-delà desquelles débutaient les steppes sans fin de l'Asie. Les bombardiers allemands n'étaient pas encore arrivés jusqu'ici.

C'était la première fois que Debora se trouvait en Russie, proprement dite, et elle sentait la différence avec l'Ukraine : dans les accents qui soulignaient les « a » longs, dans les vêtements, dans le rythme de vie. Et les gens du cru la cataloguèrent immédiatement comme étrangère. Il n'y avait pas beaucoup de Juifs à Stalingrad, mais elle découvrit rapidement que les habitants hésitaient beaucoup moins que ceux de Kiev à agrémenter leurs phrases d'un « youpin » parci par-là. D'autant plus aisément que, trompés par le physique et l'accent de Debora, ils pensaient qu'elle n'était pas juive.

« Ces youpins, c'est à cause d'eux que cette guerre a éclaté, et maintenant, ils fichent tous le camp vers l'est, pour aller se planquer à Tachkent, alors que nos fils meurent au combat », dit une femme à une autre, au marché, non loin d'elle.

Debora voulut intervenir, en parlant de son frère, mais elle ne put que lancer :

« Comment osez-vous dire ça ?

— Eh bien quoi ? Tu en es une ? rétorqua la femme, l'air mauvais. Tu viens ici pour nous manger la laine sur le dos ?

— Honte à vous ! »

Ce fut la seule réponse qui lui vint à l'esprit, avant de leur tourner le dos et de s'éloigner à grands pas.

De retour dans son logement, elle bouillonnait.

« C'est quoi, ces propos ? Je n'ai jamais entendu une chose pareille. Comment des Soviétiques peuvent-ils parler ainsi ? » demanda-t-elle à sa mère.

Qui répondit :

« J'entends ça tous les jours. »

Pour l'instant, la 13e brigade de sapeurs-miniers se résumait à un bureau où Debora tapait à la machine des demandes de provisions, d'uniformes et de munitions, et où, chaque matin, elle mettait à jour la liste des appelés. Les recrues commençaient seulement à arriver. Des commissaires militaires écumaient les rues de Stalingrad et des provinces voisines, à la recherche des hommes qui n'avaient pas encore été mobilisés ; ils annulaient les exemptions pour raisons médicales et les qualifications de travailleur essentiel. Que vous soyez boiteux, myopes ou tuberculeux, tout cela ne comptait plus. Il y avait parmi eux des Russes, mais aussi des Kalmouks et des Kazakhs aux visages épais, des nomades venus des plaines au sud de la ville ; des adolescents à peine pubères tout juste sortis du lycée et des ouvriers du bâtiment sexagénaires aux mains noueuses et au dos voûté étaient rassemblés, et on leur rasait le crâne dès leur arrivée pour éliminer les poux.

Le Q.G. de la brigade produisait une importante quantité de correspondance, en quadruples exemplaires, mais pas beaucoup d'action. Le premier jour, le colonel Razin, qui commandait la brigade, regarda Debora d'un œil méfiant en la voyant taper à la machine avec deux doigts.

« Tu es sûre que tu as déjà fait ça ? demanda-t-il.

— Je suis un peu rouillée, mais laissez-moi une chance. Je ne vous décevrai pas. Le travail sera fait à temps. »

Le soir venu, elle n'avait toujours pas terminé et elle passa toute la nuit devant le clavier de sa machine à écrire, tandis que sur sa gauche, la pile de documents dactylographiés augmentait lentement, mais sûrement. Quand la fatigue et les douleurs dans ses mains devinrent trop fortes, elle posa sa tête sur le bureau et dormit deux heures. Avant l'aube, elle avait terminé. Elle se leva pour s'étirer et mettre de l'eau à bouillir.

« Tu as travaillé toute la nuit ? » demanda le colonel Razin, soupçonneux en entrant dans le bureau.

— Non, bien sûr que non, répondit gaiement Debora. Tout ce que vous avez demandé est sur votre bureau, camarade colonel. »

Les jours suivants, Debora apprit à taper plus vite, toujours avec deux doigts. La machine à écrire crachait les documents à toute vitesse, et le colonel Razin n'eut plus de raison de s'inquiéter.

Rebecca envoya leur nouvelle adresse à sa cousine moscovite, mais elle ne reçut aucune réponse. Ni aucune lettre de Gersh. Et chaque semaine, elle écrivait à l'unité de Yakov. Là encore, ses lettres demeuraient sans réponse.

« Chaque matin je me réveille en espérant recevoir des nouvelles d'eux, confia-t-elle à sa fille. Ne pas savoir où ils se trouvent, comment ils vont, avec qui ils sont... c'est affreux.

— Maman, pas de nouvelles, bonnes nouvelles, comme on dit. S'il leur était arrivé quelque chose, les autorités auraient trouvé un moyen de nous informer. »

Debora savait qu'une autre dactylo de la brigade passait ses journées à taper les avis de décès que l'armée transmettait aux familles des soldats tués. Chaque jour, il y avait des centaines d'avis semblables, rédigés sur un papier de mauvaise qualité, marqués d'un tampon bleu.

Le 21 septembre, après une tripotée de communiqués optimistes, l'état-major de l'armée reconnut avec trois jours de retard que Kiev était tombée. Debora et sa mère écoutèrent l'annonce à la radio, en silence, n'osant pas exprimer les peurs qui les habitaient. Rebecca prit son petit-fils sur ses genoux.

« On va lire un livre, Pasha. Montre-moi toutes les lettres que tu connais déjà. »

À partir de ce jour, tous les vendredis à la tombée de la nuit, Rebecca allumait une bougie de shabbat, ce qu'elle n'avait pas fait depuis son adolescence à Uman. Tout cela était nouveau pour Debora, et encore plus pour Pasha. Ils regardaient Rebecca fermer les yeux et réciter des prières dans une langue inconnue, des prières pour son mari et pour son fils, pour son gendre, et pour la santé de sa fille et de son petit-fils.

« Tu veux prier avec moi, Debora ?

— Non, répondit-elle, agacée. Si Dieu existait, je pense qu'il n'aurait jamais toléré ce qu'on nous fait, et ce qu'on fait à ce pays. »

22

Stalingrad, février 1942

La cousine de Rebecca répondit enfin à sa lettre en février. Elle avait été évacuée de Moscou et envoyée au bord de la Volga en novembre, alors que les Allemands n'étaient plus qu'à quelques kilomètres de la capitale soviétique. Maintenant qu'ils avaient été refoulés (première victoire véritable de l'Armée rouge depuis le début de la guerre), les Moscovites pouvaient regagner leurs logements.

Chère Rebecca, j'espère que tu retrouveras Kiev dans quelques mois, écrivait-elle. *Même si, je dois l'avouer, nous entendons des choses effroyables dans la bouche de ceux qui ont survécu aux Allemands et qui sont de notre côté de la ligne de front à présent. La majeure partie du centre de Kiev a été détruite, apparemment. Et tout le monde nous dit que les Allemands ont tué tous les Juifs qu'ils trouvaient. J'espère que Gersh a réussi à s'échapper à temps. Je te tiendrai informée dès qu'il nous aura écrit.*

Debora entendit d'autres rumeurs similaires. Elle essaya néanmoins de remonter le moral de sa mère.

« Tu connais papa. Il a toujours su trouver un moyen. Quand il pleut, il arrive à passer entre les gouttes, c'est toi-même qui le disais.

— Oui, je sais, je sais », soupira Rebecca en se forçant à sourire.

Durant les premières semaines qui suivirent leur départ de Kiev, Pasha demandait chaque jour à sa grand-mère quand son grand-père allait les rejoindre. « Bientôt, très bientôt », répondit-elle au début. Désormais, elle se contentait de tapoter la tête du garçon, sans un mot. D'ailleurs, il ne posait même plus la question. Un jour, en voyant passer un groupe d'hommes munis de cannes à pêche, il pressa la main de sa grand-mère dans la sienne.

« Tu crois qu'Opa va m'en apporter une comme ça ?

— Plus belle encore. Beaucoup plus belle, affirma-t-elle. Avec un moulinet. »

Chaque jour, au petit déjeuner, Rebecca récitait une prière à voix basse, pour réclamer une lettre, de son mari ou de son fils. En vain.

Debora se demandait si elle devait parler à sa mère de la flasque suisse en possession de ce soldat blessé, là-bas à Kiev. Mais à quoi bon ? Cela ne prouvait rien. Ces flasques étaient sans doute produites en masse, et très répandues parmi les soldats allemands. Et même si c'était bien celle de Yakov, peut-être l'avait-il perdue au combat, simplement. Peut-être se cachait-il parmi les partisans derrière les lignes allemandes. Ça ne constituait pas une preuve. Dès lors, conclut-elle, pourquoi ajouter aux tourments de sa mère, pourquoi alimenter ses cauchemars ? Mieux valait garder le silence. Domaine dans lequel elle excellait.

L'hiver à Stalingrad fut rude. Les Rosenbaum n'étaient pas habitués à ce froid intense, qui vous brûlait la peau ; un froid qui enveloppait la ville, dont les larges artères étaient balayées par des bourrasques glaciales. La nuit, Debora essayait d'imaginer le sort de Samuel dans son camp de prisonniers, situé au cœur d'une immensité enneigée, quelque part, encore plus à l'est. Se trouvait-il au milieu des robustes sapins de Sibérie ? Accomplissait-il un travail de bûcheron pour participer à l'effort de guerre ou bien construisait-il une ligne de chemin de fer ? Elle essayait de se représenter ses yeux, brillants d'une étincelle de vie, alors qu'on l'escortait jusqu'au train. Son maintien fier, sa voix pleine d'assurance quand il lui avait crié : « Je reviendrai ! » Mais il n'apparaissait plus dans ses rêves.

Parfois, au travail, pendant qu'elle tapait à la chaîne d'interminables ordres de transfert ou des demandes d'approvisionnement, elle se demandait s'il avait disparu de ses rêves parce qu'il était mort. Elle s'efforçait de chasser ces pensées, sans parvenir à les effacer totalement.

La nourriture se faisait rare à Stalingrad. La soupe d'orge servie chaque jour à la cantine du Q.G. était si limpide et maigre que tout le monde la surnommait « Le Danube bleu ». Malgré tout, grâce à ses fonctions, ils avaient encore, pour le moment, de quoi survivre. Juste assez. Pour gagner un peu d'argent, Rebecca tricotait des gants et des bonnets. N'aimant pas parler aux inconnus, ni l'une ni l'autre, dès que Pasha dormait, elle passait les longues et ténébreuses soirées à évoquer le passé, leur vie d'autrefois qui leur semblait si dure à l'époque, si facile aujourd'hui, rétrospectivement.

Parmi les nouvelles recrues de la brigade, très peu possédaient une formation militaire. Il fallait leur apprendre à tirer, à poser et à désamorcer des mines, à installer des explosifs et à construire des fortifications. Il en résultait de nombreux accidents, parfois mortels. Quand cela se produisait, Debora devait taper de longs rapports destinés au haut commandement. Un exemplaire carbone était envoyé au NKVD.

D'autres femmes travaillaient au Q.G. de la brigade, des infirmières et des médecins pour la plupart, et beaucoup étaient de la région. Debora n'essayait jamais de paraître supérieure, mais venant de Kiev, elle dégageait sans même le vouloir l'aura de la grande ville qui séduisait les officiers et lui valait la rancœur muette des autres femmes. Elle prenait soin de se coiffer chaque matin, malgré la fatigue. Et elle était parvenue à transformer son uniforme en une création de mode. La bande de peau blanche et lisse entre l'ourlet de sa jupe militaire et le haut de ses bottes soigneusement cirées ne pouvait manquer d'attirer l'attention.

Quand elle traversait le camp, il n'était pas rare que de simples recrues la sifflent, mais au sein du bureau, personne n'essayait de flirter avec elle. Le colonel Razin ne semblait pas très porté sur les femmes, et nul n'osait harceler sa secrétaire.

Toutefois, cette règle ne s'appliquait pas au capitaine Dmitri Maslov, du NKVD, un jeune homme toujours prêt à rire, qui adorait raconter des plaisanteries où il était question de pets et de nichons. Avec son nez retroussé et ses taches de rousseur sur ses joues rebondies, il était si joyeux et sociable qu'il paraissait d'emblée inoffensif... jusqu'à ce que ce comportement grégaire disparaisse en une fraction de seconde. Il était alors trop tard.

Maslov venait d'un village des environs de Stalingrad, une colonie cosaque autrefois prospère, dévastée par la famine une dizaine d'années plus tôt, comme beaucoup d'autres endroits en Ukraine. Pour quelqu'un comme lui, la seule alternative à un travail harassant dans le kolkhoze du village, c'était de s'engager dans l'armée et, avec un peu de chance, dans le NKVD. Il avait eu cette chance. Adolescent, il avait fait tout ce qu'il fallait en aidant l'officier en poste, le camarade Raimonds, à dresser les listes des villageois condamnés à être exécutés ou déportés pour activités contre-révolutionnaires. Il ne se considérait pas pour autant comme un homme mauvais, alors même qu'il envoyait à la mort des voisins et des voisines qui lui tapotaient la tête quand il était enfant, ou aux mariages desquels il avait mangé et bu, en des temps plus heureux. C'était inévitable de toute façon, raisonnait-il. Il n'avait fait que sauter à bord du train qui roulait vers l'avenir, mû par des forces qui le dépassaient. Si ce n'était pas lui, quelqu'un d'autre se ferait un plaisir de prendre sa place, alors pourquoi laisser filer une telle occasion ?

Et puis, en 1937, un communiqué venant de Moscou indiqua que le camarade Raimonds, dont les origines lettonnes étaient désormais suspectes, était devenu lui aussi un élément contre-révolutionnaire. Maslov était présent pour arrêter son supérieur, qui paraissait beaucoup moins effrayant à quatre heures du matin, en pyjama, menotté. La purge visant les Lettons, les Polonais et les Juifs au sein du NKVD ouvraient des perspectives d'avancement rapide pour un authentique jeune Russe de la campagne comme Maslov, surtout après le pacte signé avec Hitler en 1939.

Avant la guerre, Maslov connaissait très bien les perfides réseaux d'espions et de saboteurs démasqués par le NKVD et mis en lumière au cours de procès spectaculaires où des innocents se trouvaient broyés par l'imprévisible machine de l'État. Mais à présent que la foi dans le système soviétique – qu'on croyait éternelle – se trouvait ébranlée par les succès de l'armée allemande sur les champs de bataille, les véritables actes de trahison se multipliaient. Des centaines de milliers de citoyens soviétiques, en Ukraine et dans les territoires occupés de la Russie, s'étaient portés volontaires pour servir leurs nouveaux maîtres allemands, en tant que civils et, de plus en plus, en tant que soldats.

La mission de Maslov au sein de la Section spéciale de la 13e brigade consistait à débusquer les officiers et les recrues dont la confiance dans la victoire russe commençait à faiblir et qui risquaient de répandre le virus du défaitisme. Seules quelques recrues avaient de la famille de l'autre côté de la ligne de front. Toutefois, Maslov savait, pour avoir grandi dans un de ces villages, que nombre de ces soldats avaient été lésés par le système soviétique, et nul doute que certains n'hésiteraient pas à changer de camp si l'occasion se présentait. La section spéciale s'intéressait particulièrement aux lettres que les recrues écrivaient à leur famille. Bizarrement, une quantité non négligeable étaient assez bêtes pour coucher sur le papier des idées répréhensibles, qu'il fallait tuer dans l'œuf, d'une balle derrière la tête.

C'était pour évoquer ces cas avec le colonel Razin que le capitaine Maslov se rendait fréquemment au

Q.G. de la brigade, en suivant un chemin qui passait devant le bureau de Debora. Les autres officiers détournaient le regard quand il arrivait, coiffé de sa caquette à visière bleue du NKVD, tenant sous son bras des dossiers soigneusement attachés : ils savaient que ses visites n'annonçaient rien de bon.

Maslov n'avait jamais eu beaucoup de succès avec les femmes. Il avait un menton fuyant et bien qu'il n'ait pas encore trente ans, il commençait à devenir chauve, un problème qu'il essayait de masquer à l'aide d'une mèche rabattue, malheureusement récalcitrante. Ce qui ne l'empêcha pas de s'arrêter devant Debora pour une petite conversation amicale qui la terrifia d'emblée. Car si c'était un simple bavardage – *D'où venez-vous ? Vous vous plaisez ici ?* –, elle ne pensait qu'à une chose : allait-il l'interroger sur son mari ?

Toutefois, il ne se montra pas trop curieux.

« Je crois savoir que vous avez un enfant, un adorable petit garçon, dit-il un jour. Comment va-t-il ?

— Très bien, camarade. Merci.

— Oh, appelez-moi Dmitri. Pas besoin de titres, nous sommes entre amis ! dit-il avec un grand éclat de rire.

— Euh, bien... Dmitri.

— Quel âge a-t-il ?

— Quatre ans. À vrai dire, c'est un peu dur pour lui ici. Kiev lui manque, sa maison aussi. Je ne sais pas quoi faire pour le rendre heureux.

— Je crois avoir une idée. Le Cirque de Moscou se produit à Stalingrad dimanche prochain, avec toutes ses vedettes. Quelques billets nous sont réservés. Je pourrais peut-être vous en obtenir deux. Ça vous intéresse ?

— C'est très gentil de votre part. Je suis sûre que Pasha serait fou de joie.

— Marché conclu », promit Maslov et il passa son chemin.

Le lendemain, il laissa sur le bureau une enveloppe contenant deux billets.

Le dimanche matin, Debora et Pasha marchèrent dans la neige pour assister à la représentation du cirque dans une salle de concert néoclassique du centre de Stalingrad, à plusieurs kilomètres de leur logement. Ils étaient en retard. Debora ne s'attendait pas à voir Maslov, mais il était là, une cigarette à la bouche, les attendant patiemment dans le froid, sous les fausses colonnes corinthiennes.

« Vous aimez le cirque vous aussi ? lui demanda-t-elle.

— Bien sûr. Qui n'aime pas ça ? » Souriant, il tendit la main à Pasha et s'adressa à lui en singeant le sérieux d'une conversation entre adultes.

« Bonjour, camarade. »

Pasha hésita un instant, avant de prendre la main qu'on lui tendait.

« Dépêchons-nous d'entrer avant que ça commence », dit Maslov en lui donnant un petit coup de coude.

C'était un spectacle de cirque en temps de guerre, et la représentation, restreinte, ne possédait pas cette extravagance que Debora avait admirée avec Samuel à Kharkiv, et la plupart des acrobaties promises sur la grande affiche à l'extérieur manquaient à l'appel. Une absence largement comblée, toutefois, par l'apparition de huit ours, vêtus de robes de petites filles, à paillettes, juchés sur des vélos. Pasha, qui n'avait jamais vu d'ours, était subjugué par la vision de ces animaux gigantesques qui obéissaient à leur dresseur. Puis vinrent les clowns. L'un d'eux, en haillons, affublé d'une fausse moustache, la main bandée, était censé représenter Hitler qui soignait ses plaies après la défaite allemande près de Moscou. Les spectateurs exultèrent. Pasha, lui, s'esclaffa lorsque les autres clowns bottèrent le derrière rembourré de Hitler.

«Je ne l'ai pas vu rire autant depuis notre départ de Kiev, glissa Debora à l'oreille de Maslov. Merci infiniment. Pour moi, c'est très important.

— Mon père est mort quand j'étais jeune. Ça ne doit pas être facile d'élever un enfant sans père.»

Elle tressaillit.

«Il a un père.

— Oui, oui, bien sûr. Évidemment. Je voulais dire: sans un père pour s'occuper de lui.»

Elle ne savait pas quoi répondre et le grand final venait de débuter. Impossible de parler dans tout ce vacarme. Le souvenir de Samuel lors de leur premier rendez-vous au cirque, à Kharkiv, traversa son esprit en voyant les funambules marcher sur leur fil. Et un sentiment de culpabilité se répandit dans sa poitrine. Elle se pencha vers l'autre côté du siège, pour s'écarter de Maslov, et sa posture se raidit. Samuel. Samuel. C'était il y a si longtemps, avant la guerre, avant Pasha, avant tout ça. Samuel ne pourrait pas l'aider à s'occuper de Pasha avant encore cinq ans. En ce sens, Maslov avait raison. Elle observa son fils de nouveau. Il se laissait aller à sa joie. Il poussait des cris et tapait dans ses mains à chaque acrobatie, et Maslov semblait habité par un même bonheur enfantin, innocent.

Après le cirque, il les ramena dans sa voiture de fonction. Pendant le trajet, il s'adressa essentiellement à Pasha. Il voulut savoir quel était son avion préféré, s'il allait à la pêche, à la chasse ? Debora s'aperçut que son fils discutait avec un homme pour la première fois depuis qu'il avait quitté son grand-père à Kiev.

23

Stalingrad, mars 1942

La rapidité avec laquelle Pasha tomba malade était surprenante. La veille au soir, il semblait aller bien pendant que Rebecca lui lisait des contes et puis, comme toujours, il s'était endormi à côté d'elle dans le lit étroit. Mais quand les premiers rayons de soleil illuminèrent les carreaux gelés, il était fiévreux et désorienté ; il grelottait et transpirait tellement qu'il avait mouillé le matelas à travers le drap. Debora fit bouillir de l'eau, dans laquelle elle ajouta un peu de miel raclé au fond d'un pot. Mais Pasha s'étranglait en essayant de boire. Sa toux rauque ne cessa de s'amplifier au cours de la journée qu'il passa au lit, épuisé.

Debora elle-même s'était évanouie la veille, ce qui n'avait rien de surprenant vu le peu de nourriture qu'ils ingurgitaient. L'hiver avait causé des famines dans toute l'Union soviétique, et la fin était toujours le moment le plus difficile. Les rations qu'on lui distribuait au Q.G. de la 13e brigade diminuaient depuis quelque temps. Ces temps-ci, elle recevait chaque semaine une miche de pain de seigle, du poisson salé de la Volga, quelques pommes de terre pourries, du bœuf en boîte et un paquet de sucre. Les soldats mangeaient au réfectoire et là aussi, la soupe et les ragoûts qu'on leur servait étaient plus clairs qu'auparavant, à cause du manque de vivres, mais aussi parce que les cuistots, de mèche avec des officiers supérieurs, troquaient la viande contre de l'or, des bijoux et des vêtements.

À la mi-mars, plusieurs soldats avaient développé ce qu'on nommait la maladie de Marek, due à un grave manque de vitamines. Tout d'abord, Maslov et ses collègues du NKVD soupçonnèrent ces hommes d'être des simulateurs, mais il leur fallut accepter, à contrecœur, le diagnostic du médecin militaire : leur affection était bien réelle. Rebecca redoutait également les effets du manque de vitamines chez Pasha. De plus en plus souvent, elle se rendait au bazar installé près de la gare de Stalingrad pour échanger avec des marchandes azéries aux dents en or, vêtues de vestes matelassées noires et coiffées de foulards colorés, une bague ou une broche contre des abricots secs, des oranges ou des noix. Elle répugnait à acheter des saucisses de cheval, un délice local, car la plupart avaient été confectionnées avec des animaux utilisés sur les champs de bataille, morts d'épuisement ou de maladie.

Finalement, la brigade reçut ordre de se déployer le mois suivant. Debora savait qu'elle ne suivrait pas les troupes sur le front. Le départ du quartier général marquerait la fin de son travail et des rations militaires. Les civils qui n'effectuaient pas de travaux manuels pour l'industrie de la défense recevaient encore moins de nourriture que les militaires, dont les rations étaient déjà maigres. Dans les rues de Stalingrad, elle voyait les ventres gonflés, les gestes léthargiques et la peau craquelée des personnes qui mouraient de faim peu à peu : des images qui lui rappelaient l'Ukraine dix ans plus tôt. Toutefois, il n'y avait pas encore de cadavres sur les trottoirs, ou bien elle ne les voyait pas.

Toutes ses conversations avec sa mère tournaient autour de la nourriture. Elles établissaient des stratagèmes pour échanger une partie de leur quota de pain contre de l'ail et des oignons, et discutaient de la manière dont Rebecca pouvait troquer les écharpes et les gants qu'elle tricotait contre du potiron et des betteraves séchées.

«Je n'en peux plus ! explosa Rebecca, finalement, la veille du jour où Pasha tomba malade. Pendant quatre mille ans, l'humanité a développé les arts, la musique, la civilisation. Tu as passé plusieurs années à l'université à lire des livres, les uns après les autres, pour apprendre à apprécier les plus belles réussites de l'esprit humain. Et aujourd'hui, regarde-nous. Regarde ce qu'est devenu le monde. Nous sommes des animaux, du bétail. Tout un peuple transformé en bétail. Nous ne pensons qu'à une seule chose : nous nourrir. Nous ne parlons que de ça. Que vont nous donner à manger nos maîtres ? Que peut-on essayer de dénicher ? Nous ne sommes plus que des appendices de nos estomacs.

— Je sais, maman. Je sais. Mais on va s'en sortir, et tout ira mieux. Nous pourrons recommencer à parler d'art et de livres, et de tout le reste, comme autrefois. Mais avant cela, nous devons survivre. » Elle montra Pasha qui dormait. « Il doit survivre. »

Le médecin qui vint examiner Pasha, le premier soir où il ne se sentait pas bien, prit sa température, écouta ses poumons et ôta sa chemise pour observer les petites marques de morsure sur sa peau pâle.

« Prenez bien soin de faire bouillir tous vos vêtements et les draps, dit-il en veillant à ne rien toucher autour de lui. Apparemment, ce garçon a attrapé des puces et contracté le typhus. Nous avons déjà eu des cas similaires à la crèche, et beaucoup d'autres parmi les soldats. »

Rebecca joignit ses mains et récita une prière en silence. Cette maladie la terrifiait car elle se souvenait encore de l'épidémie des années 1920. Debora se concentra sur l'aspect pratique, en s'obligeant à ignorer la panique qui enflait en elle.

« Que peut-on faire, docteur ? Pouvez-vous nous aider ? Comment le soigner ? »

Il n'y avait pas grand-chose à faire, le médecin le savait bien. Il avait entendu parler de tests prometteurs avec un nouveau médicament, la pénicilline, qui faisait des miracles, paraît-il, pour lutter contre les infections. Mais rien de tel n'existait à Stalingrad, où la majorité des personnes atteintes du typhus dépérissaient, puis mouraient en une ou deux semaines, en proie à un délire fiévreux qui les poussait à déchirer leurs vêtements.

« Faites-le boire énormément, pour éviter qu'il se déshydrate, dit le médecin. Mais le principal problème, c'est que votre enfant, comme toutes les personnes que je vois passer, est affaibli par la sous-alimentation. Il ne pourra pas se rétablir tant que son organisme n'aura pas ce dont il a besoin pour combattre la maladie. Si vous voulez le sauver, faites tout ce que vous pouvez pour trouver des aliments adaptés. Je vous souhaite bonne chance », ajouta-t-il et il s'en alla.

Après son départ, Debora fourragea dans sa cachette sous le lit et en sortit la coupe en argent du shabbat et son collier vénitien.

« C'est tout ce qui nous reste, dit-elle. Je les emporterai au bazar demain. On ne peut rien faire de plus. »

Rebecca caressa le collier, comme elle l'avait fait le jour de son mariage, dans un autre monde.

« Non, rien de plus », répéta-t-elle.

Au bazar, personne ne voulut de la coupe de shabbat, et le collier n'alla pas chercher bien loin. La robuste femme plantée derrière son comptoir l'examina de près, en frottant l'or entre ses doigts, allant jusqu'à le sentir, puis elle le rendit à Debora.

« Qui a besoin de bijoux de nos jours ? dit-elle. Je te fais une faveur en le prenant. Une vraie faveur. »

Un sourire obséquieux déforma la bouche de Debora.

« Écoutez votre cœur. C'est pour un petit garçon malade.

— Tout le monde a un petit garçon malade de nos jours, et tout le monde a des bijoux à vendre.

— Je vous en supplie, regardez encore », implora Debora.

À contrecœur, la femme cracha dans sa main, ôta un peu de terre et leva le collier dans la lumière afin de juger de la qualité des rubis et des émeraudes.

« Sache que j'ai un grand cœur », dit-elle finalement en déposant sur le comptoir un pot de miel, quatre œufs et une poignée d'abricots secs, enveloppés dans une feuille de journal.

Le gros titre vantait les triomphes de l'agriculture soviétique.

« C'est tout ? s'étonna Debora. Ce bijou vaut très cher. Il a été réalisé par un orfèvre italien. Il appartenait à ma grand-mère, avant la révolution.

— Tu n'en veux pas ? »

La femme commença à ranger les provisions.

« Si, si, je les prends. »

Debora s'empressa de cacher les précieux aliments dans son sac à main.

Elle rentra chez elle d'un pas traînant, en prenant soin de ne pas casser les œufs. Pasha avait toujours une forte fièvre, et des rougeurs étaient apparues sur sa poitrine. Rebecca essuya son front avec une serviette humide et lui fit manger un œuf à la coque, à la petite cuillère. Il parvient à presque tout avaler, malgré sa gorge en feu.

« Je ne sais pas ce qu'on va faire maintenant », dit-elle à sa mère, alors que les deux femmes partageaient une fine tranche de pain aigre en guise de dîner. Le miel, les œufs et les abricots secs furent cachés dans le garde-manger.

Cette nuit-là, elle peina à trouver le sommeil. Son estomac gargouillait, puis il fut saisi de crampes. Il était minuit largement passé quand elle sombra enfin dans une sorte d'état second, embrumé, où son cerveau épuisé ne parvenait plus à faire la différence entre le rêve et la réalité. Olena était présente, elle était venue leur rendre visite à Stalingrad. Assise à leur table, elle tenait Pasha sur ses genoux et le caressait affectueusement, en riant, cette chère vieille Olena qu'elle avait connue avant la guerre, avant la famine. Rebecca cuisinait un plat, un ragoût, dont l'odeur se répandait dans la pièce. Puis Olena servait le ragoût, elle déposait une main de petit garçon bouillie dans l'assiette de Debora, en disant : « Goûte-moi ça, c'est tendre et juteux, ta maman est un cordon bleu. » Debora arrachait un morceau avec ses dents et le mâchonnait. C'était délicieux, en effet. Mais soudain, la panique s'emparait d'elle et elle jetait des regards affolés de tous les côtés, à la recherche de Pasha. Il avait disparu. « Pasha ! Pasha ! criait-elle. Où est Pasha ? » Olena se contentait de sourire, et de faire des clins d'œil, sans dire un mot. Rebecca se demandait alors comment elles avaient pu découper son fils en morceaux sans qu'elle s'en aperçoive, et pourquoi la nappe demeurait d'une blancheur immaculée, pourquoi il n'y avait pas de sang sur le sol.

Le cœur battant, elle se réveilla en sursaut. Elle se leva pour aller voir Pasha, qui s'agitait dans son sommeil, en respirant bruyamment. Elle se coucha et tourna et vira dans son lit jusqu'à l'aube.

Si l'état de santé du garçon ne montrait aucun signe d'amélioration, il n'empirait pas. Rebecca lui donna du miel à la cuillère durant la journée et veilla à ce qu'il ne gâche pas le moindre petit morceau d'œuf à la coque. Ce soir-là, alors qu'ils venaient tous de se coucher, des coups violents furent frappés à la porte. Enfilant un manteau par-dessus sa chemise de nuit, Debora alla ouvrir. Maslov apparut devant elle, tout sourire, en tenant dans les mains un gros sac de toile.

« J'espère qu'il n'est pas trop tard, et que je n'ai pas frappé trop fort. C'est l'habitude. Mais j'ai appris par le médecin que Pasha était malade, et j'ai eu l'idée de venir vous voir.

— Entrez, entrez, et asseyez-vous, dit Debora. Nous pouvons vous offrir une tasse de thé, mais ce n'est pas vraiment du thé, c'est juste de l'eau chaude. Qui boit du thé de nos jours ? Vous en voulez quand même ?

— Oui, volontiers. Mais on peut faire mieux que ça. »

Maslov ôta ses bottes et son manteau croûtés de neige et entra. Rebecca, qui ne l'avait jamais vu, fut momentanément déstabilisée par sa casquette à visière bleue du NKVD.

« Je vous présente ma mère. Maman, voici le capitaine Maslov. Lui aussi est affecté au Q.G. de la brigade. C'est lui qui nous a donné les billets pour le cirque.

— Ah, oui. Pasha était aux anges », dit Rebecca, poliment.

Debora s'était gardée de préciser que Maslov appartenait au NKVD.

Pasha, grelottant, sortit la tête de sous sa couverture pour regarder le visiteur.

« Alors, comment ça va, champion ? » demanda gaiement celui-ci, main tendue.

Pasha rassembla ses dernières forces pour lui serrer mollement la main.

« Je crois que je vais mourir demain », dit-il simplement.

Debora se figea.

Maslov s'esclaffa.

« Ah, elle est bien bonne celle-là, mon grand. Tu seras bientôt en pleine forme, crois-moi. Et nous viendrons tous danser à ton mariage. Tu as une fiancée ? » Pasha ne réagit pas. « Oh, tu es timide. Tu n'aimes pas parler de tes conquêtes ? Tant pis, tu me raconteras tout plus tard, quand ta maman ne sera pas là. »

Il posa son sac sur la table et l'ouvrit.

« J'apporte des cadeaux qui vont vous remonter le moral à tous. Mais toi, ajouta-t-il en se tournant de nouveau vers Pasha, tu dois me promettre d'obéir à ta maman et de manger tout ce qu'elle te donne, d'accord ? »

Le garçon hocha la tête.

Tel un magicien, Maslov sortit de son sac des aliments qu'ils n'avaient pas vus depuis des mois. Tout cela provenait des réserves des officiers du NKVD, remplies de marchandises confisquées aux *spéculateurs*. Il aligna sur la table plusieurs boîtes de lait concentré. Il y avait également un pot de beurre, un bocal de chou en saumure, des saucisses, une tablette de chocolat fournie par l'Amérique dans le cadre du programme Lend-Lease, du thé et du sucre. Mais surtout, il y avait une grosse miche de pain blanc, fabriqué avec du véritable blé, et non pas l'habituel mélange de glumes et de copeaux de bois.

« On croirait un banquet au château du comte Potocki ! s'exclama Rebecca. Je croyais que plus personne ne faisait du vrai pain.

— Merci, dit Debora en pressant la main de Maslov dans les siennes. Vous ne pouvez pas imaginer ce que cela représente pour nous. Pour Pasha. Le médecin m'a dit que le plus important, c'était une bonne alimentation.

— Ah, ce n'est pas grand-chose, répondit Maslov. Et votre fils va se rétablir, faites-moi confiance. Tout ira bien. »

Debora ouvrit le paquet de thé et en fit infuser une cuillérée. Chacun glissa un morceau de sucre sous sa langue et laissa ce rare délice se dissoudre dans le breuvage puissant et sombre. Cet instant ressemblait à la vie avant-guerre. Au bonheur.

« Je ne peux pas rester plus longtemps, le devoir m'appelle, déclara Maslov quand ils eurent fini le thé. Mais je repasserai bientôt. »

Pasha s'était endormi. Il lui ébouriffa délicatement les cheveux avant de sortir. La main de Debora s'attarda un peu plus longtemps que nécessaire dans la sienne.

Après le départ de Maslov, Rebecca se pencha au-dessus de la table pour examiner leur trésor.

« C'est un djinn sorti d'une bouteille, commenta-t-elle. Regarde tout ça. Incroyable. Hélas, rien n'est jamais gratuit. Surtout pas ces temps-ci. De toute évidence, cet homme a des vues sur toi. Tu en as bien conscience ?

— Oui, maman. Je ne suis plus une enfant. Bien sûr que j'en ai conscience.

— Et cet homme n'est pas n'importe qui, c'est un gradé du NKVD. Ceux-là mêmes qui ont arrêté ton mari. Il connaît l'existence de Samuel, il sait qui il est?

— J'espère que non.

— Si Samuel était ici avec nous, tu n'aurais pas besoin de ces cadeaux pour survivre, poursuivit Rebecca. Il aurait su prendre soin de toi, et ton enfant ne mourrait pas de faim.»

Pour Debora, la coupe était pleine.

«Tu crois que je ne sais pas tout ça, maman? Tu crois que tu découvres l'Amérique à ma place? La vérité, c'est que Samuel est loin, très loin. Je ne sais même pas où il est. Je ne sais même pas s'il est toujours en vie. En revanche, je sais que Maslov n'a rien à voir avec tout ça.» La colère perçait dans son chuchotement. «J'ignore ce qu'il sait ou pas. Et j'ignore ce qu'il me veut précisément. Mais si je dois le faire pour sauver Pasha, pour être certaine qu'il survive à cette maladie, et à cette guerre stupide, je le ferai. Je ferai tout ce qu'il voudra.»

Rebecca ajouta de l'eau chaude dans leurs tasses de thé vides et s'assit tout près de sa fille.

«Je ne te juge pas, dit-elle d'un ton conciliant. Tu sais mieux que quiconque ce que tu dois faire. Et ceux qui ne sont pas à ta place n'ont pas voix au chapitre.

— En effet. »

L’estomac de Debora n’était plus habitué à manger autant. L’inquiétude et l’indigestion l’empêchèrent de dormir toute la nuit.

24

Stalingrad, avril 1942

Le colonel Razin étreignit brièvement Debora dans son bureau vide.

« Souhaitez-nous bonne chance, dit-il. Nous partons libérer l'Ukraine. Bientôt, vous pourrez rentrer chez vous. »

Tout le matériel du Q.G. de la 13e brigade avait déjà été emballé et chargé à bord de camions bâchés, prêt pour une nouvelle offensive.

« Bonne chance à vous tous », dit-elle.

L'offensive, favorisée par les défaites allemandes près de Moscou, avait pour objectif de reprendre Kharkiv, première grande ville ukrainienne qui serait libérée des nazis après presque une année de guerre. Qui sait ? Peut-être qu'à l'été, ils pourraient rentrer à Kiev. Debora s'imaginait retrouvant son appartement du boulevard Shevchenko, ouvrant les fenêtres pour laisser entrer l'air frais, avant d'aller pique-niquer au jardin botanique.

« Vous partez pour le front vous aussi ? demanda-t-elle au capitaine Maslov, un peu plus tard dans la journée.

— Non. Il reste encore beaucoup de travail à accomplir ici, afin de protéger nos arrières. Du fait de l'usine de chars, et de tout le reste, nous devons redoubler de vigilance. Sans Stalingrad, pas de victoire. »

Parfois, Maslov souhaitait participer concrètement à la guerre. Mais dans l'immédiat, il se réjouissait secrètement de rester loin du front, avec Debora et Pasha. Car bizarrement, il se reconnaissait dans ce petit garçon qui vivait dans un monde féminin, ce petit garçon de nouveau bien portant, grâce au ciel.

Devenue simple dactylo civile, Debora devait se contenter de maigres rations qui ne leur auraient pas permis de survivre sans les offrandes hebdomadaires de Maslov. Il régnait une douce chaleur dans leur logement, et avec le printemps étaient revenus les mouches et les moustiques. Les échos lointains d'une fanfare entraient par la fenêtre ouverte : le défilé du 1er-Mai. Debora prenait le thé avec sa mère.

« Tu te souviens qu'il y a cinq ans, jour pour jour, on attendait tous Samuel ? Et qu'il n'est jamais rentré à la maison ? médita Rebecca.

— Je n'oublierai jamais, maman. Ce n'est pas la peine de me le rappeler.

— Il a purgé la moitié de sa peine. Voilà ce que je voulais dire.

— Je sais compter jusqu'à dix. S'il te plaît, prenons le thé en paix. »

Soudain, on frappa à la porte. Pasha, qui semblait dormir, jaillit hors de son lit.

« C'est oncle Dmitri ? » demanda-t-il survolté, et il courut ouvrir. Il sauta au cou de Maslov, comme toujours. Puis, après un bref regard en direction de sa mère, il demanda, de but en blanc : « Dis, oncle Dmitri, tu veux bien être mon papa ? Je veux un papa. »

En guise de réponse, Maslov lui tapota la tête simplement, et entra.

« Mon autre papa, je ne l'ai jamais. Il n'est jamais là. Je veux un papa qui reste avec moi tout le temps. Comme toi, insista le garçon. »

Debora devint écarlate. Rebecca prit Pasha par la main et l'emmena.

« Viens, on va lire un livre.

— Non, non, protesta Maslov. J'ai quelque chose pour lui. Vous deux, allez donc faire la cuisine. Il faut qu'on parle entre hommes. »

Il fit apparaître un jeu d'échecs tout neuf, qu'il tendit au garçon.

« Tu sais jouer ? »

Pasha fit non de la tête. Maslov disposa les pièces sur l'échiquier et entreprit de lui expliquer patiemment les règles du jeu. Pasha hochait la tête vigoureusement, mais il continua à déplacer ses tours en diagonale, comme des fous, et il avança ses pions de deux cases à chaque fois, durant toute la partie.

« Échec... et mat ! s'écria-t-il, fou de joie, une demi-heure plus tard.

— Tu es un vrai champion ! »

Maslov le félicita d'une poignée de main.

Une fois Pasha endormi, à l'heure de la sieste, Debora et Maslov sortirent de l'appartement et allèrent s'asseoir sur un banc. Elle redoutait cet instant depuis longtemps, mais elle ne pouvait plus reculer.

« J'ignore ce que vous savez au sujet de mon mari...

— Je sais ce que j'ai besoin de savoir. J'ai consulté votre dossier, dit Maslov en inclinant la tête pour la regarder en face. Ce qu'il a pu faire ne doit pas rejaillir sur vous, ni sur Pasha. C'est une affaire classée.

— Comment ça, classée ? Que voulez-vous dire ? Mon mari est toujours là. Et dans cinq ans, il aura purgé sa peine. »

Maslov voulut prendre sa main, mais elle la retira.

« Cette peine n'existe pas, ma chère Debora. Je suis navré. Je ne sais pas comment formuler la chose. Je ne suis pas censé vous dire tout ça, mais cette peine n'existe pas. Quand vous êtes arrivée à la brigade, nous avons enquêté sur vos proches, comme nous le faisons pour tout le monde. Tous les dossiers ne sont pas à leur place, beaucoup d'archives ont été perdues, mais j'ai enquêté, et nous avons retrouvé un double de la condamnation de votre mari.

Dix ans sans le droit de correspondre avec l'extérieur, comme vous le savez certainement.

— Oui. Dix ans. En 1937.

— Debora, savez-vous combien de personnes ont été arrêtées en 1937 ? Beaucoup trop. Partout. Et vous croyez qu'ils avaient de quoi loger tous ces prisonniers ? »

Elle sentit la bile remonter dans sa gorge.

« Dix ans sans le droit de correspondre... pourquoi interdire aux prisonniers de recevoir des lettres, ou plus important encore, des colis de nourriture et de vêtements ? Pourquoi une telle peine a-t-elle été inventée, à votre avis ? Parce qu'ils ne pouvaient avouer aux proches, aux millions de proches, que leurs êtres chers avaient été abattus. Croyez-moi, je sais très bien ce que signifie "dix ans sans le droit de correspondre". Cela signifie que vous ne reverrez jamais votre mari. Cela signifie que Pasha ne reverra jamais son père. Et Pasha, vous le savez mieux que moi, a besoin d'un père. »

Il s'interrompit un instant, puis ajouta :

« Je pourrais être un bon père pour lui. Vous le savez. »

Debora ne réagit pas, elle pensait à Samuel. Au cours de ces cinq dernières années, elle avait entendu des rumeurs, qu'elle avait essayé d'ignorer en les jugeant fantaisistes. Soupçonner, ce n'était pas la même chose que savoir. Savoir avec certitude qu'il ne reviendrait plus jamais. Elle ressentait une envie presque irrépressible de vomir.

« Comment pouvez-vous être aussi catégorique ? Comment savez-vous qu'il est mort ? explosa-t-elle finalement. Vous avez une preuve ?

— Vous connaissez la nature de mon travail, n'est-ce pas ? répondit Maslov sans perdre patience. À l'époque, les fonctionnaires du Parti recevaient des objectifs chiffrés, ils devaient remplir certains quotas. Ils emprisonnaient des hommes, ils les condamnaient, et les condamnés étaient tous abattus, dans un délai de vingt-quatre heures. Croyez-moi, il est mort. »

Maslov prenait soin d'utiliser la troisième personne du pluriel, de crainte qu'un « nous » compromettant ne s'immisce dans la conversation. Car en cette année 1937, il n'avait pas chômé. Il ne raconta pas à Debora comment le camarade Raimonds, un homme de forte carrure qui avait lui-même pressé la détente très souvent, avec jubilation, était tombé à genoux, en mouillant son pantalon et en pleurant, pour demander grâce, quand son tour avait fini par arriver.

Debora se leva.

« Je vous demande de vérifier. Je veux être certaine », dit-elle, et elle rentra.

Maslov demeura sur le banc, et après avoir fumé une cigarette, il retourna chez lui.

Rebecca avait hâte d'évoquer la réaction de Pasha.

« C'est dur pour lui de grandir dans ces conditions, mais il a un père, et il doit être fier de lui, déclara-t-elle dès que Debora eut franchi le seuil de leur logement.

Tu devrais lui parler plus souvent de Samuel. Ce que Pasha a dit à cet homme du NKVD, ça m'a fendu le cœur. As-tu pensé à sa réaction quand Samuel reviendra ? Quel genre de fils il va devenir ?...

— Maman, l'interrompit Debora d'une voix tremblante. Samuel ne reviendra pas. Cette condamnation à dix ans de prison, c'était une mascarade. Ils l'ont abattu. Maslov n'était pas censé me le dire, mais il m'a tout avoué.

— Évidemment.

— On ne peut pas mentir sur ça. Je le crois.

— Vraiment ? »

Debora hocha la tête, s'assit et enfouit son visage dans ses paumes tremblantes. Sa mère vint déposer un baiser sur le dessus de son crâne.

« Te voilà veuve à présent. Nous devons prier pour l'âme de Samuel. »

Debora se raidit.

« Prier ? Tu sais bien que je n'ai jamais prié, maman. Je ne crois pas à toutes ces superstitions. Pourquoi me demandes-tu de prier ?

— Tu n'es pas obligée de croire, répondit Rebecca en caressant ses cheveux. Tu n'as qu'à répéter après moi. Nous n'avons pas de synagogue, il n'y a pas d'autres Juifs pour prier avec nous, alors nous devons nous débrouiller seuls. Mais c'est mieux que rien, et je suis certaine que Samuel serait heureux. Tu ne crois pas ?

— Peut-être », concéda Debora. Et bien que ces paroles n'aient aucun sens pour elle, elle récita le kaddish : « *Yitgadal veyitkadach chemé raba.* »

Elle passa le restant de la soirée à contempler la photo de Samuel en tenue d'aviateur, celle qu'elle avait prise à Kiev. Elle était à la fois surprise et honteuse, de ressentir si peu de chagrin. Cinq ans, c'était long, plus long que le temps durant lequel ils avaient été mariés. Elle s'était habituée à vivre sans lui. Elle avait survécu sans lui jusqu'à présent, et surtout, elle avait fait en sorte que Pasha survive lui aussi.

« Adieu, mon amour, murmura-t-elle. J'ai attendu aussi longtemps que je pouvais. Mais tu ne reviendras pas. »

C'est le lendemain matin seulement qu'elle repensa aux paroles de Maslov, affirmant qu'il pourrait remplacer le véritable père de Pasha. Elle ne le trouvait pas séduisant. Mais quand elle l'observait avec Pasha, elle éprouvait un sentiment de gratitude maternelle chaque fois qu'il le faisait rire.

« Je crois qu'il veut m'épouser, confia-t-elle à sa mère. Dmitri. »

Rebecca tiqua.

« Même s'il appartient au NKVD, je sens que c'est un homme bien, ajouta Debora. Il n'est pas comme les autres.

— Qu'en sais-tu ?

— Je le sais.

— Oh, tu le sais, répéta sa mère d'un ton presque moqueur. Et tu es amoureuse de lui ?

— Est-ce important ? L'amour, dit Debora avec mépris. Ce pays n'est pas fait pour l'amour. Et cette époque non plus. Sans doute que je n'aimerai plus jamais aucun homme, mais j'épouserai Maslov s'il me le demande. Pour Pasha. Car Pasha doit vivre. Et pour Samuel, parce que Pasha est la chair de sa chair. »

Maslov rendit visite à Debora quinze jours plus tard. Il avait les yeux rougis et son uniforme toujours impeccable était froissé et sale.

« Désolé de ne pas être venu plus tôt, mais je suis très occupé en ce moment, dit-il. Il se passe des événements fâcheux.

— Comment ça ? demanda Debora. La radio vient d'annoncer que nos troupes obtenaient des succès, et qu'elles étaient déjà aux abords de Kharkiv.

— C'est vrai. Mais chacun ne s'est pas battu comme il aurait dû. Les Allemands contre-attaquent et un grand nombre de nos hommes ont été encerclés et isolés. Je ne sais pas combien pourront s'en sortir.

— Et notre brigade ?

— Ils sont au beau milieu. J'ai entendu dire que le colonel Razin avait été tué. D'autres également. Je n'en sais pas plus. Mais c'est mauvais. Cela signifie que les Allemands se dirigent dans cette direction. Ils sont encore loin, mais ils peuvent se déplacer très rapidement.

— Ils vont arriver jusqu'ici, à Stalingrad ?

— Je ne pense pas. Mais c'est la guerre. Beaucoup de choses qu'on croyait impossibles se sont produites. »

Il se rapprocha et lui prit la main.

« Ma chère Debora, ce n'est pas de cela que je souhaitais vous parler. Je ne vous ai jamais demandé quels étaient vos sentiments pour moi, et généralement, j'ai du mal à trouver les mots en présence d'une femme. Mais sachez que j'ai des sentiments pour vous. Des sentiments sincères. Vous l'avez sans doute deviné maintenant. Je pourrais être un bon mari et un bon père. J'aurais aimé qu'on apprenne à mieux se connaître, mais c'est la guerre, et le temps presse. Voilà pourquoi, je viens aujourd'hui vous demander de devenir ma femme.

— Je dois d'abord être certaine du sort de Samuel.

— Je me suis renseigné. Je ne connais aucun exemple d'une personne condamnée à cette peine qui soit encore en vie. Toutefois, les documents faisant état de son exécution ne seront localisés qu'après la guerre, s'ils existent. C'est ainsi.

— Vous êtes certain qu'il n'est plus parmi nous ?

— Aussi certain qu'on peut l'être. » Il lâcha sa main. « Debora, vous devez penser à vous désormais. Vous ne pouvez pas vous condamner à la solitude. Et vous ne pouvez pas condamner Pasha à vivre sans père. Je peux tout changer dans sa vie.

— Je sais, Dmitri. », dit-elle tout bas, d'une voix presque inaudible.

Elle avait essayé de repousser cet instant, mais le délai était écoulé. Que pouvait-elle faire d'autre ?

« Oui, Dmitri. » Ses lèvres dessinèrent un faible sourire peu convaincant. « J'accepte de devenir votre épouse. »

Maslov se pencha pour l'embrasser. Il introduisit sa langue humide dans la bouche de Debora. Elle avait un goût de bortsch. Les yeux fermés, elle lui rendit son baiser.

« Juste une chose, dit-elle quand ils se séparèrent. Une fois la guerre terminée, je veux rentrer chez moi, à Kiev. L'Ukraine me manque. Comme elle nous manque à tous.

— Vous savez que notre destin n'est pas toujours entre nos mains. Mais je promets de faire le maximum pour que nous puissions aller là-bas.

— Vous adorerez l'Ukraine.

— J'en suis sûr. Et je sais combien vous désirez rentrer dans votre pays. »

25

Stalingrad, juillet 1942

La cérémonie de mariage, comme tous ceux célébrés en temps de guerre, fut brève. Maslov demeura en uniforme, tandis que Debora portait une simple robe de satin. Il avait apporté un bouquet de fleurs des champs et une bouteille de vodka qu'il partageait avec sa jeune épouse et l'employée ayant célébré le mariage, une femme d'une cinquantaine d'années qui adressait des sourires doucereux au capitaine du NKVD.

La photo de Samuel avait disparu de la table de chevet, remisée dans la valise de Debora.

« Ton père est mort en héros en combattant les Allemands », avait-elle expliqué à Pasha une semaine avant le mariage. Le garçon paraissait indifférent, il ne posait pas beaucoup de questions, et de toute façon, il préférait son nouveau papa. Rebecca et lui regardèrent les jeunes mariés s'embrasser, échanger les alliances et signer leurs noms avec un stylo à plume dans un grand registre. Après quoi, pendant une demi-heure, l'employée entreprit de rédiger divers documents, qu'elle tapa à la machine, sur du papier fin, avant d'y apposer un coup de tampon rond et bleu.

Maslov savait quel pouvoir possédaient ces documents en Union soviétique. Aussi tenait-il à ce que tout soit fait dans les règles bureaucratiques.

L'un d'eux annulait le mariage de Debora et Samuel, afin de s'assurer qu'elle ne soit plus cataloguée comme l'épouse d'un ennemi de l'État. Un autre était le certificat d'adoption de Pasha, qui portait désormais le nom de famille de Maslov. Tout aussi important : l'adjectif « juif » avait été remplacé par « russe ». Les documents officiels soviétiques avaient toujours indiqué l'ethnie de leur détenteur, une précision qui paraissait anodine jusqu'alors. Mais désormais, une « mauvaise » dénomination pouvait faire la différence entre la vie et la mort. Avant la guerre, le NKVD avait déporté en Sibérie ou au Kazakhstan les hommes et les femmes qui avaient la malchance d'avoir du sang polonais, hongrois ou allemand.

Récemment encore, porter l'étiquette de Juif ne posait pas de problème. Mais l'atmosphère était clairement en train de changer, à mesure que les armées de Hitler progressaient vers l'est. Le travail de Maslov consistait, notamment, à lire des pages et des pages de rapports faisant état de l'opinion publique, raison pour laquelle il avait insisté auprès de Debora pour qu'elle effectue ce changement.

« Des dizaines de millions de nos concitoyens vivent sous domination allemande, et chaque jour, on leur répète que les Juifs sont la cause de tous leurs problèmes, que toutes les horreurs qu'ils subissent sont dues aux Juifs », lui avait-il dit avant le mariage. « Crois-tu qu'ils l'oublieront quand nous aurons flanqué les Allemands dehors ? Déjà ici, à Stalingrad, on entend des gens utiliser le même langage. Youpin par-ci, youpin par-là. Je suis sûr que tu as entendu ces paroles toi aussi. »

Debora avait acquiescé.

« Et tu les entendras de plus en plus, hélas. Ne détruis pas la vie de ton fils. Fais de lui un Russe pendant que tu le peux encore, l'avait-il supplié. Après tout, tu es une Soviétique, tu es une femme cultivée, alors quelle importance ? »

Debora hésitait encore.

« Est-ce vraiment nécessaire ? C'est idiot, je sais, mais j'aurais l'impression de trahir le père de Pasha.

— On ne peut pas trahir un mort. Si quelqu'un s'en fiche à présent, c'est bien lui. Et tu devrais en faire autant. »

Et donc, Debora ne protesta pas quand Maslov proposa de transformer son prénom, clairement juif en Russie et en Ukraine, afin de mieux coller à son patronyme slave. Et en ce matin du 10 juillet 1942, elle devint officiellement Darya Grigoriyevna Maslova, mariée, russe, mère de Pasha Maslov, comme enregistré et certifié par le bureau de l'état civil de l'oblast de Stalingrad. »

Sa mère ricana en voyant l'employée dactylographier et tamponner le document.

« Tu peux t'appeler comme tu veux, tu peux même te faire appeler comtesse Potocki, pour ces gens, tu seras toujours une youpine, lui murmura-t-elle. Ne l'oublie pas.

— Peut-être, répondit Debora, mais pas lui. »

Elle montra Pasha.

Cette nuit-là, Maslov et elle dormirent ensemble pour la première fois. Ils avaient éteint les lumières et elle n'eut guère le loisir de contempler son torse puissant et rose. Il manquait d'expérience manifestement : il était nerveux et transpirait lorsqu'ils durent se déshabiller. Debora s'allongea et le guida en elle. Il jouit presque immédiatement, en poussant un petit couinement efféminé. « Je t'aime », soupira-t-il dans son oreille et il embrassa ses cheveux. Quelques minutes plus tard, il ronflait.

Après sa toilette intime, Debora retourna se coucher et se blottit contre son mari. Elle enfouit ses doigts dans ses cheveux déjà clairsemés. Elle n'était pas amoureuse de lui, mais la présence de ce corps d'homme était réconfortante. Avec Maslov, il n'y avait pas d'instants complices, de compréhension mutuelle, pas d'abandon total dans leur étreinte. Cette énergie qu'elle avait ressentie avec Samuel était absente. Mais en s'endormant à son tour, elle éprouva un sentiment de sécurité. Elle était au chaud. Protégée. Et c'était bon.

Si on se déplaçait vers l'ouest en partant de la Volga, n'importe où dans Stalingrad, il suffisait de parcourir quelques rues pour découvrir dans un enchevêtrement de verdure un ensemble de maisons de campagne. C'est dans l'une d'elles que Maslov leur avait déniché deux pièces après le mariage : une dans laquelle il dormirait avec Debora, l'autre pour Rebecca et Pasha. La propriétaire, une femme bossue prénommée Svetlana, vivait seule. Son mari et ses deux fils se battaient sur le front et elle avait besoin de cet argent, et notamment des rations alimentaires de Maslov quand vint l'hiver.

La maison aux murs blanchis à la chaux possédait un jardin, avec un cerisier, dans lequel Pasha grimperait chaque jour, et une cave. Des framboises et des fraises poussaient tout au fond, et Svetlana laissait le garçon gambader à sa guise. Une semaine après leur emménagement, assise sur la terrasse, à l'ombre d'arbres fruitiers, au milieu des libellules qui bourdonnaient autour d'elle, Debora contemplait le ciel bleu. Elle confia à sa mère :

«Je suis enfin heureuse ici. Pour la première fois depuis que nous avons quitté Kiev, je peux dire que je suis heureuse. Peut-être même pour la première fois depuis qu'ils ont emmené Samuel. »

Pasha se précipita vers elles, la bouche maculée de framboises.

« Et regarde-le, regarde comme il est heureux lui aussi.

— Oui, c'est calme et paisible, concéda Rebecca. Cela me rappelle Uman quand j'étais enfant. On pourrait presque croire qu'il n'y a pas la guerre. »

Maslov était absent ce jour-là. Depuis le mariage, il passait de moins en moins de temps avec sa nouvelle famille. Généralement, une voiture noire du NKVD le déposait devant la maison après minuit et revenait le chercher à l'aube. Il ne faisait plus de plaisanteries idiotes. Et chaque jour, il paraissait un peu plus fatigué, un peu plus inquiet. Ils n'avaient fait l'amour qu'en de rares occasions depuis qu'ils étaient mari et femme, et toujours de manière aussi rapide que la première nuit.

Si les communiqués officiels se gardaient bien de dévoiler l'ampleur du désastre, Maslov, lui, savait que la tentative des Soviétiques pour reprendre Kharkiv en mai s'était traduite par une catastrophe : plusieurs divisions de l'Armée rouge avaient été encerclées et détruites. Pis encore, un nombre incroyablement élevé de soldats avait choisi de rejoindre les bataillons nouvellement créés par les nazis et constitués uniquement de Russes. Désormais, ces bataillons suivaient, au côté des troupes roumaines et italiennes, les formations de blindés allemands qui progressaient à travers la steppe. Ils avaient déjà conquis les terres minières du Donbass ukrainien et ils approchaient du Don. S'ils parvenaient à franchir le fleuve, il n'y aurait plus aucun obstacle naturel pour ralentir leur avancée jusqu'à la Volga, et Stalingrad.

Le haut commandement soviétique espérait que les divisions de l'Armée rouge qu'il avait envoyées sur le Don tiendraient bon et finiraient par contre-attaquer. Il n'envisageait pas de livrer bataille à Stalingrad, toujours loin du front et dépourvue de véritable présence militaire. Les maigres unités locales du NKVD venaient juste d'être rejointes par leurs homologues en provenance de Sibérie, afin de créer une division chargée de protéger la ville en cas de percée allemande. Maslov avait été affecté à cette division.

Lorsque les soldats allemands pénétraient dans les villages cosaques situés au bord du Don, des villages semblables à celui où avait grandi Maslov, ils étaient souvent accueillis en libérateurs. Des rapports quotidiens lui apprenaient que des femmes offraient du pain et du sel, dans des torchons brodés, aux chefs des unités avancées. Ses supérieurs redoutaient de semblables témoignages de sympathie à l'intérieur de Stalingrad, raison pour laquelle il rentrait rarement chez lui. Agissant sur la base de renseignements fournis par des informateurs, son service arrêtait de supposés défaitistes et colporteurs de rumeurs.

Les patrouilles du NKVD et les points de contrôle établis sur les rives du fleuve servaient également à repérer les déserteurs, de plus en plus nombreux, qui essayaient de traverser la Volga pour fuir plus à l'est. Facilement reconnaissables à leurs coupes de cheveux militaires, ils étaient abattus sur-le-champ.

Le seul type d'opération que n'aimait pas Maslov consistait à neutraliser les proches des officiers soviétiques soupçonnés d'avoir rejoint les bataillons de volontaires allemands. Les noms provenaient de rapports du NKVD que Maslov supposait contaminés par la désinformation allemande. Quand, accompagnés de ses collègues du NKVD, ils frappaient aux portes en pleine nuit, les épouses d'officiers, effrayées, n'avaient aucune idée généralement du sort de leur mari depuis qu'elles ne recevaient plus de lettres de leur part. Certaines ouvraient avec des sourires chargés d'espoir, dans l'attente d'une bonne nouvelle. Malgré cela, il fallait charger ces familles à bord de fourgons à bestiaux et les déporter. Elles disposaient d'une demi-heure pour faire leurs bagages. Les enfants, réveillés par les intrus, pleuraient à chaudes larmes. Mais tels étaient les ordres, et Maslov se répétait chaque jour qu'il accomplissait uniquement son travail, un travail nécessaire et noble à long terme. Il ne racontait pas les détails à sa jeune épouse.

La campagne du NKVD destinée à combattre la panique porta ses fruits. Contrairement à Kiev un an plus tôt, Stalingrad menait encore l'existence paisible d'une ville à laquelle on faisait croire qu'elle ne courait aucun danger immédiat. Avec l'été, la famine reflua, grâce aux jardins de banlieue qui produisaient en abondance carottes, choux et tomates. Les pommes et les poires mûrissaient dans les vergers voisins. Les écoles maternelles étaient ouvertes et on voyait des maîtresses accompagner des nuées de jeunes enfants aux terrains de jeux. Le théâtre musical de la ville continuait à monter des spectacles de variétés du XIXe siècle. Des convois ferroviaires et des barges circulant sur la Volga reliant la Russie au Caucase et à la mer Caspienne continuaient à acheminer vers le nord des vivres, du carburant et des armes. Personne n'avait évacué les usines et les administrations. En vérité, en contrôlant la traversée du fleuve, le NKVD veillait à ce qu'aucune personne utile ne puisse fuir la ville. L'usine de tracteurs continuait à produire des chars et à les expédier sur la ligne de front, de plus en plus proche.

Parfois, les Allemands envoyaient des avions bombarder l'usine, située à la périphérie nord de la ville, mais jusqu'à présent, ils n'avaient pas réussi à atteindre la chaîne de production principale. Les quartiers occupés par les civils semblaient ne pas les intéresser. Les sirènes qui résonnaient presque chaque jour pour annoncer des raids aériens étaient de fausses alertes, devenues si banales que peu de personnes prenaient la peine de se précipiter dans les abris ou de sauter dans les tranchées qui avaient été creusées, par précaution, au bord des routes.

Les écoles devaient rouvrir le 1er septembre, une date que Debora attendait avec impatience. Maslov lui avait trouvé un poste dans un collège non loin de leur domicile. Maintenant qu'elle était l'épouse d'un officier du NKVD, elle aurait le droit d'enseigner la littérature russe. Elle s'était faite à l'idée que plus jamais elle ne mettrait les pieds dans une salle de classe, et elle s'autorisait de nouveau à rêver : elle pourrait faire découvrir les livres qu'elle aimait à des élèves – peu nombreux sans doute – qui partageraient cet amour.

26

Stalingrad, août 1942

Le dimanche 23 août, le théâtre municipal présentait en matinée une adaptation du *Chat botté*. Pasha venait justement de lire une version abrégée du livre, avec l'aide de sa mère. Impressionné par la maîtrise du langage dont faisait preuve le jeune garçon depuis quelque temps, Maslov s'était procuré des places au premier rang. On lui avait promis quelques heures de congé, et il avait hâte de les passer à regarder les aventures de ce chat de conte de fées.

Maslov essayait de se montrer respectueux envers Rebecca, mais il sentait bien qu'elle le détestait. Qu'elle le jugeait inférieur, mal dégrossi. Cela lui arrivait souvent, et il s'en fichait. Il avait rencontré beaucoup de personnes comme elle, des citadins sophistiqués à l'accent raffiné, qui supplient à genoux qu'on les laisse vivre. Dans ces moments-là, elles ne le regardaient plus de haut.

Mais sa belle-mère n'avait pas besoin d'être présente partout et à tout moment, décida-t-il en achetant les tickets. Et il n'en prit que trois.

«Et maman? demanda Debora, surprise. Maman adore le théâtre.

— Il n'y avait plus de place, mentit Maslov. J'ai eu de la chance de trouver ces trois-là.

— Ne vous en faites pas pour moi, intervint Rebecca. Allez-y et amusez-vous. Je suis bien là, assise sur la terrasse, à jouer aux cartes avec Svetlana.»

Le ciel était encore noir quand Debora entendit au loin, dans son sommeil, des bruits sourds qui s'estompaient. Tout d'abord, elle crut que c'était le tonnerre, avant de s'apercevoir que c'était un son différent, terriblement familier. Elle secoua Maslov.

«C'est quoi, ça?» demanda-t-elle. Il ouvrit les yeux et se redressa dans le lit. «Tu entends? C'est des canons?»

Il s'étira, se leva et alla ouvrir la fenêtre.

«On dirait des tirs d'artillerie.»

La torpeur du réveil se dissipa à mesure qu'il s'habillait, avec les gestes précis et rapides de celui qui est habitué à la routine militaire.

«Comment est-ce possible? Les Allemands sont si près désormais qu'on les entend? Ce ne sont pas de simples manœuvres?

— Ils ne peuvent pas être aussi près, répondit Maslov. La ligne de front est à presque cent kilomètres.»

Ils entendirent un moteur de voiture, puis l'habituelle berline noire du NKVD remonta l'allée de graviers jusqu'au portail. Le chauffeur en jaillit, sans couper le moteur. C'était la première fois que Debora le voyait porter un casque. Il frappa à la porte et tendit une lettre cachetée à Maslov. Qui poussa un juron en la lisant.

«Je ne suis pas censé de te le dire, murmura-t-il, mais les Allemands ont franchi le Don. Leurs chars ont traversé la steppe durant la nuit et ils approchent de la ville. Ce n'est pas bon. Pas bon du tout.» Déjà, il mettait sa casquette et bouclait son holster. «On va les frapper de toutes nos forces et les repousser, mais ça va être le désordre pendant quelque temps, surtout dans cette partie de la ville. Pasha et toi seriez plus en sécurité de l'autre côté du fleuve, en attendant que les choses se calment. Je vais organiser votre transfert cet après-midi.

— Pour aller où?»

Maslov ne répondit pas.

Debora prit les billets de théâtre sur la table de chevet.

«Et ça?

— Il n'y a aucune raison pour que vous n'y alliez pas. Les Allemands sont loin de la ville. Je vous rejoindrai si je peux, ajouta-t-il en prenant un des billets dans la main de Debora. Mais promets-moi de faire tes bagages ce matin. Prends uniquement les choses les plus importantes, que tu es capable de porter.

Demain, ou même dès ce soir, vous devriez être prêts à traverser le fleuve.»

Debora l'embrassa au moment où il sortait de la chambre.

«Je ne veux pas partir», dit-elle.

Elle regarda les feux arrière de la voiture s'éloigner dans l'allée. Elle s'assit sur la terrasse, dans ce jardin auquel elle s'était attachée si rapidement. Le fond de l'air était encore vif. Des oiseaux gazouillaient dans les arbres, et le bourdonnement de l'artillerie semblait s'être atténué. Sa mère la rejoignait au moment où le soleil levant baignait de violet et de rose les nuages éparpillés. Elle lui tendit une tasse de thé.

«Les Allemands sont aux portes de Stalingrad, annonça Debora. Dmitri dit que nous devons partir, peut-être dès demain.

— Partir? Encore?

— Promets-moi une chose, maman. Quand Pasha se réveillera, ne lui parlons pas des Allemands pour le moment. Je veux qu'il profite du spectacle aujourd'hui. Dieu seul sait où nous allons échouer, et quand une autre occasion se représentera. Ne gâchons pas sa journée.»

Le thé eut du mal à passer. Debora avait la nausée, comme souvent ces derniers temps, et elle dut se précipiter aux latrines pour vomir.

Plus tard, alors que Pasha dormait toujours, Rebecca l'aida à ranger leurs affaires dans quelques sacs, en prenant soin de rassembler tous les documents officiels dans une chemise. Debora prit trois changes, qu'elle posa sur des boîtes de lait concentré et un paquet de biscuits. Elle s'attarda face à son diplôme universitaire.

«Nous ne serons sûrement pas de retour avant la rentrée scolaire», dit-elle.

Au petit déjeuner, Pasha bouda et refusa même de manger après que sa mère lui avait annoncé que Maslov ne pourrait peut-être pas assister à la représentation théâtrale. Et au moment de s'habiller, il protesta quand Debora l'obligea à mettre une chemise blanche repassée et son unique paire de chaussures en cuir, qui devenaient trop petites, constata-t-elle. Néanmoins, sa colère retomba sur le chemin de l'arrêt du tram, puis pendant le trajet.

Les rues de Stalingrad étaient toujours aussi animées. C'était le jour où arrivaient les stocks de sucre et de longues files de femmes serrant dans leurs mains des cartes de rationnement s'étaient formées devant les commerces d'alimentation. Le théâtre était plein lui aussi, rempli d'enfants endimanchés assis dans les fauteuils de velours rouge trop grands. Comme tous les autres, Pasha applaudit et rit aux éclats quand l'acteur qui incarnait le Chat botté incitait l'ogre à se transformer en souris, qu'il dévorait ensuite avec enthousiasme.

Après la représentation, il voulut aller au terrain de jeux situé non loin du théâtre.

« Regarde, maman, il y a tous les autres garçons ! S'il te plaît, s'il te plaît, juste une demi-heure », supplia-t-il en l'entraînant vers les toboggans et le mur d'escalade.

Il faisait beau et Debora faillit se laisser fléchir, mais le sens du devoir l'emporta. Elle devait finir leurs valises et elle craignait que Maslov les cherche.

« La prochaine fois, promit-elle. On reviendra très vite. »

Le tram était bondé au retour, et c'est avec soulagement qu'elle en descendit pour marcher avec Pasha sur la route de campagne non pavée qui menait à leur maison.

Ils n'étaient plus qu'à quelques pas de chez eux quand elle entendit un bourdonnement venant de l'ouest. Elle tourna et leva la tête. Semblables à une armée de sauterelles, des centaines et des centaines d'avions de guerre allemands, d'imposants bombardiers Henkel bimoteurs et des monomoteurs Stuka plus légers, avaient envahi le ciel.

L'essaim se scinda en plusieurs groupes avant que les premiers avions projettent leur ombre au-dessus de Debora. Certains volaient en direction du centre-ville, qu'ils venaient de quitter, tandis que d'autres faisaient route vers les sites industriels situés le long du fleuve, au nord. Seuls quelques tirs de batterie antiaérienne accueillirent cette armada, sans le moindre effet visible. Arrivés à la hauteur de leurs cibles, les avions ralentirent et larguèrent de petits objets blanc argenté. Très vite, ils firent éclore des milliers de parachutes, brillants et magnifiques dans le soleil de la fin d'après-midi. Debora, subjuguée, les regarda flotter vers le sol sans se presser.

« Regarde, maman, on dirait des gros flocons de neige ! » s'exclama Pasha.

L'un après l'autre, au contact du sol, ils explosèrent en produisant d'intenses gerbes de flammes bleutées, presque blanches. Et en quelques secondes seulement, plusieurs quartiers de Stalingrad s'embrasèrent. Les gigantesques réservoirs d'essence sur les rives de la Volga produisirent un éclair qui dura plusieurs secondes avant la détonation assourdissante et d'épaisses volutes de fumée noire montèrent vers le ciel, masquant l'horizon à l'est. L'essence se répandit dans le fleuve, qui s'enflamma à son tour. Debora se figea, incapable de détacher son regard de la terrible beauté du monde qui se consumait devant elle. Seul le cri de peur viscérale de Pasha la ramena sur terre.

Rebecca et Svetlana étaient dans le jardin. Elles regardaient la nouvelle vague d'avions venant de l'ouest, et qui visaient les quartiers épargnés par les bombes jusqu'à présent.

« Vite dans la cave ! cria Svetlana à Debora et à Pasha. Courez ! »

Ils parcoururent à toute allure les quelques mètres qui les séparaient de la trappe. Debora poussa son fils à l'intérieur et se précipita dans la maison pour récupérer les deux valises qu'elle avait préparées ce matin. En descendant à son tour l'escalier de la cave, toujours chaussée des escarpins qu'elle avait mis pour aller au théâtre, elle vit un nouveau nuage de mini-parachutes descendre au-dessus de sa tête. Elle ferma la trappe et les yeux.

Soudain, la terre trembla deux fois et une pluie de morceaux de plâtre, de pierre et de bois obligea Debora à protéger Pasha en faisant un bouclier de son corps. Très vite, à la fraîcheur de la cave succéda une chaleur insupportable, chargée d'odeurs chimiques âcres.

Elle n'aurait su dire combien de temps ils demeurèrent sous terre, mais les gémissements de Pasha avaient un effet étrangement rassurant : au moins, cela voulait dire qu'ils étaient toujours vivants. Rebecca ne cessait de prier, en répétant les mêmes incantations en hébreu. Svetlana récitait des prières orthodoxes russes pour réclamer la même chose, dans une autre langue. Debora regrettait à cet instant de ne pas savoir prier. Au lieu de cela, remise du choc initial, elle caressait la tête de Pasha, qui avait fait pipi dans son pantalon, en psalmodiant, si bas que personne sans doute ne l'entendait, à part elle : « Tout ira bien. Tout ira bien. Ne t'inquiète pas, tout ira bien... »

La fin de l'orage de bombes ne fut pas suivie d'un silence. La ville agonisait dans une cacophonie de toits qui s'effondraient, de poêles qui explosaient, de poutres qui craquaient, de milliers de vies qui se transformaient en charbon de bois luminescent, en bûchers funéraires, pour tous ces gens qui n'avaient pas fui à temps.

Des heures plus tard, semblait-il, Debora entendit quelqu'un frapper à la trappe de la cave.

« Il y a des gens à l'intérieur ! cria-t-il. Aidez-nous ! »

La trappe se souleva dans un grincement et l'air frais s'engouffra par l'ouverture. Une lampe-torche s'alluma et une voix lança : « Ils sont là ! Ils sont là ! » Un soldat casqué sauta à l'intérieur et les aida à remonter, avant de les guider sur une portion de route dégagée. On se serait cru en plein jour : des incendies illuminaient la nuit. Le verger, la maison de Svetlana et les maisons environnantes n'étaient plus que des amas de débris fumants. Ne restait que l'âtre de brique et la cheminée qui se dressait telle une ruine antique au-dessus des vestiges de la maison. Svetlana fit quelques pas chancelants en direction de ce qui avait été son foyer et s'immobilisa pour contempler les braises tremblotantes.

Maslov, la tête enveloppée d'un bandage sanglant, jaillit de la voiture du NKVD pour se précipiter vers eux. Il souleva Pasha dans ses bras et l'embrassa, puis s'empressa d'étreindre Debora.

« Vous êtes vivants, vous êtes vivants, ne cessait-il de répéter. Dieu merci, vous êtes vivants. J'avais peur que vous soyez toujours au théâtre, ou en ville. Il ne reste plus rien là-bas, plus rien. »

Pasha, gêné d'avoir fait pipi dans sa culotte, essayait de se cacher derrière sa mère. Ses mains tremblaient.

« Tu es blessée ? » demanda Maslov à Rebecca en remarquant son léger boitillement.

Il lui offrit sa main.

« Non, non, ça va, répondit-elle. Je vais me débrouiller. » Elle s'agenouilla pour prendre son petit-fils dans ses bras et lui murmurer à l'oreille, tout en lui tapotant la tête : « N'aie pas peur, tout va bien. Tu es un garçon très courageux. Viens, suis-moi jusqu'à la voiture. »

Le soldat déposa les deux sacs poussiéreux de Debora dans le coffre.

« Allez, montez. Ne perdons pas de temps, s'impatienta Maslov. Voulez-vous venir avec nous ? » proposa-t-il à Svetlana.

Celle-ci semblait ne pas l'entendre. Elle titubait devant les ruines, son visage noir de suie était comme pétrifié. Après une nouvelle tentative, Maslov renonça et cria à son chauffeur :

« En route ! Foutons le camp d'ici ! »

Leur véhicule mit longtemps à atteindre le bunker de commandement de Maslov installé sur le site de l'usine de tracteurs. Le chauffeur dut zigzaguer sur des routes secondaires afin d'éviter le centre. La plupart des artères principales avaient disparu, enfouies sous les gravats des bâtiments effondrés. L'odeur pestilentielle de chair calcinée se mêlait à la fumée des maisons en feu, dont les flammes disparaissaient presque derrière l'épais brouillard de l'essence qui brûlait. L'électricité était coupée, plusieurs conduites sectionnées déversaient des torrents d'eau. Ici et là, quelques survivants essayaient d'arracher des amis ou des proches aux décombres, en utilisant des outils de fortune. En voyant passer la voiture de Maslov, ils faisaient de grands signes et tentaient de l'arrêter, pour qu'elle emporte les blessés, comme s'il existait un endroit plus hospitalier quelque part, mais le chauffeur continuait à rouler, en regardant droit devant lui. D'autres habitants avaient déjà commencé à assurer leur survie. De maigres silhouettes transportant des seaux et des paquets se ruaient vers les centres de distribution de nourriture et les entrepôts bombardés pour piller le sucre, le blé et le riz qui leur permettraient, pensaient-ils, de rester vivants au cours des prochains mois.

Malgré les vitres fermées, impossible de ne pas entendre l'agonie de Stalingrad. Tétanisée, les oreilles remplies d'un bourdonnement incessant, Debora écoutait à peine le flot de paroles ininterrompu de Maslov, en proie à une vive agitation. Plus d'un an après le début de la guerre, c'était son premier affrontement direct avec les Allemands. L'adrénaline courait dans tout son corps.

« Ils croyaient qu'ils pourraient nous détruire, que personne ne serait là pour les combattre, et qu'ils pourraient pénétrer en ville. Mais nous étions là ! Et nous les avons arrêtés ! disait-il. Nous n'avions pas grand-chose pour nous battre, mais nous nous sommes battus.» Il montra sa tête bandée. «J'ai reçu un éclat d'obus. Simple égratignure.»

Debora avait une terrible migraine et des vertiges. Maslov sortit une flasque de vodka, qu'il leur tendit, à elle et à sa mère. Debora déclina, mais Rebecca avala une grande gorgée.

«On va les anéantir!» déclara-t-il en portant un toast, avant de boire à son tour.

Après avoir franchi plusieurs checkpoints, ils s'arrêtèrent dans une petite clairière. De là, Maslov les entraîna dans un labyrinthe de profondes tranchées. Debora, en escarpins, marchait lentement, en évitant les éclats d'obus et les douilles déchiquetées. Le bunker de commandement, dont l'entrée avait été fortifiée par des poutres en bois, était creusé à flanc de colline dans un coude du fleuve. C'était un des rares endroits de Stalingrad où il y avait encore de l'électricité.

«Il n'y a pas de lieu plus sûr pour l'instant, déclara Maslov. Dès que toute l'essence répandue dans le fleuve aura cessé de brûler, je vous conduirai sur l'autre rive.»

Il posa la main sur Pasha et voulut ajouter autre chose, mais un adjudant l'avait aperçu des profondeurs du bunker. Il plaça ses mains en porte-voix et cria:

«Capitaine Maslov! Le colonel vous cherche. Où étiez-vous? Dépêchez-vous, il a besoin de vous.»

Maslov se mit au garde-à-vous.

« J'arrive », dit-il, et après une rapide caresse sur la joue de Debora, il disparut.

Elle remarqua alors les traînées de sang sur son uniforme, qu'elle avait soigneusement repassé la veille au soir.

Ils s'assirent sur leurs bagages dans un couloir animé et essayèrent de dormir. Quelques minutes plus tard, ils furent réveillés en sursaut, en ayant l'impression que tout l'air du bunker avait été aspiré. Dehors, des détonations à vous briser les tympans se succédèrent, le sol trembla et les lumières s'éteignirent pendant une minute.

« Les Allemands ont frappé le 235e ! hurla quelqu'un.

— Les secours ! On a besoin des secours ! » hurla quelqu'un d'autre.

Quand les lumières revinrent, Debora vit de jeunes infirmières transporter tant bien que mal des blessés sur des brancards. Les plus chanceux gesticulaient en poussant des jurons. D'autres étaient déjà inertes, le regard vitreux.

« Vous deux, dit-elle à son fils et à sa mère, restez là. » Elle se leva et suivit les infirmières dans une salle. « Je peux aider pour nettoyer et faire les pansements, dit-elle. Je l'ai déjà fait, à Kiev. »

Une des infirmières, une jeune femme d'à peine vingt ans, aux joues rouges, avec des couettes, son uniforme maculé de projections diverses, leva la tête.

« Commencez par les autres, là-bas. » Elle montra le rideau de séparation. « Il ne reste que de l'alcool et des bandages. On n'a plus d'antalgiques ni de sulfanilamide. Et les deux médecins sont morts. »

Derrière le rideau étaient rassemblées des femmes soldats, dont les blessures étaient relativement légères. Debora ôta la chemise de la première, recroquevillée sur le sol, et entreprit d'ôter les petits éclats de métal, et autres, plantés dans son dos. Mais avant cela, elle dut nettoyer la croûte de sang qui recouvrait tout, en versant l'alcool contenu dans une bouteille en verre. Il fallut également couper la tresse qui s'était emmêlée dans les plaies. Qui ne semblaient pas très profondes, fort heureusement.

« Ça va faire mal pendant quelque temps, mais tu n'en mourras pas, dit Debora. Comment tu t'appelles ?

— Inga.

— D'où viens-tu, Inga ? Tu as quel âge ?

— Vingt-deux ans. Je viens de Kharkiv. J'étais étudiante.

— Moi aussi, dit Debora en pansant les plaies. Redresse-toi un instant. »

Demeurée muette depuis que les secours l'avaient conduite dans ce bunker, Inga avait envie de parler à présent.

« On n'était pas censées tirer sur des chars. On était là pour tirer sur les avions. Je m'étais portée volontaire pour la défense antiaérienne. On n'était que des femmes, et jusqu'à maintenant, on n'avait pas tiré sur grand-chose. On pensait être loin du front. Et puis, aujourd'hui, les avions allemands sont arrivés, et les chars aussi. Comme on n'avait pas d'artillerie, on a dû utiliser nos canons pour essayer de détruire les chars, au lieu de viser les avions.

— Et vous avez réussi ?

— Je ne sais pas. Mais on les a arrêtés. Du moins, le temps que les autres arrivent.

— Tu raconteras tout ça à tes petits-enfants quand tu seras une vieille femme aux cheveux blancs. Et c'est une chose dont tu seras toujours fière.

— Non, aucun de nous ne sera jamais vieux, dit Inga.

— Crois-moi, dit Debora. Allez, couche-toi sur le ventre, je dois m'occuper des autres. »

Debora sentait ses forces diminuer à mesure que le temps passait, ses gestes devenaient mécaniques, sa concentration se relâchait. C'est pourquoi elle ne prêta pas attention à l'adjudant qui entra dans la salle pour crier son nouveau nom : Darya Maslova.

« Ce n'est pas vous ? demanda-t-il, finalement, en la secouant par l'épaule. L'épouse du capitaine Maslov ?

— Si, c'est moi.

— Il faut y aller. Votre bateau va bientôt partir. »

Il la ramena dans le couloir, où elle s'assit sur leurs bagages, en tenant sur ses genoux son fils endormi.

« Où est mon mari ? demanda-t-elle.

— Il n'est pas là. Il accomplit son devoir », répondit l'adjudant.» Il n'avait pas le temps, ni l'envie, de bavarder, et bien qu'il ne le dise pas ouvertement, il n'appréciait pas le fait que la famille de Maslov puisse quitter Stalingrad avant d'autres personnes qu'il jugeait prioritaires. « Voici vos laissez-passer. Ne les perdez pas. Quelqu'un va vous conduire à l'embarcadère dans quelques minutes. Nous connaîtrons votre destination à ce moment-là et votre mari pourra vous contacter. Bonne chance. »

Il regarda les pieds nus de Debora.

« Attendez un instant. » Il revint une minute plus tard avec une paire de bottes militaires plus ou moins de la bonne pointure. « Tenez. Celle à qui elles appartenaient n'en a plus besoin. »

Reconnaissante, Debora enfila les bottes et suivit le soldat du NKVD qui portait leurs bagages. Dehors, il faisait déjà jour, même si le ciel était encore obscurci par la fumée des incendies. Des nappes de brouillard s'accrochaient aux berges du fleuve. Le soldat les précéda dans une pente conduisant à un embarcadère. Debora ne prêtait plus attention aux grondements de tonnerre des bombardements.

Quelques plaques d'essence brûlaient encore à la surface du fleuve, qui paraissait navigable cependant. L'embarcadère était protégé par des rouleaux de fil barbelé et d'autres soldats du NKVD, casqués et armés de fusils à baïonnette, contrôlaient tous les laissez-passer. Là attendaient essentiellement des soldats blessés, parmi lesquels Inga, qui paraissait fiévreuse à présent, ainsi que des femmes et des enfants. L'infirmière aux couettes était là également.

« Je les accompagne seulement, et ensuite j'y retourne, confia-t-elle à Debora, comme si elle éprouvait le besoin de justifier sa présence. Je n'essaie pas de m'enfuir.

— Non, bien sûr. »

Debora vit plusieurs cadavres flotter près des roseaux, les visages immergés, les membres raidis, les corps gonflés.

« Ce ferry servait d'hôpital de campagne, expliqua l'infirmière. Les Allemands l'ont coulé cette nuit. Mais ça devrait aller maintenant. Il n'y a plus d'avions dans le ciel. Et de toute façon, avec cette fumée, ils ne nous verraient pas. »

Debora se retourna vers la ville, une ville éventrée qui se vidait de son sang dans la Volga. Puis elle s'assit sous un vieux peuplier qui dominait le fleuve.

« Ton mari, je l'ai vu partir pour le front pendant que tu étais absente, lui glissa Rebecca, tout bas pour que personne ne l'entende. Avec un casque et un fusil. Il semblait heureux.

— Heureux ? Un jour comme celui-ci ?

— Oui, heureux de combattre enfin les Allemands et non pas son propre peuple. Ses yeux étaient différents. »

Soudain, il se produisit une vive agitation et ils entendirent des bateaux à moteur approcher dans le brouillard.

« Les voilà ! Ils arrivent ! » cria quelqu'un.

Chargés au maximum, les bateaux prenaient presque l'eau. Des soldats de tous âges s'entassaient à bord, autour de pièces d'artillerie, de mortiers et de caisses de munition. Quand le premier accosta, les hommes sautèrent à terre, sans un mot, et entreprirent de décharger la cargaison.

Un obus allemand égaré frappa la pente au-dessus d'eux, faisant jaillir un geyser de terre, sans causer de véritables dégâts. Un jeune soldat aux cheveux blond-roux, avec un léger duvet au-dessus de la lèvre, lança son arme dans le fleuve et sauta du deuxième bateau.

« Maman ! Maman ! » hurla-t-il, paniqué au contact de l'eau. Emporté par le courant, il essaya de nager vers un groupe de broussailles et de roseaux en aval.

Il parvint à exécuter quelques brasses avant que l'officier du NKVD chargé de l'embarquement dégaine son pistolet. Le soldat qui avait escorté Debora n'attendit pas les ordres. Il épaula son fusil et après trois tirs ratés, il atteignit le crâne du déserteur. Sa tête pivota de manière improbable et il s'immobilisa. Le courant l'emporta dans les roseaux, où étaient déjà prisonniers plusieurs corps provenant du bateau-hôpital coulé.

« Ne regarde pas, ne regarde pas, dit Rebecca en couvrant les yeux de Pasha avec ses mains, mais le garçon voulait tout voir.

« Allez-y ! » cria un des officiers du NKVD à Debora quand le deuxième bateau fut déchargé, alors que les soldats, indifférents au meurtre de leur jeune camarade, gravissaient la pente d'un pas traînant pour aller affronter les Allemands.

Il n'y avait pas de temps à perdre. Quelques minutes plus tard seulement, les bateaux voguaient déjà vers la paisible rive est de la Volga. Le brouillard protecteur s'était dissipé et on distinguait nettement les deux rives à présent. Rebecca regardait vers l'ouest, pour contempler une dernière fois les vestiges de Stalingrad.

« Combien d'autres fleuves va-t-on devoir traverser pour fuir ? demanda-t-elle à Debora.

— Il n'y a plus d'autres fleuves après celui-ci, maman. Ensuite, c'est la Chine. »

Au milieu de la traversée, le vent commença à chasser la fumée. Aussitôt, des avions allemands réapparurent dans le ciel, mais le temps qu'ils se remettent à mitrailler, l'embarcation de Debora était amarrée du bon côté du fleuve, à l'abri.

Là, il leur fallut se soumettre aux mêmes procédures d'évacuation, déprimantes. Une fois encore, on contrôla leurs papiers, après quoi on remit à chacun une miche de pain de seigle. On les conduisit jusqu'à une petite gare perdue dans la steppe, à l'est de la ville, où un haut-parleur beuglait des chants patriotiques. « Mon pays est immense, rempli de forêts, de champs et de rivières, disait le refrain. Je ne connais aucun autre pays où on puisse respirer aussi librement qu'ici. »

Plus tard dans la journée, ils partirent vers le sud à bord d'un train qui ressemblait au frère jumeau de celui qui les avait amenés de Kiev, un an plus tôt.

Toutes les personnes présentes dans ce wagon étaient des proches des officiers du NKVD en poste à Stalingrad. Le train s'arrêtait fréquemment pour laisser passer des convois transportant des chars et des troupes en direction de la ville, et ils n'atteignirent que le lendemain leur destination : Astrakhan. De là, un vieux bateau les transporta sur la mer Caspienne agitée, et ils passèrent presque la dernière partie du voyage à vomir, jusqu'à ce qu'ils débarquent dans la ville de Derbent.

27

Derbent, août 1942

Debora s'éveilla d'un sommeil presque comateux lorsque les rayons de soleil du sud, aveuglants et perçants comme des aiguilles, traversèrent les persiennes et frappèrent son visage. Elle ouvrit la fenêtre et inhala l'air salé de la Caspienne. Un éclat de mer scintillait derrière le très vieux sycomore planté devant leur nouvelle demeure.

Ils occupaient une pièce spacieuse dans un des immeubles de brique de deux étages, de style européen, construits dans la partie la plus récente de Derbent. La propriétaire, une Arménienne d'un certain âge nommée Arpine, leur préparait le petit déjeuner : du thé, un bol de yaourt aigre, du pain sans levain et du sirop de grenade rouge foncé. Son mari et son fils étaient partis se battre, et elle disposait par conséquent d'une pièce inutilisée.

« C'était comment là-bas, à Stalingrad ? demanda-t-elle à Debora d'une voix teintée d'un fort accent russe. Horrible, n'est-ce pas ? »

Debora tendit l'oreille. Pas de tirs d'artillerie, pas de crépitements des batteries antiaériennes, pas d'explosions. Pas de puanteur non plus, celle de la chair calcinée, de la cordite ou de l'essence qui brûle. Elle n'entendait que les cris des mouettes et le silence oublié d'une ville en paix.

« Un jour, je vous raconterai, dit-elle. Mais pas maintenant.

— Je comprends ce que vous ressentez, dit Arpine. Vous savez, moi-même je ne suis pas de Derbent. Je suis arrivée ici avec mes parents quand j'avais dix-sept ans, également pour fuir la guerre. Nous avons passé un mois sur la route, depuis Van en Turquie. Mon frère est mort avant qu'on puisse s'enfuir, ma tante est morte en chemin. Mais nous avons fini par arriver ici. Et nous sommes bien. Ici, n'y a pas la guerre.

— Je n'avais jamais entendu parler de Derbent, avoua Debora. Nous venons de Kiev, en Ukraine. Ça aussi, c'est loin.

— J'ai entendu parler de Kiev. Derbent n'est pas une grande ville, mais c'est une ville très ancienne. La plus vieille de Russie, paraît-il. Plus vieille que la Russie elle-même. »

Les deux femmes sortirent sur le balcon dans la chambre d'Arpine. Sur leur droite, la mer Caspienne se fondait dans le ciel, sans ligne de démarcation, et une flottille de bateaux de pêche étincelait à l'horizon, comme en suspension dans l'air. Sur leur gauche s'élevaient les chaînes montagneuses du Caucase, au Daghestan, avec leurs épaisses forêts, où dans chaque vallée escarpée vivaient des gens qui parlaient des langues différentes (qui ne se comprenaient pas entre elles). La citadelle de Derbent, vieille d'un siècle, se dressait en haut de la colline, sur les contreforts, et deux murs parallèles, faits de gros rochers, longeaient la côte et enfermaient presque toute la ville.

« On dirait des pièces d'échec géantes, commenta Debora en montrant les tourelles des fortifications.

— Derbent vient d'un mot persan qui signifie "porte fermée", expliqua Arpine. Pendant mille ans, c'était la frontière entre la fin de la Perse et le début du territoire des nomades. La porte de la Perse, entre le monde civilisé et les sauvages. Puis la Russie est arrivée, et les guerres ont cessé dans cette région.

— J'aime cette idée, dit Debora. Un endroit où personne ne se bat. »

Debora et Rebecca passèrent la matinée à laver leurs vêtements tachés de suie, qu'elles firent sécher au soleil ensuite. Après quoi, accompagnées de Pasha, elles gravirent la colline, jusqu'au cœur musulman de Derbent. Dans des dédales de rues médiévales sinueuses, des hommes âgés s'inclinaient dans des mosquées blanchies à la chaux, en appuyant leur front sur de minuscules tablettes d'argile. L'odeur de l'agneau grillé et des herbes inconnues au parfum puissant flottait dans l'air. Au détour d'un coin de rue, Rebecca aperçut une étoile de David peinte sur un bâtiment. C'était une synagogue et, contrairement à la plupart des synagogues en Union soviétique, celle-ci semblait encore accueillir des fidèles.

«Il y a des Juifs ici», dit-elle en poussant la lourde porte sans la moindre hésitation.

Elle n'était pas entrée dans une synagogue depuis de nombreuses années. Elle brûlait du désir de prier, de retrouver ce décor familier, les dix commandements sur les murs.

L'intérieur était sombre et humide. Un homme voûté, coiffé d'une kippa noire, vint à leur rencontre.

«*Gut margen*», lui dit Rebecca en yiddish.

L'homme ne comprit pas. Il leur répondit dans une langue gutturale qu'elles ne parlaient pas elles non plus.

«*Mir zenen Yiden*, insista Rebecca. Nous sommes juifs.

— On ne parle pas yiddish ici, madame. Revenez vendredi, il y aura peut-être quelqu'un de chez vous, dit l'homme dans un russe rudimentaire.» Il les chassa. «C'est fermé.»

«Tout est différent ici, en orient, murmura Rebecca alors qu'ils regagnaient leur logement. Même les Juifs sont différents.»

Grâce à son nouveau statut d'épouse d'un officier du NKVD, Debora trouva sans peine un poste d'enseignante dans un collège de Derbent. Un bâtiment délabré situé à côté d'une église arménienne déconsacrée. Si la langue officielle de l'instruction était le russe, ses élèves communiquaient entre eux avec leur propre langue. Elle devinait que leurs propos n'étaient pas toujours flatteurs. Mais elle préférait ne pas savoir ce qu'ils disaient, et elle n'avait aucune envie d'apprendre le parler local. À quoi bon ? La guerre terminée, ils quitteraient Derbent sur-le-champ.

Les nouvelles de la destruction de Stalingrad, la ville qui refusait de céder devant les Allemands, occupaient quotidiennement tous les bulletins d'informations à la radio et la une des journaux. Quand Debora repensait à la dernière fois où elle avait vu Maslov, la tête bandée, dans ce bunker au bord de la Volga, elle se demandait souvent si elle était deux fois veuve à présent.

Cher Dmitri, lui écrivit-elle, *via* le service postal de l'armée, à la fin octobre. *Nous allons tous bien et tu nous manques. La chambre est spacieuse et nous mangeons à notre faim. J'espère que tu fais attention à toi. Voilà bien longtemps que nous n'avons pas eu de tes nouvelles. Chaque jour, je guette le courrier dans l'attente d'une lettre de toi. Quand nous te reverrons enfin, très vite j'espère, nous te réservons une grande surprise. Je suis enceinte et Pasha aura bientôt un petit frère ou une petite sœur. Persuadé que ce sera un garçon, il cherche déjà des prénoms. Il est très excité à l'idée d'avoir quelqu'un avec qui il pourra jouer. Tu lui manques et il demande sans cesse quand tu vas rentrer. Je lui réponds que tu seras bientôt là. Ton épouse qui t'aime, Darya.*

Leurs lettres durent se croiser car celle de Maslov, datée du mois de novembre, ne mentionnait pas le bébé. C'était une courte missive, rédigée d'une écriture hésitante. *Ma chère épouse*, disait-elle. *Les temps sont difficiles, comme tu le sais, et nous avons dû nous battre très durement. On ne peut pas tout dire dans une lettre, mais sache que l'on m'a retiré du front. Je suis maintenant dans un endroit plus sûr et il est possible que je puisse vous rendre visite dans un mois ou deux. Tiens bon et embrasse Pasha pour moi !*

« Au moins, un de nos hommes a de bonnes nouvelles à nous annoncer », commenta Rebecca après avoir lu la lettre.

Elles ne savaient rien du sort de Gersh ni de Yakov. Dans ses lettres épisodiques, sa cousine de Moscou répétait les mêmes platitudes optimistes.

Ce que Maslov ne disait pas dans sa lettre adressée à Debora, c'était qu'il avait traversé la Volga sur une civière après qu'une balle allemande avait pénétré dans son mollet et rebondi contre le tibia. Si le vent avait soufflé un peu plus vers la gauche, elle aurait sectionné son artère fémorale et il se serait vidé de son sang en quelques minutes.

Statistiquement parlant, compte tenu des endroits où il avait passé ces trois derniers mois, échapper à la mort et ne pas se retrouver estropié à vie c'était comme gagner à la loterie. Il ne restait plus grand-chose de la 10e division du NKVD, décimée dans le labyrinthe rance des vestiges de Stalingrad. Contrairement à beaucoup d'autres combattants qui avaient survécu aux champs de bataille pour succomber à la gangrène ou à d'autres infections, il s'était rétabli rapidement, et dès le mois de janvier il pouvait marcher avec une canne. On lui promettait une absence de séquelles et afin de libérer un lit dans l'hôpital militaire à l'est de Stalingrad, on l'autorisa à se rendre à Derbent pour achever sa convalescence. Il était encore à l'hôpital quand il reçut la lettre dans laquelle Debora lui annonçait sa grossesse. Il la lut deux fois pour être sûr d'avoir bien compris, et dans l'excitation, il faillit renverser son pied à perfusion.

Ma chère épouse, répondit-il le soir même. *Tu ne pouvais pas m'annoncer une meilleure nouvelle. Il faut que tu saches une chose très importante : j'aimerai toujours Pasha autant que notre deuxième enfant. Et avec un peu de chance, celui-ci ne connaîtra jamais la guerre.*

Maslov lui-même espérait bien ne plus jamais voir le front. En janvier, la bataille de Stalingrad fut finalement remportée, après que la sixième armée allemande avait été encerclée et détruite grâce à de rapides offensives soviétiques dans les steppes à l'est de la Volga. En quelques jours seulement, l'Armée rouge entreprit sa marche vers l'Ukraine, libérant les villes les unes après les autres. Pour une fois, les défaitistes s'étaient trompés.

La victoire de Stalingrad signifiait que les officiers du NKVD tels que Maslov, libérés de leurs devoirs temporaires dans l'infanterie, pouvaient reprendre une activité plus habituelle. Un colonel venu le voir à l'hôpital l'informa qu'une fois sa convalescence achevée, il serait affecté dans les zones nouvellement libérées, où sa mission consisterait à démasquer et punir tous ceux qui avaient collaboré avec les autorités allemandes, persuadés que l'ordre soviétique ne serait jamais restauré.

Le colonel était venu avec un cadeau : un insigne de major, à épingler sur son uniforme. Le grand nombre de soldats morts à Stalingrad était synonyme de promotions rapides pour ceux qui avaient survécu. « Une tâche énorme nous attend, et nous aurons besoin de vous, major Maslov, dit le colonel, alors rétablissez-vous rapidement. Il y a un grand ménage à faire au bord du Don et en Ukraine.

— Ma femme est Ukrainienne, dit Maslov. De Kiev.

— Tant mieux. Cela facilitera votre travail. »

Une semaine plus tard, assis dans un wagon de première classe à destination d'Astrakhan, Maslov savourait un authentique thé, avec des biscuits américains. Les paysages épargnés par la guerre paraissaient si étranges à des yeux habitués à un spectacle de destruction qu'ils continuaient à voir des chars et des pièces d'artillerie, des cratères d'obus, dans les villages intacts qui parsemaient la voie ferrée.

La gare d'Astrakhan était envahie de centaines de prisonniers de guerre allemands, que l'on conduisait, vêtus de leurs manteaux trop fins, vers de lointains camps de travail au Kazakhstan, d'où la plupart ne reviendraient jamais. Au début de la guerre, se souvenait Maslov, Molotov avait insisté dans son discours radiophonique sur le fait que l'Union soviétique ne nourrissait aucune animosité envers les ouvriers, les paysans et les intellectuels allemands, et n'avait qu'un seul but : combattre la peste nazie. Ces beaux sentiments n'avaient pas survécu à Stalingrad. Désormais, le message était d'une franchise brutale. *Papa, tue un Allemand* ! hurlaient les affiches placardées dans la gare, montrant un enfant, si semblable à Pasha, debout à côté du cadavre de sa mère, devant leur maison en flammes. D'autres proclamaient : *Une balle, un Allemand*.

En passant, de sa démarche boitillante, devant les prisonniers qui se dirigeaient vers l'embarcadère, il scruta leurs visages en se demandant lequel parmi eux, peut-être, avait tiré la balle qui l'avait estropié, et lesquels étaient responsables de la mort de ses camarades. Il n'éprouvait aucune pitié, et il n'était pas le seul.

Quand on sonna à la porte, Pasha courut ouvrir, en pensant que c'était un de ses nouveaux copains. Il se figea, hésitant face à cet homme en uniforme qui s'appuyait sur une canne. Debora l'avait rejoint. Sans un mot, elle se précipita pour serrer Maslov dans ses bras, de toutes ses forces, en pleurant.

Elle ne remarqua pas immédiatement sa canne et sa claudication.

« Tu as été blessé ? Pourquoi tu ne me l'as pas dit ?

— C'est rien, répondit-il en chassant son inquiétude d'un geste. Je serai comme neuf en un rien de temps. »

Debora s'aperçut qu'elle n'était pas coiffée et qu'elle portait un pantalon d'homme et un pull élimé.

« Pourquoi tu ne nous as pas prévenus de ton retour ? Avec un télégramme ou... Oh, bon sang, qu'est-ce que je raconte ? Tu es là, sain et sauf. C'est la seule chose qui compte. »

Il s'assit à table et ouvrit son sac.

« Viens ici, jeune homme, j'ai quelque chose pour toi. » Il fit signe à Pasha d'approcher et sortit une montre-bracelet, avec un cadran rond et brillant, et des chiffres romains. « Elle appartenait à un officier allemand qui s'est battu à Stalingrad. Maintenant, elle est à toi. Ne la perds pas. Tu sais lire l'heure, hein ? »

Toujours intimidé, Pasha ne bougeait pas.

« Laisse-lui le temps de se réhabituer à toi. Cinq mois, c'est long dans la vie d'un enfant de cinq ans », dit Debora.

Pasha n'osa adresser la parole à Maslov qu'au moment du coucher.

« Je croyais que tu étais mort, comme mon autre papa. Ne meurs pas encore, s'il te plaît.

— Je te le promets. »

Il n'y avait aucune intimité dans cette pièce unique, et Maslov ne put faire l'amour à Debora cette nuit-là. Elle posa sa tête sur son épaule et joua distraitement avec ses cheveux. Elle aimait sentir sa main qui englobait son sein.

« Dmitri, j'ai beaucoup réfléchi. Pourquoi a-t-on mérité d'être vivants, selon toi ? chuchota-t-elle. Tant de gens sont morts, des gens bien que je connaissais depuis que j'étais enfant. Je ne sais pas ce que sont devenus mon frère et mon père. Et tous ces milliers de morts à Stalingrad. Et tous ceux qui sont morts avant la guerre. Pourquoi eux et pas nous ? Pourquoi avons-nous eu cette chance ?

— Il n'y a pas d'explication, répondit Maslov. C'est comme ça. Inutile de poser des questions. Soyons reconnaissants, c'est tout. »

Debora n'était pas convaincue.

« C'étaient tous des gens bien, répéta-t-elle. Des gens bien. »

Durant les deux semaines que Maslov passa à Derbent, il parvint à régler grand nombre des petits problèmes du quotidien de Debora. Il répara la table et les chaises brisées et fit en sorte qu'elle ait accès au centre de distribution du NKVD, où elle pourrait se procurer des vêtements neufs et de la nourriture de meilleure qualité. Il se rendit au collège où elle travaillait afin d'avoir une discussion cordiale, mais ferme, avec le directeur. Au cours de sa visite au siège du NKVD, il en profita pour déposer des demandes de renseignements concernant Yakov et Gersh. Et le dernier week-end, il emmena Debora et Pasha à la pêche.

La mer était étonnamment calme pour la saison. Le propriétaire du bateau se battait sur le front, c'était donc son épouse, une Azérie à la forte carrure, qui partait en mer chaque matin. Elle disposait de cannes en rabe et elle apprit à Pasha et à Maslov, qui n'avaient jamais pêché au large, à lancer leur ligne et à la ramener. Debora, assise à l'avant, lisait un livre et admirait les sommets enneigés des montagnes qui s'éloignaient peu à peu. Des mouettes affamées suivaient le bateau et tournoyaient au-dessus d'eux tels des bombardiers allemands.

La chance sourit à Pasha. Soudain, sa ligne se tendit et la canne faillit lui échapper. Maslov bondit juste à temps pour la rattraper.

« Oh, putain, jura-t-il. C'est quoi, ce monstre ?

— Tout doux, tout doux. Donnez-la-moi ! cria la femme. Il ne faut pas le perdre, celui-là. »

D'une main experte, elle laissa filer la ligne, pour la tendre presque aussitôt. Debora vit apparaître sous la surface la silhouette sombre du poisson qui luttait pour sa survie.

« Il faut m'aider. Il est peut-être trop gros pour nous, dit la femme à Maslov. Tenez la canne et ne la laissez pas tomber. Je vais chercher une gaffe. »

L'eau écumait sous l'effet des gesticulations du poisson noir, dont ils apercevaient la bouche par moments.

Pasha, effrayé par la violence de ce combat, s'accrochait aux jambes de sa mère.

« Cette saleté d'esturgeon va briser la ligne, pesta la femme. On va le perdre.

— Non, on ne le perdra pas, déclara Maslov. Reprenez la canne. »

Il dégaina son arme de service, s'accroupit, visa et tira huit fois, coup sur coup, dans la tête de l'esturgeon. Une des balles au moins atteignit sa cible. Un geyser de sang teinta la mer, et après quelques secondes d'agonie frénétique, la ligne se détendit. La femme planta sa gaffe, fixée à un long manche en bois, dans le corps du poisson et avec l'aide de Maslov, elle le hissa à bord. Visqueux, d'une beauté préhistorique, il occupait presque toute la longueur du bateau. La femme tapota son ventre gonflé.

« Il y a beaucoup de caviar là-dedans, dit-elle. Bon, on ferait bien de rentrer, il n'y a pas de place à bord pour un autre poisson. »

De retour à terre, Maslov loua une charrette tirée par un cheval pour rapporter le poisson. Ni Rebecca ni Debora n'avaient jamais vidé un esturgeon. Arpine, en revanche, savait comment procéder. Après avoir envoyé Maslov chercher un tonneau de sel, les trois femmes passèrent le restant de la journée à ôter les écailles dures et osseuses, à retirer la peau et à lever les filets. Elles ouvrirent la poche contenant les œufs et découpèrent la chair en gros cubes capables de rentrer dans des bocaux en verre. Le soir venu, elles avaient salé suffisamment de poisson pour plusieurs mois. Il leur fallut encore une heure pour nettoyer le sang, les viscères et la bouillasse sur le sol de la cuisine.

Trois jours plus tard, à l'aube, Debora et Pasha accompagnèrent Maslov à la jetée, à travers cette ville étrange, juste au moment où l'appel à la prière montait de la mosquée voisine. Sa claudication était presque invisible désormais. Le ferry à destination d'Astrakhan se remplissait rapidement, de jeunes recrues qui partaient pour leur premier contact avec l'ennemi et de vétérans comme Maslov qui rentraient de convalescence.

« Dmitri, j'ai le mal du pays, avoua Debora au moment des adieux. Une fois que tout cela sera terminé, je veux retourner en Ukraine. À Kiev. »

Il l'étreignit et l'embrassa.

« Qui sait ? dit-il. Il se pourrait qu'on soit de retour là-bas à la fin de l'année. La victoire est enfin dans notre camp. Je vous rejoindrai très vite. »

Hélas, la guerre ne s'acheva pas en 1943, et Debora ne revit son mari que deux ans plus tard. Il lui écrivit souvent, toutefois. Et surtout, il survécut.

Quatrième partie

28

Kiev, mars 1945

Debora sentit son estomac se nouer en voyant défiler derrière les vitres les noms familiers des bourgs et des villages ukrainiens. Pisky... Poltava... Myrhorod... Loubny...

Le train ne s'arrêta pas en traversant le village d'Olena car il n'en restait presque plus rien. Uniquement des maisons éviscérées, sans toit, des champs de tournesols brûlés et les épaves tordues, rouillées, des chars et des camions. Les rares personnes qui avaient survécu à la famine étaient mortes à la guerre. Encore un village ukrainien dépeuplé qui serait bientôt envahi par la forêt ; seuls quelques pommiers et cerisiers témoigneraient de ce qui avait existé autrefois. Un endroit où, jadis, des gens tombaient amoureux, célébraient des mariages, apprenaient aux enfants à monter à cheval et à traire les vaches. Avant que les ambitions, les idéologies et la haine, venues de capitales lointaines, le rayent de la carte.

Debora appuya son front contre la vitre froide, en repensant à son dernier séjour ici, avec le chien en peluche. Si terrifiante alors, cette expérience lui paraissait presque normale à présent, au milieu des horreurs quotidiennes de la guerre.

Leur train atteindrait le Dniepr, puis Kiev, avant le coucher du soleil, calcula-t-elle. À l'approche de leur destination, elle souleva sa fille dans ses bras.

« Regarde, Nina, c'est notre Ukraine. On rentre à la maison. À Kiev. »

Rebecca se tenait devant la vitre voisine, avec Pasha.

« Tu te souviens de Kiev ? lui demanda-t-elle.

— Bien sûr », répondit-il fièrement, même si, en vérité, ses souvenirs étaient rares.

La guerre n'était pas encore terminée, mais elle touchait à sa fin. Les armées soviétiques avaient pénétré en Allemagne, et toute l'Ukraine était de nouveau sous la domination de Moscou. Les derniers soldats allemands avaient été chassés de Kiev quelques mois plus tôt, après avoir fait sauter tous les ponts du fleuve avant de se replier. L'un d'eux avait été réparé et le train de Debora put le traverser, péniblement, mais avec obstination, au-dessus des îles boisées où les Kiéviens iraient se baigner quand reviendrait l'été. Puis l'eau d'un bleu profond s'ouvrit sur le large, reflétant dans son miroir les falaises de la rive droite du Dniepr.

Le clocher du monastère de Lavra avait survécu à la guerre, il se dressait dans le ciel clair et son dôme doré étincelait de nouveau. D'autres passagers, collés aux vitres eux aussi, se mirent à applaudir.

«Je ne pensais pas que je reverrais Kiev un jour», dit Rebecca. Fière de sa maîtrise de soi, elle ne put contenir ses larmes cependant.

«On est de retour à la maison», dit-elle à Pasha.

Nina, qui n'avait pas encore deux ans, se mit à pleurer, elle aussi, effrayée par toute cette agitation.

Maslov, promu au grade de lieutenant-colonel du NKGB, nouveau nom des services de la sécurité d'État, était arrivé à Kiev trois semaines plus tôt. Et il avait fort à faire car à Kiev, comme dans d'autres territoires anciennement occupés, le NKGB traquait toutes les personnes qui avaient collaboré avec les Allemands, ce qui, étant donné que la chute du pouvoir soviétique semblait irréversible au cours de la première année de la guerre, représentait une importante partie de la population.

Il arriva sur le quai juste au moment où le train entrait dans la gare principale de Kiev, un bâtiment grêlé d'impacts de balles, aux fenêtres brisées. À l'instar de Debora, la plupart des autres passagers étaient les proches de fonctionnaires ou d'officiers en poste dans la capitale ukrainienne. Maslov avait grossi, remarqua-t-elle. Son bel uniforme formait une bosse au-dessus de la ceinture et son col avait du mal à contenir son cou. Sa jambe ne boitait plus et seule une petite cicatrice rappelait cette blessure acquise sur le champ de bataille. Sa peau respirait la santé. La veille, un coiffeur lui avait fait une coupe de cheveux élégante, apprise auprès des Allemands. Cet homme serait puni ultérieurement pour ses actes de collaboration mais il était jugé trop précieux dans l'immédiat pour qu'on se passe de ses services.

Pasha reconnut immédiatement Maslov et courut se jeter dans ses bras dès qu'ils descendirent du train. Nina, en revanche, éclata en sanglots dès que Debora la confia à son père. Ne sachant pas quoi faire, Maslov lui rendit la fillette finalement.

« Elle va s'habituer à toi, dit-elle, un peu gênée. Elle est petite encore.

— Tu es toute bronzée. On voit que tu viens du sud.

— Le soleil est la seule chose qui ne manque pas à Derbent. »

Ils échangèrent un rapide baiser. L'un et l'autre avaient les lèvres sèches. Maslov s'était aspergé d'eau de toilette. Submergée par cette odeur, Debora éternua et recula.

Pasha tint fièrement la main de Maslov pour sortir de la gare. Une Studebaker du NKGB, flambant neuve, aux chromes étincelants et immaculés, les attendait dehors. Pasha n'avait jamais vu de voiture américaine et il s'arrêta pour examiner les lettres étrangères sur la carrosserie. Le chauffeur, en livrée, ouvrit la portière d'un geste théâtral et chargea leurs bagages dans le coffre.

« La vie affreuse d'autrefois est finie, proclama Maslov. Bienvenue dans la nouvelle vie heureuse. »

Leur ancien appartement n'était pas très loin de la gare. Un peu plus haut sur la colline, à droite. Sur le boulevard Shevchenko. Cette partie de la ville n'avait pas été endommagée et les constructions fin de siècle, aux couleurs pastel, gardées par des phalanges de marronniers et de peupliers, étaient comme avant.

Toutefois, au lieu de tourner à droite, la voiture continua tout droit.

« On ne va pas à la maison ? s'étonna Rebecca. Le chauffeur ne connaît pas le chemin ?

— L'appartement, hélas, a déjà été attribué à quelqu'un d'autre, de plus haut placé que moi, expliqua Maslov. Mais celui où nous allons vivre est très bien aussi. Et central.

— Comment ça, quelqu'un d'autre ? Et nos affaires ? Nos meubles ? protesta Rebecca. Nous avons tout laissé en partant. »

Pour occuper le long trajet depuis Derbent, elle avait dressé mentalement la liste de tout ce qu'elle possédait avant-guerre.

« J'ai posé la question, dit Maslov, mais je n'ai pas reçu de réponse claire.

— Je veux retourner chez moi.

— Vous y retournerez, mais pas tout de suite. Je vais tout arranger, promit Maslov.

— On devrait y aller maintenant, suggéra Debora. Ces gens savent peut-être ce qui est arrivé à mon père.

— Je t'y emmènerai, répondit Maslov, agacé. Dès que possible. Mais pas aujourd'hui. C'est trop tard. Il ne faut pas circuler. La ville reste dangereuse, à cause de la guerre. Des gangs se sont formés, il y a des criminels partout, des pillards, des meurtriers, des enfants livrés à eux-mêmes. Restaurer l'ordre prendra du temps. Mieux vaut ne pas traîner dehors le soir. »

Lancée à toute allure dans les rues presque désertes, leur voiture passa devant la cathédrale Sainte-Sophie, et Debora fut soulagée de voir qu'elle aussi avait survécu. Puis la Studebaker entama la longue descente Saint-André, pavée et sinueuse, au ralenti. Jusqu'à présent, Maslov partageait une chambre avec un autre officier dans un foyer destiné aux membres du NKGB en transit. Grâce à l'arrivée de sa famille, il pouvait désormais emménager dans les trois pièces qu'on lui avait attribuées, dans un appartement communautaire, au troisième étage d'un bâtiment imposant, dans la rue où avait vécu le célèbre romancier Mikhaïl Boulgakov.

Cet appartement avait abrité un officier nazi durant la guerre. Il y avait du papier peint allemand tout neuf, à motif de fleurs de lys, des toilettes modernes avec une chasse d'eau et un parquet ciré. L'origine des meubles demeurait vague, mais Maslov avait entendu dire que certains provenaient d'autres appartements de Kiev. Et il n'avait dû acheter que quelques draps pour rendre celui-ci habitable. Une des trois chambres était l'ancien salon, doté d'une grande cheminée décorée de faïence hollandaise et d'un ravissant balcon en fer forgé.

Laissant à son chauffeur le soin de porter les bagages, il passa devant dans l'escalier.

« J'ai toujours aimé cette rue, dit Debora. Avant la guerre, des artistes s'asseyaient sur le trottoir pour peindre des portraits. »

Au moment d'entrer dans le salon, Rebecca s'arrêta sur le seuil. Elle promena sa main sur deux petits trous laissés par des clous, en diagonale, à peine visibles.

« Une mézouza, dit-elle. Des Juifs ont habité ici. Et maintenant, on prend leur maison.

— Quelle importance ? » répondit Maslov, agacé.

Rebecca ne ferma pas l'œil de la nuit, et à l'aube, elle sortit se promener. L'immeuble se trouvait en bas de la descente Saint-André, avant que celle-ci rejoigne la plaine fluviale de Podil, la partie basse de Kiev. Avant la guerre, c'était un quartier toujours très animé, avec un grand bazar au centre. Les voyous se rassemblaient aux coins des rues, et malgré tous les efforts du parti communiste pour promouvoir l'athéisme, on voyait encore fréquemment des Juifs ultraorthodoxes coiffés de leurs chapeaux noirs, comme à Uman. Malgré l'heure matinale, la vie aurait dû renaître, on aurait dû voir des boutiques ouvrir leur rideau de fer, des enfants se rendre à l'école, des tramways traverser la place pavée dans un vacarme métallique. Certes, des tramways passaient, mais ils étaient presque vides.

Rebecca s'assit à un arrêt, à côté d'une femme à peu près du même âge. Celle-ci ne cessait de la dévisager, en se tordant les mains, puis elle demanda, timidement :

« Excusez-moi, *zenen ir Yid* ?

— Oui, je suis juive, répondit Rebecca en russe.

— Je le savais ! Je le savais ! Vous étiez là pendant l'occupation allemande ? Tout le monde est réellement parti ? Comment est-ce possible ?

— Je suis de retour depuis hier soir seulement. Nous avons été évacués dans le Caucase. Je ne sais rien.

— Moi-même, je suis revenue il y a deux jours, et je ne trouve plus personne. Je vais d'une maison à l'autre, là où vivaient tous les gens que je connaissais avant la guerre. Et il n'en reste plus aucun. Alors, je vais essayer à une autre adresse dans le nord de la ville. »

Le tram arriva et les deux femmes montèrent à bord.

« Le gouvernement commence seulement à autoriser les retours, dit Rebecca. Tant d'habitants ont fui les Allemands. Je suis certaine qu'ils vont tous revenir maintenant. Comme vous et moi. Nous sommes là, non ?

— Espérons que vous ayez raison. Bonne chance. »

La ligne de tramway passait par Krechtchatyk, l'artère principale de la ville. La majeure partie n'était plus qu'un champ de ruines quand Kiev avait été reprise aux Allemands. Les bâtiments historiques s'étaient effondrés les uns sur les autres, il ne restait ici et là que des squelettes calcinés, des fenêtres semblables à des orbites vides. Les gravats avaient été dégagés pour libérer la chaussée et le tramway coupait en deux cette zone de destruction.

Au croisement se trouvait le boulevard Shevchenko. Rebecca descendit du tramway à proximité de leur ancien appartement et, le cœur battant à tout rompre, elle gravit l'escalier presque en courant, à bout de souffle. Les murs avaient été repeints et il n'y avait plus qu'une seule sonnette sur le palier, les anciennes avaient été retirées sans laisser de trace. Elle sonna et, au bout d'une minute, une femme en tenue de soubrette vint lui ouvrir.

« Qui êtes-vous ? demanda-t-elle, après avoir pris le temps de jauger les chaussures éraflées et le manteau élimé de Rebecca.

— Je vivais ici avant la guerre. »

Entretemps, la maîtresse de maison les avait rejointes : une femme bien nourrie, en peignoir rose, avec des bigoudis.

« Je m'appelle Rebecca Rosenbaum et avant la guerre, c'était mon appartement.

— Comment ça, c'était votre appartement ? répondit la femme, visiblement agacée. Vous savez que la propriété privée n'existe pas ici, en Union soviétique, n'est-ce pas ? » Son accent trahissait une éducation moscovite. « Cet appartement appartient au peuple d'Union soviétique, et même si à une époque on vous a autorisés à y vivre, cela ne vous donne pas le droit de faire irruption ici pour exiger quoi que ce soit.

— Je n'exige rien, répondit Rebecca, calmement. C'est simplement que lorsque nous avons dû fuir, nous avons tout abandonné. Nos livres. Nos photos. Nos souvenirs. Mon mari n'a pas pu partir avec nous. Peut-être est-il resté à Kiev quand les Allemands sont arrivés. Et je me disais que certaines de nos affaires étaient peut-être toujours là ? Vous savez peut-être des choses sur nos voisins ? Vous savez peut-être ce qui est arrivé à mon mari ? »

La femme écarta les bras dans l'encadrement de la porte, comme pour lui barrer le passage.

« Il ne restait rien, dit-elle d'un ton indigné. Nous avons emménagé il y a six mois et il n'y avait ni voisins ni meubles ni rien. Nous avons dû remplacer les fenêtres et les portes, installer de nouvelles toilettes. Tout avait été pillé avant notre installation. Alors, non, je ne peux rien faire pour vous.

— Puis-je au moins jeter un coup d'œil à l'intérieur ? » demanda Rebecca.

Elle était certaine que cette tache de couleur au fond du couloir, presque invisible, était son tapis Boukhara.

« Pas question, répondit la femme en foudroyant Rebecca du regard. Vous vous appelez Rebecca, dites-vous ? Rosenbaum ? Vous ne manquez pas de culot pour oser venir ici, avec votre arrogance. Estimez-vous heureuse d'être toujours en vie, contrairement à vos compatriotes. Et pour cela, vous devriez remercier les rivières de sang versées par les soldats russes. »

Sur ce, elle recula d'un pas et lui ferma la porte au nez.

Le rouge aux joues, Rebecca fit demi-tour, redescendit et claqua la porte de l'immeuble, si fort que des petits morceaux de plâtre se détachèrent.

« Salauds, grommela-t-elle. Salauds. »

Un tramway vide la ramena à la descente Saint-André et elle arriva chez elle juste à temps pour le petit déjeuner. Pasha s'était réveillé affamé et Debora lui préparait des œufs sur le plat, un mets de choix. Elle semblait de bonne humeur et s'amusait à faire des grimaces à Nina. Maslov était déjà parti à son bureau.

« Où étais-tu, maman ? demanda-t-elle d'un ton jovial. Qu'est-ce qui s'est passé ? Tu as l'air en colère.

— Je suis allée boulevard Shevchenko. Mais ils ne m'ont pas laissée entrer.

— Qui ça ?

— Les nouveaux locataires. Des Russes très aisés. Ils ont même une bonne. La femme m'a regardée de haut et a refusé de me laisser entrer. Sans doute parce que toutes nos affaires sont toujours là-bas.

— Et papa ? demanda Debora. Ils savent des choses sur papa ?

— Non. Elle ne savait rien. Tous les voisins sont partis eux aussi. Ce n'est plus la même ville. Ce ne sont plus les mêmes gens. »

Debora lui prit la main.

« On découvrira ce qu'est devenu papa. Et Yakov. »

Maslov ne chercha pas à masquer sa fureur quand il rentra chez lui pour déjeuner. À Stalingrad et à Derbent, il avait toujours feint d'être respectueux envers Rebecca. Désormais, il ne s'embarrassait plus de civilités.

« Comment avez-vous osé ? Comment avez-vous pu faire ça ? Je vous ai expliqué hier, on ne peut plus clairement, que j'allais m'en occuper, et voilà qu'à la première heure, vous allez déranger ces gens, boulevard Shevchenko, pour leur dire que vous avez vécu dans cet appartement. Savez-vous qui habite là ?

— C'était chez moi, répondit Rebecca, calmement.

— Ah oui ? Et vous l'aviez acheté avec votre argent, cet appartement ? Non. Il vous appartenait autant qu'il leur appartient aujourd'hui. Et vous savez qui y habite maintenant ? Le sous-ministre. Autrement dit, le supérieur de mon supérieur. Vous imaginez la matinée que j'ai passée quand son épouse a appelé au bureau, ce qu'elle s'est empressée de faire après votre départ.

— Je veux juste savoir ce qu'il est arrivé à mon mari, voilà tout. Ils peuvent garder toutes mes affaires, mais je veux savoir, répondit Rebecca, nullement impressionnée par les vociférations de Maslov. Et je veux savoir ce qui est arrivé à mon fils. »

Debora posa la main sur l'épaule de son mari.

« Ne parle pas sur ce ton à ma mère, je t'en prie. Tu es un homme bon, Dmitri. Essaie de comprendre ce que nous vivons. Ce que nous avons perdu.

— Je le comprends. » Maslov alluma une cigarette et ce geste sembla le calmer. « Je fais tout mon possible pour vous aider, crois-moi. Mais si vous continuez à faire des choses inconsidérées... » En disant cela, il se retourna vers Rebecca. « Vous me compliquez la tâche. Laissez-moi un peu de temps. »

Rebecca se leva pour servir le déjeuner, sans un mot.

Après avoir mangé, Maslov était de meilleure humeur.

« J'ai une bonne nouvelle pour toi, dit-il à Debora. L'école au coin de la rue a rouvert et ils cherchent des enseignants. J'ai pensé que tu étais la personne idéale. »

29

Kiev, mars 1945

Quand Maslov rentra déjeuner deux jours plus tard, une lueur de triomphe mal contenue faisait briller son regard.

« Je vous avais promis de connaître le fin mot de l'histoire et c'est chose faite, dit-il à Debora et Rebecca. Nous avons localisé une de vos anciennes voisines, une certaine Helga von Papen. Vous vous souvenez d'elle ?

— Oui, bien sûr, dit Debora. Pani Helga. Une charmante vieille dame. Où est-elle ?

— Vous savez qu'elle est allemande, n'est-ce pas ?

— Oui, mais une Allemande d'ici, dit Rebecca. Ses arrière-arrière-grands-parents ont émigré en Ukraine à l'époque de l'impératrice Catherine.

— Peu importe. Un Allemand, c'est un Allemand et ce ne sera jamais un Russe, répondit Maslov. Ce sont nos ennemis, et ils ne sont pas censés vivre ici parmi nous, voilà tout. Croyez-moi, quand les nazis sont arrivés, ces Allemands se sont fait une joie de les servir. Nous continuons à les arrêter, et votre voisine, cette Helga, est détenue depuis peu. Je peux vous autoriser à lui demander tout ce que vous voulez savoir sur ce qui s'est passé ici, sous le joug de ses compatriotes. »

Rebecca se leva aussitôt.

« Quand peut-on aller la voir ? Maintenant ?

— Pas la peine d'aller où que ce soit. Je la ferai venir ici cet après-midi, dit Maslov. Soyez prêtes à dix-sept heures. »

Pani Helga n'avait pas changé. Toujours la même posture raide et fière, la même peau fine et cireuse, avec ce visage semblable à un paysage montagneux, creusé de rides et ses deltas de capillaires bleu ciel. Elle arriva escortée de deux hommes corpulents en manteaux de cuir, suivis de Maslov.

Une lueur s'alluma dans ses yeux quand elle reconnut Rebecca, avant de voir Debora, et ses enfants.

« Oh, bonjour, dit-elle. Vous en avez deux à présent. Félicitations.

— Merci, Pani Helga. Je vous en prie, asseyez-vous. » Rebecca montra la table où attendaient une théière et des biscuits au gingembre dans une assiette. « Nous allons prendre le thé.

— Je gère, dit Maslov à ses hommes. Attendez dehors. »

Ils rechignaient à s'en aller.

« Dans ce cas, camarade lieutenant-colonel, dit finalement l'un d'eux, la prisonnière est sous votre responsabilité. Vous devez nous signer une décharge.

— Donnez-moi ça. » Maslov arracha le formulaire des mains de l'homme et gribouilla une signature. « Satisfait ? Sortez maintenant. »

Helga prit la tasse de thé qu'on lui tendait, mais ignora les biscuits.

« Je suis heureuse que vous ayez survécu toutes les deux, dit-elle. Tant de gens n'ont pas eu la chance de connaître la fin de cette guerre. Vous étiez des gens bien et je me réjouis de voir qu'il y a aussi des gens bien qui ont survécu. Durant les guerres, les vraies personnalités se révèlent. Elles s'ouvrent comme des boîtes de conserve et on découvre ce qu'il y a à l'intérieur. Certains jours, il m'est arrivé de croire qu'il ne restait plus de gens bien sur terre.

— Qu'est devenu mon père ? demanda Debora. Après notre départ de Kiev ?

— Je suis au regret de vous annoncer que votre père est mort, ma chère enfant. Il a été emmené, comme beaucoup d'autres, à Babi Yar, cet horrible ravin, et ils l'ont abattu. »

Jusqu'à cet instant, il restait un espoir, aussi faible soit-il, que Gersh soit toujours vivant, quelque part. Des miracles survenaient en temps de guerre. Des hommes que l'on croyait morts retrouvaient leurs mères et leurs épouses en deuil depuis des années.

Il arrivait que des noms soient confondus, dans des situations troubles.

Rebecca, qui avait toujours gardé la tête haute, s'affaissa sur son siège. Debora se pencha vers sa mère. Elle se souvint de la dernière fois où elle avait vu son père : il avait caressé les cheveux de Pasha et lui avait tendu des sucettes, à travers les grilles du jardin botanique. Ses yeux s'emplirent de larmes.

« Comment pouvez-vous en être sûre ? demanda-t-elle à Helga.

— Personne n'est revenu de Babi Yar, ma tendre enfant. Personne. »

Debora avait entendu parler de Babi Yar. Un mois plus tôt, le gouvernement soviétique avait publié un long rapport sur les atrocités nazies commises à Kiev, un rapport repris pas tous les journaux. Le 29 septembre 1941, plusieurs milliers « de citoyens soviétiques pacifiques » avaient été conduits jusqu'à ce long et profond ravin situé à la périphérie ouest de la ville et abattus. Le rapport ne mentionnait pas particulièrement les Juifs.

« Je ne sais pas tout, ajouta Pani Helga, mais laissez-moi vous raconter ce que je sais. Après votre départ, votre père s'est retrouvé seul, et parfois il buvait un thé avec moi dans la cuisine. Il s'inquiétait toujours pour vous. C'était un homme bien, votre père. En toute franchise, je n'ai jamais beaucoup aimé les Juifs, mais c'était un homme bien, oui. À la fin août ou au début septembre, il a reçu ses documents d'évacuation.

Il a fermé toutes les pièces et m'a remis les clés. Il avait énormément de provisions, qu'il ne pouvait pas emporter, alors il m'en a laissé une partie, et le reste, il l'a donné à vos autres voisins, les Boyko. Eux, ce n'étaient pas des gens bien.»

Elle but une gorgée de thé.

«Je peux?» Elle prit un biscuit. «Ils ne nous donnent pas grand-chose à manger en prison.»

Après un silence, elle poursuivit son récit:

«Votre père n'est pas allé très loin. Le temps qu'il réussisse à traverser le fleuve, l'armée allemande avait déjà coupé toutes les routes plus à l'est. On ne pouvait plus aller nulle part. Et tous ces gens, ces hordes de civils et de soldats qui tentaient de quitter la ville, étaient bombardés par les avions. Son convoi a été frappé, et il a été blessé, à la main. Deux de ses doigts ont été arrachés, je crois. Il a réussi à regagner l'appartement, couvert de sang, quelques jours seulement avant que les Allemands entrent dans Kiev. Je lui ai rendu ses boîtes de conserve, mais les autres voisins, les Boyko, ils les ont gardées.

... Comme vous le savez, je suis allemande, même si je suis née et si j'ai grandi ici, à Kiev, où j'espère mourir. Mais mes deux fils rêvaient d'une vie meilleure – je ne leur en veux pas – et dès quel l'occasion s'est présentée, dans les années 1920, ils sont partis en Allemagne. Mon fils Otto était capitaine dans la Wehrmacht, et il faisait partie d'une des premières unités qui sont entrées dans Kiev. Certains habitants étaient contents, vous savez, ils leur lançaient des fleurs, ils pensaient que Hitler créerait une Ukraine indépendante et les rendrait prospères. Otto, lui, ne pensait pas ça. Il disait que Berlin avait pour objectif de chasser toute la population de ce territoire. *Lebensraum!* Et ça ne lui plaisait pas car il a grandi ici et il avait des copains – ukrainiens, russes et même juifs –, mais que pouvait-il faire, lui un simple capitaine.»

Maslov brûlait d'envie d'intervenir, ses poings écrasaient ses genoux. Debora le remarqua. Elle toucha son coude et dit :

«Laisse-la continuer.

— Otto est venu me voir, dans l'appartement. Les voisins, les Boyko, étaient impressionnés par son uniforme, par toute l'attention qu'on accordait à une vieille femme comme moi. L'homme s'est approché d'Otto et il lui a murmuré, en montrant votre chambre : "Vous savez qu'il y a un Juif juste là ?" Otto était écœuré. "Vous avez vécu ensemble pendant des années, et à la première occasion, voilà ce que vous faites ?" a-t-il répondu. Et il a ajouté qu'il voulait saluer votre père, pour le remercier d'avoir pris soin de moi. Votre père parlait allemand, et il a dit à Otto : "Enchanté de vous rencontrer. J'ai toujours su que les Allemands étaient une nation civilisée."

— Assez ! Assez avec cette connerie de nation "civilisée" !» Maslov ne pouvait plus se contenir. «Civilisée ? On a vu comme vous étiez civilisés ! Des chiens ! Des barbares !

— Vous avez parfaitement raison, camarade lieutenant-colonel, dit Helda en se redressant sur sa chaise. Les Allemands sont devenus de véritables barbares, d'une cruauté que les gens âgés comme moi, ou comme feu votre mari, dit-elle en montrant Rebecca, n'auraient jamais pu imaginer.

— Je ne suis pas votre camarade, protesta Maslov.

— Ce soir-là, poursuivit Helga, Otto a regagné le quartier général des Allemands dans un bâtiment de la rue Krechtchatyk. Je crois que c'était au cinéma Spoutnik. Mais je ne pourrais pas l'affirmer, je n'y suis jamais allée. Comme vous le savez, tout le centre-ville avait été truffé d'explosifs par vos camarades. » Elle regarda Maslov en disant cela. « Et le lendemain, alors que les gens faisaient la queue au quartier général, des gens ordinaires, pour obtenir des laissez-passer et des cartes de rationnement, le bâtiment a sauté, et tous ceux d'à côté aussi, les uns après les autres. Toute la ville a brûlé pendant presque une semaine. Les flammes éclairaient la nuit comme en plein jour.

— Vous savez très bien que ce sont vos Allemands qui ont fait sauter Krechtchatyk ! rétorqua Maslov en haussant la voix. C'est écrit dans le rapport ! Cessez donc de répandre vos mensonges antisoviétiques.

— Pardonnez-moi, insista Helga, mais je suis une vieille femme et je veux expliquer à ces deux femmes ce qui est arrivé à mon ancien voisin, leur père et mari. Alors laissez-moi raconter ce qui s'est réellement passé. Les explosions étaient terribles, le feu s'est propagé de maison en maison, et comme le système d'alimentation en eau avait été détruit, impossible d'éteindre les flammes. Et mon fils, Otto... je vous ai dit qu'il se trouvait au quartier général. Le bâtiment s'est écroulé sur lui, et il est mort ce jour-là. J'aurais voulu qu'il ne revienne jamais ici. »

Elle but une gorgée de thé. Et reprit :

« Quelques jours plus tard, des affiches sont apparues dans toute la ville, ordonnant aux Juifs de se présenter avec leurs affaires, pour être installés ailleurs. J'ai dit à votre père : je suis allemande, ils ne me feront rien, vous êtes en sécurité ici, ne partez pas. Et sincèrement, il n'était pas en état d'aller où que ce soit, ses blessures s'étaient infectées. Il avait de la fièvre. Mais les autres voisins convoitaient vos chambres. Ils ont forcé les serrures et ont emménagé dans deux d'entre elles. Votre père a protesté, mais Ostap lui a crié : "Ferme-la, le youpin. Finie l'époque où tu nous regardais de haut !" "Moi ? a répondu votre père. Quand ai-je regardé quelqu'un de haut ? Qui ? Ayez pitié." "On s'est débarrassés de ton gendre, on se débarrassera de toi aussi", a ajouté Ostap. À ce moment-là, votre père a cessé de les supplier pour les insulter. "C'était donc vous ! a-t-il hurlé. Vermine ! Ordure ! Mouchard ! Soyez maudit et vos enfants aussi !"

... L'après-midi, Ostap a appelé la police. Ces mêmes anciens policiers soviétiques qui avaient simplement changé de brassard. Ils ont emmené votre père, à Babi Yar. Ils l'ont frappé, alors que c'était inutile.

Il criait que quelqu'un devait raconter à sa femme et à sa fille ce qui s'était passé. Alors, voilà, je vous raconte.

— Comment savez-vous qu'ils l'ont tué ? demanda Rebecca.

— Ils ont tué toutes les personnes envoyées à Babi Yar, vous l'ignoriez ? Tous les Juifs qui étaient restés à Kiev ont été tués. Des gens faisaient semblant de vouloir les aider, ils soutiraient de l'argent et de l'or à ceux qui essayaient de se cacher, et ensuite, ils les dénonçaient à la police. Il existait même un mot pour ça : *schmaltzing*. Je suis désolée. C'est la triste vérité. Votre père est mort. Il vaut mieux que vous le sachiez.

— Et les Boyko, où sont-ils maintenant ? demanda Debora.

— Je ne sais pas. Quand votre père a été emmené, ils se sont installés chez vous, mais ça n'a pas duré. Les nazis avaient répertorié tous les logements, et ils ont réattribué ces pièces à un officier, un haut gradé de la SS, pas un simple capitaine de la Wehrmacht comme mon fis. Il s'appelait Gerhardt. Il aimait beaucoup les tableaux que vous aviez laissés.

... Les Boyko n'étaient d'aucune utilité pour les nazis, ni pour les Ukrainiens, d'ailleurs. En tant que Volkdeutsche, je recevais beaucoup de vivres, et regardez-moi : je ne mange pas énormément. Mais l'hiver était rude en ville, et les Boyko n'avaient plus grand-chose à se mettre sous la dent après avoir terminé les conserves de votre père. Au printemps 1942, ils sont partis s'installer dans un village où ils avaient de la famille et je ne les ai jamais revus.

... Mon second fils était militaire lui aussi, et il est venu me voir l'an dernier. Il voulait que j'aille vivre en Allemagne, mais j'ai refusé, je lui ai dit que je voulais mourir ici. On l'a envoyé à l'est, à Stalingrad. Je croyais qu'il avait été tué car il ne m'écrivait plus, mais j'entends dire qu'il a été fait prisonnier. Il y a un an et demi quand l'armée soviétique a commencé à se rapprocher, Gerhard, l'officier SS a emballé vos tableaux, certains objets de valeur et il est parti. À ce moment-là, les bombardements, aériens et terrestres, étaient terribles, la ville était de nouveau en feu. Des hommes, affamés et apeurés, rôdaient dans les rues, pour tuer et piller. Moi, je suis restée, et quand les Soviétiques ont repris le pouvoir, personne ne m'a embêtée dans les premiers temps. Je suis une vieille femme et je sors rarement de ma chambre. Le reste de l'appartement est demeuré inoccupé tout d'abord. Cela fait quelques mois seulement que les nouveaux locataires sont arrivés, de Russie. Il leur a fallu deux ou trois jours pour comprendre que j'étais allemande. Et voilà. Je suppose qu'ils ont tout l'appartement pour eux à présent.

... Tel est notre sort, conclut Helga. Je crois que je vous ai tout dit. »

Elle prit un autre biscuit et le glissa dans sa poche.

« Merci pour votre franchise, dit Rebecca.

— C'est un privilège du grand âge, ma chère. Profitez au maximum de la vie. Je doute que l'on se revoie. »

Maslov cria par la fenêtre et les deux officiers d'escorte revinrent chercher la vieille femme.

«J'aimerais être capable de tuer quelqu'un. Je pourrais l'étrangler de mes propres mains», pesta Rebecca, tout bas, en regardant ses paumes.

Elle avait des doigts fins, osseux; sa peau parcheminée laissait voir les veines.

«Qui donc? demanda Debora.

— Les Boyko. Les Allemands... Je ne sais pas. Mon Gersh n'a jamais fait de mal à personne. Il a toujours été... trop bon.»

Debora s'était attendue à voir sa mère éclater en sanglots, mais les yeux de Rebecca demeuraient secs, animés d'une haine froide.

«Les Boyko sont des crapules», confirma Debora. Elle s'imaginait assénant un coup de hachoir sur le visage rondouillard d'Ostap, fendant en deux l'épaisse couche de graisse. Image réjouissante. «Ils doivent payer pour ce qu'ils ont fait.»

La voix de Maslov brisa le silence:

«Leur sort a été réglé.

— Comment?

— Ostap faisait partie des colonnes qui ont suivi les Allemands vers l'ouest et qui se sont fait prendre à Vinnytsia. Il avait écrit de nombreux articles en 1941 à la gloire du nouvel ordre allemand. La décision a donc été facile à prendre. Il a été exécuté quinze jours plus tard. On ignore où se trouvent son épouse et ses enfants, mais on les cherche. Il est possible qu'ils aient réussi à rejoindre l'Allemagne.

— Au moins, justice a été rendue, dit Rebecca en nouant ses mains. Et Pani Helga, que va-t-elle devenir?

— Elle va être envoyée au Kazakhstan, mais je doute qu'elle survive au voyage. C'est déjà miraculeux qu'elle ait réussi à passer entre les mailles du filet pendant toute une année, après la libération de Kiev. C'est une femme rusée. À votre place, je ne croirais pas tout ce qu'elle a raconté.

— Pourquoi mentirait-elle? demanda Debora. Qu'a-t-elle à y gagner? Elle sait que, de toute façon, elle sera déportée, non?

— Avec les Allemands, il faut toujours se méfier. C'est une race de chiens. Si ça ne tenait qu'à moi, je les liquiderais tous, déclara Maslov avec un rictus. Un Allemand, une balle.»

Rebecca intervint:

«Si mon mari est mort à Babi Yar, son corps est quelque part. Vous les exhumez? Vous recherchez les victimes? Qu'y a-t-il là-bas à présent, à Babi Yar?

— Il y a trop de corps pour tous les exhumer. On parle de dizaines de milliers de victimes. Dans l'immédiat, nous n'avons pas de temps à consacrer aux morts. Le gouvernement doit s'occuper des vivants.

— Y a-t-il au moins une liste des personnes tuées? Un moyen d'être sûr? Les Allemands tenaient forcément des registres.

— Non, je ne pense pas. Les morts étaient trop nombreux.

— Je veux y aller. Je veux voir, déclara Rebecca et elle se leva.

— Maintenant ?

— Oui, maintenant. Je veux voir la tombe de mon mari. »

Maslov accepta à contrecœur. Ils roulèrent en direction du nord-ouest, dans le plus grand silence. Ce n'était pas très loin, juste derrière les zones industrielles et un cimetière. Quand ils arrivèrent, Rebecca partit devant tout le monde, indifférente à la neige qui dépassait ses chevilles.

« Attention ! lui cria Maslov. Il y a peut-être des mimes. »

Elle l'ignora.

Elle s'arrêta au bord de la falaise pour contempler le paysage et réciter silencieusement une prière. Un soldat chargé de surveiller le site les aperçut et se précipita pour les chasser. Il se ravisa en voyant l'uniforme de Maslov.

« À votre service », dit-il en s'empressant de saluer.

Au fond du ravin, des dizaines de personnes armées de pelle s'acharnaient sur le sol gelé. Rebecca reprit espoir.

« Ils préparent les enterrements ? Ils essaient d'identifier les corps ? demanda-t-elle au garde. Ils recensent les noms ?

— Qui ça, « ils » ? Quels enterrements ? s'esclaffa le soldat. Non, ils se dépêchent de creuser avant le dégel.

— Pour quoi faire ?

— Pour trouver des dents en or. De l'argent aussi, des bijoux... Ces Juifs avaient emporté un tas de trucs, ce serait dommage de tout laisser perdre.

— Pourquoi dites-vous "avant le dégel" ? Pourquoi une telle précipitation ? Ils vont ériger un monument ?

— Un monument ?

— À la mémoire de tous ceux qui sont morts ici.

— Je ne suis pas au courant. On nous a juste dit qu'ils allaient combler le ravin avec des déchets de la briqueterie et construire un stade par-dessus. C'est ça, le projet.

— Logique, approuva Maslov. Nous devons penser à l'avenir. À quoi bon s'appesantir sur le passé ?

— Vous allez construire un stade sur la dépouille de mon Gersh et organiser des défilés sur sa tombe ? » Rebecca secoua la tête, écœurée. « On est censés faire comme s'il ne s'était rien passé ? C'est honteux. Tout le monde est devenu fou. »

Elle s'agenouilla, ramassa une pierre et la lança dans le ravin en priant à voix haute cette fois.

« Qu'est-ce que vous faites ? demanda Maslov.

— La tradition veut que l'on pose une pierre sur la tombe d'un être cher.

— Ah, vous faites partie de ces Juifs, dit le garde. J'aurais dû m'en douter. Vous n'êtes plus très nombreux. »

Il avait dit cela d'un ton neutre et Debora se demandait si cette réalité le rendait heureux, triste ou indifférent.

« Moi, je suis toujours là », répliqua Rebecca en se redressant.

De retour dans l'appartement, Rebecca sortit les draps de l'armoire à linge et entreprit de couvrir tous les miroirs.

« Maintenant que nous savons que Gersh est mort, nous devons faire la *shiv'ah*, déclara-t-elle.

— C'est quoi, ça ? demanda Maslov. Debora, que fabrique ta mère ?

— C'est le rite funéraire des Juifs. Laisse-la faire, s'il te plaît. »

Il était mécontent.

« Tu as conscience de ma situation, hein ? Je te rappelle que tu es russe désormais. Je ne peux pas tolérer toutes ces inepties en public. Uniquement ici, derrière les portes closes.

— Elle ne sortira pas de nos chambres », promit Debora.

Leur échange parvint aux oreilles de Rebecca.

« Pourquoi vous disputez-vous ? » Elle marcha vers Maslov. « Vous n'avez donc aucune honte ? Vous croyez que vous avez le pouvoir de me dire comment je dois porter le deuil de mon mari ?

— La question n'est pas là.

— C'est quoi, alors ?

— Vous le savez très bien. Tous ces rituels juifs... mieux vaut que ça reste discret. Pensez à l'avenir de Pasha et de Nina. On ne sait jamais comment le vent va tourner.

— Je suis ce que je suis, que cela vous plaise ou non », répliqua sèchement Rebecca.

Elle pivota sur ses talons et claqua la porte derrière elle.

Maslov leva les bras au ciel, poussa un profond soupir et quitta l'appartement.

Une demi-heure plus tard, Debora enfila son manteau.

« Je vais me promener, maman. J'ai besoin de prendre l'air. »

Rebecca la foudroya du regard.

« Qu'est-ce qui te prend ? Ton père est mort, et le moins qu'on puisse faire pour lui, c'est de respecter la *shi'vah*. Tu ne l'as pas fait pour ton mari, mais tu dois montrer du respect envers ton père.

— Papa ne croyait pas à tous ces trucs. Je ne l'ai jamais vu prier. Je ne l'ai jamais vu jeûner pour Yom Kippour. Il n'a pas élevé ses enfants de cette manière, et tu le sais. Je ne te juge pas, et tu ne devrais pas me juger toi non plus.

— En effet, votre père vous a élevés de cette façon, ton frère et toi, car il croyait que s'il cessait de se conduire comme un Juif, il ne serait plus considéré comme tel. On a vu ce que ça a donné. »

Submergée par l'aspect irrévocable de ce constat, Rebecca se laissa choir dans un fauteuil, pendant que Debora fermait la porte.

Une semaine après leur retour à Kiev, Debora reçut une proposition pour enseigner le russe et la littérature dans l'école située près de leur logement, sur la grande place du marché du quartier de Podil. L'école occupait un magnifique immeuble bleu ciel datant d'avant la révolution, décoré de colonnes grecques et d'anges sculptés sur la façade. On lui avait demandé de se présenter au directeur le lundi à neuf heures tapantes, sans plus de précisions.

Le directeur savait déjà qui était son mari et étant donné qu'il était demeuré à Kiev durant l'occupation, il était bien décidé à faire assaut de flagornerie.

« Camarade Maslova, c'est pour nous une joie immense de vous recevoir ici, dit-il en l'accueillant dans son bureau, debout à côté d'une fenêtre en ogive qui donnait sur la place. Toute aide est la bienvenue. »

Il ajusta ses lunettes et la regarda de nouveau, intrigué. Debora l'avait reconnu immédiatement, malgré les cheveux en moins et les rides en plus autour des yeux.

« Debora ? demanda-t-il d'un ton hésitant. Je me trompe ? Pardonnez-moi, mais vous ressemblez énormément à une personne que j'ai connue.

— Oui, Roman. Nous nous sommes parlé pour la dernière fois quand mon fils est né. Il y a presque huit ans... Ça ne date pas d'hier, n'est-ce pas ? Il sera bientôt élève dans cette école. Nous avons survécu et je peux enseigner de nouveau. Je suis ravie que vous ayez survécu vous aussi. »

Roman s'approcha pour la serrer dans ses bras.

« Qui aurait pu imaginer... qui aurait pu imaginer... » Il demeurait perplexe, cependant. « Mais votre nom ? Je lis ici que vous vous appelez Darya maintenant. Et votre premier mari... Samuel, qu'est-il devenu ?

— Samuel est mort, hélas. Je me suis remariée et j'ai changé de nom. C'est aussi simple que ça. Désormais, je m'appelle Darya Grigoriyevna Maslova, et j'ai le droit d'enseigner. Il n'y a plus rien à cacher. C'est une nouvelle vie. Mais c'est une chose dont nous ne devons plus reparler. Vous comprenez, n'est-ce pas ?

— Oui, je comprends. Je comprends, s'empressa de confirmer Roman. Bref, sachez que ce n'est pas le genre d'école que vous avez connu. Durant la guerre, plus personne ou presque n'a étudié, et nous avons dû reprendre depuis le début à l'automne. Les élèves... ils ont tout connu et par conséquent, ils... comment dire... ils n'ont plus peur de rien. À commencer par les enseignants. Et certains sont déjà grands. Votre fils... quel âge a-t-il ? Bientôt huit ans ? Il va entrer en cours élémentaire ?

— Oui.

— Eh bien, dans sa classe, certains élèves auront douze ans, voire treize. Imaginez comme ils sont coriaces. » Une grimace d'inquiétude plissa son visage. « Et vos parents ? Que sont-ils devenus ?

— Ma mère va bien. Nous avons été évacuées ensemble. Mon père, d'après ce que je sais, est mort à Babi Yar. Quant à mon frère, nous n'avons aucune certitude. »

Le directeur posa sa main sur son épaule.

«Vous m'en voyez navré. J'étais ici quand les affiches sont apparues pour demander aux Juifs d'aller à Babi Yar. Ils y sont tous allés, presque gaiement, du jour au lendemain. Des milliers d'entre eux ont traversé la ville. Ils se disputaient pour passer devant. Ils croyaient réellement que les Allemands allaient les installer dans un endroit plus agréable.

— On nous a toujours appris à croire ce qu'on nous disait, n'est-ce pas?»

Roman la regarda d'un air affolé. Essayait-elle de l'inciter à tenir des propos compromettants?

L'école primaire, le collège et le lycée occupaient le même bâtiment. Comme l'avait souligné Roman, certains élèves de sixième étaient beaucoup plus âgés que d'autres. Sur la vilaine peau de leurs visages prématurément endurcis apparaissaient déjà quelques poils de moustache et de barbe. Après la sonnerie annonçant le début des cours, Debora entra d'un pas vif dans la salle de classe et, voyant que les élèves l'ignoraient et continuaient à se lancer des boules de papier, elle lâcha bruyamment une pile de livres sur le bureau. Le claquement provoqua un silence immédiat.

«Je m'appelle Darya Grigoriyevna et les choses vont changer, déclara-t-elle. Alors, écoutez-moi bien. Vous ferez ce que je vous demande, vous étudierez et vous réussirez vos examens. Si certains ont l'intention de me défier, je vous le déconseille. Croyez-moi, je saurai m'occuper de vous.

— Vous venez d'où ? demanda un garçon couvert de boutons enflammés.

— D'ici, de Kiev. Comme vous tous. Alors, n'essayez pas de jouer aux plus malins avec moi. Compris ? »

Les élèves mirent plusieurs jours à découvrir que la nouvelle enseignante était l'épouse d'un lieutenant-colonel du NKGB. Cela ne la ferait pas aimer de ses élèves. Mais ils la craindraient et ça lui suffisait.

Sa tâche n'était pas aisée. Un grand nombre d'élèves avaient encore du mal à déchiffrer des phrases élémentaires, sans même parler de la prose soviétique ampoulée qui vantait les succès du collectivisme et du développement industriel. Au programme figurait toujours Pavlik Morozov, le jeune étudiant assassiné par ses proches pour avoir dénoncé les activités contre-révolutionnaires de son père. Pavlik était une variante russe du prénom Pasha, découvrit Debora en corrigeant les dissertations de ses élèves.

Après quelques semaines, elle s'aperçut qu'elle n'aimait plus enseigner. Que faisait-elle sinon implanter de nouveaux mensonges dans de jeunes esprits ? Des mensonges sur Staline, le meilleur ami de tous les petits Soviétiques. Sur la liberté qui régnait dans leurs pays. Dont le monde entier jalousait le sort privilégié.

Le marteau
et la faucille
de mon passeport soviétique...
Je sors de
mon pantalon large
un double de mon précieux trésor
Lisez,
enviez-moi,
je suis un citoyen soviétique...

Tout le monde devait apprendre par cœur les vers enflammés de Maïakovski. Debora n'avait pas le droit, évidemment, d'enseigner à ses élèves que le paradis soviétique avait contraint ce même Maïakovski à se suicider deux jours après le refus du Parti de lui accorder ce fameux passeport à la faucille et au marteau pour voyager à l'étranger.

Au cours du mois d'avril, d'autres Juifs ayant fui l'Ukraine en 1941 arrivèrent à Kiev. Des enfants prénommés Isaac, Rebecca et Abraham firent leur apparition dans les classes. La plupart de leurs familles ne venaient pas de la capitale, mais de petits shtetls dans la campagne, où vivaient de nombreux Juifs autrefois, et désormais déserts et inhospitaliers. En sortant dans la cour pendant une récréation, Debora vit un groupe d'élèves de CE1 courir après un de ces nouveaux venus.

« Arrête-toi, le youpin ! Arrête-toi ! On veut faire du savon ! » braillaient-ils.

Elle s'interposa, protégeant avec son corps le garçon aux cheveux bouclés, effrayé, les yeux mouillés de larmes. Alors qu'elle s'apprêtait à punir les coupables, elle découvrit que Pasha figurait parmi les harceleurs. L'excitation faisait briller ses yeux exorbités. Elle sentit son estomac se nouer et leva faiblement la main. Les garçons, mécontents d'avoir été interrompus dans leur chasse à l'homme, mais encouragés par l'absence de châtiment, se dispersèrent en riant.

Ce soir-là, à la maison, au cours du dîner de famille, Debora réprimanda Pasha devant Maslov.

« Qu'est-ce qui t'a pris de harceler ce pauvre garçon, en criant ces horreurs ? Tu n'as pas honte ?

— On l'a juste traité de youpin, répondit Pasha, boudeur. C'est la vérité.

— Et toi, alors ? s'emporta Rebecca. Tu es un youpin, comme ce garçon. Honte sur toi.

— Non, tu mens, répondit Pasha. Je suis pas un youpin. Je suis un Soviétique. »

Maslov se pencha pour lui tapoter la tête.

« Bien sûr que tu n'es pas un youpin. Ta vieille grand-mère ne sait plus ce qu'elle raconte. » Il se tourna vers Debora. « Ne sois pas si dure avec lui. C'était un jeu innocent. Il faut bien que jeunesse se passe. Tu veux qu'il se différencie des autres ? C'est la dernière chose à faire. Ceux qui se font remarquer ne vont pas loin.

— Ils ont dit à ce garçon qu'ils voulaient en faire du savon. Du savon.

— Non, ils n'ont pas vraiment dit ça, protesta Maslov. N'en fais pas tout un plat. » Il se tourna vers Rebecca. « Ne traitez plus jamais mes enfants de youpins. »

Rebecca posa violemment sa tasse, se leva et quitta la pièce en coup de vent.

« Ce n'est pas une façon de faire », dit Debora à son mari.

Ce soir-là, il voulut faire l'amour, et pour la première fois, elle lui tourna le dos quand il commença à la caresser.

« Je ne me sens pas bien. Un autre jour. »

Maslov était déçu, mais il n'insista pas.

30

Kiev, mai 1945

La guerre contre l'Allemagne s'acheva enfin le 9 mai. Depuis plusieurs semaines déjà, la radio évoquait l'avancée des troupes soviétiques dans Berlin, et tout le monde s'attendait à l'annonce de la victoire. Néanmoins, lorsqu'elle fut déclarée officiellement, Debora éprouva un immense soulagement. Ils ne peuvent pas mentir, c'est trop grave, pensa-t-elle. S'ils disent que la guerre est finie, c'est qu'elle est finie.

« Si ton frère est prisonnier en Allemagne, peut-être qu'il va rentrer, dit Rebecca un matin. Peut-être que Dieu aura pitié de nous.

— Peut-être. »

Pendant des années, Debora avait chassé le souvenir de la flasque suisse de son père. Après avoir appris la mort de son mari, sa mère s'accrochait à l'espoir de revoir son fils vivant, un jour. Debora ne voulait pas tuer cet espoir. Ce serait trop cruel. Et vain. Alors, elle ne parla pas de la flasque. Qui sait ? Sa mère avait peut-être raison, Yakov était peut-être toujours vivant.

Plus tard dans la journée, des colonnes de Jeep fabriquées en Amérique, transportant des soldats soviétiques, suivies de chars et de Howitzer automoteurs, traversèrent le centre de Kiev, passèrent devant les ruines de la rue Krechtchatyk et montèrent jusqu'à Sainte-Sophie. Comparé aux festivités organisées ce même jour à Moscou, ce fut un défilé relativement modeste. Après tout, la guerre n'était pas achevée en Ukraine. Les zones de l'ouest que l'Union soviétique avait prises à la Pologne en 1939 avaient été épargnées par la famine et les purges qui avaient conduit à la soumission et anéanti le reste de l'Ukraine soviétique. Dans ces régions, les villageois, bien nourris et habitués à leur liberté, n'avaient pas encore appris la leçon : résister au pouvoir soviétique était inutile. Presque deux années d'exécutions et de déportations par le NKVD avant juin 1941 avaient suffi à instiller une haine quasi universelle vis-à-vis de Moscou, mais insuffisante, contrairement à l'est et dans le centre de l'Ukraine, pour éteindre toute volonté de résistance.

Par conséquent, alors que les troupes soviétiques faisaient route vers l'ouest, jusqu'à Berlin, une insurrection éclata à l'arrière. Les journaux soviétiques parlaient des « bandits allemands banderites », alors que le leader nationaliste Stepan Bandera avait passé la majeure partie de la guerre dans un camp de concentration allemand. Toutefois, ces phénomènes étaient rares. Par conséquent, Debora ne s'inquiéta pas outre mesure quand Maslov reçut un télégramme dès le lendemain du Jour de la Victoire, qui lui ordonnait de rejoindre dans un délai de quarante-huit heures la ville de Drohobytch à l'ouest, et de se préparer à un séjour d'au moins un mois.

« C'est juste pour aider à rétablir l'ordre, comme on l'a fait ici, dit-il à Debora. Une promenade de santé. On sait comment s'y prendre maintenant. »

Lors de sa dernière soirée à Kiev, il l'emmena au cinéma voir un film récent, *Ivan le Terrible*, projeté au quartier général des officiers. Avant la guerre, les tsars et les généraux qui avaient agrandi l'empire russe étaient considérés avec mépris comme des tyrans réactionnaires. À présent, ils avaient rejoint le panthéon officiel. Staline en personne avait approuvé le scénario du film, disait-on. Les spectateurs applaudissaient chaque fois que le tsar tant redouté renforçait la Mère Russie en éliminant des hérétiques et en faisant décapiter ses sujets, accusés de délits réels ou imaginaires. Rebutée par le tsar Ivan avec ses yeux de fou et sa barbe hirsute, Debora soutenait à l'inverse le prince rebelle Kourbski, beaucoup puis séduisant en raison de son amour impossible pour la femme du tsar. Le bel acteur lui rappelait son premier mari. Comme le cinéma.

« Ce Kourbski, il s'est enfui ici, en Ukraine, lui expliqua Maslov après le film. Ce pays a toujours attiré les traitres. »

Le lendemain matin, Debora l'aida à faire sa valise et le regarda astiquer son pistolet et introduire les balles à tête fendue dans le chargeur. Pasha était présent lui aussi, fasciné.

« Je peux le toucher ? demanda-t-il.

— Pas question », dit Debora.

Mais Maslov éjecta le chargeur et laissa Pasha tenir l'arme lourde et froide dans sa petite main.

« Ne pointe jamais une arme sur quelqu'un si tu n'as pas l'intention de le tuer, soldat », dit Maslov.

La Studebaker du NKGB vint le chercher.

« Si tu as besoin de quoi que ce soit en mon absence, appelle le bureau, dit-il à Debora. Mon adjudant passera de temps en temps pour s'assurer que tout va bien.

— Ne te fais pas tuer. Ce serait idiot, maintenant que la guerre est terminée », dit-elle avant de l'embrasser.

Au fil des ans, Debora s'était habituée aux séparations. Toutefois, elle fut surprise d'éprouver une sorte de soulagement après le départ de Maslov. Il l'appelait une ou deux fois par semaine. De brèves conversations, entrecoupées de parasites, auxquelles elle s'empressait de mettre fin.

C'était quand son mari était absent qu'elle prenait conscience de la tension qui régnait sous leur toit. L'hostilité entre lui et Rebecca flottait en permanence, comme la puanteur qui s'échappait des conduits d'égout éventrés, même les jours les plus heureux. La manière méprisante, presque haineuse, dont il parlait des Juifs... Combien de fois lui avait-elle demandé de surveiller son langage ? Et ce sentiment de pouvoir sans frein qu'il ramenait à la maison, cette habitude d'être obéi au doigt et à l'œil qu'il espérait retrouver chez lui. Au cours de ces deux dernières années, il s'était hissé dans les hautes sphères du Parti. Un changement de situation qui avait transformé sa personnalité. Debora le trouvait plus dur, plus froid. Ou bien avait-il toujours été ainsi, et avait-elle choisi, autrefois, de ne pas le voir ?

Sa propre situation avait changé elle aussi. Pour la première fois de sa vie, Debora avait conscience d'appartenir à une classe véritablement privilégiée. Alors que la plupart des Kiéviens souffraient de la faim, elle s'approvisionnait dans une boutique réservée, sans enseigne, cachée dans un sous-sol. Les prix étaient si bas que c'était quasiment gratuit, dans la limite des généreux quotas alloués à la famille d'un lieutenant-colonel. Concernant les autres produits de luxe qu'étaient les fruits et les légumes, Maslov lui donnait suffisamment d'argent pour faire des folies au marché qui venait de rouvrir à Podil.

Elle avait besoin de renouveler sa garde-robe pour se montrer à la hauteur de son nouveau statut social. Les tissus de qualité étaient rares, mais là encore, les familles des officiers du NKGB avaient accès à un atelier de confection spécial qui travaillait également pour l'état-major de Kiev. Il venait justement de recevoir un chargement de satin, soie et gaze de premier choix, trophée de guerre en provenance de Breslau. Entre deux séances d'essayage, Debora prenait le thé et faisait des mondanités avec d'autres épouses d'officiers. Dont beaucoup, contrairement à elle, semblaient habituées au luxe. Venant de Russie pour la plupart, elles se moquaient gentiment du drôle d'accent des Ukrainiens, de leurs étranges goûts culinaires et de leur langue qui n'en était pas une. En outre, elles enrageaient secrètement d'avoir échoué dans cette ville en ruine, plutôt que dans une de ces capitales européennes prises à l'ennemi, comme Berlin, Vienne ou Prague, où l'on pouvait confisquer des bijoux, des montres et des fourrures de qualité aux populations locales, à titre de réparations.

Toutes ces épouses étaient charmantes avec Debora. Néanmoins, elle décida de ne pas nouer d'amitiés dans ce cercle, une fois les essayages terminés. Les tenues qu'elle avait choisies étaient quelque peu osées. Et pourquoi pas ? L'été approchait et tout le monde dévoilait son corps.

À l'école, Roman prenait bien soin d'appeler Debora par son nouveau nom, Darya Grigoriyevna, et de se comporter comme s'ils ne s'étaient pas connus dans une vie antérieure. Il s'exprimait par de longues phrases au ton solennel, et son visage de chien triste ne trahissait jamais la moindre émotion. Et donc, le jour où trois élèves de sixième vandalisèrent un couloir avec de la peinture rouge volée, avant de mettre le feu au laboratoire de chimie, il demeura étonnamment calme. Quand on lui amena les coupables, seul un léger rictus apparut sur son visage empreint d'un mécontentement résigné.

« N'avez-vous pas honte ? » demanda-t-il à ces adolescents, puis il leur tourna le dos et s'éloigna à pas lents.

Non, ils n'avaient pas honte. Il ne leur infligea aucun châtiment.

Dès qu'il fut hors de portée de voix, les trois garçons éclatèrent de rire. C'était le ricanement méprisant des jeunes mâles de plusieurs espèces de mammifères quand ils découvrent une faiblesse inattendue chez leurs proies. Témoin de la scène, Debora sentit son sang se glacer. Cela lui rappelait la fois où Pasha et ses camarades avaient harcelé ce jeune garçon juif aux cheveux bouclés qui, avait-elle remarqué par ailleurs, ne venait plus à l'école.

« Si jamais je vous surprends en train de recommencer, je veillerai personnellement à ce qu'on vous coupe vos petits testicules ratatinés, dit-elle d'une voix forte, en pinçant le coude d'un des garçons, à lui faire mal. Et vous savez que j'ai ce pouvoir. Alors, j'exige que vos parents viennent me voir demain. C'est bien compris ?»

Ce n'était pas le genre de langage qui sortait habituellement de la bouche d'une enseignante, et les garçons – tous plus grands et plus costauds qu'elle – pâlirent. Quand ils se furent dispersés, Debora demeura où elle était, les poings serrés et le cœur battant. Valentyna, la professeure de maths, la rejoignit et lui tendit la main.

«Vous avez bien raison, dit-elle. Bravo.

— Le monde marche sur la tête depuis plusieurs années, et les gens sont déboussolés, dit Debora, le visage encore empourpré. Ces jeunes ont tout connu, mais ils ne savent pas faire la différence entre le bien et le mal. C'est à nous de leur expliquer.

— En effet, approuva Valentyna. Dommage que notre directeur soit aussi faible avec ces voyous. Ce pauvre homme est un être brisé. Que de malheurs dans une seule vie.

— Que voulez-vous dire ?»

Roman n'avait jamais parlé de sa vie à Debora.

«Il avait deux fils. Tous les deux sont partis à la guerre et tous les deux sont portés disparus. Son épouse est morte en 1943, quand nos troupes ont commencé à bombarder Kiev. Abattue par notre propre artillerie. Alors, il vit seul, entre l'école et chez lui, chez lui et l'école. Je ne l'ai jamais vu sourire.

— Tout le monde a perdu quelqu'un, dit Debora.

— C'est juste. Chacun doit porter sa propre croix.»

De retour chez elle, Debora rapporta à sa mère cette confrontation avec les adolescents.

«Tu as vraiment menacé de couper leurs petits machins?» demanda Rebecca en riant. Avant de redevenir sérieuse. «Tu n'es pas furieuse seulement à cause de ces jeunes idiots. Tu es furieuse parce que ton fils est en train de leur ressembler.

— Comment ça?

— Tu sais très bien ce que je veux dire. Tu as tout sacrifié pour lui et maintenant, il devient comme eux. Pasha, notre adorable petit Pasha.

— C'est toi qui dis des idioties maintenant, maman.»

Rebecca prit sa fille par les épaules et la regarda droit dans les yeux.

«Ça me brise le cœur de dire ça, mais il ressemble de plus en plus à Maslov. J'aime Pasha, de tout mon cœur, mais parfois, je n'arrive plus à les différencier l'un de l'autre.

— Je ne comprends pas où tu veux en venir, maman.»

Debora se leva pour aller voir son fils dans sa chambre.

«Tu comprends très bien, mais tu refuses de l'admettre», soupira Rebecca.

Le garçon était occupé à colorier un gros album que lui avait offert Maslov. Sa mère se pencha au-dessus du dessin. Des hommes en uniformes verts, grands et forts, tiraient sur de vilaines créatures barbues coiffées de drôles de chapeaux.

« C'est quoi ?

— C'est notre peuple qui tue les traîtres, répondit Pasha avec un adorable sourire. Regarde ! Lui, c'est papa. »

Il montra l'homme le plus imposant, qui arborait très clairement les insignes de lieutenant-colonel sur ses épaules athlétiques : deux galons et deux étoiles.

« Il ne ressemble pas à ton père, répondit Debora d'un ton brusque.

— Si ! insista Pasha. Arrête de dire que c'est pas lui. »

Le lendemain matin, après une conversation ferme avec les mères des trois vandales, des femmes simples, plus intimidées par une enseignante bien habillée que ne le serait jamais leur progéniture, Debora alla frapper à la porte du bureau de Roman.

« La fin de l'année approche, dit-elle. Je pense qu'il faudrait fêter ça. La guerre est finie, c'est l'été. Nous devrions organiser des petites réjouissances pour le personnel. Ça ferait du bien au moral. »

Roman n'aimait pas les festivités, mais il n'émit aucune objection. Il fut décidé que cela aurait lieu au début du mois de juin, soit deux jours avant le retour prévu de Maslov. Chacun participa selon ses moyens. Roman fournit la vodka et le vin, Debora acheta des saucisses et des gâteaux, et Valentyna apporta un gramophone et plusieurs disques pour danser. Le corps professoral comptait quatre fois plus de femmes que d'hommes, et c'est ainsi que Debora, vêtue d'une robe en soie argentée qui dévoilait presque tout son dos, finit par danser avec Valentyna, qui se révéla être une spécialiste du tango et du cha-cha-cha. Roman s'étonna d'être l'objet de l'attention de la professeure d'allemand, Alina, qui ne le lâcha pas de toute la soirée. Tout le monde s'accorda à dire que c'était la première fois, depuis bien longtemps, qu'on voyait un sourire sur son visage.

Maslov revint de sa mission dans l'ouest de l'Ukraine en pleine nuit. Pasha et Nina poussèrent des cris de joie quand il les réveilla au matin et s'amusa avec eux au petit déjeuner. Mais une fois les enfants partis à l'école, quand il se retrouva seul avec Debora, elle remarqua son étrange torpeur. Il demeurait immobile, les yeux fixés sur le mur.

« Comment ça s'est passé là-bas ? » interrogea-t-elle.

Au lieu de répondre, il se leva et se servit un demi-verre de vodka. Il était beaucoup trop tôt pour commencer à boire, mais elle ne fit aucune réflexion.

« Ils nous haïssent. Ils nous haïssent profondément, dit-il enfin. Tous. Les hommes, les enfants, les femmes, les grands-pères et les grands-mères. Et même leurs putains de chiens et chats. Ils nous tueraient, s'ils le pouvaient.

— Pas tous, j'en suis sûre. »

Debora tenta de le raisonner. Mais elle voyait bien que Maslov avait changé, comme si ses certitudes s'étaient effondrées.

« Raconte-moi ce qui s'est passé. Ce que tu peux, évidemment. »

Habituellement, Maslov n'évoquait jamais son travail à la maison, et pas uniquement parce qu'il était interdit de dévoiler des secrets d'État. Il savait que Debora avait une vision d'ensemble de ses activités. Mais avoir une vision d'ensemble, c'était une chose, connaître les détails, c'en était une autre. Moins sa femme en savait, plus il serait facile pour lui de retrouver chaque soir ce qu'il avait toujours désiré : un foyer familial paisible. Tel qu'il l'avait toujours imaginé. Une fois rentré chez lui, il ne voulait plus penser aux traînées de sang sur le sol en ciment de la cave, aux émissions incontrôlées des mourants.

Durant toute sa carrière, à l'exception de plusieurs semaines passées à combattre les nazis à Stalingrad, il avait toujours eu affaire à des individus terrorisés qui cherchaient généralement à retarder l'inévitable en jurant qu'il s'agissait d'une terrible erreur et en professant une loyauté indéfectible envers le Parti. Avant son voyage dans l'ouest de l'Ukraine, il n'avait jamais vu des gens ordinaires, des villageois semblables à ce que lui-même avait été, afficher ouvertement leur mépris. Des villageois qui se feraient un plaisir, il le savait, de lui tendre un piège et de le tuer, comme ils avaient tué les deux membres de son équipe qui s'étaient égarés sur une route de campagne près de Drohobytch, quinze jours plus tôt. Le chef d'état-major de l'Armée rouge en Ukraine lui-même, le général Vatoutine, avait trouvé la mort l'année précédente dans une embuscade tendue par des insurgés.

Alors, aujourd'hui, il éprouvait le besoin de se confier.

« Tous ceux qui travaillent avec nous là-bas – un policier, un instituteur que nous avons envoyé d'ici ou de Russie, un médecin... tous vivent dans la peur. À n'importe quelle heure de la nuit, quelqu'un peut frapper à leur porte et leur tirer une balle dans la tête.

— C'est aussi grave que ça ? Il reste donc autant de nazis ? Pourquoi les Allemands continuent-ils à se battre, alors que Hitler est mort ?

— Les nazis ? Les Allemands ? Hélas, ce n'est pas aussi simple que ça, ma chérie. Je ne parle pas des nazis. Ni des Allemands. Mais des Ukrainiens. Ces gens là-bas, ces Soviétiques, ils ne sont pas vraiment comme nous, ils n'ont pas la même façon de penser. Il y a trente ans, cette région appartenait à l'Autriche, et il y a six seulement, elle appartenait encore à la Pologne. Six ans, ce n'est rien. Ils se souviennent. C'est dans leur sang. Ils se font appeler l'UPA, l'armée insurrectionnelle ukrainienne, les Banderites. Ils espèrent que l'Amérique va entrer en guerre contre nous, cette année ou l'année prochaine, c'est pour cette raison qu'ils continuent à se battre. Et peut-être que ça va arriver.

— Raconte-moi ce qui s'est passé là-bas.»

Debora s'assit à côté de Maslov et lui prit la main.

«C'était jeudi dernier, juste avant l'aube, dans la forêt encore embrumée. Une embuscade avait eu lieu et les chiens nous avaient conduits jusqu'à une cachette. Un simple amas de branches à l'orée d'une clairière. Personnellement, je n'aurais rien remarqué. Mais les chiens sont devenus fous. On a retiré les branches et dessous, en effet, il y avait la trappe d'une *kryvka*. Tu sais ce qu'est une *kryvka*?»

Debora secoua la tête.

«Ils creusent des cachettes, comme des bunkers, sous les maisons, dans les bois, partout. Ils y restent toute la journée et ils sortent la nuit pour nous combattre. Tu serais surprise par les dimensions de ces *kryvkas*. Dans celle-ci, creusée en pleine forêt, il n'y avait pas un bruit, pas un souffle à l'intérieur. On a d'abord cru qu'il n'y avait personne. Mais les chiens insistaient. Alors, on a soulevé la trappe et, pour être sûrs, on a lancé des grenades. En vérité, il y avait trois hommes dans ce trou. Ils sont morts sur le coup. Sans avoir l'occasion de nous tirer dessus.

... On les a sortis, on les a attachés sur les capots de nos Jeeps et on a roulé comme ça jusqu'au village le plus proche. Ils étaient mutilés, leurs entrailles pendaient sur les côtés, mais qu'est-ce qu'on pouvait faire d'autre? On a balancé les corps devant l'église et on a installé un poste d'observation à proximité, à l'entrée d'une forêt.»

Il fit mine de regarder à travers des jumelles et se servit un autre verre de vodka, en chancelant sur sa chaise.

«Pourquoi? demanda Debora. Qu'est-ce que vous vouliez voir?»

Elle ne comprenait pas.

«Ces insurgés n'avaient aucun papier sur eux, et on ne savait pas qui on avait tué. On devait attendre que quelqu'un vienne les récupérer, pour les identifier et enquêter. L'église était condamnée par des planches et le prêtre sous la protection d'une autre équipe. Ils ont leur propre église impérialiste là-bas, ils obéissent au pape, ce ne sont pas des orthodoxes russes comme nous. Au lever du soleil, les villageois ont commencé à sortir de chez eux, les uns après les autres. La nouvelle s'est propagée jusqu'aux villages environnants, et à midi, trois charrettes tirées par des chevaux sont venues chercher les morts pour les rendre à leurs familles. Toutes ces lamentations! À partir de là, il nous suffisait de suivre les charrettes. Une heure plus tard, on débarquait devant leurs maisons avec nos camions. On leur a laissé une heure pour prendre leurs affaires. Ils pouvaient emporter une valise chacun.

— Pour aller où?

— À ton avis? Très loin d'ici. On ne peut laisser ces familles de Banderites et leurs complices là-bas.

Il y a toute la place qu'il faut à Magadan, Vorkhouta et Karagdan. »

Maslov éclata de rire, puis se tut. Il devinait qu'il ne pouvait pas tout raconter à Debora. Les souvenirs étaient si vivaces qu'il avait l'impression de se retrouver dans ce village. Dans ce jardin, sous le pommier, où le fils d'un rebelle mort, à peu près de l'âge de Pasha, avec une coupe de cheveux quasi identique, était accroupi à côté de sa mère. Celle-ci avait séché ses larmes et s'était levée pour regarder Maslov droit dans les yeux.

« Maudis sois-tu, et tes enfants après toi, et leurs enfants jusqu'à la septième génération. Qu'une terrible malédiction s'abatte sur toi et tous les autres pour ce que vous avez fait à l'Ukraine. Dieu vous regarde. Dieu est au-dessus de nous et Dieu sait tout. »

Elle lui avait craché au visage.

Il ne s'attendait pas à une telle attitude de défi, et au lieu de frapper cette femme, il avait simplement essuyé le crachat sur sa joue. Et il avait regagné sa voiture, dans laquelle il s'était assis, abattu, pour regarder à travers le pare-brise sale les soldats qui conduisaient les proches des insurgés vers un camion bâché. Pas question d'avouer cette humiliation devant Debora.

Elle lui prit la main et essaya de l'obliger à se lever.

« Tu es encore très fatigué, Dmitri. Tu devrais aller te recoucher et te reposer. »

Il obéit à contrecœur. Elle était troublée par ce récit, le détachement avec lequel il racontait les meurtres d'hommes et de femmes semblables à ceux qui vivaient autour d'eux dans cette ville. Pas des Allemands. Des Ukrainiens. Mais elle ne dit rien.

« Ces gens, là-bas, ils nous haïssent probablement autant que nous haïssons les Allemands, marmonna-t-il alors qu'elle le conduisait vers leur chambre. Mais ce n'est pas grave. Ce n'est pas un problème. On est patients. On leur apprendra à nous aimer. »

31

Yalta, août 1945

« Tu sais nager ? » demanda Maslov à Pasha en ôtant sa veste avant de s'asseoir à table pour dîner.

Il faisait chaud et des auréoles de sueur tachaient sa chemise.

Le garçon hocha la tête.

« Oui, on a appris à Derbent !

— Et toi ? » demanda-t-il en se tournant vers Nina.

La fillette répondit par un petit rire gêné.

« Il est temps que tu apprennes toi aussi, ma petite chérie, dit-il en sortant de sa poche des bons de vacances officiels, tamponnés, qu'il agita de manière théâtrale. Car on part au bord de la mer ! (Il se tourna vers Debora.) Les congés annuels sont de nouveau autorisés maintenant que la guerre est finie. Et on l'a bien mérité. Surtout après cette mission à Drohobytch.

Le directoire nous offre un séjour dans un des meilleurs sanatoriums. Réservé aux cadres du NKGB.

— Où ça ? demanda Debora.

— À Yalta, en Crimée.

— Juste nous quatre ? Sans maman ?

— Pas question que j'aille en Crimée, déclara Rebecca. Je déteste le soleil. Et puis, je serai contente de profiter du calme et d'avoir un peu de temps pour moi. »

Maslov, qui n'avait pas prévu d'emmener Rebecca, soupira, soulagé. Quand Debora tenta de convaincre sa mère de changer d'avis, il prit son ton le plus raisonnable :

« Allons, ma chérie, pourquoi est-ce que tu contraries ta mère ? Un peu de respect. »

Elle lui lança un regard noir.

Le lendemain, il l'emmena faire des achats pour les vacances : pantalons blancs, panamas et maillots de bain pour toute la famille. Le voyage comprenait une nuit dans le train : un compartiment couchette rien que pour eux quatre, avec de vrais draps. Puis un trajet en voiture dans les montagnes, sur une route sinueuse qui traversait des bosquets de cyprès bordés d'escarpements rocheux et longeait des villages tatars aux maisons de pierres qui s'écroulaient, et parfois un minaret abandonné.

« C'est quoi, ça ? demanda Pasha.

— Des gens méchants vivaient ici avant. Mais ils sont partis. Il ne reste que des gens gentils, expliqua Maslov.

— Ils sont partis où ?
— Là où est leur place.
— Regarde ce paysage comme c'est beau », dit Debora pour changer de sujet.
Dès que leur voiture eut franchi le col, la mer Noire scintillante, d'un bleu foncé, au-dessus de laquelle flottaient des nuages semblables à de la barbe à papa, s'ouvrit devant eux.
« La mer ! s'exclama Debora. Regarde ! Tu la vois ?
— Pourquoi elle n'est pas noire ? s'étonna Pasha. Elle n'est pas de la bonne couleur. »

Le sanatorium des membres du NKGB occupait une villa perchée au sommet d'une colline, ayant appartenu jadis à un comte de Saint-Pétersbourg. Construite dans un faux style mauresque, avec des tourelles et des fenêtres cintrées, elle était entourée d'un jardin tropical. Et contrairement à la majorité des autres constructions de Yalta, celle-ci ne portait aucune séquelle de la guerre. Des femmes aux sourires respectueux glissaient en silence dans les couloirs pour veiller à la propreté des lieux.
La chambre des Maslov donnait sur la plage, à laquelle on accédait par un escalier pentu, taillé dans la falaise. Aussitôt après avoir déposé leurs bagages, ils descendirent les marches pour aller se promener, prudemment, sur les galets gris et brillants, et tremper leurs pieds dans l'eau froide et translucide. Debora grimpa sur un gros rocher au bord de la plage, étendit

sa serviette sur la pierre chaude et s'allongea avec un livre, dans une parfaite imitation des vacanciers tels que les dépeignaient les magazines. Régulièrement, elle levait la tête pour regarder Maslov, affublé d'un maillot de bain trop grand, s'ébattre dans l'eau avec les enfants. Dans l'air flottaient des odeurs de plantes inconnues.

Au dîner, on leur servit du poisson frais, de petits sandwichs avec du beurre et des œufs de saumon, le tout accompagné d'une bouteille de champagne russe. Ils avaient tous attrapé des coups de soleil, mais ce n'était pas aussi dramatique que les autres pensionnaires. Où que se posent leurs regards, ils voyaient des officiers du NKGB et leurs épouses aux visages, habituellement blafards, couverts de cloques, qui s'asseyaient avec raideur et grimaçaient chaque fois que leur dos touchait la chaise.

Une fois les enfants endormis, Maslov et Debora burent un dernier verre sur le balcon.

« Merci pour tout ça », dit-elle en lui prenant la main.

Ils admirèrent les étoiles en silence, puis Maslov aborda un sujet qu'il voulait évoquer depuis plusieurs jours déjà.

« Je me suis renseigné. Le directeur de ton école, Roman, est apparu sur nos radars. Ce n'est pas un type fiable, franchement pas. Il est resté à Kiev pendant l'occupation allemande, et nous venons de découvrir que ses deux fils se sont rendus à l'ennemi durant la guerre. Ce n'est pas quelqu'un à qui on peut confier l'éducation de nos enfants.

— Ses fils sont vivants ? demanda Debora. Il n'a aucune nouvelle d'eux depuis des années. Il serait tellement heureux de les revoir.

— Oui, ils ont survécu l'un et l'autre. Toutefois, je doute qu'il puisse les voir avant longtemps. Ils nous ont été remis par les Britanniques, qui occupent une partie de l'Allemagne, et comme tous les prisonniers de guerre, ils vont être envoyés dans des zones spéciales, très loin. Car ils ont désobéi aux ordres de Staline.

— Désobéi ? Parce qu'ils ne sont pas morts ? »

Elle retira sa main d'un geste brusque.

« Il y a d'autres façons de présenter la chose, mais oui. Les ordres étaient de se battre jusqu'au bout, pas de s'avouer vaincu. Beaucoup ont baissé les bras, beaucoup ont agi en lâches. Et qui sait ce qu'ils ont manigancé en Allemagne ? On ne peut pas les laisser revenir comme si de rien n'était. Trop risqué. »

Debora se retourna vivement vers Maslov.

« Et si mon frère est toujours vivant ? Tu l'enverras en Sibérie lui aussi, si vous le retrouvez dans les camps de prisonniers ?

— J'ai cherché ton frère, et je ne l'ai pas trouvé. C'est une chose que je voulais te dire également. En toute franchise, d'après l'endroit où il a été déployé pour la dernière fois, et la date, il est peu probable qu'on le retrouve. Alors, non, je ne pense pas qu'il ira en Sibérie.

— Est-ce qu'on pourra être fixés un jour ?

— C'est peu probable. À la guerre, tout peut arriver. »

Debora décida alors de parler à son mari de la flasque en argent achetée en Suisse. Il prit le temps de réfléchir.

« Ça ne change rien, dit-il finalement. Tout ce qu'on sait, c'est que ton frère est porté disparu au combat. Et c'est sans doute la seule chose qu'on saura jamais.

— C'est affreux de vivre dans le doute, de penser qu'un jour, peut-être, il va réapparaître. Et de continuer à espérer.

— Oui, c'est dur, concéda-t-il. Des millions de personnes sont dans la même situation. Elles ne seront jamais sûres. »

Maslov se racla la gorge et ramena la conversation sur Roman.

« Tu dois réfléchir à ce qui va se passer à l'école quand il ne sera plus là.

— Roman est un homme bien. Je veux que tu le saches. Il a beaucoup souffert.

— La décision ne m'appartient pas. Toutefois, je suis certain qu'il ne sera plus le directeur de l'école en septembre. Quelques-uns de tes collègues ont suggéré que tu pourrais le remplacer. Ils ont entendu dire beaucoup de bien de toi.

— Par qui ?

— Tu sais bien qu'on entend tout. Apparemment, tu es très appréciée par les autres enseignants. Tu as du caractère, paraît-il. »

Debora ne cacha pas son agacement.

« Laissons au ministère de l'Éducation le soin de décider. Je ne veux pas que ça vienne de toi. Je veux qu'ils choisissent par eux-mêmes. »

Maslov acquiesça.

« Oui, bien sûr, bien sûr. Je ne m'en mêlerai pas. Promis. On les laissera décider. »

Il savait que ce genre de décision ne venait jamais du ministère de l'Éducation.

Le lendemain matin, l'ambiance dans la salle du petit déjeuner était tendue. Les clients, coiffés de leurs panamas, étaient absorbés par la lecture des journaux du jour, indifférents aux gâteaux, aux œufs et aux saucisses disposés sur les tables couvertes de nappes blanches. Les gros titres, en grands caractères gras, occupaient toutes les unes.

« La guerre recommence, leur dit une serveuse en leur tendant un quotidien. On en sort à peine et c'est reparti. »

Dans la nuit, l'Union soviétique avait déclaré la guerre au Japon. Les journaux annonçaient que les troupes soviétiques, malgré une forte résistance, avaient pénétré de quinze kilomètres à l'intérieur de la Mandchourie et ils décrivaient d'intenses bombardements aériens menés par l'aviation soviétique.

« Qu'est-ce que ça veut dire ? demanda Debora. Ils vont enrôler nos hommes de nouveau ? Toi ?

— Je ne sais pas, répondit Maslov. Le Japon est un grand pays, puissant. Ça pourrait durer longtemps. »

Il feuilleta le journal, un quotidien local, d'un œil exercé. Il savait que les annonces les plus importantes étaient souvent enfouies, presque invisibles aux yeux d'un novice.

« Regardez ça. »

Un client lui tendit un exemplaire de *La Pravda.* Il pointa du doigt une dépêche, en page 4, qui résumait en quelques paragraphes le discours du président américain Truman. Une bombe d'une puissance équivalente à vingt mille tonnes de TNT avait été larguée sur la ville japonaise de Hiroshima, marquant ainsi « une nouvelle étape, révolutionnaire, dans la destruction ». Le principe de l'énergie atomique « exploitait la puissance fondamentale de l'univers », ajoutait le journal.

Au milieu des comptes-rendus sur l'avancée héroïque des forces terrestres soviétiques, cet article passait facilement inaperçu. Et ce serait l'unique mention d'une arme atomique pendant des mois.

« Les Japonais ne vont pas résister longtemps après ça. La guerre sera brève, leur dit un Moscovite, à en juger par son accent. J'ai quelques connaissances en matière de bombes atomiques. Profitez bien de la plage, camarades. »

Ce jour-là, à l'hôtel, personne ne fut rappelé. Les familles en vacances retournèrent sur le bord de mer, et le soir, Debora souffrait de coups de soleil, comme tout le monde. L'hôtel employait un photographe à demeure, et pour leur dernier jour à Yalta, vêtus tous les quatre de leurs plus belles tenues, ils posèrent pour un portrait de famille dans la salle de bal aux moulures dorées. Une impression de contentement et de satiété irradiait de leurs visages hâlés.

Une semaine après leur retour à Kiev, Debora fut convoquée au siège local du ministère de l'Éducation, où on lui annonça qu'elle venait d'être choisie pour remplacer l'ancien directeur de l'école. Un bouquet de roses l'attendait à la maison quand elle rentra.

Cinquième partie

32

Kiev, décembre 1947

Quand Debora se réveilla seule dans leur grand lit, sous son alcôve dorée, la première pensée qui traversa son esprit fut : encore deux semaines avant le retour de Maslov. Elle s'étira paresseusement, avec un bâillement de bien-être. Elle avait appris à savourer ces semaines et ces mois durant lesquels il devait s'absenter, quand elle n'était pas obligée de le regarder se saouler et sombrer dans une sorte de torpeur, une chose qui n'arrivait jamais avant qu'on l'envoie dans l'ouest de l'Ukraine. Son odeur avait changé elle aussi, et le jour même de son départ, elle avait lavé et aéré tous les draps afin d'éliminer sa présence pendant qu'elle dormait.

Ce matin, elle décida de flemmarder au lit, laissant à Rebecca le soin de préparer les enfants. Généralement, elle arrivait la première à l'école pour accueillir les élèves à la porte, d'un air sévère, et vérifier qu'ils avaient les ongles propres, que leurs coupes de cheveux étaient réglementaires et les boucles de leurs ceintures polies à l'acide. Elle n'enseignait plus la littérature et avait rarement le temps de lire. Cela faisait des mois qu'elle n'avait pas acheté un livre.

Aujourd'hui, elle avait rendez-vous chez le médecin à onze heures, à cause de ses fréquentes douleurs dans le dos, et elle se servit de ce prétexte pour échapper à la routine matinale. La journée serait longue : ce soir, elle devait se rendre à l'opéra pour assister à une représentation de *Roméo et Juliette*. Maslov s'était procuré des billets, mais il était reparti dans l'ouest du pays pour une mission imprévue, d'une durée inconnue, comme toujours. Avant de partir, il avait insisté pour qu'elle y aille quand même. Un jeune lieutenant subalterne nommé Yehven Rybak l'escorterait.

Rybak était apparu quelques mois plus tôt, affecté au service de Maslov pour lui faciliter la vie. Habituellement, quand Maslov était en déplacement, Rybak restait à Kiev pour aider Debora à faire ses courses ou pour effectuer des réparations dans la maison. Le jeune homme aux cheveux blonds et aux yeux bleus se montrait toujours courtois et poli, et surtout soulagé d'être dispensé de ces missions potentiellement dangereuses dans l'ouest.

Des années d'abus d'alcool quotidien se manifestaient à présent sur le visage adipeux de Maslov aux capillaires éclatés. Des gens qu'ils voyaient pour la première fois croyaient que Debora avait dix ans de moins que son mari, au minimum, alors que deux ans seulement les séparaient. Parfois, elle ôtait son masque de directrice d'école terrifiante, objet de cauchemar pour de nombreux élèves, et s'amusait à flirter avec des hommes séduisants qui ne la connaissaient pas, simplement pour se prouver qu'elle demeurait attirante. Toutefois, elle n'avait jamais eu de véritable aventure, et elle n'avait pas l'intention d'en avoir. Par conséquent, n'ayant rien à cacher, elle acceptait volontiers la présence de Rybak, d'autant qu'un coup de main à la maison était le bienvenu. Il lui arrivait cependant d'exprimer sa mauvaise humeur en se montrant inutilement sévère avec le jeune lieutenant. Elle décida qu'elle serait gentille avec lui ce soir.

Vers 9 heures, quand Rebecca eut conduit les enfants à l'école, Debora prit un long bain. Elle sécha ses cheveux avec une serviette, et après avoir enfilé sa robe bleu marine d'enseignante, elle gagna la cuisine, affamée soudain. Bien que les Maslov occupent plus de la moitié de l'appartement, celui-ci accueillait d'autres habitants. Yana, une ancienne actrice qui travaillait à présent comme secrétaire pour la compagnie d'électricité, s'affairait devant la cuisinière. Les autres occupants, un couple de modestes fonctionnaires sans enfant, étaient déjà partis travailler au ministère de l'Industrie. Leur vaisselle et leurs provisions étaient rangées dans un placard séparé, fermé par un cadenas.

Une vieille dame qui vivait au rez-de-chaussée avait murmuré à l'oreille de Debora que Yana s'était prostituée pour les Allemands durant la guerre. Apparemment, c'était pour cette raison qu'elle ne pouvait pas reprendre son métier de comédienne. Debora ignorait si cette rumeur était fondée, mais cela suffisait à renforcer la détestation instinctive que lui inspirait sa colocataire.

Vêtue d'un peignoir très court qu'elle portait même, et peut-être surtout, en présence de Maslov, Yana cassa un œuf dans une poêle.

«Ils ont annoncé à la radio qu'il allait peut-être neiger dans la journée, dit-elle, alors que l'odeur d'huile de tournesol chaude assaillait les narines de Debora. L'hiver va être rude cette année.»

Debora l'ignora. Elle fit du café et prépara son petit déjeuner: du porridge aux flocons d'avoine, dans lequel elle ajouterait des fruits secs et des noix. Alors que Yana repartait avec son assiette, quelqu'un frappa à la porte. Trois coups, forts et insistants. C'était inhabituel. Généralement, les visiteurs utilisaient une des trois sonnettes, sur lesquelles figuraient les noms de famille des trois occupants, chacune possédant une sonnerie différente.

Trente secondes plus tard, trois autres coups furent frappés à la porte, plus violemment.

«J'y vais!» cria Yana de l'autre bout du couloir.

Elle ôta le verrou, ouvrit la porte sans enlever la chaîne et s'adressa au visiteur par l'entrebâillement.

« Qui est-ce ? demanda Debora. C'est pour vous ?

— Ce doit être une erreur, Darya Grigoriyevna. Ce monsieur demande Debora. Je lui ai dit qu'il n'y avait pas de Debora ici, mais il refuse de s'en aller. »

Debora posa son assiette.

« Laissez-moi lui parler. »

Elle sentit une boule se former dans sa poitrine et monter dans sa gorge, l'empêchant presque de respirer. Son visage blêmit et, prise de vertiges durant les dix secondes qu'il lui fallut pour atteindre la porte, elle dut s'appuyer contre le mur. Elle passa en revue la liste des personnes qu'elle avait connues dans son ancienne vie et qui auraient pu retrouver sa trace. Serait-ce son frère, revenu de captivité ?

Yana avait presque regagné sa chambre lorsque Debora ôta la chaîne et ouvrit la porte. En l'entendant pousser un cri, Yana se retourna et ouvrit de grands yeux en voyant Debora lever la main, timidement, vers le visage de l'homme et promener ses doigts sur sa barbe naissante, comme si elle voulait vérifier qu'il était bien réel.

« Toi ? C'est toi ? »

Elle caressa la cicatrice sur la joue, la moustache, les cheveux. Il faisait froid sur le palier et l'haleine du visiteur produisait des petits nuages de vapeur. Sa peau aussi était froide. Dans ses vêtements mal taillés et tachés, il était toujours aussi grand, bien plus que Maslov. Sa belle assurance ne brillait plus dans ses yeux, mais il n'avait pas le regard vitreux, mort, d'un homme brisé.

« Samuel ? »

Il avait imaginé cet instant pendant dix ans, et il avait répété son texte devant un miroir la veille. Mais les mots qu'il avait préparés s'évaporèrent, et il dut écraser une larme avant de se mettre à parler, d'une voix hachée.

« Je t'avais dit... Je t'avais dit que je reviendrais.

— Tu es vivant ? » Ce n'était pas une question, mais elle répéta ces mêmes paroles. « Tu es vivant ? On m'a dit que tu étais mort, il y a longtemps. Comment... C'est pour ça que...

— Ils ont menti. Je ne suis pas mort. »

Samuel prit le temps d'observer la nouvelle Debora. Plus vieille de dix ans, évidemment, mais toujours aussi belle, soignée, débordante de santé. Comme il l'avait imaginée durant ces dix années pendant lesquelles il avait creusé le sol gelé dans les camps de travail du goulag.

À son tour, Samuel caressa son visage, pour étudier la topographie dont il avait essayé de se souvenir chaque nuit. Debora, sans le vouloir, sans comprendre pourquoi, eut un mouvement de recul. Sentant qu'on les observait, elle se retourna et croisa le regard de Yana.

« C'est une erreur ! » cria-t-elle dans le couloir, puis s'étant ressaisie, elle glissa à Samuel, d'un ton pressant :

« Attends-moi en bas. »

Elle lui claqua la porte au nez. Yana lui adressa un regard chargé de perplexité et disparut dans sa chambre.

Dix minutes plus tard, Debora enfila son manteau de fourrure, cadeau récent de Maslov, et dévala l'escalier. Yana l'observa par la fenêtre et nota rapidement, d'une écriture illisible, que l'épouse du lieutenant-colonel Maslov et un inconnu, moustachu et brun, qu'elle appelait Samuel, et qui l'appelait Debora, avaient quitté ensemble l'immeuble et s'étaient éloignés dans la rue en parlant avec animation. Elle consulta sa montre, cadeau d'un Allemand, et ajouta l'heure exacte. Sur ce, elle s'habilla et sortit pour livrer son rapport. Encore quelques autres comme ça et peut-être qu'ils l'autoriseraient à remonter sur scène, se disait-elle.

Debora conduisit Samuel dans un café voisin, presque vide avant l'heure du déjeuner. Ils s'assirent dans un coin, où on ne pouvait pas les entendre. Elle avait encore du mal à comprendre ce qui venait de se passer, mais elle savait que ces retrouvailles devaient demeurer secrètes, pour le moment du moins.

« Ce n'est pas le genre d'accueil auquel je m'attendais, déclara Samuel d'un ton féroce. Je suis une "erreur" ?

— Je suis désolée, vraiment. Mais on n'est plus des enfants. Et si tu m'as retrouvée, tu sais forcément que je suis mariée, et ce que fait mon mari dans la vie. » Un silence. « Tu le sais, hein ?

— Ton mari est assis devant toi. Juste là. » En disant cela, il martela sa poitrine avec son index, dont elle remarqua qu'il manquait l'extrémité. « J'ai tenu ma promesse, non ? » Il vit son regard. « Engelures.

— Je t'en supplie, par pitié, ne sois pas en colère contre moi. On m'a dit... on m'a assurée que tu avais été exécuté en 1937. Et je découvre que tu es vivant. Je suis tellement heureuse de savoir que tu es revenu de parmi les morts. Dix ans sans avoir le droit de correspondre, c'est ce que ça signifie généralement : le peloton d'exécution. Crois-moi, j'ai pleuré toutes les larmes de mon corps. J'ai porté le deuil. J'avais le cœur brisé. Mais j'avais Pasha, notre fils, *ton* fils. Je devais continuer à vivre. Pour lui. Et s'il est toujours en vie aujourd'hui, c'est parce que j'ai fait ce qu'il fallait. Je sais que tu en as bavé. Mais pour nous aussi, c'était dur. »

Elle essuya une larme.

Samuel se renversa sur sa chaise et regarda d'un œil critique le manteau de fourrure de Debora, son teint frais.

« Je n'ai pas vraiment l'impression que tu as connu des moments difficiles.

— Je t'interdis de dire ça ! s'emporta-t-elle. C'est injuste. Tu n'as pas le droit de parler sans savoir. »

Il fixait le mur derrière elle.

Ils restèrent silencieux une minute, puis une autre. Debora sentait ses forces l'abandonner maintenant que l'adrénaline retombait. Il lui avait fallu tellement d'énergie pour oublier Samuel, pour le faire disparaître de son existence, accepter l'idée qu'il était mort et qu'elle ne le reverrait jamais. Et voilà qu'il se retrouvait devant elle, furieux et plein de rancœur. Vivant.

« Depuis combien de temps tu es à Kiev ? »

Elle avait brisé ce silence qui les éloignait de plus en plus l'un de l'autre, chaque seconde d'embarras.

« Trois mois. Et pendant tout ce temps, chaque jour, je t'ai cherchée. Dès que je croisais quelqu'un qui te ressemblait dans la rue, je me précipitais pour lui taper sur l'épaule, comme un idiot. Je suis allé dans notre ancien appartement, évidemment, boulevard Shevchenko, mais toutes les personnes qu'on a connues ont disparu et les nouveaux habitants n'ont même pas voulu m'ouvrir la porte. Cette ville est pleine de nouveaux arrivants qui ignorent tout du passé.

— Alors, comment as-tu réussi à me trouver ? »

Il sourit, enfin.

« Grâce à un coup de chance, chez le dentiste. J'ai dû me faire mettre des fausses dents. Comme tu l'imagines, les soins dentaires laissent à désirer au goulag. Et là, dans la salle d'attente, je suis tombé sur un homme dont le visage me disait quelque chose. Roman, ton ancien directeur d'école.

— Ah. Roman. Oui, bien sûr.

— Il n'en revenait pas, comme s'il voyait un fantôme. De toute évidence, il savait des choses. Il avait rendez-vous après moi et je l'ai attendu pour lui proposer d'aller boire un verre. Tout d'abord, il a résisté, mais tu me connais, je sais être convaincant. Je lui redonnais espoir. En revenant des camps. C'est pourquoi il a accepté de me parler. Ses deux fils sont encore là-bas, et le fait que je sois là, à Kiev, en train de boire de la vodka avec lui, c'était la preuve qu'ils pouvaient revenir eux aussi.

... On a bu jusque tard dans la nuit. Je lui ai décrit la vie dans les camps, ce que faisaient sans doute ses fils, leur travail, ce qu'ils mangeaient... Mais je ne lui ai pas tout raconté. Je lui ai épargné les détails les plus affreux. Finalement, il a laissé échapper que tu étais à Kiev toi aussi. Et il m'a donné ton adresse. Mais il ne savait pas dans quel appartement. Alors, ce matin, j'ai frappé à toutes les portes, à tous les étages.

— Que t'a-t-il dit d'autre sur moi ?

— Que tu avais deux enfants. Le premier doit être Pasha, le second est le fils de cet homme. Comment s'appelle-t-il ?

— Maslov. Lieutenant-colonel Dmitri Maslov.

— Tu as échangé un capitaine contre un colonel. Bravo ! ironisa Samuel.

— Ne sois pas cruel avec moi. Je ne le mérite pas. J'ai fait tout ça pour Pasha.

— Tu as une photo de lui ? Comment il va ? À quoi il ressemble ? »

Hésitante, elle ouvrit son portefeuille et en sortit une photo de famille qui ne la quittait jamais. C'était la photo prise à Yalta, en noir et blanc, qui illustrait un moment de bonheur fugace, dont elle avait honte à présent.

Un rictus de dégoût déforma la bouche de Samuel, qui tenait la photo loin de lui, entre deux doigts, comme une plante vénéneuse ou un insecte dangereux.

« Pasha est très beau, dit-il. Je ne l'imaginais pas comme ça. » Il lui rendit la photo. « Yalta, hein ? souligna-t-il d'un ton amer en remarquant le tampon de l'hôtel dans le coin.

— Oui, Yalta. Qu'aurais-tu voulu que je fasse ?

— Je ne sais pas. Vraiment pas.

— Dix ans, c'est long. Très long. Que t'est-il arrivé pendant tout ce temps ?

— Premièrement, ils n'ont pas réussi à me tuer. C'est déjà une victoire en soi. » En disant cela, Samuel se redressa sur sa chaise et releva le menton : il était redevenu le pilote plein d'assurance qu'elle avait connu. « J'étais plus résistant que la plupart. Beaucoup, quand ils sont arrivés là-bas, au bout du monde, se sont laissés mourir. Moi, je voulais vivre. Pour toi, pour Pasha. Si tu n'étais pas venue à la gare ce jour-là, peut-être que je n'aurais pas eu le courage de tenir. Mais tu étais là, et tu as promis de m'attendre. Je ne voulais pas te faire faux bond.

— J'ai attendu. J'ai attendu et attendu. Et puis, j'ai porté le deuil. »

Samuel posa sa main sur la sienne.

« Ce n'était pas un autre reproche.

— Et maintenant ? Que veux-tu que je fasse ? » demanda Debora, bras croisés, comme pour parer une attaque.

Cette question le surprit.

« Comment ça ? Je veux récupérer ce qui m'appartient, voilà tout. Mon fils, ma femme. Ça tombe sous le sens, non ? Je suis un homme libre désormais, et j'ai de l'argent. Pas autant que ton lieutenant-colonel, mais quand même. Ce pays est grand, très grand. On peut partir d'ici pour aller à... Riga ou Douchanbé ou Vladivostok. Ce ne sont pas les villes qui manquent. Tous les trois : toi, Pasha et moi.

— Et Nina ? »

Debora lézarda le rêve de Samuel.

« Nina ? C'est comme ça qu'elle s'appelle ?

— Oui, c'est le nom de ma fille. Et pour Pasha, c'est compliqué. C'est son fils désormais. Il porte son nom. »

Elle omettait délibérément de prononcer le nom de Maslov.

« Pourquoi est-ce que tu l'as laissé faire ça ? À notre fils ?

— J'ai agi dans son intérêt. Tu ne peux pas comprendre. Tu n'étais pas là. On a failli mourir de faim. Il s'en est fallu de ça ! » Elle rapprocha son index et son pouce. « C'était la guerre.

— Je comprends, je comprends. » Samuel prit la main de Debora dans les siennes. « Partons d'ici, mon amour. J'élèverai ta fille comme si c'était la mienne. La guerre est finie, j'ai survécu aux camps, on peut prendre un nouveau départ. Tu n'appartiens pas à cet homme. On peut s'offrir une nouvelle vie. »

La cafétéria commençait à se remplir et deux officiers en uniforme vinrent s'asseoir à la table voisine. Debora repéra certains de ses élèves qui avaient quitté l'école en douce durant une récréation pour s'acheter une glace. Surpris de la voir là, ils détalèrent. Elle retira sa main, comme si elle s'était brûlée.

« Il faut que j'y aille. Mes élèves sont là. »

Elle se leva, son regard devint froid, distant.

Samuel sortit un calepin et griffonna son adresse.

« Ce n'est pas loin d'ici. »

Elle prit la feuille et la glissa dans sa poche, sans la regarder.

« Attends-moi ce soir. Je viendrai dès que je pourrai. »

33

Kiev, décembre 1947

Debora ne parla pas à sa mère, ni à personne d'autre, du retour de Samuel. Au lieu d'aller à son rendez-vous chez le médecin, elle se rendit à l'école pour tenter de s'abandonner au réconfort de la routine. Mais dans la journée, durant les réunions avec les professeurs et les inspections de classes, tout le monde remarqua combien elle semblait absente, contrairement à son habitude.

« Tout va bien ? Vous n'avez pas l'air dans votre assiette, s'inquiéta Valentyna.

— Vous vous faites des idées. Tout va bien.

— C'est encore votre dos qui vous fait souffrir ? Vous n'êtes pas obligée de le cacher, vous savez. On est tous des êtres humains, on comprend. On a tous nos faiblesses. »

Debora s'enferma dans son bureau et se pelotonna sur le canapé. Le retour de Samuel l'avait ensevelie sous une avalanche de sentiments qui n'étaient plus de son âge.

« Qu'est-ce qui te prend ? Tu n'es plus une petite idiote d'adolescente, se morigéna-t-elle à voix haute. Tu sais bien que c'est impossible. Impossible. Tu n'as pas le droit de faire ça. »

Pour la plupart des gens, hors du cocon doré dans lequel elle vivait grâce à Maslov, l'existence était un combat. Elle savait comment fonctionnait le monde. Un ancien détenu comme Samuel n'avait guère de choix. Il devait déjà s'estimer heureux d'avoir pu se réinstaller à Kiev, au lieu de demeurer en exil.

De quoi vivraient-ils ? Si elle quittait Maslov, elle perdrait sans doute son travail. Elle renoncerait sans peine à ses robes pailletées, au saumon fumé et aux vacances en Crimée. Mais la faim permanente, l'estomac qui réclamait à manger, la nourriture introuvable... C'était une sensation qui ne s'oubliait pas une fois qu'on l'avait connue, et qui la terrorisait. Le soir, elle aimait regarder Pasha et Nina à table, avec leurs joues rebondies ; elle aimait regarder leur sommeil profond, une fois repus. Elle ne pouvait se résoudre à leur imposer les affres de la faim.

Et puis, comment pouvaient-ils espérer partir ? Maslov était le père de Nina et, depuis la procédure d'adoption, celui de Pasha également. Jamais il ne laisserait partir ses enfants, et elle non plus assurément. Samuel se croyait dans un film : son idée était insensée, elle le savait. Le NKGB – ou le MGB comme on l'avait rebaptisé récemment, pour ministère de la Sécurité d'État – les retrouverait sans peine n'importe où en Union soviétique, à moins qu'ils se déplacent constamment, sous de faux noms avec de faux papiers, chose impossible avec des enfants.

Elle ferma les yeux et sentit la culpabilité brûler sa poitrine comme de l'acide. C'était comme si elle aurait préféré qu'il soit mort, ce mari qu'elle n'attendait plus, ce mari qu'elle n'avait pas aimé suffisamment. J'ai été faible, se disait-elle. Lui est fort. Il a le droit d'être en colère.

La cloche indiqua la fin des cours. Après s'être un peu arrangée, elle sortit dans le couloir et marcha d'un pas décidé, la tête haute, en affichant son air coutumier, mélange de sévérité et de détachement.

En rentrant chez elle dans l'après-midi, elle envisagea tout d'abord de ne pas se rendre à l'opéra, puis décida de ne pas changer ses plans. Inutile d'éveiller inutilement les soupçons. Elle choisit une robe blanche brodée de roses et se fit une tresse. Et quand le jeune lieutenant Rybak vient la chercher au volant de la Studebaker du MGB, elle offrait son visage habituel.

« Allez, debout, il faut y aller. Ce n'est pas le moment de rêvasser », dit Debora en secouant Rybak à la fin d'une longue représentation assommante.

Au moins, c'était un ballet ce soir, et non un opéra, et le jeune lieutenant pouvait savourer le spectacle des jeunes danseuses qui virevoltaient sur scène.

Debora portait son manteau de fourrure. Rybak ignorait de quel animal il s'agissait, mais sans doute une espère rare, et donc chère. Des chaussures nacrées aux talons aiguilles complétaient le collier de perles. Ce n'était pas idéal pour affronter la neige et la bouillasse des rues de Kiev en décembre. Surtout après avoir bu plusieurs flûtes de champagne de Crimée au foyer de l'opéra, où l'élite de la ville, essentiellement des hauts gradés et leurs épouses parées de bijoux confisqués aux Allemands et aux Autrichiens, bavardait en dégustant du caviar de la Caspienne étalé abondamment sur de fines tranches de citron. Debora en avait mangé tellement à Derbent durant la guerre que la simple vision des œufs d'esturgeon lui donnait la nausée.

Après le spectacle, elle insista pour marcher un peu.

« L'air frais me fera du bien, n'est-ce pas, mon jeune lieutenant ? dit-elle en riant, d'un ton presque charmeur, et elle pinça la joue de Rybak. Allons, ne jouez pas les rabat-joie. La ville est superbe et c'est la pleine lune ! »

Il rougissait jusqu'aux oreilles, mais ce n'était pas une sensation désagréable. L'épouse du lieutenant-colonel, enveloppée d'un nuage de parfum importé, semblait sortie d'un magazine. Mais cette agréable senteur disparaissait maintenant derrière son haleine alcoolisée. Si elle veut marcher, marchons, se disait-il. Nul doute qu'elle n'irait pas très loin. Il fit signe au chauffeur de les suivre au ralenti. Comment diable avait-elle pu s'enivrer si vite ?

« Qu'est-ce que vous avez préféré dans ce ballet ? » demanda-t-elle en essayant de s'appuyer sur son bras.

Il n'avait pas très bien compris l'histoire, mais il répondit avec enthousiasme :

« Une performance culturelle de grande qualité. On ne peut pas faire mieux.

— En effet. Roméo et Juliette. Tellement romantique... Ils meurent par amour. Et vous, est-ce que vous pourriez mourir par amour ? »

Elle se tourna vers lui.

Rybak avait vu des gens mourir, quand il leur tirait une balle dans le crâne. À sa connaissance, aucun n'était jamais mort par amour. Par haine, oui. Par peur parfois. Sans raison, la plupart du temps. Mais par amour ? Ne sachant pas quoi répondre, il choisit la prudence.

« Oui, bien sûr. Je serais heureux de mourir pour l'amour de notre Mère patrie et pour le camarade Staline, répondit-il en prenant par réflexe un ton solennel. Pas vous, Darya Grigoriyevna ? Je suis sûr que si. »

Elle le dévisagea, puis éclata de rire, à en avoir les larmes aux yeux, presque assez longtemps pour que cela s'apparente à un acte subversif impardonnable, qui obligerait Rybak à rédiger un rapport. Mais au même moment, elle glissa sur les pavés verglacés et tomba dans une congère de neige sale. Son talon se brisa net. Son sac à main lui échappa et déversa son contenu sur le trottoir.

Dès lors, son rire, devenu incontrôlable, prit un aspect inoffensif : elle riait de sa chute dans la neige, c'était le rire d'autoapitoiement d'une femme vieillissante et malheureuse.

« Eh bien, vous allez rester planté là au lieu d'aider une dame en détresse ? » plaisanta-t-elle en lui tendant la main.

Rybak la releva, puis s'accroupit pour ramasser tout ce qui s'était échappé du sac. Bâton de rouge à lèvres. Clés. Pièces de monnaie. Et une petite feuille de papier sur laquelle était griffonnée une adresse.

« Nous devrions peut-être reprendre la voiture, Darya Grigoriyevna, suggéra-t-il. C'est plus prudent. »

Elle monta à bord de la Studebaker sans protester.

« Mourir par amour, mon cher et jeune lieutenant, reprit-elle. C'est tellement romantique. Comme Juliette, ou Roméo. Mais Juliette n'était qu'une jeune fille sans responsabilités, libre de ne penser qu'à elle. Une égoïste en définitive. Dans un autre pays, de surcroît. L'amour… quel sentiment égoïste, irresponsable… »

Elle se pelotonna contre le lieutenant à l'arrière du véhicule et éclata en sanglots.

Rybak demeura raide comme un piquet. Désorienté. La poitrine opulente de Debora appuyait contre son coude, et malgré le manteau de fourrure, il ne pouvait s'empêcher d'imaginer ses mamelons, la peau douce et chaude.

« Tout ira bien, Darya Grigoriyevna. » Il lui tapota le dos. « Tout ira bien. »

Mais elle s'était déjà endormie.

Cette nuit-là, Debora rêva de Samuel. Ils étaient ensemble au cirque, elle lui tenait la main. Soudain, les lions, les éléphants et les ours bondissaient hors de scène pour se ruer vers eux et les déchiqueter en poussant des grognements féroces. Elle se réveilla en sursaut, se redressa et alluma la lampe de chevet. Le réveil indiquait 1 heure. Dégrisée soudain, elle s'habilla, se brossa les dents, se maquilla et enfila une paire de chaussures confortables. Elle prit l'adresse de Samuel et, à pas feutrés, elle quitta l'appartement. Le bruit de la porte qui se referme n'échappa pas à Yana. Elle ouvrit son rideau et regarda Debora s'éloigner dans la rue. Elle le nota dans son registre.

Samuel habitait à quinze minutes à pied, dans le quartier de Podil. Une fois dehors, Debora eut envie de courir, mais elle se retint. Lui non plus ne dormait pas. Il fumait cigarette sur cigarette dans la cuisine commune. Quand elle frappa à la porte de l'appartement, il vint ouvrir avec une cigarette aux lèvres. Il la regarda sans un mot, écrasa sa cigarette et jeta le mégot sur le palier.

« Je suis venue, dit-elle simplement et elle entra. Tu vois, je suis venue pour toi. »

Il la précéda dans le couloir sombre, jusqu'à une petite chambre au papier peint décoloré. Une ampoule nue de faible puissance éclairait tant bien que mal un lit une place grinçant et deux vieilles valises éraflées qui contenaient tout ce qu'il possédait. Debora remarqua une maquette d'avion sur le bureau.

«Je me souviens de toi pilotant un de ces appareils, dit-elle en touchant une aile du bout du doigt. J'étais tellement impressionnée de te voir réaliser toutes ces acrobaties dans le ciel.

— Je m'en souviens moi aussi, dit-il en lui faisant signe de s'asseoir sur le lit. Comme si c'était hier.»

Elle plongea son regard dans le sien. Même après tout ce temps, ses yeux avaient toujours faim de vie.

La chambre était si petite qu'elle ne pouvait même pas accueillir une chaise. Samuel s'assit à côté d'elle et posa sur son genou sa main rugueuse, déformée par les gelures. Si différente des doigts doux et potelés de Maslov. Ils demeurèrent ainsi, muets et immobiles, pendant plusieurs minutes. Un silence différent, toutefois, de ce vide pesant qui s'était installé entre eux ce matin au café. C'était un silence qui les aspirait dans un tourbillon de souvenirs partagés, qui les rapprochait au lieu de les séparer. Finalement, sans un mot, Debora posa sa main sur celle de Samuel.

Il se tourna vers elle, l'attira contre lui et l'embrassa. Elle ferma les yeux. Son corps se souvenait de ses caresses comme on retrouve instinctivement son équilibre sur un vélo. Elle promena ses mains sur ses épaules, son torse. Très vite, il défit sa robe et, tout en la couvrant de baisers, il l'obligea à s'allonger, en douceur, et éteignit la lumière. Dans l'obscurité, ils imaginèrent que tout était redevenu comme avant : avant la guerre, avant les arrestations, avant les camps. Avant Maslov. Lui ne voyait pas ses rides et ses vergetures ; elle ignorait ses cicatrices. Il jouit très vite, mais, contrairement à Maslov, il était prêt à recommencer quelques minutes plus tard. Leur sueur mouilla les draps. Ils n'essayèrent pas de rester discrets. Ce soir, ils se contrefichaient de leurs voisins, réveillés par leurs ébats bruyants à travers les cloisons trop fines.

Après, Samuel s'habilla et rapporta de la cuisine deux tasses en fer-blanc contenant du thé. Debora se redressa, adossée au mur, et ajouta un morceau de sucre dans la sienne.

« Tu sais, dit-elle, je n'ai jamais trompé mon mari. Ni toi. Ni Maslov. C'est une première. Et j'ai peur de ne pas pouvoir le cacher.

— Tu n'as rien à cacher. Pars avec moi.

— Tu ne sais pas ce que tu dis. Pour toi, c'est facile : tu n'es responsable que de toi-même. Tu as pensé aux enfants ? Qu'est-ce qu'ils vont devenir ? Et tu crois que c'est aussi simple que ça de quitter un lieutenant-colonel du MGB ? »

Le sentiment de bien-être qui suit l'amour avait été de courte durée, Debora se sentait souillée et coupable, et une terrible migraine s'annonçait.

« Tu ne peux pas vivre dans la peur en permanence, dit-il. On trouvera une solution. Et on ne mourra pas de faim, crois-moi. »

Elle n'avait pas envie de parler de l'avenir, alors elle l'interrogea sur son passé.

« Comment as-tu réussi à survivre ? Je veux savoir tout ce qui t'est arrivé. Pendant toutes ces années. Je veux connaître tous les détails.

— En un sens, j'ai eu de la chance d'être arrêté à ce moment-là, juste avant Yakir et tous les hauts gradés. Ils ont été jugés de manière expéditive, et tous ceux qui ont été pris dans cette nasse ont été exécutés en l'espace d'un mois ou deux. Mon cas n'était pas une priorité, et quand mon procès est arrivé, ils étaient surtout préoccupés par le manque de main-d'œuvre dans les mines de l'est. Ils avaient besoin d'or et ils avaient besoin d'hommes pour l'extraire. Si tu étais suffisamment fort dès le départ, et si tu remplissais tes quotas, ils te nourrissaient suffisamment bien pour que tu continues à travailler. Sinon, ils diminuaient tes rations. Dans ce cas, tu n'avais pas assez de forces pour travailler, et tu finissais par mourir. Moi, j'étais fort, alors je mangeais à ma faim et donc j'ai survécu.

... Le temps passe lentement là-bas, Et l'ennui règne. Et tu ne veux pas penser à tout ce qui t'entoure. Les chanceux, comme moi, pouvaient penser au passé. Chaque nuit, je revivais, minute par minute, une journée que j'avais passée avec toi, je me souvenais des films qu'on avait vus, des fraises et des cerises aigres qu'on avait mangées, de l'odeur de la forêt quand on cherchait des champignons. Les forêts d'Ukraine n'ont pas la même odeur que les forêts de Sibérie. Là-bas, dans les camps, ton cerveau meurt petit à petit, alors je l'entraînais à rester vivant en reconstruisant tous les détails, en visionnant mentalement les sièges sur lesquels on était assis au cinéma, la forme des nuages à tel ou tel moment. Dix ans. C'est beaucoup plus que le temps que nous avons passé ensemble, libres. Et je devais faire défiler tous nos souvenirs dans ma tête, en boucle. »

Debora éprouvait un terrible sentiment de honte. Elle n'avait pas pensé autant à Samuel. Loin de là. Et ces dernières années, elle l'avait presque oublié.

« Et puis, il y avait Pasha, poursuivit-il. Quand tu me l'as montré à la gare, cela a duré dix secondes peut-être, pas plus. Une image floue. Chaque nuit, j'essayais de me souvenir de lui. Mon fils. Est-ce qu'il me ressemblait ? Ou bien à toi ? Je me demandais s'il aimerait la lecture, ou est-ce qu'il préférerait le football et la pêche, comme moi ? Et puis, bien sûr, il y avait la guerre. On a appris que Kiev était tombée, et ce qui était arrivé aux Juifs. Je n'avais aucun moyen de savoir si vous étiez vivants, Pasha et toi. Mais j'ai toujours gardé la foi. »

Ces paroles étaient comme autant de coups de fouet pour Debora.

« Et puis, en 1945, la chance m'a souri. Ils ont lancé les préparatifs de la guerre contre le Japon. Ils s'attendaient à une longue guerre, de plusieurs mois, voire de plusieurs années, et ils avaient besoin d'hommes là encore. Ceux mobilisés contre l'Allemagne rentraient à la maison, et il leur fallait de nouvelles recrues. Alors, ils ont fait une proposition aux anciens soldats et officiers parmi nous. Rejoignez *le shrafbat*, l'unité pénitentiaire, et si vous survivez à la guerre, vous serez libérés. »

Debora avait entendu parler des *shrafbats*. Les chances de survie n'étaient pas très élevées dans ce bataillon. Durant la guerre contre l'Allemagne, l'état-major envoyait ces soldats à une mort quasi certaine sur les zones les plus dangereuses du front. À l'arrière, des unités étaient chargées de descendre ceux qui tentaient de battre en retraite sans en avoir reçu l'ordre.

« Pourquoi accepter ce marché, alors qu'il te restait juste deux ans à purger ? »

Samuel émit un petit rire amer.

« Tu n'as aucune idée de la réalité, hein ? Quand ils ont besoin d'esclaves, peu importe la durée de la condamnation. Personne n'était libéré à la fin de sa peine. Je le savais, et je savais que je n'avais pas le choix, je devais courir le risque de m'engager dans les *shrafbats*. Ils m'ont transféré dans une unité en Mongolie à l'été 1945. Le bateau qui m'avait conduit sur la côte transportait les prisonniers de guerre allemands qui devaient nous remplacer dans les mines d'or. On les a croisés sur la jetée. On devinait qu'ils ne tiendraient pas longtemps. Ils étaient maigres, ils toussaient. Ils n'étaient pas faits pour supporter ce climat.

… L'entraînement du *shrafbat* était très dur, mais beaucoup moins que la vie dans les camps. Ils nous nourrissaient bien et la chaleur m'avait tellement manqué. Il fait très chaud en Mongolie en été. Quand l'ordre a été donné de traverser la frontière chinoise pour attaquer les Japonais, ils ont envoyé notre unité en éclaireur, à travers les champs de mines. On s'attendait à une forte résistance et, sincèrement, je pensais que j'allais mourir. Et en effet, un grand nombre de nos hommes sont morts les premiers jours. Moi, j'ai juste été blessé, légèrement. Et soudain, les Japonais se sont rendus. Sans qu'on sache pourquoi. On l'a appris plusieurs semaines après. »

Il s'interrompit pour lui adresser un sourire, le sourire radieux d'un gagnant de la loterie.

« Chaque matin, au réveil, je remercie le président Truman, dit-il. Et sa bombe atomique. »

Debora sourit elle aussi.

« Eh bien, merci au président Truman, alors. »

Samuel leva un verre de champagne imaginaire.

« Au camarade Truman ! »

Son regard se posa sur la maquette d'avion.

« C'est la seule chose que j'ai achetée depuis mon retour à Kiev. Au marché aux puces. Ça me manque tellement de ne plus voler. Au début, ils ont même dit qu'ils me laisseraient piloter contre les Japonais. Mais en définitive, ils ne me faisaient pas suffisamment confiance. Ils craignaient que je m'enfuie.

— Tu l'aurais fait ?

— Pour aller où ? Ce que je voulais, c'était vous retrouver, Pasha et toi. » De nouveau, il prit sa main. « Maintenant, c'est différent. Tu as entendu dire que les Juifs créaient un nouvel État en Palestine ? On pourrait peut-être y aller, Staline donnera peut-être son autorisation.

— Tu es un rêveur. Jamais ils ne nous laisseront partir. Personne n'a le droit de quitter le pays, tu le sais bien. Autant profiter au maximum de ce qu'on a ici.

— Je ne crois pas au destin. Et tu devrais faire comme moi. »

Il prit la tasse vide de Debora et la posa sur le bureau. Il était de retour en Sibérie. Elle remarqua le front plissé, le regard lointain.

« Curieusement, j'ai croisé là-bas un tas de personnes que j'avais connues dans la vraie vie, avant, dans ma vie de civil. Le goulag, c'est comme un autre pays, avec des villes, des chemins de fer, des usines, des ports, des journaux et des théâtres. J'ai même revu Sasha. En 1945, peu de temps avant que je parte.

— Oh. »

L'esprit de Debora se mit à vagabonder. Elle songea au goût salé du sperme de Sasha dans sa bouche, ce soir-là, à l'arrière de la voiture, avant la guerre, il y a si longtemps, quand elle aurait donné tout ce qu'elle avait pour vivre ce moment présent, pour se retrouver avec Samuel. Tout cela lui revenait en mémoire, aussi nettement que si c'était arrivé quelques heures plus tôt. Elle se demandait si Samuel savait, si Sasha s'était vanté devant lui.

« Que faisait-il là-bas ? C'était un des chefs ?

— Oh, non. C'était un prisonnier, comme nous. Apparemment, il avait fait preuve de lâcheté durant la guerre, et il s'était rendu aux Allemands. Mais ils traitaient tous les prisonniers de guerre de lâches, alors comment savoir ce qui lui était réellement arrivé ? Seule certitude : il faisait peine à voir. Il était passé directement d'un camp de prisonniers allemands à un camp soviétique.

— Qu'est-il devenu ?

— Au goulag, quand vous étiez maigre et faible comme lui, vous ne faisiez pas de vieux os, sauf si quelqu'un partageait ses rations avec vous. C'était le cas parfois, mais pas avec les anciens membres du Parti tombés en disgrâce. Personne ne voulait partager avec eux.

— Pas même toi ?

— Si tu partageais avec un intouchable, tu devenais comme eux, et tes jours étaient comptés. Moi, je devais vivre car je devais te retrouver.

— Donc, vous ne vous êtes jamais parlé en détention ? »

Son cœur s'emballa en songeant à tout ce que Sasha aurait pu dire à Samuel.

« Non. Je ne voulais pas qu'on me voie avec une fiotte.

— Une fiotte ?

— Ils l'obligeaient à faire des trucs pour les chefs de la pègre. Les vrais criminels.

— Quels trucs ?

— Des trucs dégoûtants. Dans le cul. Ils le baisaient tous les soirs. »

Debora tressaillit.

« Oh, mon Dieu. Pauvre Sasha. Il est mort depuis ? »

Samuel acquiesça, indifférent.

« Sans doute. Comment savoir ? Les fiottes ne vivent pas longtemps, sauf quand ils sont très jeunes et beaux, et ce n'était pas son cas. Et veux-tu que je te dise ? Je n'ai pas de peine pour lui, après ce qui est arrivé à sa femme. »

Debora se leva et commença à se rhabiller.

« Il faut que je rentre. »

Elle massa son front, en priant pour que sa migraine s'en aille. Une fois prête, elle s'agenouilla près du lit, caressa les cheveux de Samuel et déposa un baiser entre ses yeux.

« À très vite, dit-elle. Promets-moi de ne pas faire d'idioties.

— Bien sûr que non », répondit-il dans un bâillement.

34

Kiev, décembre 1947

Rebecca l'attendait dans le salon, la porte ouverte, quand Debora rentra juste avant l'aube. Elle posa son livre et regarda sa fille.

« Que se passe-t-il ? Où étais-tu ? Sais-tu l'heure qu'il est ?

— Bien sûr que je le sais, maman. Pourquoi tu ne dors pas ? »

Rebecca tiqua en observant le visage rougissant de Debora, ses cheveux ébouriffés, son maquillage qui avait coulé.

« Le téléphone a sonné. Ton mari te cherchait.

— En pleine nuit ?

— Oui, en pleine nuit. Je lui ai répondu que tu dormais, mais il a insisté. Alors, j'ai dû mentir en disant que tu avais pris un somnifère. Que se passe-t-il ? Ce n'est pas un jeu. »

Debora entra dans le salon, verrouilla la porte et s'assit sur l'ottomane à côté de sa mère. Elle parla tout bas, presque en chuchotant. Pour que Yana ne puisse pas l'entendre.

« Samuel… Il est vivant. Il est venu ici. Aujourd'hui.

— Oh, mon Dieu ! s'exclama sa mère en joignant ses mains. Samuel ? Vivant ? Comment est-ce possible ?

— Peu importe. Ce qui compte, c'est qu'il est là maintenant. Et qu'il veut me récupérer.

— Si Samuel est revenu de parmi les morts, peut-être que notre Yakov va revenir lui aussi. Dieu est tout-puissant.

— Je l'espère, maman. De tout mon cœur. »

Rebecca chassa ces pensées de son esprit et se redressa.

« Que t'a-t-il dit au juste ?

— Il veut que je parte avec lui, que je quitte Maslov, et cette vie. Pour que tout redevienne comme avant. Mais ce n'est pas réaliste, cette vie n'existe plus. Je ne sais pas quoi faire…

— Il te demande l'impossible. On ne peut pas faire marche arrière. » Elle regarda sa fille droit dans les yeux, comme si elle menait un interrogatoire, obligeant Debora à tourner la tête. « Mais tu es incapable de lui dire non, hein, ma chérie ? Tu étais avec lui cette nuit, n'est-ce pas ? »

Debora acquiesça. Rebecca fronça les sourcils.

« Tu as pensé à Pasha ? À Nina ? Après tout ce que tu as sacrifié pour eux. Je connais tes sentiments pour cet homme, mais les sentiments sont un luxe. Pour une personne comme toi, qui a des responsabilités, c'est un luxe inabordable.

— Je ne peux plus. » Debora se mit à pleurer. « Quand Maslov me touche, j'ai l'impression qu'un insecte rampe sur ma peau. J'ai envie de vomir. Au cours de ces dix ans, j'avais oublié à quoi ressemble un homme.

— Je n'ai jamais aimé Maslov. Et il ne s'est pas amélioré, concéda Rebecca. Mais ce n'est pas lui, le problème.

— On a tous changé, maman. »

Rebecca étreignit sa fille et caressa ses cheveux comme si elle était encore une petite fille.

« Il n'y a plus de bonnes options dans nos vies, ma chérie. Tu dois choisir entre deux maux. »

Le téléphone sonna de nouveau un peu plus tard. Debora décrocha cette fois.

« Bonjour, ma chérie qu'est-ce qui t'est arrivé hier soir ? demanda Maslov d'un ton enjoué.

— Je crois que j'ai un peu trop bu à l'opéra et ensuite, je ne me sentais pas très bien.

— Oui, le lieutenant Rybak m'en a informé. Rien ne vaut une bonne nuit de sommeil, hein ?

— Oui, confirma Debora en étouffant un bâillement. Ça va beaucoup mieux maintenant. Je vais bientôt partir travailler. Et toi, comment vas-tu ?

— Je survis, je survis. Il se peut que je rentre plus tôt que prévu. On a reçu de nouveaux ordres. Tu sais ce que c'est.

— Quand ?
— Bientôt. Ce sera la surprise. » Il rit. « Embrasse les enfants. »

Debora eut une journée chargée à l'école, et pendant de brefs instants, elle parvint à ne plus penser à Samuel. Elle était dans son bureau, en train de remplir des paperasses en retard, quand la porte s'ouvrit à la volée. Pasha entra en courant.

« Qu'est-ce qui t'arrive ? » demanda-t-elle en voyant son air affolé.

Il semblait au bord des larmes et bien décidé, néanmoins, à ne pas pleurer.

« Maman, un monsieur est venu me parler au moment où je sortais de l'école. Il m'a demandé si je m'appelais Pasha et il a dit qu'il avait une chose importante à me dire. »

Debora ferma la porte et prit son fils par les épaules.

« Calme-toi, mon chéri. Et parle lentement. Que t'a dit ce monsieur ?

— Il a dit qu'il était mon père. J'ai répondu qu'il mentait et que mon père était mort à la guerre, en se battant contre les Allemands. Mais il répétait que c'était lui mon papa. C'est un menteur, hein ? Ça peut pas être vrai, hein ? »

Debora le serra contre elle.

« Oh, Pasha, mon petit Pasha. »

Le garçon se débattit pour échapper à l'étreinte de sa mère, sans s'apercevoir qu'elle ne démentait pas cette affirmation.

«Je suis sûr que c'est un espion, ajouta-t-il d'un ton convaincu. J'ai lu ça dans des livres. C'est un espion qui se fait passer pour mon ancien papa pour se rapprocher de mon nouveau papa. Même sa façon de parler était bizarre, comme si c'était un étranger. Il faut prévenir immédiatement papa. Appelle-le.

— Ce n'est pas le moment, mon chéri. Et puis, il n'y a aucun moyen de le joindre. Tu sais bien comment ça se passe quand il est en mission.»

Furieuse contre Samuel, elle répétait déjà mentalement le savon qu'elle allait lui passer ce soir.

«Il voulait me toucher, me prendre dans ses bras, alors je me suis enfui pour revenir ici. Si on appelle la police, ils peuvent encore l'arrêter.»

Debora lui prit la main.

«Et s'il disait la vérité? Si c'était bien ton premier père, qui n'est pas mort, en réalité?»

Pasha libéra sa main d'un geste brusque et foudroya sa mère du regard.

«Tu es une menteuse, toi aussi. C'est impossible!»

Il tapa du pied, se retourna et se rua hors du bureau.

Debora lui ordonna de s'arrêter, en employant son ton le plus ferme, mais Pasha ne lui obéit pas. Il dévala l'escalier et sortit du bâtiment en courant. Debora voulut le suivre, malheureusement il avait déjà disparu. Pas de Samuel en vue non plus.

Une demi-heure plus tard, Debora arriva chez elle.

«Pasha est là? s'écria-t-elle dès que Rebecca ouvrit la porte.

— Non. Pourquoi ? Il n'est pas à l'école ?

— Samuel l'a retrouvé et lui a annoncé qu'il était son père. Devant l'école. Cet imbécile. Pasha est bouleversé. Il a fichu le camp je ne sais où. Je suis morte d'inquiétude.

— Qu'est-ce que tu croyais ? Ton fils adore Maslov. Parfois, quand je les regarde tous les deux, j'ai l'impression qu'ils sont du même sang.

— Je t'interdis de dire ça ! »

La mère et la fille s'enfermèrent dans le salon.

« Cet imbécile de Samuel ! pesta Debora. Qu'est-ce qui lui a pris ?

— Une chose est certaine, dit Rebecca. Tu n'as plus beaucoup de temps pour prendre une décision. Tu ne peux plus cacher la vérité. »

On sonna à la porte, avec insistance. C'était Pasha. La mine renfrognée, le garçon fonça dans sa chambre, sans un mot, en écartant sa mère.

« Je vais lui parler, dit Rebecca. Toi, retourne travailler.

— J'ai détruit ma vie pour lui. Tout ce que j'ai fait : Maslov, le mariage… tout ça c'était pour Pasha. Et voilà ce que je récolte. »

Debora se mordit la lèvre, elle essayait de ne pas pleurer.

« On ne fait pas des enfants en espérant qu'ils te seront reconnaissants un jour, dit sa mère. J'ai eu de la chance avec toi, mais il ne faut pas attendre de gratitude de la part des enfants. Quoi que tu donnes, tu ne dois rien espérer en retour. Allez, file. »

Debora descendit l'escalier et marcha dans les rues de Podil, perdue dans ses pensées. Elle n'avait pas prévu de se rendre à l'appartement de Samuel, et pourtant, c'est là qu'elle se retrouva une demi-heure plus tard. Elle pénétra dans l'immeuble sans la moindre hésitation, en passant devant une Studebaker noire garée devant.

Il n'y avait personne. Et après avoir frappé à la porte pendant plusieurs minutes, elle repartit. C'est alors qu'elle l'aperçut. Il marchait sur le trottoir opposé, lentement ; il observait la vie qui l'entourait avec toute l'attention d'une personne qui n'a pas connu l'animation des rues depuis dix ans.

Elle se précipita vers lui et vit la joie illuminer son visage. Il voulut la prendre dans ses bras et l'embrasser, là, devant tout le monde. Elle le repoussa.

« Tu es idiot ou quoi ? Qu'est-ce qui t'a pris d'aborder un enfant dans la rue de cette façon ? De l'effrayer ? Tu imagines ce que pense Pasha maintenant ? Pourquoi tu ne m'as pas prévenue ? »

Samuel se raidit.

« Parce que tu ne m'aurais pas laissé faire. Parce que je t'ai vu hésiter. Tu avais peur d'agir. Tu es trop habituée à vivre avec la peur, à t'adapter, à suivre les règles. Tu veux passer ta vie avec moi ou avec ton colonel ?

— Je ne sais pas. Je ne sais pas... » Debora laissa échapper les larmes qu'elle ne pouvait plus contenir, et qu'elle tenta d'essuyer avec sa manche. Des larmes qui attiraient l'attention des passants. « Avec toi, j'ai l'impression de retrouver ma jeunesse, de revivre. Mais je n'ai pas le droit de ne penser qu'à moi. C'est injuste. »

Samuel la plaqua contre lui.

« Tu cherches des excuses. Oui, ce sera dur au début, mais rien ne te dit que Pasha sera plus malheureux avec moi à long terme.

— Tu oublies toujours Nina. »

Il la prit par l'épaule et l'entraîna, sans brusquerie, vers son immeuble. Elle le suivit. Sous le porche. Dans l'escalier.

« Mon mari a téléphoné ce matin. Il se peut qu'il rentre plus tôt que prévu. »

À partir du moment où ils pénétrèrent dans l'appartement, ils n'échangèrent plus un mot. Et Debora sentit sa colère l'abandonner, telle la vieille peau laissée par un serpent. C'était la colère de Darya Maslova, et non les sentiments de la femme qui était ici avec Samuel, dans cette chambre exiguë, avec cette maquette d'avion ridicule.

Samuel s'assit sur le lit, attira Debora sur ses genoux et entreprit de déboutonner son chemisier. Elle enfouit les mains dans ses cheveux et regarda sa langue se promener sur ses seins, tourner autour des mamelons, pendant qu'il caressait le bas de son dos. Et ils firent l'amour rapidement, furieusement, en inhalant leurs odeurs respectives, parsemant leurs avant-bras de petits suçons.

Après, elle se blottit contre le corps chaud de Samuel, bien calée dans ces crevasses oubliées, qu'elle avait si bien connues.

«Je veux rester avec toi, dit-elle. Je redeviens moi-même quand je suis avec toi.»

Ils demeurèrent au lit jusqu'à ce que le jour tombe et que les voisins commencent à rentrer du travail.

«J'ai des amis à Odessa chez qui on pourra loger au début, dit Samuel. Des gens que j'ai rencontrés dans les camps. Certains diraient que ce sont des gangsters. Ils sont juifs eux aussi. Ils me doivent quelques petits services et ils pourraient nous procurer de nouveaux papiers. Et tout le reste. J'ai bien réfléchi. C'est la meilleure solution. C'est très beau Odessa, il y a du soleil, il y a la mer. On serait heureux là-bas.»

Debora s'autorisa à imaginer cette nouvelle vie. Samuel, Pasha, Nina et elle faisant des châteaux de sable sur la plage, le reflet du soleil sur les vagues paisibles de la mer Noire.

«Mais on ne peut attendre. On doit partir avant le retour de ton colonel.» Samuel n'employait jamais le mot «mari» pour parler de Maslov. «Je peux nous trouver des billets de train pour demain après-midi. Dis aux enfants que tu les emmènes à Odessa pour des vacances surprises et reviens ici avec eux avant quatorze heures.

— Ce serait plus facile si tu n'avais pas effrayé Pasha ce matin.

— C'est encore un enfant. Tu pourras lui expliquer, le convaincre.

— Ah oui ? Qu'est-ce que tu y connais aux enfants ? Qu'est-ce que tu croyais, hein ? Qu'il allait te sauter au cou et t'aimer aussitôt, pour toujours, un homme dont il ne se souvient même pas ?

— Je ne sais pas, je n'avais pas pensé à ça, je n'avais pas imaginé qu'il me repousserait, avoua Samuel. Étant donné les liens du sang, je croyais que ce serait naturel. Quand j'imaginais ce moment, là-bas dans les camps, pas une seconde je n'ai pensé qu'il pourrait me rejeter.

— Tu es un idiot, répéta Debora, mais cette fois, c'était dit de manière affectueuse. Tu es persuadé de tout savoir. Toujours cette arrogance. S'il te plaît, n'aggrave pas les choses jusqu'à demain. »

Samuel, toujours allongé sur le lit, la regarda agrafer son soutien-gorge, enfiler ses bas et, encore à moitié nue, essayer d'arranger son maquillage et de remettre de l'ordre dans ses cheveux.

« Demain quatorze heures ? » demanda-t-il quand elle fut prête à s'en aller.

Debora hocha la tête. Avant de sortir, elle revint sur ses pas, se pencha vers Samuel et lui donna un long baiser passionné.

35

Kiev, décembre 1947

Pasha accueillit Debora avec un regard noir qui aurait pu faire faner une fleur. Il était déjà à table pour dîner, à côté de sa petite sœur, insouciante et joyeuse. Rebecca servait du poulet rôti et des pommes de terre vapeur dans un plat en terre cuite décoré de paons et de tournesols peints à la main, dans le style folklorique ukrainien.

« Viens t'asseoir, dit sa mère, tu arrives juste à temps pour dîner. »

Debora regarda son fils droit dans les yeux et prit sa voix la plus sévère pour dire :

« Ce que tu as fait aujourd'hui, jeune homme, était totalement inacceptable. T'enfuir de cette façon, sans m'écouter. Promets-moi de ne jamais recommencer.

— Tu n'as pas le droit de me dire ce que je dois faire. C'est papa, le chef de famille», rétorqua le garçon, impénitent.

Il serrait les poings, tout son corps était raidi. Il ignorait, bien évidemment, où sa mère avait passé les deux heures précédentes, mais il sentait quelque chose de personnellement menaçant et de déstabilisant, car inhabituel, dans le comportement de celle-ci.

Rebecca intervint, en haussant le ton:

«Pasha, arrête ça tout de suite. Et sois respectueux envers ta mère.

— J'ai pas faim.»

Le garçon se leva en repoussant sa chaise et quitta la pièce en coup de vent.

«Je peux prendre sa part? demanda Nina, et sans attendre la réponse, elle piocha la cuisse de poulet dans l'assiette de son frère. Je veux ses patates aussi.

— Il est déboussolé, dit Rebecca. J'ai parlé longuement avec lui. Déboussolé et en colère.»

Debora suivit son fils dans sa chambre en pressant le pas. Recroquevillé sur son lit, il regardait le mur. Elle s'assit à côté de lui et posa la main sur sa cuisse.

«L'homme qui est venu te parler aujourd'hui... et si c'était vraiment ton père? Tu sais, pendant les guerres, les gens font des erreurs. Quelqu'un qu'on avait cru mort réapparaît. Ça arrive. Qu'est-ce que tu dirais de le rencontrer pour discuter avec lui? Est-ce qu'on n'a pas envie d'en savoir plus?

— Il est laid et il fait peur, comme un rat, répondit Pasha, toujours face au mur. Je veux pas lui parler. J'ai pas besoin d'un autre papa, j'en ai déjà un. Et mon papa est un héros, un vrai, pas comme cet homme.

— Ton premier père est un héros lui aussi. Il pilotait des avions. »

Elle essaya de prendre son fils dans ses bras. Il la repoussa, brutalement.

« Fiche-moi la paix. » Ivre de colère, il avait la bave aux lèvres. « Je veux mon papa. Je veux qu'il rentre à la maison maintenant ! »

La main levée, il semblait prêt à la frapper.

Debora saisit son poignet et le serra.

« Je t'interdis de me parler sur ce ton, cracha-t-elle. Plus jamais, tu entends ?

— Tu me fais mal », gémit Pasha, et elle s'aperçut qu'elle était en train de provoquer un hématome. Elle le lâcha, lui tourna le dos et sortit de la chambre. « Je te hais », murmura-t-il, assez fort cependant pour qu'elle l'entende.

À table, Nina avait déjà terminé la cuisse de poulet de son frère.

« Pourquoi vous criez ? demanda-t-elle en rotant gaiement. Pasha est méchant avec toi aussi ? Il a été méchant avec moi toute la journée.

— Ce n'est rien, ma chérie. Va te brosser les dents maintenant.

— Oui, maman », dit Nina, obéissante, en sautant de sa chaise.

Une fois seule avec sa mère, Debora alla fermer la porte de la salle à manger et confia, tout bas :

« Je ne sais pas quoi faire. Samuel veut qu'on parte dès demain, tous les quatre, pour aller à Odessa. Il a des amis qui peuvent nous aider à fuir, paraît-il, et qui nous fourniront des documents.

— Pasha n'acceptera jamais de partir. Et même s'il te suit, ça n'a aucune chance de marcher. Ils vous retrouveront. Sois raisonnable. » Debora regarda sa fille, recroquevillée sur sa chaise, le visage dans les mains. « Tu sais aussi bien que moi que c'est un rêve, une folie. La seule solution pour que ça marche, pour que Maslov renonce à te retrouver, ce serait que tu abandonnes les enfants. Je resterai pour les élever. Ils seront bien. Pour toi et pour eux, je suis même prête à supporter cet homme. Mais toi, est-ce que tu es capable de les abandonner ? Est-ce que tu aimes assez Samuel pour faire ce choix ? Toi seule connais la réponse.

— Je ne sais pas... Je ne sais plus... » Les yeux de Debora s'emplirent de larmes une fois de plus. « Il est revenu depuis deux jours seulement. »

Débarbouillée, vêtue de sa chemise de nuit rose toute neuve, Nina ouvrit en grand la porte de la salle à manger.

« Ne pleure pas, maman », dit-elle en la serrant contre elle. Elle sentait le dentifrice et le savon à la lavande. « Pasha n'a pas été gentil avec toi, c'est mal. Moi, je ne serai jamais méchante avec toi. »

Debora sécha ses larmes.

«Fais un câlin à maman, ma chérie, dit-elle à la fillette qui se blottissait sur ses genoux. Maman t'aimera toujours.»

Debora sonna à la porte de Samuel avec une heure d'avance. Elle attendit dans le couloir humide et mal éclairé qui empestait l'urine et le chou bouilli: les arômes habituels d'un immeuble soviétique. À travers la porte fine, elle entendit le parquet grincer sous le poids d'un pas décidé. L'homme qui lui ouvrit se découpait en ombre chinoise dans la lumière du soleil.

Debora se retrouva face à son mari. Prise de vertiges, elle dut prendre appui contre l'encadrement de la porte.

«Toi? Qu'est-ce que tu fais ici? demanda-t-elle, voulant encore croire à une coïncidence, tout en sachant que c'était impossible.

— Entre. Tu as besoin d'aide pour porter tes bagages?»

Le ton distant et poli de Maslov était effrayant.

«Quels bagages? Je n'ai aucun bagage.

— Tant mieux.»

Il s'écarta pour la laisser entrer et la précéda jusque dans la chambre de Samuel. Elle le suivit, trop hébétée pour protester.

La pièce était nue, constata-t-elle aussitôt. Les valises avaient disparu, tout comme les livres, sa maquette d'avion et les vêtements. Vêtu d'un uniforme aux plis impeccables, Maslov s'assit sur le lit, aux draps encore mouillés des sueurs mêlées de Debora et de Samuel.

Il croisa son regard.

« Ce n'est pas ce que tu attendais, hein ? »

Une colère froide et contenue enveloppait chaque syllabe.

Debora se tenait devant lui, tel un prisonnier qu'on interroge.

« Eh bien, ma chère Darya, peux-tu m'expliquer ? » Il agita quatre billets de train. « Ma petite femme adorée envisage de partir quelque part ? En vacances ? Avec les enfants ? *Mes* enfants ? »

Elle resta muette.

« Dis quelque chose, nom de Dieu ! Ne me fais pas le coup du silence. »

Se redressant d'un bond, il leva la main pour la gifler. Les veines de son cou saillaient et un petit vaisseau, en éclatant, avait fait naître une tache écarlate dans son œil gauche.

Debora ferma les yeux, se préparant à affronter la douleur, mais au dernier moment, Maslov dévia la trajectoire de sa main, qui frappa le mur à la place. Elle rouvrit les yeux et le dévisagea, en concentrant toute son attention sur son front luisant de transpiration et les poils qui dépassaient de ses narines. Elle n'éprouvait plus qu'un sentiment de haine, une haine corrosive. Qui avait remplacé la sensation de vertige.

«Tu me crois stupide à ce point ? Tu me prends pour un idiot ? Tu penses que je suis aveugle ? Que tu peux me mener en bateau ?»

Il lui crachait ces paroles au visage.

«Non, Dmitri», répondit-elle, surprise par le calme et l'assurance de sa voix, par l'absence de peur. Elle flottait dans cet espace libérateur et enivrant qui s'étend au-delà de la peur et de l'instinct de survie. Plus rien n'avait d'importance. «C'est moi qui ai été idiote. Idiote de croire à tes mensonges. Idiote de t'épouser. Qu'as-tu fait de Samuel ? Où l'as-tu envoyé ?»

Maslov était interloqué par la répulsion pure contenue dans le regard de Debora.

«Tu ne devrais pas t'inquiéter pour ton cher Samuel. En tout cas, lui ne s'inquiète pas beaucoup pour toi. Il est en route pour Kharkiv, Minsk ou Odessa. Ou une autre ville peut-être. Je n'en sais rien. Je n'ai eu aucun mal à le convaincre qu'il ne devait plus se mêler de notre vie.

— Tu mens. Comme tu m'as menti à Stalingrad, en affirmant que Samuel était mort. C'est ton métier de mentir. Ton foutu métier.

— Oh, tu fais erreur, ma chère épouse. J'aurais préféré savoir qu'il était toujours vivant. Je pensais réellement qu'il était mort, et c'est en cela que j'ai été idiot. Il ne faut jamais se fier à des suppositions. Crois-moi, si j'avais su qu'il était vivant, tous ces désagréments n'auraient jamais eu lieu. J'aurais fait en sorte qu'il ne réapparaisse plus jamais. En tout cas, je l'aurais empêché de revenir à Kiev pour terroriser mon fils. Là, il a dépassé les bornes.

— Je t'en supplie, Dmitri, dis-moi la vérité. Qu'as-tu fait de lui ?

— Rien du tout, je t'assure. Il ne m'inspire aucun sentiment, si ce n'est de la pitié. Il n'y a plus aucune énergie en lui, aucune étincelle. Et on ne peut pas le lui reprocher, après ce qu'il a vécu. Très vite, il a compris qu'il était dans son intérêt de commencer une nouvelle vie dans le lieu de son choix, et de faire comme si toute cette folie n'avait jamais eu lieu. Il m'a même demandé de l'aider financièrement, et ça se comprend. Autrement dit, il t'a marchandée, toi, l'amour de sa vie ! Pour quelques roubles. Et tu es là, en train de te lamenter sur son sort. Tu te crois dans un film hollywoodien ? L'amour éternel et tout le tintouin ? C'est risible. »

Il émit un éclat de rire guttural.

« Il m'a raconté qu'il avait essayé de parler à Pasha et je lui ai répondu : "Tu n'as pas compris le message ? Tu ne vois donc pas que Pasha n'est plus ton fils, qu'il ne veut même plus te parler ? Pourquoi insistes-tu, contre toute logique ?" Il n'est pas bête, il a réfléchi et il est tombé d'accord avec moi. C'est beaucoup plus facile quand un homme comprend rapidement ce qui est possible et ce qui ne l'est pas. Quand un homme sait se montrer raisonnable. »

Le silence régna sur la chambre pendant plusieurs minutes.

« Pas de valises, pas d'enfants. » Maslov évalua la situation. « Finalement, tu n'avais pas l'intention de partir avec lui, hein ? Je suppose que toi aussi, tu sais ce qui est possible ou pas. »

Debora ne dit rien.

« Réponds-moi ! ordonna-t-il.

— Tu as raison. Je ne voulais pas partir. Je venais le lui annoncer. Je venais lui dire que les enfants passent avant tout.

— C'était une décision sensée. Tu es raisonnable, toi aussi. En effet, les enfants passent avant tout. *Nos* enfants.

— Oui, nos enfants », dit-elle, docile.

Il y eut un nouveau silence. L'un et l'autre réfléchissaient, sans se regarder, comme s'ils n'étaient pas dans la même pièce.

Finalement, Debora se racla la gorge et demanda :

« Et maintenant ?

— Rien, ma chérie. Rien du tout. Détends-toi. Le lieutenant Rybak va t'emmener faire des courses, après quoi tu rentreras à la maison pour cuisiner un bon repas. Et ce soir, je rentrerai à la maison après ma mission en Ukraine occidentale et nous partagerons un dîner en famille. Je vérifierai que Pasha a bien fait ses devoirs et nous partirons en vacances au jour de l'An. Je serai généreux, je te pardonnerai, et tout continuera comme avant. Mais désormais, tu sais que je ne suis pas idiot et qu'on ne peut rien me cacher.

— Tu vas me *pardonner* ? Me pardonner quoi ? D'avoir revu mon mari légitime, dont tu disais qu'il était mort.

— Tu sais, Dasha, je peux m'arranger pour qu'il soit réellement mort si je veux. Ne me tente pas. »

Debora répondit calmement, en pesant chaque mot.

« Tu dois me jurer qu'il ne lui sera fait aucun mal.

— Pourquoi lui ferais-je du mal ? C'est inutile. Il est parti bâtir une nouvelle vie.

— Arrête. Je veux que tu me le jures. Samuel est le père de Pasha. Il a suffisamment souffert. Je veux que tu me promettes qu'il ne lui arrivera rien car si jamais j'apprends que tu t'es vengé, je te jure sur la tête de nos enfants que tu me le paieras. Promets-moi qu'il pourra vivre librement. Si tu veux me garder, c'est la seule solution. »

Maslov haussa les épaules.

« Je me fiche pas mal de cet homme. Et si je m'en fiche, c'est parce qu'il se fiche pas mal de toi. À dire vrai, je m'attendais à une résistance de sa part. Finalement, c'était trop facile. Quelle déception. »

Il se leva, ouvrit la fenêtre et fit signe à Rybak de monter.

« Ayez l'obligeance d'accompagner ma femme », dit-il au jeune lieutenant et sans un autre regard pour Debora, il quitta la chambre.

Déconcerté par cette scène, Rybak s'abstint cependant de poser des questions.

« Darya Grigoriyevna, je suis désolé pour tout ça, dit-il affectueusement en l'aidant à descendre l'escalier. Je ne sais pas trop ce qui se passe, et ça ne me regarde pas, mais je suis désolé.

— Tout va bien. Nous ne sommes pas dans *Roméo et Juliette*, personne ne va mourir, mon cher Zhenya », répondit-elle en lui pinçant l'épaule. C'était la première fois qu'elle l'appelait par le diminutif de son prénom. « N'y pensez plus. Allons faire des courses. »

Rebecca était dans la cuisine quand Debora entra avec les provisions.

« Il sait, glissa-t-elle à l'oreille de sa mère. Il sait tout. »

Yana, assise à l'autre bout de la cuisine, les regarda d'un air inquiet. Debora sentit la fureur monter en elle. Si Maslov savait, il n'y avait qu'une seule explication.

« Vous n'avez donc honte de rien ? D'abord, vous faites la pute pour les Allemands et ensuite vous m'espionnez, sous mon propre toit ? »

Yana boutonna sa robe de chambre et se leva de sa chaise, sans ciller, ses pupilles s'étrécirent. Elle respirait calmement.

« Vous vous croyez supérieure à moi, madame Maslova ? Vous pensez que je suis une pute, et pas vous ? Qu'est-ce qui nous différencie ? J'ai baisé avec des Allemands pour une miche de pain, c'est exact. Vous aussi vous avez baisé avec votre officier du MGB pour une miche de pain, sauf qu'il y avait du caviar dessus. En quoi sommes-nous différentes, ma chère Darya, ou quel que soit votre vrai nom ? Vous essayez de m'humilier avec vos stupides leçons de morale parce que je vois clair en vous. Je fais ce que je dois faire, et vous aussi. Et à l'arrivée, on se fait baiser, vous et moi. Dur, hein ? »

Debora avait envie de la frapper pour la faire taire. Mais sa mère la prit par le coude.

« Viens avec moi. Ne l'écoute pas.

— Ne m'écoutez pas, ça ne change rien. Vous ne valez pas mieux que moi, clama triomphalement l'ancienne actrice. Nous sommes toutes faites de la même merde. Toutes.

— Heureusement, les enfants jouent dehors, ils n'ont pas été témoins de cette horreur, souligna Rebecca, comme si elle se parlait à elle-même.

— Je m'en fiche, dit Debora, d'une voix morne. Je me fiche de tout à présent. Dmitri va bientôt rentrer à la maison. Je ne me sens pas bien, je vais rester au lit ce soir. »

Elle ferma la porte de la chambre et les rideaux. Les choses sont telles qu'elles doivent être, songea-t-elle en se glissant sous les couvertures, en position fœtale. C'est une décision que j'avais déjà prise, seule, de ne pas partir avec Samuel ce soir. L'intervention de Maslov l'avait empêchée de faire ses adieux, de s'expliquer. Mais cela lui avait évité une confrontation à l'issue de laquelle elle aurait peut-être changé d'avis. Et pris une décision irréfléchie qu'elle aurait regrettée toute sa vie.

« Ma place est ici, se dit-elle à voix basse. Ma vraie vie, c'est celle-ci. »

Toutefois, quand elle ferma les yeux et commença à sombrer dans un sommeil intermittent, elle se vit avec Samuel, un Samuel plus jeune, côte à côte à la fenêtre d'un train qui les emmenait vers le sud, la mer, le soleil, les cris des mouettes. Elle était heureuse à bord de ce train, plus heureuse que jamais. Leurs cheveux flottaient au vent, c'était l'été, les champs étaient vert émeraude, les dômes des églises, dans les villages, étincelaient.

Le rêve s'arrêta brutalement. Debora fut réveillée en sursaut par les cris de joie de Pasha et de Nina qui accueillaient Maslov. Il leur avait apporté des cadeaux, volés au domicile d'un riche déporté de Lviv. Pasha reçut un camion de pompier portant les initiales d'un autre garçon, et Nina une poupée folklorique polonaise presque neuve.

Pasha était tellement excité qu'il en oublia, tout d'abord, de parler à Maslov de l'homme qui l'avait abordé à l'école. Quand il évoqua le sujet, Maslov demeura impassible. Il sourit, souleva le garçon de terre et l'assit sur ses genoux.

« C'est très bien que tu m'en parles. Mais ta maman et moi, on en a déjà discuté. Elle aussi m'a tout raconté, immédiatement, sache-le. On a enquêté sur cet homme. Tu avais raison, il a menti, il a inventé toute cette histoire. Ne t'inquiète pas, on s'est occupés de lui, il ne reviendra pas.» Il embrassa Pasha sur la joue. «Tu n'as qu'un seul papa, qui t'aime beaucoup et qui t'aimera toujours.»

Pasha le serra fort dans ses bras.

«Demain, on ira tous au cinéma. Qu'est-ce que vous voulez voir?» demanda Maslov.

Sixième partie

36

Kiev, octobre 1952

Debora s'examina dans le miroir et tenta de dissimuler avec du fond de teint l'hématome le plus récent. Heureusement, il n'était pas très gros cette fois : une simple tache sur la joue. Facile à cacher.

Elle se maquillait beaucoup ces derniers temps.

Parfois dans la journée, elle avait l'impression, fugace, de regarder sa vie se dérouler avec les yeux d'une personne extérieure, comme un film sur quelqu'un d'autre. Et pour les autres spectateurs, cela ressemblait à une vie idéale, une vie que ses collègues professeurs et ses rares connaissances en dehors de l'école enviaient. Un appartement confortable, un mari amoureux, deux enfants adorables. Et à présent, une domestique à demeure, installée dans l'ancienne chambre de Yana. L'expulsion de cette dernière avait été une exigence de Debora que Maslov ne pouvait refuser. En outre, cela lui avait permis d'atteindre son quota d'Ukrainiens ayant collaboré avec les Allemands, exigé par le MGB. Maintenant que les autres voisins avaient déménagé eux aussi, tout l'appartement leur appartenait.

Deux fois par an, Debora passait ses vacances au bord de la mer ou à la montagne, parfois uniquement avec les enfants et sa mère. Ces séjours sans mari étaient les seuls qu'elle appréciait. Maslov ne parlait plus jamais de Samuel, et elle non plus. Mais ni l'un ni l'autre n'avait oublié et pardonné. L'humiliation demeurait en lui comme un herpès qui s'enflammait et l'élançait lorsque ses pensées étaient traversées par la vision de Debora dans les bras de cet homme, nus dans ce lit aux draps entortillés. Un mal incurable.

Il l'avait frappée pour la première fois six mois environ après la disparition de Samuel. Il était ivre et éprouvait le besoin de se défouler après une nouvelle mission sanglante dans l'ouest de l'Ukraine. Le lendemain matin, en découvrant la lèvre fendue de Debora, il ne se souvenait même plus quand, ni pourquoi, il lui avait asséné cette violente gifle. Il s'était excusé, évidemment, mais cela s'était reproduit, encore et encore. Elle avait appris à reconnaître les signes avant-coureurs, à prédire une nouvelle explosion : un voile descendait devant les yeux de Maslov, ses narines s'évasaient, ses doigts pianotaient un rythme menaçant sur la table. Elle guettait ces signes avec angoisse chaque fois qu'il buvait trop, soit presque tous les soirs à présent.

La veille, la situation avait dégénéré sans raison véritable, ou presque, au cours du dîner du samedi soir. L'employée de maison servait des salades, du kaska et des steaks de porc, pendant que Maslov éclusait des petits verres de vodka glacée. Nina était d'humeur grincheuse, elle ne cessait de geindre et de se disputer avec son frère, pour finalement éclater en sanglots quand celui-ci lui donna un coup de coude. Maslov n'appréciait pas ce tapage. Le rythme de ses doigts s'accélérait.

« Vous deux, arrêtez ça et fermez-la ! »

Nina, se sentant offensée dans son orgueil d'enfant, repoussa son assiette et se leva. Maslov en fit autant, en ôtant sa ceinture.

« Rassieds-toi ! tonna-t-il. Tu n'as pas fini de manger. »

Nina savait ce que ça signifiait quand son père ôtait sa ceinture. Elle avait déjà reçu une correction, et elle n'avait pas envie que ça se reproduise.

« Reviens à table si tu ne veux pas le regretter ! rugit Maslov en voyant Nina quitter la salle à manger en courant. Reviens ici, sale petite vermine ! »

Pasha, lui, ne bougeait pas, de crainte d'attirer l'attention. La main de Maslov s'était refermée sur le cuir épais de la ceinture. Il allait s'élancer à la poursuite de Nina.

Rebecca se dressa sur son chemin.

« Asseyez-vous, Dmitri. Laissez cette pauvre gamine tranquille. Elle n'a que neuf ans. Vous avez trop bu. Quel exemple vous montrez à vos enfants ! Vous n'avez pas honte ? »

Maslov n'avait jamais frappé Rebecca, mais sous l'effet de la colère, il la repoussa, une simple petite poussée, croyait-il. Elle tomba sur le sol, en criant, moins de douleur que de stupeur devant cette humiliation soudaine.

« La ferme ! Qui êtes-vous pour oser me dire ce que j'ai le droit de faire et de ne pas faire sous mon propre toit ? » grogna-t-il.

Épuisé par cet effort, il dut prendre appui sur la table pour rester droit. Il avait du mal à respirer.

« Vous autres, reprit-il, vous aimez bien nous expliquer ce qu'on doit faire chez nous, avec vos airs supérieurs. Mais ne vous inquiétez pas, c'est bientôt fini tout ça. Rassurez-vous. »

Rebecca se releva difficilement. Debora avait le regard vide, absent. Elle agrippa le bord de la table, si fort que ses doigts blanchirent. Une sueur froide coulait sur son front et son pied martelait nerveusement le sol.

« Honte sur vous. » Rebecca se planta devant Maslov. « Honte sur vous. Un homme dans la force de l'âge qui lève la main sur une vieille femme. C'est ce que vous a appris votre mère ?

— Ma mère ? rétorqua-t-il dans un grand éclat de rire. Qu'est-ce que vous savez de ma mère ? Vous avez déjà ramassé du fumier avec vos petites mains délicates, comme elle ? Vous autres, vous avez toujours eu la belle vie. »

Pasha tenta de profiter de cette diversion pour quitter la pièce : il était impossible de savoir sur qui cette colère allait s'abattre ensuite. Mais Maslov perçut un mouvement du coin de l'œil et il frappa du poing sur la table.

« Assis, j'ai dit ! Assis ! » Pasha s'exécuta. Maslov posa son regard sur lui. « Tu es de leur côté toi aussi ? Tu es un traître, toi aussi ? Tu es avec moi, ou tu es avec elles ? »

Pasha ne comprenait pas la question, et il était trop effrayé pour dire quoi que ce soit. Maslov soupira. Il paraissait vidé soudain, trop fatigué pour courir après Nina. Il se laissa tomber sur sa chaise, se servit un autre verre de vodka et le vida dans sa bouche.

« Ah, c'est de la bonne. » Son corps s'avachit. Il semblait avoir du mal à garder les yeux ouverts. « À la famille ! Y a rien de plus important. » Il se servit et leva un autre verre. « Trinque avec moi », ordonna-t-il en regardant Debora. « Bois à la santé de notre famille.

— Tu es trop ivre, répondit-elle en regardant ailleurs.

— Bois... à notre famille. » Il la saisit par la joue pour l'attirer vers lui. « Bois.

— D'accord, d'accord, mais arrête, tu me fais mal. » Elle vida d'un trait le petit verre de vodka. « Satisfait ? »

Les doigts de Maslov restaient imprimés sur sa joue.

Il émit un rot de contentement et ferma les yeux. Sa bedaine dépassait de son pantalon. Une minute plus tard, il laissa échapper sa ceinture, qui tomba presque sans bruit sur le tapis. Il dormait. Debora le toucha pour vérifier. Aucune réaction. Sans bruit, elle se leva et partit à la recherche de Nina.

Des sanglots étouffés s'échappaient de la penderie de la grande chambre. Elle ouvrit la porte.

« Tu es là, ma chérie ? Tu peux sortir. N'aie pas peur. Il dort, il ne te fera pas de mal.

— Non ! » La fillette se recroquevilla dans le coin sombre, derrière les manteaux et les robes. Laisse-moi tranquille !

— Tu ne peux pas rester là, trésor. Il est tard. Je te promets qu'il ne peut pas te faire de mal. »

Elle accepta enfin de sortir de la penderie après une demi-heure. Et Debora comprit ses réticences. Nina avait fait pipi dans sa culotte et se tenait pieds nus dans une petite flaque qui avait trempé les chaussures de sa mère.

« Ne pleure pas. »

Debora serra sa fille dans ses bras et l'emmena prendre un bain.

Le lendemain, dès que les enfants sortirent jouer dehors, elle s'assit à côté de sa mère et lui caressa la main. Rebecca avait de longs doigts aristocratiques et elle continuait à prendre grand soin de ses ongles. Mais les fines veines bleues saillaient sous sa peau sèche et ridée.

«Je ne peux pas continuer comme ça, maman. Je n'en ai plus la force.

— Non, tu ne peux pas. Cet homme est mauvais. Tu dois divorcer avant qu'un drame se produise.

— Tu sais bien qu'il n'acceptera jamais de divorcer. Il ne me laissera pas partir. Sûrement pas avec les enfants. Il n'y a aucune issue !

— Il y a toujours une issue. »

Rebecca posa la main sur celle de sa fille.

«Je prie pour que l'alcool le tue rapidement, soupira Debora. Pour qu'il s'évanouisse un jour et ne se réveille pas.

— Cela n'arrivera pas, dit sa mère. Seuls les gens bien meurent jeunes. »

37

Kiev, novembre 1952

Après être retourné chez lui pour enfiler une chemise propre, Rybak se rendit directement au domicile de Debora, et gravit l'escalier les bras lestés de deux gros sacs remplis de provisions : fromages, saucisses, jambons, fruits séchés et chocolat de Lviv. Accompagné d'un nuage d'après-rasage de mauvaise qualité dont il s'était aspergé le visage. S'il était toujours sous les ordres de Maslov, Rybak n'était plus seulement son aide personnel. Promu capitaine, il avait ses propres dossiers à gérer, ses propres ennemis de l'État à combattre. Depuis qu'il avait pris du galon, il n'escortait plus Debora quand elle allait faire des courses, ou en d'autres occasions. Aujourd'hui, c'était un simple service qu'il rendait à son supérieur. Ils venaient de participer à une mission secrète contre les insurgés, à Lviv. Mission couronnée de succès. Mais Maslov avait dû rester sur place pour participer aux interrogatoires.

« De la part du camarade lieutenant-colonel, déclara Rybak quand Rebecca lui ouvrit la porte. Des spécialités de l'ouest. Il sera de retour dans quelques jours seulement et m'a demandé de vous apporter tout ça.

— Entrez, Zhenechka, entrez donc, dit-elle en s'adressant à lui avec un diminutif affectueux qui convenait mieux à un garçonnet. Ne soyez pas timide. Je vais vous faire une bonne tasse de thé. Voulez-vous une part de ma tarte aux cerises ? »

Rybak lui remit les deux sacs de victuailles et s'assit dans le salon.

« À Lviv, c'est la fête, confia-t-il. Je ne peux pas trop en parler, mais on a eu un sacré coup de chance. On a pêché un gros poisson, et toutes les personnes impliquées dans ce succès ont eu droit à une récompense. »

Debora, qui sortait de la douche, les rejoignit dans le salon, les cheveux encore mouillés. Elle portait un peignoir blanc léger. Rybak s'efforçait de ne pas s'attarder sur le triangle de chair du décolleté qui titillait son regard.

« Comment allez-vous, Zhenechka ? demanda Rebecca. Il y a bien longtemps que je ne vous avais pas vu. Toujours célibataire, un beau jeune homme comme vous ?

— Trop occupé, répondit-il d'un petit air penaud. Le travail me prend tout mon temps. »

La vieille femme fit claquer sa langue.

« Quelle tristesse. N'est-ce pas ? demanda-t-elle en s'adressant à sa fille. Ce serait une belle prise pour une jeune femme chanceuse.

— Oh, oui. Je suis certaine qu'elles font la queue pour un rendez-vous avec lui. N'est-ce pas ? le taquina Debora.

— Vous ne devriez pas plaisanter avec ça, dit-il.

— Désolée. »

Debora gloussa et se leva pour aller chercher la tarte aux cerises dans la cuisine. Quand elle passa à côté de Rybak, en se déhanchant, elle frôla son épaule et son peignoir, en s'entrouvrant très légèrement, dévoila la douceur laiteuse de sa jambe.

Il se sentit rougir.

Il mangea une copieuse part de tarte aux cerises. Elle était délicieuse, et quoi qu'il en soit, il n'aurait pas voulu contrarier Rebecca.

Au moment où il prenait congé, Debora le rattrapa dans le couloir. Elle lui tint la main, furtivement, et déposa un baiser sur sa joue.

« Revenez vite, ne nous oubliez pas », lui glissa-t-elle à l'oreille.

Ses lèvres étaient chaudes et elle dégageait une odeur florale. Il n'avait jamais connu une femme qui sentait aussi bon. Il craignit qu'elle remarque l'afflux de sang dans son bas-ventre.

« Bien sûr que non, Darya Grigoriyevna, répondit-il, en s'en tenant au patronyme respectueux.

— Je ne suis pas votre maîtresse d'école. Vous pouvez m'appeler Dasha, dit-elle en riant. Promis ? Vous ne nous oublierez pas ? »

Après avoir refermé la porte, Debora retourna dans le salon.

« À quoi tu joues, au juste ? C'était quoi, ça ? demanda sa mère d'un ton sévère.

— De quoi tu parles, maman ?

— Ce garçon te regardait comme un chiot surexcité. Et toi, tu t'amuses à le titiller en paradant à moitié nue dans ce peignoir. Qu'est-ce qui te prend ?

— Ce n'est pas un garçon, maman. C'est un jeune homme adorable et je suis gentille avec lui, voilà tout. »

Rebecca plissa les yeux et fit claquer sa langue.

« J'espère que tu sais ce que tu fais. C'est tout ce que j'ai à dire. »

38

Kiev, décembre 1952

Quand Rybak retourna au domicile de Debora, celle-ci était allongée sur le sol et saignait abondamment du front. Il n'aurait pas dû se trouver là, mais Maslov ne répondait pas à son téléphone et le message de l'état-major était trop urgent pour attendre le lendemain matin. Les rues étaient presque désertes, à cette heure tardive où le capitaine gravissait en courant l'escalier de l'immeuble de la descente Saint-André. Il allait sonner à la porte quand il remarqua qu'elle était entrouverte. Il s'annonça et entra.

Il fut accueilli par la domestique.

« Oh, c'est un miracle que vous soyez là ! Venez vite, dans la cuisine. »

Maslov était avachi sur une chaise, devant la table, le regard fixe. Sa chemise à moitié déboutonnée laissait voir un torse velu maculé de bortsch. Des morceaux d'assiettes brisées jonchaient le sol, comme lorsqu'on arrache une nappe dans un accès de fureur. Rebecca, agenouillée, appuyait sur le front de sa fille des glaçons enveloppés dans une serviette, en marmonnant. En s'accroupissant à côté d'elle pour l'aider, Rybak ne s'aperçut pas immédiatement que le liquide rouge qui coulait sur le front de Debora n'était pas de la soupe de betterave.

«Que s'est-il passé? Il faut appeler un médecin?»

Debora ouvrit les yeux et esquissa un sourire, en tendant la main.

«Zhenechka», murmura-t-elle.

Il lui prit la main, tout en remarquant que son autre bras formait un angle bizarre. Elle poussa un gémissement de douleur.

«Il faut absolument la conduire à l'hôpital. Vous avez une voiture? Aidez-moi à la relever», ordonna Rebecca.

Elle avait pris les choses en main.

Maslov revint à lui, temporairement. Il secoua la tête avec vigueur et tapa du poing sur la table.

«Vous occupez pas de cette traînée!»

Cette invective consuma toute son énergie et il replongea dans son état de torpeur alcoolisée.

«Il ne sera pas satisfait tant qu'elle ne sera pas morte, ce porc», cracha Rebecca.

Rybak, décontenancé, n'était pas en état de réfléchir. Aidé par Rebecca et la domestique, il souleva Debora et, à trois, ils lui firent descendre l'escalier, avec le plus grand soin. Ils la conduisirent jusqu'à la voiture et l'allongèrent sur la banquette arrière. Rebecca s'assit à l'avant et Rybak fonça aux urgences de l'hôpital le plus proche où, grâce à sa carte d'officier du MGB, Debora fut accueillie sans délai.

Quand l'infirmière, une liasse de documents à la main, demanda ce qui s'était passé, Debora pressa le poignet de Rybak. Un signal pour lui intimer le silence.

«J'ai trébuché et je suis tombée dans la cuisine. C'est un accident. Un banal accident domestique.»

L'infirmière paraissait sceptique.

«Un accident? Vous êtes sûre?

— Certaine.

— Eh bien, nous allons nous occuper de votre bras... accidenté.»

Rebecca et Rybak se retrouvèrent en tête à tête lorsque Debora fut emmenée en fauteuil roulant.

«Ce n'était pas un accident, chuchota-t-il. Pourquoi l'a-t-il frappée?»

Il était habitué à la violence, aux meurtres, mais toujours dans un cadre bien défini, pour une grande et noble cause. La violence perpétrée sous l'effet de l'alcool, dans une cuisine, à l'encontre d'une femme qui se retrouvait à l'hôpital, voilà qui faisait voler en éclats sa conception de l'ordre juste. Il sentait monter en lui une colère aveugle envers Maslov, envers ce colonel obèse, cet ivrogne, incapable d'apprécier sa chance.

« Que s'est-il passé ? répondit Rebecca. Rien de nouveau, hélas, mon cher Zhenechka.

— Pourquoi vous n'avez pas dit la vérité à l'infirmière ? »

Il savait très bien pourquoi, évidemment, et Rebecca ne prit pas la peine de répondre.

« J'ai peur, dit-elle. J'ai très peur. Je ne sais pas comment tout cela va finir. Mal forcément. »

L'opération terminée, Debora, encore endormie, fut conduite dans une chambre individuelle (encore un des privilèges du MGB), et Rybak persuada Rebecca de regagner leur domicile. Après quoi, il s'installa dans un fauteuil, au chevet de Debora, et la regarda respirer, enfin apaisée par l'anesthésie. Son bras cassé, gainé de son plâtre tout blanc, posé sur sa poitrine, se soulevait et retombait, de manière presque imperceptible, au gré de sa respiration.

Debora fut la première à se réveiller quand le soleil filtra à travers les rideaux. Rybak, affalé dans le fauteuil, ronflait, agité de petits soubresauts. C'était le sommeil léger d'un homme en permanence sur ses gardes, toujours à l'affût du danger. Le simple froissement des draps quand Debora remua dans le lit suffit à le réveiller.

Il ouvrit les yeux.

« Oh, désolé. Pardon. »

Il se leva prestement et essuya la sueur sur son front du revers de la main.

« Si vous saviez comme je suis heureuse de vous voir, Zhenechka. J'ignore ce que j'aurais fait sans vous. Vous êtes mon sauveur. Un véritable prince. »

Elle leva son bras valide. Comme s'il était attiré par un aimant, Rybak s'approcha du lit pour toucher ses doigts. Ce contact de quelques secondes sembla durer une éternité, jusqu'à ce qu'elle referme la main sur la sienne pour l'attirer vers elle. Presque déséquilibré, il s'agenouilla près du lit et sa main libre atterrit sur la cuisse de Debora. Fraîche et douce.

« Dasha, Dasha », murmura-t-il.

Elle plongea son regard dans les yeux de Rybak et caressa ses cheveux. Puis elle l'obligea à approcher son visage du sien. Il sentait son parfum, malgré les effluves âcres du désinfectant, cette odeur d'hôpital qu'il était parvenu à ignorer.

Il ferma les yeux, au moment où les lèvres chaudes et humides de Debora rencontraient sa bouche.

Rybak s'apprêtait à quitter l'hôpital, le cœur battant, nageant en pleine confusion, lorsqu'il aperçut Maslov à l'extrémité du couloir. Il tenait à la main un bouquet de roses défraîchies qu'il avait sans doute acheté en chemin, et il ne faisait pas attention à tout ce qui l'entourait. Rybak parvint à se cacher, juste à temps.

Debora entendit les lourdes bottes d'officier de son mari frapper le sol de marbre avant qu'il entre dans la chambre. Elle remonta les couvertures, ferma les yeux et fit semblant de dormir. Il prononça son nom, tout bas, d'un air contrit, puis resta planté là, muet, sans savoir quoi faire. Finalement, il murmura à son oreille :

« Je repasserai plus tard ».

Il déposa le bouquet sur le fauteuil dans lequel Rybak avait passé la nuit, puis ressortit de la chambre en fermant délicatement la porte.

Debora ouvrit les yeux, regarda les roses et, s'abandonnant enfin, elle fut secouée de sanglots déchirants. Elle cessa de pleurer seulement lorsque l'infirmière vint prendre de ses nouvelles.

« Tout ira bien, faites-moi confiance, déclara-t-elle, même si elle savait sans doute, par expérience, que ce ne serait pas le cas. Tout ira bien. »

39

Kiev, janvier 1953

« Tu es amoureuse de ce garçon ? » demanda Rebecca à sa fille, le lendemain du jour où on retira son plâtre à Debora.

Rybak était omniprésent ces temps-ci. Il conduisait Debora à l'hôpital et la ramenait chez elle, il lui apportait à manger, autant d'attentions que négligeait son mari.

Le lendemain de l'opération, Maslov s'était excusé auprès de son épouse, dans la chambre d'hôpital, en respirant bruyamment, honteux comme un chien qui a fait une bêtise. Elle avait dit qu'elle lui pardonnait, alors même qu'elle posait sur lui un regard chargé d'un mépris infini. Un regard qui faisait de nouveau bouillonner la colère en Maslov, car il repensait à Samuel, à la trahison de sa femme. Quinze jours plus tard, pris d'une nouvelle crise de colère alcoolisée, il s'emporta contre sa femme qui provoquait en lui un sentiment de culpabilité, et il se maudissait pour avoir succombé aux charmes de cette traîtresse arrogante qui ne l'accepterait et ne le respecterait jamais.

« Est-ce que je suis amoureuse de Rybak ? » Debora répondit par le petit rire amer de celle qui détecte les traces trop familières du poison dans les plats les plus sucrés qu'on lui sert. « Allons, maman, tu vois bien à quoi ressemble notre vie. Je suis morte à l'intérieur, incapable d'aimer. Et pourquoi aimerais-je quelqu'un comme lui ?

— Mais tu couches avec lui.

— Oui. On baise ensemble. Et alors ? Est-ce que ça fait de moi une mauvaise femme ? »

Rebecca posa sur sa fille un regard désapprobateur. Elle ne l'avait pas élevée de cette façon. Et elle éprouvait toujours un pincement au cœur quand Debora tenait un langage ordurier, ce qui arrivait fréquemment ces temps-ci.

« Je ne suis pas là pour te juger, ma fille.

— Dieu merci, maman. Dieu merci.

— Mais que se passera-t-il quand ton mari découvrira ce qui se passe ? Et tu sais bien que ça finira par arriver.

— Maman, je suis une mauvaise femme. Et je sais ce que je fais. Souviens-toi de ce que tu m'as dit l'autre jour.

— Quoi ?

— Seuls les gens bien meurent jeunes. Je ne suis pas encore prête à mourir. Je ne serai plus jamais quelqu'un de bien. »

Rybak et Debora avaient mis au point un rituel secret. Une fois par semaine, ou tous les quinze jours, pendant sa pause-déjeuner ou après le travail, elle se rendait en douce au domicile du jeune lieutenant, situé à quelques rues seulement de l'école. C'était elle qui décidait où et quand, et il craignait toujours que ce soit la dernière fois qu'elle l'autorisait à ôter sa robe, à prendre ses seins dans ses mains et à embrasser son long cou.

Amant inexpérimenté, il ne savait pas comment lui procurer du plaisir. Mais elle savait faire semblant : elle gémissait, elle agrippait ses avant-bras et le félicitait abondamment sur ses talents amoureux. « Je ne me suis jamais sentie aussi bien, Zhenechka, jamais. Merci », murmurait-elle en léchant le lobe de son oreille, pendant qu'il allumait une cigarette après l'amour.

Ce soir, ils n'avaient pas beaucoup de temps. Maslov s'attendait à ce qu'elle soit à la maison pour dîner.

« J'ai peur, Zhenechka, dit-elle en commençant à se rhabiller. J'ai peur qu'il découvre la vérité. Il me tuera, tu le sais. Il m'écrasera comme une mouche, sans aucune pitié. Et il te tuera toi aussi, probablement. Il ne doit jamais savoir.

— Non, jamais. Et il ne saura pas », lui assura Rybak.

Mais l'un et l'autre savaient qu'on ne pouvait pas duper éternellement un lieutenant-colonel du MGB.

Comment s'était-il retrouvé dans une telle situation ? Il avait conscience d'agir comme un imbécile.

Il ne devrait pas se comporter ainsi. Mais le soir, seul chez lui, il ne cessait de penser au corps de Debora, à ses joues qui rougissaient, à sa bouche qui s'entrouvrait, laissant voir ses dents blanches et éclatantes, lorsqu'il pénétrait en elle. Il avait de plus en plus faim d'elle, d'une semaine à l'autre. Toutes les femmes avec qui il avait couché avant se contentaient d'écarter les cuisses, pressées qu'il en finisse, pour elles, c'était une corvée. Avec Debora, il avait l'impression de s'être fondu en elle. Alors, il n'était pas prêt à renoncer à cette extase.

« C'est fini, plus de voyages à Lviv. À partir de maintenant, je serai beaucoup trop occupé ici, à Kiev », annonça Maslov ce soir-là, au dîner. Comme Debora ne faisait aucun commentaire, il fronça les sourcils. «Je parie que ça ne te réjouit pas, hein ?

— Moi, je suis content, papa, s'empressa de dire Pasha. Peut-être que tu pourras m'apprendre à tirer !

— Nous sommes tous très heureux, Dmitri, dit Debora en lui servant des saucisses de sanglier épicées, avec des pommes de terre.

— Oui, il est important que tu saches tirer, dit-il. Le fils d'un tchékiste doit savoir manier une arme. »

De bonne humeur pour une fois, Maslov tapota la tête du garçon.

« Qu'est-ce qui va vous occuper à ce point ? demanda Rebecca.

— Vous aimeriez bien le savoir, hein ? »

Mais au lieu d'en dire plus, il fourra un gros morceau de saucisse dans sa bouche. Il n'y avait pas de vodka sur la table, uniquement de la soupe de fruits glacée et de l'eau minérale Borjomi, venue de Géorgie.

Le lendemain matin, comme tous les matins, Debora présida, à l'école, une brève séance d'« information politique », au cours de laquelle on lisait aux élèves les gros titres du quotidien du jour. Elle n'avait pas encore lu le journal et écoutait distraitement un élève de seconde faire la lecture.

« "Nos valeureux services de sécurité et le Parti ont découvert un nouveau complot d'une terrifiante ampleur. Des meurtriers portaient des blouses blanches de médecin" lisait avec délectation un jeune garçon boutonneux en uniforme marron. "Ces faux docteurs, des bêtes ayant forme humaine, ont infiltré la clinique du Kremlin et d'autres hôpitaux dans le but d'empoisonner certains de nos leaders. Ainsi, après avoir établi un faux diagnostic, ils ont assassiné Zhdanov. Et s'ils n'avaient pas été mis hors d'état de nuire, ils auraient causé des ravages. Vovsi, Kigan, Feldman, Greenstein, Edelman." » Il égraina ces noms et releva la tête, tout sourire. « "Recrutés pour servir leur cause délétère par les criminels sionistes du Jewish Distribution Committee."

— Encore des Juifs ! » cria quelqu'un.

Debora dressa l'oreille.

« Je ne suis pas surpris, déclara le professeur d'éducation physique, un ancien officier de l'armée râblé.

J'ai toujours su qu'on ne pouvait pas leur faire confiance. Ces salauds de Juifs nous ont encore bernés, Darya Grigoriyevna. »

Comme tout le monde à l'école, cet homme supposait que l'épouse du lieutenant-colonel du MGB était une *gentille*.

Plus tard dans la journée, Valentyna s'arrêta au bureau de Debora.

« Nous avons reçu une note de la cellule locale du Parti nous informant que nous devions organiser un rassemblement pour condamner ces criminels sionistes, annonça-t-elle. Demain à dix-sept heures. C'est un sujet très sensible, étant donné l'endroit où on se trouve. Ici, à Podil, il y a beaucoup de personnes de... nationalité hébraïque. Parmi nos élèves aussi. Alors, tous les yeux sont braqués sur nous.

— Bien sûr, répondit Debora. Faisons en sorte que tout soit prêt. »

Cela faisait bien longtemps que l'école n'avait pas été chargée d'organiser un rassemblement pour condamner les derniers ennemis du peuple en date. Une chose très fréquente dans les années 1930. Déjà, au cours de la première récréation, une bagarre a éclaté entre élèves de cours moyen, et un dénommé Kogan avait perdu une dent. « Son père est un empoisonneur ! Cogne-le ! Cogne-le ! » criaient ses camarades de classe.

Debora intervint pour les séparer, et à la fin de la récréation, elle prit Pasha à part.

« Je t'interdis de t'attaquer aux Juifs encore une fois. Tu entends ?

— Si je le fais pas, les autres croiront que j'en suis un. Et je veux pas. J'ai pas le choix. »

Il la repoussa et partit en courant.

Quand Debora rentra du travail, Rebecca, assise dans la salle à manger, lisait le journal qui couvrait toute la surface de la table.

« Tu as écouté les nouvelles ? demanda Debora. Tu crois que ça recommence ? Comme avant la guerre ?

— Bien sûr que j'ai écouté les nouvelles. Je n'ai fait que ça toute la journée, à part lire le journal. Est-ce que ça recommence ? Ça n'a jamais arrêté. Simplement, nous avons eu la chance d'être épargnés. Tu te souviens en 1949, quand ils ont abattu tous ces écrivains et poètes yiddish ? Après la création d'Israël, quand les Juifs ont eu une terre à eux, tout a changé pour nous. Ils se méfieront toujours de nous, comme ils se méfient des Polonais, des Allemands, des Turcs, des Hongrois, toutes ces minorités qui ont leur propre pays.

— Une terre à nous ? Quels sont mes liens avec Israël ? Je suis née ici, c'est mon pays, protesta Debora. Nous sommes des Ukrainiennes. Nous sommes d'Uman, pas d'Israël.

— Peu importe ce que tu penses. Ce qui compte, c'est ce qu'*eux* pensent. »

Rebecca lui tendit le journal du soir, *Vechirni Kyiv*, que venait d'apporter le facteur. Le dessin humoristique de la page 3 montrait un Juif au long nez, obèse, en peignoir et pantoufle, avachi dans un fauteuil fait de billets de banque et tenant un plateau dans lequel pleuvait encore plus d'argent. L'article évoquait le directeur d'une fabrique de vêtements pour enfants, un certain Isaac Glazman, accusé d'avoir commis des erreurs de gestion et nommé à des postes importants des « compatriotes ». Afin qu'il n'y ait aucune ambiguïté sur l'identité de ces personnes, l'article donnait leurs noms : « Goldstein, Zeitlin, Shapiro, Salzmann, Steinberg. »

« Ça rappelle ces tracts que les nazis ont largués sur Kiev en 1941, dit Debora. Et je parie qu'à partir de maintenant, chaque jour, il y aura ce genre d'articles dans la presse, avec des noms de Juifs. Cela veut peut-être dire que notre heure est venue. Je ne sais pas.

— Ne dis pas ça, maman. Ne compare pas notre gouvernement soviétique et les nazis. Jamais Staline ne ferait une chose pareille. Si nous sommes vivantes aujourd'hui, c'est uniquement parce qu'il a vaincu les nazis. Tu le sais bien.

— Staline ne l'a pas fait pour nous. Et tu sais aussi bien que moi le sort qu'il réserve aux personnes qu'il n'aime pas. Les Tchétchènes, les Kalmouks, les Tatares de Crimée... tous ont disparu du jour au lendemain. Tu crois qu'il ne peut pas nous faire la même chose, à nous les Juifs ? Parce que nous sommes spéciaux ? Si demain, il nous expédie à Birobidjan, les gens l'applaudiront dans la rue.

— Il ne fera pas ça. Birobidjan ? En Sibérie ? Tu as trop d'imagination. Qui sait ? Peut-être que ces imbéciles de médecins empoisonnaient leurs patients pour de bon ? Et cet article dans le journal, ce n'est qu'une coïncidence. »

Elle avait tellement envie de se convaincre elle-même.

Rebecca tapota la caricature avec son index.

« Tu as vu la longueur de son nez ? Ce n'est pas une coïncidence.

— Oui, c'est un très long nez », admit Debora à contrecœur.

Le lendemain, plusieurs autres quotidiens publièrent des articles similaires. Debora fut atterrée en voyant des élèves en cours de dessin réaliser des affiches pour le rassemblement. Le professeur leur avait demandé de reproduire les caricatures publiées dans les journaux et les élèves représentaient avec leurs mains crasseuses des Juifs aux longs nez.

Elle avala les paroles qui lui venaient à la bouche. Mieux valait faire profil bas ces temps-ci. Surtout si vous aviez des secrets à cacher.

Le rassemblement se déroula sans incident et les étudiants juifs clamèrent avec tous les autres qu'il fallait éradiquer les complots sionistes et chasser les agents sionistes cachés au sein de la société soviétique. De fait, les enfants juifs criaient plus fort que leurs camarades car ils savaient que leur enthousiasme était particulièrement surveillé. Un journaliste de *Vechirni Kyiv* était présent pour prendre une photo du rassemblement, qui fut publiée en une.

Celui-ci terminé, Lyudmyla, une prof d'histoire peroxydée, visiblement inquiète, prit Debora à part.

« Mon fils est malade depuis quelque temps, il a beaucoup maigri. Il est tout le temps fiévreux. Alors, j'ai fait jouer quelques relations et je l'ai conduit chez le meilleur médecin de Podil, le Dr Rubinstein, qui nous a donné des comprimés. Mais son état a encore empiré depuis. Je suis morte d'inquiétude. Et si ce Rubinstein était l'un d'eux ? Et s'il empoisonnait délibérément mon Slavik ?

— Je suis certaine que non, répondit Debora. Pourquoi ferait-il ça ? »

Lyudmyla posa sur elle un regard soupçonneux.

« Avec ces gens-là, on ne sait jamais. Ils agissent en douce, sous nos yeux.

— Peut-être que vous devriez l'emmener chez un autre médecin, pour avoir un deuxième avis.

— Oui, quelqu'un de chez nous. Peut-être qu'un médecin à la clinique du MGB pourrait l'examiner ?

— Je demanderai à mon mari, promit Debora.

— Oh, Darya Grigoriyevna, vous êtes un ange. J'ai toujours su que je pouvais compter sur vous ! »

Maslov rentra chez lui tard et épuisé, et s'attaqua à son repas en s'empiffrant avec indifférence, sous l'effet de la faim et du stress.

« Le complot des médecins, c'est ça qui te prend tout ton temps ? demanda Debora. Vous projetez de déporter les Juifs ? »

Cette question occupait tous les esprits à Podil désormais. Une bombe avait explosé à l'ambassade soviétique de Tel-Aviv, et Staline avait réagi en mettant fin aux relations diplomatiques avec le jeune État juif. Déjà, certains élèves juifs ne venaient plus à l'école et leurs parents préparaient leurs valises en redoutant une déportation imminente.

« Les Juifs, les Juifs… qu'est-ce que ça peut te faire ? Tant que tu restes avec moi, et que tu t'appelles Darya, tu n'as rien à craindre. On a réglé ce problème il y a dix ans, tu te souviens ?

— Oui, mais ma mère ?

— Vous vous inquiétez subitement ? » ironisa Maslov. Il avala bruyamment une gorgée de soupe de poisson, puis releva la tête et considéra Rebecca à l'autre bout de la table. Immobile, elle le regarda à son tour. « Vous avez bien raison. Votre heure va sonner », dit-il avec un sourire sadique.

Il adorait se montrer cruel envers sa belle-mère.

Le téléphone sonna. Debora décrocha et entendit la voix de Rybak au bout du fil.

« Dites au camarade Maslov qu'il est attendu immédiatement au quartier général dans le nord de la ville. Pour une nouvelle conférence téléphonique urgente avec Moscou. Je passe le prendre dans cinq minutes. »

Maslov quitta la table à contrecœur en repoussant sa chaise. Il boucla sa ceinture d'uniforme, difficilement, au premier trou, enfila se bottes et se dirigea vers la porte.

« Gardez-moi du rôti pour quand je reviendrai ce soir », ordonna-t-il à la bonne.

La voiture l'attendrait au début de la rue à sens unique, comme d'habitude, à quelques centaines de mètres de l'immeuble. Maslov parcourait toujours à pied cette portion de rue pavée.

Dès que la bonne eut quitté la salle à manger, Rebecca vint s'asseoir face à Debora, et se pencha vers elle.

« Il faut agir, dit-elle. Peut-être qu'on pourrait l'empoisonner, comme ces médecins dont tout le monde parle.

— Maman ! » Debora posa la main sur les lèvres de sa mère. « Tais-toi. Arrête de dire des bêtises. Les murs ont des oreilles. »

40

Kiev, février 1953

Cela faisait quinze jours que Debora ne s'était pas rendue au domicile de Rybak. Il se languissait de son corps, de l'odeur de sa peau, de ses mains douces qui caressaient son dos. Il pensait à elle chaque nuit, des nuits qu'il passait seul dans son lit froid. Elle ne décrochait pas quand il appelait, et il avait peur d'appeler trop souvent. À force, il commençait à éprouver un léger ressentiment. Pourquoi m'évite-t-elle ? se demandait-il.

Aussi fut-il surpris, en traversant Podil pour rentrer chez lui, de découvrir Debora qui l'attendait dans l'entrée d'un immeuble, à proximité de son appartement.

« Vite ! » Elle l'attira sous la porte cochère. « Il faut qu'on se parle. »

Elle se faufila dans l'obscurité, derrière l'escalier.

« Qu'est-ce que tu fais ici ? Allons chez moi. »

Il sentait déjà naître dans son ventre les picotements habituels. L'image de son corps occupait toutes ses pensées.

« J'ai peur, Zhenechka. J'ai peur. » Elle éclata en sanglots. « Mon mari se doute de quelque chose. Non, *il sait*. Oh, qu'a-t-on fait... qu'a-t-on fait ? »

Il voulut la prendre sans ses bras.

« Dasha, Dasha, qu'est-ce qui te permet de penser ça ? Il a dit quelque chose ?

— Non. C'est la façon dont il me regarde, avec un mélange de fureur et de satisfaction froide. Je suis sûre qu'il sait. L'autre jour, il a prononcé ton nom, et je suis certaine qu'il voulait tester ma réaction. Il a fait une remarque désobligeante à ton sujet, comme s'il attendait que je prenne ta défense. »

Rybak se raidit.

« Quelle remarque ?

— Oh, rien de particulier. » Debora réfléchissait à toute vitesse. « Il avait l'air de penser que tu étais paresseux, et pas digne de confiance.

— Paresseux ? Pas digne de confiance ?

— Oui. Pas fiable, voilà ce qu'il a dit. Pas fiable. On ne pouvait pas te faire confiance. Tu n'as rien remarqué d'inhabituel dans la manière dont il te traite, Zhenechka ? Un détail qui sort de l'ordinaire ? N'importe quoi ? Réfléchis ! »

Rybak réfléchit. En effet, il y avait dans le comportement de son supérieur une sorte d'agressivité nouvelle. Parce qu'il avait conscience d'être cocu ? Ou à cause de l'opération de grande envergure qu'ils préparaient ? Il frissonna malgré lui. Ses souvenirs le projetèrent quelque temps en arrière, dans les forêts de l'ouest de l'Ukraine. Il revoyait Maslov arme au poing, prêt à presser la détente aussi facilement qu'il buvait un verre d'eau. Son désir s'envola aussitôt, son pénis se ratatina dans son pantalon. Ses mains devinrent moites.

« Peut-être que je me fais des idées, Zhenecjka, mais j'ai l'impression d'être suivie, murmura-t-elle tout bas. J'ai fait attention en venant ici, toutefois il vaut mieux que je n'aille pas chez toi, je crois.

— Tu te fais des idées.

— Tu sais qu'il te tuera s'il découvre ce qu'il y a entre nous. Sans hésiter. Tu dois agir. »

Elle se pencha vers lui, l'enlaça et déposa un baiser dans son cou.

Rybak frissonna de la tête aux pieds.

« Je sais.

— Je t'aime. » Elle l'embrassa de nouveau, sur la bouche cette fois, en dardant le bout de sa langue entre ses lèvres.

« Promets-moi que tu l'empêcheras de nous faire du mal. Promets-moi que tu feras tout ce que tu peux. S'il te plaît.

— Je te le promets. Je ferai ce qu'il faut. Je le jure sur mon honneur.

— J'ai tellement peur. »

Une larme s'écrasa sur le revers de sa veste d'uniforme.

Après avoir quitté Rybak, Debora rentra chez elle d'un pas déterminé, énergique, en passant devant l'immeuble où elle avait vu Samuel pour la dernière fois. Elle suçait un caramel pour faire disparaître le goût de Rybak dans sa bouche. Elle était fière d'elle, de sa nouvelle force. Je ne veux plus être une victime, se disait-elle. J'ai été suffisamment docile.

Le lendemain matin, au quartier général du MGB de Podil, Rybak vit Maslov en train de discuter avec son chauffeur et un lieutenant subalterne dans un coin de la cour. Ils parlaient à voix basse et se turent quand il approcha.

« Bonjour, camarades ! » leur lança-t-il gaiement, un peu trop peut-être.

Maslov le chassa d'un geste.

« Allez dire aux autres d'être prêts pour la réunion de dix heures. »

La froideur de son supérieur ébranlait Rybak. C'était peut-être anodin. Ou inquiétant. Podil était un petit quartier et l'épouse de Maslov, avec sa beauté et ses tenues chics provenant de l'étranger, ne passait pas inaperçue. Quelqu'un avait-il signalé qu'elle lui rendait visite ? Cette nouvelle recrue, ce jeune lieutenant – Ivanov ? – était-ce une lueur méprisante qu'il percevait dans son regard ? Il n'aurait jamais dû la laisser venir à son domicile, c'était de la folie. Pire que ça : un manque de professionnalisme.

Il s'obligea à se calmer, mais au fil de la journée, ses peurs ne firent que s'accroître. Lorsqu'il se permit de faire une remarque au cours de la réunion, Maslov le rembarra : « Personne ne vous a demandé votre avis, capitaine. Taisez-vous et écoutez, peut-être que vous apprendrez quelque chose. »

Toutefois, Maslov ne réservait pas son agressivité à Rybak. Il savait qu'il allait bientôt quitter Podil, promu au grade de colonel. Longtemps attendue, cette promotion avait enfin été annoncée ce matin. Dès que l'opération en cours serait terminée, il serait transféré dans le nord de la ville, au Q.G. principal du MGB pour toute la République socialiste soviétique d'Ukraine. Son travail acharné avait fini par payer, ses succès avaient été relevés par ses supérieurs. Qui sait ? Ces nouvelles fonctions lui permettraient peut-être de protéger sa belle-mère, qu'il détestait de tout son être, mais à qui ses enfants étaient très attachés, hélas.

Un peu avant la fin de la réunion, le secrétaire local du Parti fit irruption dans la salle. Informé de la promotion de Maslov, il s'empressa d'aller le féliciter, avec une obséquiosité inhabituelle.

« Vous permettez, camarade colonel ? » Il l'étreignit et s'adressa aux officiers présents. « La direction du Parti vous est très reconnaissante pour le travail que vous avez accompli sous le commandement avisé du colonel Maslov. Que je vous prie d'applaudir ! » Tout le monde tapa dans ses mains. « Ce soir, nous organiserons une fête de départ digne de ce nom! Début à vingt heures. Aucune absence ne sera tolérée!»

Après la réunion, Maslov prit Rybak à part.

«Capitaine, nous devons parler de certaines choses, vous et moi. Rendez-vous demain matin, à neuf heures précises», dit-il d'un autoritaire.

Rybak avait été un aide efficace. Digne de confiance. Peut-être serait-il bon de l'emmener dans ses bagages, se disait-il. Sans remarquer le teint livide du capitaine.

«Très bien, camarade colonel.» Rybak salua. «À vos ordres.»

Le sourire de Maslov semblait masquer une menace. Il tapota l'épaule de Rybak.

«Parfait. Il faut qu'on se parle.»

Rybak fut pris d'une quinte de toux.

«Désolé, je crois que j'ai attrapé la grippe ou je ne sais quoi.»

Maslov ne l'écoutait pas. Après l'avoir congédié d'un geste, il s'éloigna à grands pas pour aller s'entretenir avec le jeune lieutenant, en prenant soin de fermer la porte derrière lui. Contrairement à son habitude, songea Rybak.

Il rentra chez lui tôt, deux heures avant la fête. Si les quintes de toux étaient feintes, la pâleur, la tachycardie, les suées... étaient bien réelles.

On avait pris la décision à sa place, se dit-il. En entrant dans l'immeuble, il regarda autour de lui: aucune surveillance apparemment. Devait-il prévenir sa maîtresse ? Non ! Cela mettrait le plan en danger. Elle devait rester à l'écart.

Arrachant une feuille au cahier d'écolier acheté en chemin, il dessina le trident, symbole de l'armée insurrectionnelle ukrainienne, puis commença à rédiger un message en grosses lettres majuscules. Il avait souvent examiné ce genre de messages, épinglés sur les cadavres des fonctionnaires exécutés dans les villages d'Ukraine occidentale. L'ukrainien était sa langue maternelle et il se souvenait suffisamment bien des mots utilisés pour inventer une imitation crédible.

La résistance a le bras long et l'Armée insurrectionnelle ukrainienne est partout. Les occupants communisto-moscovites et leurs complices ne connaîtront jamais la paix en Ukraine. Gloire à l'Ukraine. Gloire aux héros. Mort aux ennemis. Que les chiens du MGB soient maudits pour l'éternité.

Satisfait de la calligraphie, il souleva les couvertures empilées en bas de son armoire, où était caché un Walther PPK enveloppé dans une serviette. Le pistolet, récupéré lors d'un raid près de Lviv, était une merveille. Non déclaré et muni d'un silencieux.

Il examina un long moment le pistolet, fasciné par le reflet de l'ampoule nue sur le métal lisse. Il le démonta et nettoya avec soin chaque pièce. Pas question qu'il s'enraye ce soir. Pas question de laisser des empreintes. Il utilisa la serviette pour essuyer chacune des neuf balles avant de les introduire dans le chargeur.

En cas d'urgence, il disposait également de son arme de service d'officier du MGB. Cela étant fait, il rangea tout dans sa mallette et la déposa dans l'armoire. Inutile d'emporter le Walther et son silencieux encombrant à la réception en l'honneur de la promotion de Maslov. Il aurait grandement le temps de rentrer avant la fin. Et il connaissait bien les habitudes de son supérieur. Il se ferait déposer à l'entrée de la descente Saint-André et rentrerait chez lui à pied en gravissant la colline. Sans doute serait-il trop ivre pour offrir la moindre résistance. Rybak n'avait plus qu'à patienter. Une chose qu'il savait faire.

41

Kiev, mars 1953

L'assassinat d'un colonel du MGB en plein Kiev provoqua un vif émoi. La nouvelle ne serait jamais annoncée dans les journaux ni à la radio, évidemment. Mais cela incita la machinerie gouvernementale à lancer une enquête frénétique : tous les agents du MGB interrogèrent leurs informateurs, se mirent en quête de témoins et embarquèrent au hasard un grand nombre d'individus jugés indésirables. L'équipe de la voirie avait découvert le corps gelé de Maslov avant l'aube, sous une couche de neige dans la descente Saint-André. Le cadavre avait été retiré vite fait bien fait : pas question d'afficher une marque de vulnérabilité susceptible d'encourager des imitateurs. Le message de l'Armée insurrectionnelle ukrainienne, maculé de sang, avait été déposé dans un sac en plastique destiné à recueillir les indices, et son existence était désormais un secret d'État soigneusement gardé.

Il était naturel qu'un aide de camp digne de confiance tel que Rybak soit un des deux officiers chargés d'annoncer la nouvelle de ce crime atroce à la veuve du colonel Maslov (qui pour l'heure ne se doutait de rien). Il se présenta à neuf heures du matin, en affichant un air sombre de circonstance, accompagné du major Sidorov, nouveau chef intérimaire du MGB à Podil. Debora vint leur ouvrir. Son visage indiquait clairement qu'elle n'avait pas dormi de la nuit.

« Que se passe-t-il ? Où est mon mari ? Pourquoi n'est-il pas encore rentré ?

— Nous sommes au regret de vous informer que le colonel Maslov est mort au combat la nuit dernière, déclara le major en s'avançant pour lui offrir une brève accolade. Il faut être forte.

— Quel combat ? Ici, à Kiev ? Qu'est-ce que vous racontez ? »

Debora repoussa le major. Sa respiration s'était accélérée, son teint était livide. Jouait-elle la comédie ou n'avait-elle réellement aucune idée de ce qui s'était passé la nuit dernière ? se demanda Rybak. Il se sentait fiévreux, sa vue se troublait.

« Où est mon mari ? hurla-t-elle. Je veux parler à mon mari. »

Les enfants, la domestique et Rebecca étaient tous réunis dans le couloir à présent. Une cacophonie de cris, de sanglots et de gémissements envahit l'appartement.

« Je suis désolé, ne cessait de répéter le major Sidorov. Le colonel Maslov a connu une mort héroïque. Nous sommes là pour vous apporter toute l'assistance nécessaire, Darya Grigoriyevna. Le capitaine Rybak peut rester avec vous si vous avez besoin d'aide. »

Rybak sentit ses muscles se raidir. Il mourait d'envie de passer quelques minutes en tête à tête avec Debora. De lui avouer ce qu'il avait fait. Pour elle. Il voulut lui prendre le bras, mais elle lui donna une tape sur sa main.

« Allez-vous-en. Tous les deux ! ordonna-t-elle d'une voix stridente. Laissez-moi tranquille. »

Rybak voulut dire quelque chose. Le major le coupa.

« Un peu de respect, dit-il sèchement, avant de reprendre son ton de bonhommie forcée. Je comprends très bien, Darya Grigoriyevna. Nous reviendrons cet après-midi. Reposez-vous. Je peux vous assurer que nous retrouverons les coupables et qu'ils seront châtiés avec la plus grande sévérité. »

Il s'inclina.

« La plus grande sévérité », répéta Rybak, avant d'être pris d'une quinte de toux.

Debora le regarda droit dans les yeux. Il n'aimait pas ce qu'il voyait.

« En attendant, poursuivit le major, je vous demande de ne pas parler de ce qui s'est passé, à qui que ce soit. Nous voulons éviter les rumeurs, les spéculations, tout ce qui pourrait nuire à l'ordre établi. Nous ne voulons offrir aucun avantage à nos ennemis. Nous reviendrons très bientôt.»

Après le départ des deux officiers, Debora s'enferma dans sa chambre. Rebecca consola de son mieux les deux enfants éplorés et effrayés. Elle ne pouvait pas dire grand-chose, hormis «Tout ira bien, tout ira bien.» Ils seraient dispensés d'école aujourd'hui.

«Qui a tué mon papa? exigea de savoir Pasha. C'est cet homme, celui qui se faisait passer pour mon père? Il a tué mon papa?

— Ne dis pas de bêtises, voyons. Pourquoi dis-tu une chose pareille?»

Sa grand-mère voulut le prendre dans ses bras.

«Je te crois pas!»

Il la repoussa.

Le major Sidorov ne retourna pas au domicile de Debora cet après-midi-là, Rybak non plus. Le temps que le corps de Maslov soit conduit à la morgue et que la première autopsie soit effectuée, d'étranges rumeurs commencèrent à circuler au siège du MGB à Podil. Il se passait des événements très inhabituels à Moscou. Des événements qui exigeaient l'attention de chacun.

«Tu me caches quelque chose? demanda Rebecca à sa fille quand elles se retrouvèrent enfin seules, les enfants s'étant endormis, épuisés par leurs larmes. Je ne crois pas aux coïncidences, tu sais.

— Que veux-tu dire ?

— Quelqu'un l'aurait abattu par hasard, devant chez lui, le jour même où il venait de monter en grade ? Ici, à Kiev ? Non, ça ne colle pas.

— Je ne comprends rien à ce que tu racontes, maman. »

Rebecca prit la main de sa fille.

« Peu importe. C'est mieux ainsi. Beaucoup mieux. J'espère seulement que tu as été prudente. »

Elle regarda Debora dans les yeux, essayant de repérer une confirmation muette, mais celle-ci tourna la tête.

« C'est un péché, bien sûr, un péché capital, reprit Rebecca. Je ne sais pas si Dieu te pardonnera. Mais moi, je ne vois rien de mal. Pour survivre, on n'a pas toujours le choix.

— Quel Dieu, maman ? répliqua Debora d'une voix morne, épuisée. Toi et ton Dieu... S'Il existe, Il peut aller se faire foutre, après tout ce qu'Il nous a fait. À nous et à ce pays.

— Tu ne sais pas ce que tu dis, ma chérie. Tu as eu une journée très éprouvante.

— Je sais très bien ce que je dis. »

Avant de se coucher, Debora demanda à la bonne de changer les draps, dans l'espoir d'éliminer la présence de Maslov. Mais ses vêtements dans l'armoire, ses chaussures, sa brosse à dents... tout cela émettait des particules de son être, tel un rocher radioactif. Incapable de trouver le sommeil, elle ne cessa de tourner et virer dans ce grand lit qui, désormais, resterait vide d'un côté. Levée avant l'aube, elle se fit un café. Fidèle à son habitude, elle alluma la radio pour écouter les infos. Les bulletins du matin ne se distinguaient pas de ceux de tous les jours : comptes-rendus enthousiastes des campagnes d'ensemencement, suivis de comptes-rendus tout aussi enthousiastes des élections des conseils locaux en Lettonie et au Kazakhstan. Ils ne parlaient pas de l'assassinat d'un colonel du MGB à Kiev, évidemment.

Mais curieusement, pas de programme de callisthénie ensuite, dont raffolait Maslov. Au lieu de cela, la radio diffusait de la musique classique sans interruption. Après neuf heures, les enfants la rejoignirent à table. Pasha frottait ses yeux rougis. Nina s'était calmée, elle jouait avec sa poupée, pendant que la domestique faisait cuire des blinis.

« Je veux devenir comme papa. Je veux tuer tous les ennemis, annonça froidement Pasha. Je dois apprendre à bien tirer. » Il regarda sa mère. « Je ne veux plus aller au cours de violon. Je veux apprendre à me servir d'une arme. Je veux faire partie de la Sécurité, comme lui.

— Pasha, tu peux très bien apprendre en même temps à jouer du violon et à tirer », dit Rebecca.

Les cheveux de Pasha avaient foncé et son visage paraissait plus ciselé, alors qu'un duvet apparaissait au-dessus de sa lèvre supérieure. C'est un homme désormais, songea Debora. Un homme qui ressemble de plus en plus à son père, son vrai père. Et pourtant, intérieurement, c'est un véritable Maslov. Difficile d'aimer ce garçon. Elle sentait monter dans sa poitrine le venin de la déception, vis-à-vis de Pasha, et vis-à-vis d'elle-même.

Elle se leva et se dirigea vers le téléphone, pour appeler le major Sidorov et Rybak au Q.G. du MGB. Ils étaient trop occupés pour prendre son appel. C'était extrêmement frustrant : personne n'était disponible.

« C'est quoi cette musique triste à la radio depuis ce matin ? » demanda Rebecca.

— Je ne sais pas, maman. » Debora avait la tête ailleurs. « Sans doute que je ferais mieux d'aller à l'école, pour m'occuper des affaires en cours. Et puis, il faut organiser les obsèques. Toutes ces choses à faire... »

Alors qu'elle s'habillait, la musique s'arrêta, remplacée par la voix de baryton du présentateur. Il s'exprimait d'un ton lugubre. Celui avec lequel on annonce une guerre. Le camarade Staline, annonça-t-il, était gravement malade. Il avait temporairement renoncé à ses fonctions à la tête de l'État et du Parti. Le camarade Staline souffrait d'une paralysie faciale partielle. Mais le pire était encore à venir. Le camarade Staline, confia le commentateur, était également atteint de *la respiration de Cheyne-Stokes.*

Debora n'avait jamais entendu parler de cette maladie, et Rebecca non plus.

« Cheyne-Stokes ? Cheyne-Stokes ? » répéta-t-elle.

Ce nom évoquait un complot impérialiste malveillant. À cet instant même, tout le pays s'interrogeait sur son sens. Rebecca se rendit dans le salon, à grands pas, et sélectionna un des volumes de la *Grande Encyclopédie soviétique* à la reliure bleue qui occupait toute une étagère.

« Alors, c'est quoi, maman ? » s'impatienta Debora.

Un sourire de démente illumina le visage de la vieille femme. Elle reposa le volume de l'encyclopédie, ouvrit le placard et sortit la coupe en argent destinée au vin du shabbat. Elle la remplit de vieux cognac arménien que Maslov gardait pour les grandes occasions et la tendit à Debora.

« Bois, ma fille, bois. À la délivrance. Pessah est en avance cette année. Tu dis qu'il n'y a pas de Dieu, mais les prières sont parfois exaucées. Cheyne-Stokes, ça veut dire qu'il est quasiment mort. » Ses yeux brillaient comme des bougies. « Tout ça sera bientôt terminé.

— Tu as perdu la tête, maman ? S'il meurt, ce sera encore pire. » Debora parlait vite, mais tout bas. Staline était tout. Nul n'osait penser à l'éventualité de sa disparition, et encore moins l'évoquer. Si Debora pouvait concevoir la vie sans Maslov, la vie sans Staline était tout bonnement inimaginable. « Peut-être qu'ils rejetteront la faute sur les médecins juifs. Peut-être qu'il y aura de nouveau la guerre, la famine, les pogroms. Comment fera-t-on pour vivre sans lui? Qu'est-ce qu'on va devenir?»

Rebecca plaça la coupe entre les mains de sa fille, de force.

«Non, ce ne sera pas pire. Ça ne peut pas être pire. Bois.»

Debora avala une gorgée de cognac, à contrecœur.

«Espérons que tu as raison. Mais dans ce pays, le pire est toujours possible.»

Au Q.G. du MGB à Podil, le gardien posté à l'entrée, un nouveau, ne reconnut pas Debora et lui interdit de passer. Le bâtiment ressemblait à une ruche, des voitures entraient et sortaient, tout le monde courait en tous sens, avec un mélange de détermination et de panique. Elle laissa un mot au poste de contrôle, à l'attention du major Sidorov et de Rybak.

En fin d'après-midi, ce dernier se présenta à l'appartement. Seul, cette fois. Il y avait une raison officielle à sa présence : il apportait un message indiquant que les obsèques de Maslov devaient être retardées jusqu'à ce que la question de l'état de santé du camarade Staline soit réglée. En attendant, le corps du colonel resterait à la morgue. À l'instar de sa dépouille, l'enquête sur les circonstances de son assassinat était gelée, pour le moment. Le MGB avait d'autres préoccupations.

Rybak brûlait d'envie de se retrouver seul avec Debora, de la serrer dans ses bras, de lui avouer ce qu'il avait fait. Il imaginait ses larmes de reconnaissance, ses tendres baisers, sa douce étreinte. Devoir garder tout ça pour lui, n'avoir personne à qui se confier, c'était insupportable. Il éprouvait le besoin de lui raconter, dans les moindres détails, comment il avait tué Maslov, et ce qui l'avait poussé à cette extrémité. Ce qu'il avait ressenti ensuite, ce mélange grisant de soulagement, de peur et de fierté ; la fierté d'avoir réussi à les sauver l'un et l'autre. À sauver leurs vies. Fier également de sa ruse : il avait envoyé les enquêteurs sur la piste d'insurgés qui n'existaient pas.

Hélas, Debora n'était pas seule. Sa mère était présente dans la pièce. Elle l'ignorait désormais. Pas de gâteau aujourd'hui. La radio diffusait les dernières nouvelles de la détérioration de l'état de santé de Staline.

Rybak esquissa un sourire timide, mais il n'y avait aucune complicité dans les yeux de Debora, uniquement un agacement à peine voilé. Elle l'interrogea sur l'organisation des obsèques et sur sa pension. Quand pourrait-elle voir le corps ? Il répondait mécaniquement.

Finalement, n'y tenant plus, il dit :

« Darya Grigoriyena, pourrais-je vous parler en privé ? »

Debora prit un air étonné. Elle haussa les épaules et fit signe à Rebecca de les laisser.

Rybak alla fermer la porte et revint s'asseoir à côté d'elle. Malgré son envie, il se retint de lui prendre la main.

« Dasha, mon amour, je l'ai fait. Je l'ai fait pour toi, comme tu le voulais, murmura-t-il. Tu avais raison. Il savait. C'était maintenant ou jamais.

— De quoi tu parles ? » Elle posa sur lui un regard chargé d'incompréhension. « Qu'est-ce que tu as fait, au juste ?

— Allons, Dasha. Tu sais bien de quoi je parle. C'est toi qui m'as demandé de le faire. »

Elle se leva, les bras croisés.

« Je ne comprends rien, Zhenechka. Que t'ai-je demandé de faire ? De quoi parles-tu ? Je ne t'ai rien demandé du tout.

— Nous ne sommes pas des enfants, Dasha. Je l'ai fait pour toi.

— Pour moi ? » Ses yeux n'étaient plus que deux fentes incandescentes. Chacune de ses paroles était comme une entaille au scalpel, indolore tout d'abord, mais ouvrant une plaie définitive. « J'ai mal entendu sans doute. Tu avoues avoir assassiné mon mari ? Et tu essaies de m'impliquer ?

— Non, non, absolument pas, protesta-t-il, ne sachant pas quoi dire d'autre. Tu m'as mal compris. »

Elle s'approcha de lui et délivra son verdict.

« Tant mieux. Je te prie de m'excuser, je ne suis pas moi-même. C'est certain, j'ai mal entendu. »

Rybak demeura muet.

« À partir de maintenant, je te prie de garder tes distances. Loin de nous. Pour notre sécurité et la tienne. »

D'un geste brusque, elle ouvrit la porte du salon et le fit sortir.

« Merci d'être venu, camarade capitaine, dit-elle d'une voix normale. Je vous suis reconnaissante d'avoir trouvé un moment. Nous ne voulons pas vous retenir davantage car vous êtes très occupé. »

Pris de vertiges, Rybak récupéra sa casquette du MGB à la visière bleue et quitta l'appartement d'un pas traînant. Il sentait la colère enfler en lui, une colère qui ne savait pas comment s'exprimer. Il essaya de trouver une explication charitable à ce qui venait de se passer, mais il n'y en avait pas. Il se sentait trompé et abattu. Au moins n'était-il pas obligé de masquer son désarroi. Toute l'Union soviétique était en émoi à présent.

Arrivé au coin de la rue, il s'appuya contre un arbre, dont il martela le tronc à coups de poing en émettant des sons sauvages qui sortaient de sa gorge. Une vieille paysanne coiffée d'un châle tricoté main lui tapota gentiment l'épaule.

« Ne pleure pas, mon fils, ne pleure pas, dit-elle. Le camarade Staline va s'en tirer, tu verras. Le camarade Staline est solide.

— Merci. Oui, bien sûr qu'il va s'en tirer », répondit Rybak en se redressant.

Le lendemain matin, à six heures, la radio confirma ce à quoi tout le monde s'attendait désormais, avec effroi ou, au contraire, avec une joie soigneusement dissimulée. Staline était mort. Staline n'existait plus. Comment était-ce possible ?

Quand Debora arriva à l'école pour la réunion du matin, on aurait pu croire qu'une nouvelle guerre venait d'éclater. Les gens s'évitaient, ne sachant pas ce qu'ils pouvaient dire ou pas, sans se mettre en danger. Sur instruction téléphonique émanant de la cellule locale du Parti, les haut-parleurs diffusèrent à plein volume de la musique classique dans les couloirs. Les cours furent annulés.

À onze heures, les ordres arrivèrent. Debora devait prononcer un discours devant tous les élèves et les professeurs. Ayant absorbé pendant des années la logorrhée officielle et le langage fleuri des bulletins de propagande radiodiffusés, elle maîtrisait sans peine ce langage particulier. Les mots sortirent tout naturellement de sa bouche, sur un ton parfait.

« Aujourd'hui, le soleil a cessé de briller au-dessus de nos têtes. Le très cher père qui nous a offert du bonheur et de quoi vivre durant des décennies s'est éteint. Le deuil du peuple soviétique est infini. Tout ce que nous possédons, chaque heure de joie dans nos existences, chaque sourire sur les visages de nos enfants, nous les devons au génie sans égal du camarade Staline. »

Certains élèves, parmi les plus jeunes, éclatèrent en sanglots. Debora elle-même écrasa une larme. Les discours terminés, tout le monde rentra chez soi.

Le deuil officiel en l'honneur de Staline fit passer celui du mari de Debora au second plan. Des gens étaient pris de gémissements hystériques en pleine rue. La mort de Maslov, éclipsée par la disparition de Staline, n'était plus qu'un petit affluent du fleuve de larmes qui traversait toute l'Union soviétique. Un sixième de la surface terrestre du globe.

Quand les obsèques nationales de Maslov eurent enfin lieu, quinze jours plus tard, dans la section officielle du cimetière Baökov, la cérémonie fut rapidement expédiée. Certes, la fanfare militaire était présente. Le chef de la cellule locale du Parti, l'adjoint au maire et un haut gradé du quartier général du MGB de la République socialiste soviétique d'Ukraine étaient présents pour lire des élégies et louer la conduite héroïque du colonel, en évitant toutefois d'évoquer les circonstances de son décès. Mais tout ce beau monde avait l'esprit ailleurs. Le MGB venait de fusionner avec le MVD, le ministère de l'Intérieur, à la suite d'une des premières décisions du nouveau régime. Le patron de cet organe gigantesque, nouvellement nommé, venait d'arriver à Kiev. Ses premières directives firent l'effet d'une bombe.

C'était une journée ensoleillée, prémices du printemps après un long et rude hiver. Debora dut plisser les yeux tandis qu'on descendait en terre le cercueil de son mari. Nina pleurnichait, accrochée à sa jupe. Pasha se tenait les bras croisés, impassible.

Le major Sidorov avait pris place à côté de Debora. Rybak était présent également, mais elle l'ignorait délibérément. Il s'en tint aux banales condoléances récitées par toutes les personnes présentes. Aussitôt l'enterrement terminé, les huiles ne s'attardèrent pas. Il n'y avait pas de temps à perdre, alors que se jouait le sort du pays. Et le leur. Seule une poignée d'anciens collègues de Maslov (moins nombreux que l'avait imaginé Debora) s'entassèrent dans leurs voitures pour se rendre à son domicile où les attendaient un buffet et de la vodka. Il y avait beaucoup trop à manger sur la table.

« Darya Grigoriyena, vous ferez toujours partie de la famille. Venez nous voir quand vous voulez, si vous avez besoin de quoi que ce soit, déclara le major Sidorov après la première tournée, en tapotant la tête de la petite Nina. Nous vous sommes très reconnaissants d'avoir gardé le silence. Inutile de provoquer la panique en ces temps difficiles. »

Debora trinqua avec lui. Elle savoura l'explosion de chaleur quand la vodka coula dans sa gorge.

« Merci, camarade major. Mais puis-je savoir où en est l'enquête ? Avez-vous retrouvé les meurtriers ?

— Bientôt, bientôt. Mais les temps changent. C'est moins facile qu'autrefois. Beaucoup moins. »

Sidorov soupira, désorienté manifestement car il voyait toutes ses certitudes s'écrouler autour de lui. Il n'aurait pas dû parler autant, mais il ne pouvait s'en empêcher.

« Que voulez-vous dire ? interrogea Debora.

— Premièrement, ils vont libérer tous ces médecins. C'était une erreur. Une grave erreur. La nouvelle sera annoncée demain matin.

— Je croyais que le Parti ne commettait jamais d'erreurs.

— C'est ce que nous pensions tous, n'est-ce pas ? Et pourtant, il s'avère que nous ne savons pas tout. Et ce n'est qu'un début. Une amnistie a été signée à Moscou. Des centaines de milliers de personnes, des millions peut-être, vont être libérées. Elles vont envahir les rues de nos villes. De Kiev. De Podil. Et que vont-elles faire, à votre avis ? »

Debora l'écoutait attentivement.

« En attendant, nous sommes pieds et poings liés. De nouveaux ordres arrivent de Moscou : nous ne pouvons plus toucher à un seul cheveu d'un prisonnier. Je ne sais pas comment nous allons pouvoir enquêter. » Il repoussa cette idée d'un geste de la main et se versa un autre verre, qu'il vida d'un trait, avant de se lever. « Mais assez parlé de nous. Nous devons partir. Merci pour votre hospitalité en ces heures sombres. »

Debora l'étreignit.

« C'est très important pour moi. »

Sidorov enfila son manteau et tous les autres officiers l'imitèrent. Rybak envisageait de rester un peu, mais le major le poussa vers la porte.

« Allez, capitaine, dépêchez-vous. Laissons cette pauvre veuve se reposer. »

Dans l'escalier, Rybak interrogea le major au sujet de cette amnistie.

« S'ils libèrent tous ces prisonniers, vous croyez qu'ils auront autant besoin de nous ?

— Ils auront toujours besoin de nous, capitaine. Ces changements, ça ne va pas durer. »

42

Kiev, mai 1953

Le concert de gala du 9 mai, à l'opéra de Kiev, était un événement annuel où se retrouvaient tous les personnages importants de la ville, et leurs épouses. Debora ne savait pas si elle serait invitée cette année, ni même si elle s'y rendrait si tel était le cas. La fausse décontraction de ces rassemblements, qui cachait mal la peur de commettre une gaffe mortelle, la mettait généralement mal à l'aise. Les années précédentes, du vivant de Maslov, elle feignait parfois d'être malade pour rester à la maison. Mais elle ne pouvait avoir recours à cette excuse à tous les coups. Les gens remarquaient ces absences. Les gens remarquaient tout.

Bien que Maslov ne soit plus de ce monde, les organisateurs du concert décidèrent qu'ils ne pouvaient pas rayer de la liste des invités la veuve du colonel, pas cette année en tout cas. Le facteur lui apporta le carton par une matinée ensoleillée. Toute la ville était en fleur et lorsqu'elle décacheta l'enveloppe, Debora éprouva le besoin de paraître belle de nouveau. Pour la première fois depuis les obsèques, elle passa une heure chez le coiffeur et se prépara longuement pour le concert. Elle se glissa dans une robe de soie noire et fixa au-dessus de son sein gauche une broche en diamant représentant un serpent. Moins belle, assurément, que le collier vénitien de sa grand-mère, mais cette broche avait été fabriquée à Prague dans un style similaire. La robe était suffisamment sobre pour convenir à son nouveau rôle de veuve, et suffisamment moulante pour mettre ses courbes en valeur.

En se rendant à l'opéra, elle remarqua les changements autour d'elle. Les immenses portraits de Staline avaient commencé à disparaître sur les façades des immeubles, ce qui provoquait de nombreux commentaires. Les médecins juifs avaient été relâchés et leurs accusateurs arrêtés. Par ailleurs, le nouveau régime avait commencé à vider les goulags, véritable pays à l'intérieur du pays, et mis fin au travail forcé. Juste avant les fêtes de mai, des trains déversèrent à Kiev et dans d'autres villes d'Ukraine des milliers et des milliers d'anciens détenus, encore stupéfaits de retrouver la liberté. Ils déambulaient dans les rues et profitaient de la chaleur oubliée.

La place qui entoure l'opéra était décorée de drapeaux rouges et d'affiches célébrant la défaite des nazis. Dès qu'elle pénétra dans le hall, Debora avisa le major Sidorov. Vêtu de son uniforme de parade, le torse couvert de décorations étincelantes. Son épouse, une femme à la coiffure sophistiquée, d'une couleur artificielle, déposa sur la joue de Debora un baiser chargé de pitié, laissant une traînée de rouge à lèvres écarlate.

« Quelle joie de vous revoir, ma chère Dasha. Est-ce que vous tenez le coup ?

— C'est dur. »

Debora avait découvert que c'était la réponse la plus pratique.

« C'est dur pour tout le monde », soupira Sidorov.

Il ne parvenait pas à masquer son humeur sombre en grignotant l'un après l'autre les canapés au caviar empilés dans son assiette. Il en proposa un à Debora, qui déclina poliment.

« Plus personne n'a peur, dit son épouse pour exprimer les pensées de son mari. Les gens demandent : comment pouvez-vous relâcher ces médecins, après les avoir accusés d'être des traîtres ? Comment peut-on encore croire à quoi que ce soit ? »

Sidorov acquiesça. Il était d'humeur inquiète. À certains égards, tout semblait être comme avant, et en même temps, tout était différent. Les gens se montraient un peu moins respectueux, un peu moins intimidés. Il tourna la tête pour éviter le regard de Debora, craignant qu'elle l'interroge au sujet de l'enquête sur la mort de Maslov.

Son épouse prit une deuxième flûte de vin pétillant et la vida d'un trait, comme de l'eau.

« Et cette amnistie ! C'est terrible, terrible. Tous ces criminels désœuvrés, qui n'ont plus peur de rien et qui envahissent nos villes. Se promener la nuit est redevenu dangereux. On ne sait jamais ce qui peut se passer.

— Allons, n'exagérons pas non plus, la coupa Sidorov. Nous maîtrisons la situation. Kiev est une ville totalement sûre. »

Soudain, une vive agitation se produisit dans le hall. Des portes claquèrent, des pas lourds martelèrent le sol. Un homme en uniforme, au visage carré et rougeaud, surmonté d'une touffe de cheveux épais, fit son entrée, suivi d'un cortège d'officiers. Tous les autres militaires présents à l'intérieur du théâtre se regroupèrent autour de lui, tels des éclats de métal attirés par un aimant. Les épouses – et Debora – formèrent un second cercle.

« C'est Meshyk, le nouveau ministre », glissa l'épouse de Sidorov à l'oreille de Debora.

Le ministre affichait l'aisance de celui qui sait qu'il jouit d'une autorité incontestée. Il se racla la gorge avant de s'exprimer, d'une voix forte et claire d'animateur radio.

« Chers camarades, je vous félicite en ce jour de célébration de notre immense victoire. Le peuple d'Ukraine soviétique est fier des succès de notre pays, sous l'égide du grand parti communiste. Un parti et un peuple plus unis que jamais. Ainsi que l'a écrit un de nos grands poètes : "Aimez l'Ukraine comme le soleil, aimez l'Ukraine comme le vent." »

Debora reconnut les vers de Volodymyr Sosiura, célébré immédiatement après-guerre, puis interdit et rayé des programmes scolaires.

Abandonnant le russe, Meshyk s'exprima ensuite dans un ukrainien parfait, une langue que beaucoup d'officiers présents, y compris Sidorov, ne maîtrisaient pas très bien. Debora remarqua des fronts plissés, des rictus d'agacement. En regardant autour d'elle, elle constata que les affiches de propagande qui ornaient le hall autrefois avaient été remplacées par d'autres, en ukrainien, sur lesquelles n'apparaissait pas le nom de Staline.

Du coin de l'œil, elle aperçut le capitaine Rybak. Debout à côté de Meshyk, il se mit à taper dans ses mains et, en quelques secondes, un tonnerre d'applaudissements entoura le nouveau ministre. Sidorov lui-même se joignit à la claque, raide comme un piquet, les yeux remplis de fureur.

Les applaudissements terminés, Debora sentit le regard de Rybak sur sa peau. Comme hypnotisé, il ne pouvait s'empêcher de l'observer, alors même que le ministre et son entourage entraient dans la salle et calaient leurs larges carrures dans les fauteuils étroits de la loge réservée aux personnalités. Les musiciens, déjà en train de s'accorder, emplissaient l'atmosphère de sons discordants qui transperçaient le bourdonnement des conversations et les rires du public. Debora suivit le mouvement général en direction de la salle. Rybak s'interposa.

« Tu es magnifique, Dasha. »

Elle remarqua les gouttes de sueur sur son front, ses narines dilatées par sa respiration hachée.

Elle l'ignora.

« Il faut qu'on parle.

— Laisse-moi passer. Ce n'est pas le moment, répondit-elle dans un murmure.

— Tu as raison, ce n'est pas le moment. Désolé. Ce soir, après le concert, je te retrouverai près de chez toi, dans la descente Saint-André. »

Ne voulant provoquer une scène, Debora ne dit rien.

L'ultime sonnerie avant le début du spectacle retentit et l'ouvreuse la pressa de s'installer, obligeant Rybak à s'écarter.

Debora ne prêta guère attention à la représentation, par ailleurs médiocre. Elle ne s'attendait pas à croiser Rybak à l'opéra. Au cours de ces dernières semaines, elle s'était efforcée de ne pas penser à lui, en espérant que tout cela se tasserait. Mais de toute évidence, Rybak n'avait pas l'intention de disparaître du paysage. En le voyant dans son uniforme de défilé, les cheveux gominés en arrière, arborant toutes ces médailles rutilantes, elle avait senti son estomac se soulever. Il ressemblait à Maslov. Un jeune Maslov. Et comme Maslov, il voulait la contrôler, la posséder. Le pouvoir enivrant que leur conféraient leurs fonctions coulait tous ces officiers dans le même moule.

Elle profita de l'entracte pour s'éclipser et rentra chez elle avec le tram. Elle voulait devancer Rybak.

Mais il était déjà là : il l'attendait à l'endroit même où il avait tué son mari. Un énorme bouquet d'œillets rouges remplaçait le pistolet.

« Qu'est-ce que tu veux ? lui lança-t-elle. Qu'est-ce que tu fais ici ?

— Viens, marchons. »

Il la prit par le bras. D'une poigne de fer, une poigne d'officier du MGB. Professionnelle. De sa main libre, il lui tendit les fleurs. Elle les repoussa. Il banda ses muscles. Une vive douleur irradia dans le bras de Debora, mais elle ne dit rien.

Ils tournèrent au coin de la rue. Il l'entraîna dans une ruelle parallèle, sinueuse, puis dans un parc à la végétation abondante, sombre, en haut de la colline, où des alcooliques mouraient de froid en hiver.

« Où on va ?

— Là où personne ne pourra nous entendre. Nous devons tirer au clair certaines choses, ma chère Dasha.

— Tu n'as pas peur ? Qu'ils enquêtent sur le meurtre et te déclarent coupable ? Tu ne penses pas que tu as plutôt intérêt à m'oublier, pour ne pas éveiller les soupçons ?

— Quelle enquête ? Quels soupçons ? »

Il éclata de rire. Un rire sans joie, qui s'arrêta brusquement quand il se pencha vers elle pour inhaler l'odeur de ses cheveux et embrasser sa nuque. Debora tenta de s'écarter, mais il l'en empêcha.

« Assieds-toi », ordonna-t-il en montrant un banc sous un marronnier en fleur.

Il lâcha les œillets.

Debora obéit.

« Il n'y a plus d'enquête, chère Dasha. Tu as entendu ce qu'a dit le ministre, et en quelle langue. Il est temps que les Ukrainiens reprennent les rênes de l'Ukraine. Le Parti reconnaît ses erreurs et les corrige. Autrement dit, il faut tourner la page et faire la paix. On a même rapatrié les sœurs de Bandera de Sibérie pour négocier ! Personne ne veut gaspiller de l'énergie à cause de ce tout ce qui s'est passé jadis.

— Jadis ? C'était il y a deux mois.

— C'était une autre époque. Maintenant que le camarade Beria est aux commandes à Moscou, les rôles vont s'inverser. Et je suis sur une pente ascendante. »

Il alluma une cigarette. Debora perçut un bruissement dans les buissons derrière elle. Un chien ou un chat, songea-t-elle, sans y prêter attention.

« Je travaille pour le ministre Meshyk désormais. Il a besoin de cadres ukrainiens, et il remplace les fonctionnaires du ministère à tous les niveaux. Cet imbécile de Sidorov va bientôt disparaître. Peut-être même que je prendrai sa place ! L'avenir s'annonce radieux.

— Qu'est-ce que tu attends de moi ? Je suis une vieille femme qui doit élever ses enfants. Je suis sûre qu'un tas de jeunes filles te courent après. »

Rybak s'assit à côté d'elle, écrasa sa cigarette et la prit par la taille.

«Tout d'abord, ma chère Dasha, je veux que tu me dises merci. Pour ce que j'ai fait pour toi. Ne me fais pas croire que tu ne le voulais pas. Arrête de jouer la comédie. Toi et moi, on est liés à tout jamais par ce qui s'est passé. C'est comme un pacte de sang. Tu comprends?»

Elle se raidit. Rybak haussa le ton.

«Dis-moi merci.»

Debora se mordit la lèvre.

Il referma sa main sur son épaule et serra, jusqu'à lui faire mal.

Elle demeura muette.

«Je peux attendre. Je sais que tu me remercieras tôt ou tard. Tu m'appartiens désormais, Dasha. Tu es à moi, totalement. N'essaie pas de t'échapper, n'essaie pas de m'ignorer. Surtout, ne t'avise pas de me menacer. Ça se finira mal pour toi, ou pour tes enfants.»

Elle repoussa la main de Rybak avec une force dont elle ne se pensait pas capable et se leva d'un bond.

«Je t'interdis de parler de mes enfants!» Elle n'avait pas peur. Elle n'éprouvait que du mépris. «Et je ne suis pas à toi, ajouta-t-elle en détachant chaque syllabe. Quoi qu'il arrive, je ne t'appartiens pas et je ne t'appartiendrai jamais. Je n'ai pas peur.»

Rybak se renversa contre le dossier du banc et partit d'un grand éclat de rire, débonnaire, de cet air enjoué que provoque généralement une parole d'enfant.

«Tu n'as pas peur? Oh, si tu savais...»

Le feuillage s'écarta et un homme vêtu d'un T-shirt délavé à rayures, aux bras épais couverts de tatouages de prison, surgit. Il portait un képi noir, empestait l'alcool et avait perdu plusieurs dents.

«Hé, qu'est-ce que je vois? Une dispute d'amoureux? C'est adorable!» Il s'attarda sur l'uniforme de Rybak, et plus particulièrement sur la barrette métallisée sur sa poitrine. Une grimace déforma son visage. «Oh, nous avons là un capitaine du Parti! Joyeuse fête de la Victoire, camarade capitaine!

— Joyeuse fête de la Victoire», répondit Rybak, sur ses gardes.

Il se leva du banc, la main sur l'étui de son pistolet.

L'homme s'avança, en sortant de la poche de son pantalon une bouteille d'alcool de contrebande.

«Trinquons à la victoire, camarade capitaine. Comment ça s'est passé pour toi, cette magnifique victoire? Pour moi, pas très bien. J'étais dans un camp en Allemagne et je me suis retrouvé dans un camp en Russie. Et tu veux savoir qui m'a envoyé là-bas? Des salopards du NKVD comme toi. Des salopards qui n'ont jamais vu une balle allemande de près et qui n'ont pas hésité une seconde avant de me laisser pourrir dans un trou.»

Rybak prit un ton autoritaire.

«Stop. Ne t'approche pas.

— Ne t'approche pas!» répéta l'homme d'un air moqueur, et il émit un sifflement strident, en avançant d'un pas.

Rybak se débattit avec l'étui de son pistolet.

Le coup sur la tête le surprit. Jaillissant de derrière un arbre, un autre homme, maigre et brun, avait abattu une pierre au bord tranchant sur son crâne. Rybak, le regard vide, s'écroula dans l'herbe, le corps tordu dans une position anormale. L'homme frappa de nouveau. La pierre lui broya le nez et transforma son visage en bouillie sanglante. Sans perdre une seconde, l'homme s'empara de l'arme et arracha les décorations.

Debora demeura pétrifiée. Du coin de l'œil, elle vit une femme s'approcher du banc.

« Bravo, le Gitan ! s'esclaffa-t-elle. Bien joué. On a eu du pot de tomber sur cette ordure. Regarde combien il a de fric dans son portefeuille. »

Un foulard sombre masquait ses cheveux. Sa silhouette épaisse était engoncée dans une robe colorée qui n'avait pas été lavée depuis des semaines, et elle portait des rangers en cuir de soldat d'infanterie. Prise d'une quinte de toux, elle cracha un mélange de mucosités et de sang. Sa voix avait quelque chose d'étrangement familier.

« File-moi ça. »

L'homme au képi se saisit du pistolet, examina le chargeur, et le glissa dans son dos.

Le Gitan remarqua la broche en diamants sur la poitrine de Debora, et d'un geste vif, il l'arracha, en déchirant la robe de soie. Il émit un sifflement approbateur en voyant la peau claire de son sein ainsi dévoilé.

« Oh oh, qu'est-ce qu'on a là ? dit-il en posant sur elle ses mains avides. J'ai toujours voulu savoir quel goût avait une salope tchékiste. »

Debora ne recula pas. C'était comme si elle était ailleurs.

« Désolé pour ton amant, camarade, dit l'homme au képi, tout sourire. J'ai peur qu'il soit hors service. Quelle triste époque. Tout le pays est en deuil. Quelle terrible perte.

— Ce n'est pas mon amant. »

Elle était surprise par son ton morne et détaché.

L'homme au képi se tourna vers la femme.

« À ton avis ? Qu'est-ce qu'on fait d'elle ? »

La femme jaugea Debora, yeux plissés.

Elle avança d'un pas.

Elles se reconnurent au même moment.

Après deux décennies passées dans les camps, Olena paraissait exténuée et vieille. On aurait pu la prendre pour la mère de Debora. Ses dents de devant étaient tombées. Mais c'était bien elle, Olena. Elle dégageait un sentiment d'autorité brutale ; la folie n'assombrissait plus son regard. En une fraction de seconde, la joie rebelle de son expression avait été remplacée par une tristesse déchirante, la tristesse d'une femme qui se souvenait d'un lointain passé quand elle était encore capable d'aimer, d'espérer. Un passé si lointain qu'on aurait pu croire qu'il n'avait jamais existé.

« Oh, Seigneur. »

Debora recula d'un pas. Elle se sentait à la fois submergée par l'émotion et révulsée. Son regard accrocha celui de son ancienne amie. Elle avait un nœud à l'estomac, ce tiraillement provoqué par la disparition d'une chose précieuse. La disparition de leur innocence. De leur jeunesse. De leur avenir.

L'homme très brun tira sur la bretelle du soutien-gorge de Debora, avec un ricanement menaçant. Elle plaqua sa main sur sa poitrine, pour essayer de résister. La bretelle claqua sur sa peau.

« Arrête ça, le Gitan », ordonna Olena de sa voix éraillée et elle fit un pas de plus vers eux.

Il l'ignora.

« Ne la touche pas, j'ai dit. »

Encore un pas.

Il continua à l'ignorer.

Vlan. Olena lui balança une gifle qui l'atteignit à la tempe et l'envoya au tapis. Il se releva d'un bond, poings serrés, yeux plissés.

« Elle t'a dit de ne pas la toucher. » L'homme au képi s'interposa. Sa main droite, glissée dans son dos, tenait la crosse du pistolet. « Alors, pas touche. »

Le Gitan frotta son pantalon plein de terre et lança un chapelet de jurons.

« Vous êtes tous devenus dingues ? Pourquoi vous protégez cette pute ?

— Ça ne te regarde pas, répondit Olena. Allez, on s'en va. On n'a plus rien à faire ici.

— Quoi ? J'en ai pas fini avec elle.

— Si elle dit on s'en va, on s'en va», dit l'homme au képi.

Finalement, le Gitan obéit, à contrecœur.

Tandis que les deux hommes s'éloignaient, Olena examina Debora de la tête aux pieds. Elle remarqua les talons hauts, la coiffure, la peau adoucie par des crèmes coûteuses. Puis elle regarda ses grosses bottes en cuir, maculées de boue.

«C'est toi, la chanceuse, Debora. Tu as toujours été chanceuse, comme une extraterrestre venue d'une autre planète. Le malheur glisse sur toi, comme l'eau sur les plumes d'un canard. Ne gâche pas cette chance.

— Merci», murmura Debora.

Olena s'éloigna, s'arrêta et se retourna.

«C'était un très joli chien, au fait. J'y pensais souvent. Une grosse peluche rose. Il devait être tout doux. Mon petit Taras l'aurait adoré. Dommage qu'il n'ait pas pu jouer avec.

— Je suis désolée.» Debora ne trouvait rien d'autre à dire. «Pour tout.

— Désolée ? Désormais, c'est entre Dieu et moi. Je porte ma croix, chaque jour et chaque nuit. Je ne réclame ni la compréhension ni la pitié.

— Je sais. Mais nous ne sommes pas si différentes, dans le fond. Moi aussi, j'ai fait des choses horribles.

— Tu parles.» Olena cracha par terre. «Tu ne sais pas ce que tu dis. Toi et moi, on ne pourrait pas être plus différentes.»

Elle se retourna de nouveau et disparut dans l'obscurité, d'un pas traînant.

Une fois Olena et les deux hommes partis, Debora perçut un gémissement. Couché sur le dos, Rybak s'étouffait avec son sang qui formait des petites bulles aux coins de sa bouche.

« Aide-moi, aide-moi, appelle quelqu'un, implora-t-il, les yeux écarquillés par une panique impuissante.

— Bien sûr, Zhenechka. »

Elle s'éloigna de quelques pas, décidée à aller chercher du secours. Mais elle s'arrêta, ramassa la casquette en feutre du MGB et la déposa sur le visage de Rybak. Elle s'agenouilla et transféra le poids de son corps dans ses paumes pour appuyer sur la casquette, de toutes ses forces, impitoyablement, jusqu'à ce que les râles, les gesticulations et la respiration cessent enfin.

« Je ne t'appartiens pas », dit-elle en ôtant la casquette pour contempler le visage ravagé de Rybak, déformé par une grimace d'étonnement ultime.

Elle ramassa le bouquet d'œillets et rentra chez elle.

Épilogue

Trouskavets, juillet 1954

Il fallait boire l'eau minérale dans des tasses spéciales dotées de becs en céramique censés protéger de la corrosion. La source se trouvait au cœur d'Adamówka, un parc dans le style anglais orné de statues représentant des héros et des poètes polonais, à l'ombre de pins géants. L'eau tiède, agrémentée d'une touche d'huile naturelle, avait un goût infect. Une infirmière lui jeta un regard noir.

« C'est une substance précieuse, madame. Elle vous guérira à l'intérieur. »

Contrite, Debora remplit sa tasse et, faisant mine de boire à petites gorgées, elle alla se promener dans le parc, en saluant les autres vacanciers d'un signe de tête. Ils prenaient tous beaucoup trop au sérieux cette histoire de cure. Elle ne pouvait s'empêcher de ricaner en voyant des adultes en short, coiffés de panamas, marcher à grandes enjambées, en tétant les becs en céramique de leurs tasses, le front plissé par une intense concentration.

Il régnait une agréable fraîcheur dans les contreforts des Carpates, et cette année, pour la première fois depuis la fin de la guerre, on pouvait prendre des vacances à Trouskavets sans risques. L'insurrection dans l'ouest de l'Ukraine avait pris fin et les rebelles avaient enterré leurs armes dans l'attente d'un jour prochain, qui ne viendrait pas. Jadis élégante ville d'eau du temps de l'Empire des Habsbourg, Trouskavets était à présent envahie de touristes venus de Kiev, Moscou et au-delà. Tous, à l'instar de Debora, arrivaient avec des bons remis par leurs employeurs en remerciement de leur dévouement à la cause soviétique. Entre les deux guerres, c'était la Pologne. Banquiers et politiciens de Varsovie ou Cracovie venaient ici pour soigner leurs maux dans la journée et faire la fête le soir. Le sanatorium de Debora, construit au cours des années 1930 dans le style chalet suisse, comptait parmi les plus courus à l'époque. Aujourd'hui, il portait les stigmates de plus d'une décennie d'abandon. Néanmoins, les employés, dans leurs blouses blanches usées, mais amidonnées et impeccablement repassées, demeuraient plus attentionnés que toutes les personnes qu'elle avait pu rencontrer à Kiev. Ils n'avaient pas totalement perdu les habitudes de l'ère présoviétique. Ils s'adressaient à elle en lui donnant du « madame », au lieu de l'habituel « camarade ».

Alors que Debora traversait le parc pour regagner le chalet, elle ne prêta pas attention lorsque quelqu'un cria son nom.

Son véritable nom.

Désormais tout le monde l'appelait Darya ou utilisait le diminutif, Dasha, le prénom russe qu'elle avait conservé, avec le nom de famille de Maslov. Seule Rebecca, têtue, continuait à employer le prénom aux évidentes connotations juives, mais jamais en public.

« Debora ? Debora ? C'est toi ? »

L'homme, tout près à présent, lui tapota l'épaule.

Elle se retourna, obligée de plisser les yeux à cause du soleil.

« Debora ! » Un grand sourire fendit son visage, mais ce n'était pas un sourire très joyeux. « Debora ! »

C'était bien lui. Et en même temps, ce n'était plus le même homme. Comme les autres vacanciers, il portait un panama et une chemisette kaki qui soulignait son embonpoint. Ses yeux, autrefois avides et impétueux, étaient ternis par la satiété. Ses mains étaient bouffies, et Debora remarqua qu'il portait une alliance.

Elle fut prise de vertiges. Ses yeux s'écarquillèrent.

« Samuel ?

— Quelle coïncidence ! Qu'est-ce qui t'amène ? Tu as l'air en pleine forme.

— Toi aussi. La vie a été bonne avec toi, on dirait. » Après un bref silence, elle ajouta : « Je suis heureuse que tu sois toujours vivant. Je pensais que tu étais peut-être mort.

— Ça fait plaisir à entendre», dit-il en riant.

Ils s'assirent sur un banc à l'ombre.

«Alors, comment ça va? demanda-t-elle.

— Je ne peux pas trop me plaindre. J'habite à Odessa maintenant, j'ai une nouvelle vie. Figure-toi que je participe à la gestion du cirque municipal. Tu te souviens comme j'aimais le cirque?

— Bien sûr que je m'en souviens.»

Des images du passé défilèrent devant ses yeux.

«Le calme revient un peu dans ce pays, enfin, reprit-il. C'est bon de ne pas avoir peur en permanence. De se réveiller le matin sans se demander: c'est aujourd'hui qu'ils vont venir me chercher? De pouvoir faire des projets.

— Oui, quand *il* est mort, tout a changé.»

Il était évident qu'elle faisait allusion à Staline.

«Les choses ont changé pour toi? Tu es toujours mariée? Avec ce colonel? Il doit être général maintenant.

— Non, répondit-elle simplement. Je ne suis plus mariée. C'est fini.

— Oh.»

Elle montra l'alliance au doigt de Samuel.

«Toi, en revanche, tu es marié, on dirait.»

Il parut un peu gêné.

«Oui. Je ne vais pas mentir. J'ai une épouse. Rachel. Une femme bien.

— Des enfants?

— Un petit garçon. David.

— Félicitations... »

Ils restèrent muets un long moment. Il s'était passé tant de choses. Il y avait tellement de questions. Debora avait rêvé de cet instant pendant des années. Après la mort de Maslov, elle avait essayé de se renseigner, autant que possible, mais personne ne savait ce qu'était devenu Samuel Groysman. Et maintenant qu'ils étaient côte à côte sur le même banc, se touchant presque, elle ne savait pas quoi dire.

Finalement, Samuel demanda :

« Comment va Pasha ?

— Il n'est pas facile. Tu sais, les adolescents... »

Elle aurait pu en dire beaucoup plus, ajouter que Pasha n'avait plus jamais été le même après la mort de Maslov, qu'il ne voulait plus lui parler, comme si ses soupçons concernant le meurtre avaient empoisonné leurs relations. Qu'il avait quitté la maison pour s'engager dans l'école du KGB, recommandé par les anciens collègues de Maslov, dans le but de devenir enquêteur au sein de la Sécurité intérieure. Un authentique Soviétique. Et depuis quelque temps, un grand amateur de blagues antisémites.

« Il est beau, très intelligent, plein d'énergie. » La fierté l'empêchait d'exhiber devant Samuel la blessure incurable d'une mère rejetée. Hélas, ils ne grandissent jamais comme on l'avait imaginé.

« Il est ici ? »

Il y avait un mélange d'appréhension et d'espoir dans les yeux de Samuel.

« Non. Je voyage seule. Les enfants sont à Kiev, avec leur grand-mère. »

Elle le dévisagea. Il semblait soulagé. Elle n'aimait pas cette réaction.

« Ah. Et comment va Rebecca ? Elle prépare toujours des festins ?

— Elle va bien. Elle s'est mise au jardinage, elle dit que ça fait passer le temps. Et elle espère toujours que mon frère réapparaîtra un jour.

— Peut-être.

— Oui, peut-être. »

Cette conversation superficielle l'emplissait de frustration.

« Samuel, il faut que je te pose une question. Que s'est-il passé à Kiev ? Que t'ont-ils fait ? »

Il se redressa. En cette douce journée d'été, il n'était pas d'humeur à se disputer avec quiconque, mais cette question provoqua sa colère.

« Qu'est-ce qui m'est arrivé, à ton avis, après que tu as envoyé ton colonel chez moi ?

— Comment ça ? Je n'ai envoyé personne.

— Tu n'as pas tout avoué à Maslov, en lui disant où j'habitais ?

— Non ! s'exclama Debora en écartant les bras. De quoi tu parles ? Bien sûr que non. Il l'a appris par cette femme qui t'a ouvert la porte de notre appartement, la voisine qui m'espionnait. Et c'était son métier de te retrouver. Il travaillait pour la Sécurité intérieure.

— Ce n'était pas toi, alors?» Samuel demeura bouche bée. «Pendant tout ce temps, je t'ai accusée de...

— Tu croyais vraiment que j'aurais pu faire une chose pareille? Te trahir de cette manière?

— Mets-toi à ma place! Maslov savait se montrer très persuasif. Quand on a sonné à la porte ce matin-là, j'ai cru que c'était toi. J'avais peur que tu viennes m'annoncer que tu avais décidé de rester. Mais c'était ton colonel. Je l'ai reconnu immédiatement, grâce à la photo. Il a été très poli. On a eu une simple conversation. Il m'a expliqué que tu lui avais parlé de nos retrouvailles, de notre projet de fuite, et que tu avais compris que ce serait une folie d'abandonner tes enfants, de tout quitter, pour quelqu'un comme moi, qui ne pourrait jamais subvenir à tes besoins. Il m'a rappelé que, d'après la loi, en tant qu'ancien détenu, je n'avais même pas le droit de vivre à Kiev, à Moscou ou à Leningrad.

"Je n'ai pas l'esprit de vengeance, m'a-t-il dit. Je veux bien passer l'éponge si tu quittes la ville sur-le-champ. Sois raisonnable. C'est ça ou les camps." Je n'avais pas vraiment le choix, en fait.

— Non, pas vraiment.

— Serais-tu partie avec moi? Si Maslov n'avait pas tout découvert, tu m'aurais rejoint cet après-midi-là? Est-ce qu'on aurait pris ce train pour Odessa?

— Le train pour Odessa... Non, je ne serais pas partie, avoua Debora. J'en avais envie pourtant, j'avais envie de partir avec toi, plus que tout... Enfin, presque. Mais Pasha n'aurait jamais accepté de partir avec nous, et de toute façon, Maslov ne les aurait jamais laissés partir, Nina et lui. Ce jour-là, je suis allée à l'appartement pour te dire la vérité en te regardant droit dans les yeux : je ne pouvais pas abandonner mes enfants. Mon bonheur, et le tien devaient passer au second plan. Mais c'est Maslov qui m'a ouvert la porte.

— Que s'est-il passé ensuite ?

— Samuel, nous n'avons plus besoin de parler de lui. Ce mariage est terminé, cet homme est sorti de ma vie. Mais toi... où étais-tu ? J'ai essayé de te retrouver, mais je ne savais pas où chercher. Très souvent je me suis demandé pourquoi *toi* tu ne m'avais pas cherchée. Je pensais qu'il t'avait peut-être tué. Après tout, tu savais où me trouver. On habitait toujours dans le même appartement de la descente Saint-André. On n'a jamais déménagé.

— Tant d'eau avait coulé sous les ponts, toutes ces années, soupira Samuel. J'étais persuadé que tu ne voulais pas me voir réapparaître. Que tu ne voulais pas que j'embête Pasha.

— Tout ce temps... » répéta Debora.

Tu avais trop peur pour essayer de me retrouver ? voulait-elle demander, mais elle se mordit la langue.

Samuel regarda sa montre et se leva.

« Si on allait se promener ?

— Tu es attendu quelque part ?

— Oui, mais j'ai envie d'être avec toi. C'est un miracle qu'on soit réunis. Il faut fêter ça. » Il l'attira contre lui et l'étreignit. « On a tellement de choses à se raconter. Veux-tu dîner avec moi ce soir ? Au restaurant Sovietski à vingt heures ?

— Et ta femme ? Est-ce qu'elle sait qu'on existe, Pasha et moi ?

— Ne t'inquiète pas pour ma femme. Sovietski à vingt heures ?

— Sovietski à vingt heures. »

Le restaurant Sovietski, avec ses nappes blanches amidonnées, ses lustres en cristal et ses serveurs à nœuds papillon, était manifestement antérieur à son nom. De nos jours, c'était là que les colonels en vacances, les dirigeants locaux du Parti et d'autres petits représentants de l'État venaient dîner pour briser la monotonie des cantines des sanatoriums. Samuel avait réservé une table près d'une fenêtre, par laquelle ils regardaient passer des curistes, qui jetaient des coups d'œil envieux à leurs assiettes. Les journées d'été étaient longues, et c'est seulement au moment du dessert – un soufflé au chocolat – qu'il fit suffisamment nuit pour allumer les bougies sur leur table.

Vêtu d'une veste élégante, et débarrassé de son panama, Samuel ressemblait davantage à celui qu'il avait été. À chaque verre de vin, Debora sentait renaître leur complicité oubliée, les liens qu'ils avaient cru éteints. Parfois, leurs mains se frôlaient et ce bref contact, curieusement, avait quelque chose de réconfortant.

Samuel ne parla pas du passé, ni de sa femme, ni de son fils. Au lieu de cela, il la régala avec des anecdotes sur la vie du cirque, des histoires vraies, ou pas.

« La semaine dernière, on a fait venir de Moscou un éléphant dressé, très célèbre. Il offre des fleurs aux spectateurs avec sa trompe. C'est incroyable. Hélas, il n'a pas bien supporté le régime d'Odessa.

— C'est-à-dire ?

— Eh bien, disons qu'il a eu un petit accident sur la piste. Un *très gros* accident, plus exactement. Il a fallu une heure au personnel pour nettoyer toute la merde. »

Debora s'esclaffa.

« Et les spectateurs, ils ont fait quoi pendant tout ce temps ?

— Tous ceux qui étaient dans les premiers rangs se sont enfuis, comme tu l'imagines. Mais le pire, c'est qu'on a un orchestre au bord de la piste, et ces pauvres gars ont dû continuer à jouer comme si de rien n'était. Heureusement, on est équipés en cas d'attaque nucléaire, et je me suis souvenu qu'on avait un stock de masques à gaz pour le personnel, au sous-sol. Je les ai distribués. Tu imagines la scène ? Les musiciens qui jouent du violon ou du piano avec des masques à gaz. Ceux qui se sont fait avoir, ce sont les trombonistes. »

Contrairement à Samuel, Debora n'avait pas envie de parler de son métier. C'était devenu une corvée ennuyeuse et abrutissante. Les réunions avec les enseignants, les inspections, les promotions. S'assurer que les derniers slogans en date, envoyés par le département de la propagande, étaient peints à temps sur les banderoles rouges, sans aucune faute dangereuse. La lecture lui demandait un effort désormais. Après le travail, elle s'installait généralement devant son téléviseur KVN-49, acheté récemment, avec une tasse de thé.

Ils bavardèrent jusqu'à la fermeture du restaurant. Samuel proposa alors à Debora d'aller boire un dernier verre dans sa chambre. Elle n'hésita pas un seul instant et ils traversèrent le parc main dans la main.

«J'ai l'impression que c'est le destin, comme si on était faits pour être ensemble», dit-il, et à cet instant, ça semblait vrai.

Dans la chambre, ils burent du cognac arménien, et quand Samuel se pencha vers Debora, timidement, pour l'embrasser, elle ne résista pas. Ils firent l'amour lentement, comme si chacun essayait de se souvenir du corps de l'autre. Cela ressemblait davantage à un rituel, à une reconstitution. Une plaisanterie cruelle.

Quand Samuel jouit enfin, dans un gémissement, Debora se tourna sur le côté et fit mine de s'endormir. Lui n'eut pas besoin de feindre, et elle l'écouta ronfler pendant plusieurs heures.

Au petit matin, elle prit une douche, en remarquant un jouet d'enfant, un canard en plastique, et une épingle à cheveux à côté du lavabo. Quand elle ressortit de la salle de bains, Samuel était réveillé, assis au bord du lit en caleçon.

« Ta femme et ton fils étaient là ?

— Oui, ils sont partis hier. J'ai dû inventer un sacré mensonge pour rester. J'ai prétexté un télégramme du maire d'Odessa !

— Tu n'aurais pas dû faire ça. »

Il haussa les sourcils.

« J'étais sérieux hier soir, en disant qu'on était faits l'un pour l'autre.

— Je ne sais pas. »

Cette proximité qui avait semblé si réelle la veille s'était évanouie, comme la brume matinale. Debora trembla légèrement, sans qu'il s'en aperçoive.

« C'est tellement inespéré d'avoir cette nouvelle chance, reprit Samuel avec son assurance habituelle, sans envisager un seul instant qu'elle puisse refuser. Tout le pays est passé dans un hachoir, chacun a vu sa vie bouleversée et pulvérisée. Quand on y réfléchit, au cours de ces vingt dernières années, l'Ukraine était sans doute l'endroit le plus mortel de la planète, et encore plus pour nous, les Juifs. Ce n'était pas un endroit fait pour l'amour. Et pourtant, nous deux, Samuel et Debora, on a vaincu les obstacles et survécu. Et on peut recommencer. »

Dans la lumière crue du matin, la chambre paraissait terne et en désordre. Debora regarda la bedaine de Samuel, son crâne dégarni, ses joues flasques. Et elle surprit son reflet dans le miroir : des mèches grises parsemaient ses cheveux ébouriffés, et sans maquillage, ses rides apparaissaient de manière trop visible. De ce qu'ils avaient été, peu de choses demeuraient intactes, épargnées par la corrosion. Elle n'avait plus qu'une seule envie désormais : s'en aller.

« On a survécu ! répéta Samuel, triomphalement. Survécu ! »

Debora évita son regard pendant qu'elle boutonnait son chemisier et se préparait à sortir sous le soleil, pour ne plus jamais le revoir.

« Vraiment ? » demanda-t-elle tout bas.

CET OUVRAGE EST PUBLIÉ PAR ISTYA
LE TEXTE A ÉTÉ COMPOSÉ DANS UNE TYPOGRAPHIE ORIGINALE
CONÇUE POUR SA LISIBILITÉ ET SON AGRÉMENT
PAR MATTHIEU CORTAT À LYON
IL A ÉTÉ ACHEVÉ D'IMPRIMER EN JUIN 2025
SUR PAPIER MUNKEN 70 GRAMMES
ISSU DE LA GESTION DURABLE DES FORÊTS
SUR LES PRESSES DE L'IMPRIMERIE LABALLERY
À CLAMECY, NIÈVRE
IMPRIMEUR NUMÉRO 504-770

IMPRIM'VERT®

LES LIVRES ISTYA SONT INTÉGRALEMENT RECYCLÉS

DÉPÔT LÉGAL : JUIN 2025